小城
完结篇
刑狱司

季灵 ◎ 著

图书在版编目（CIP）数据

京城刑狱司.完结篇 / 季灵著. — 重庆：重庆出版社, 2019.2
ISBN 978-7-229-11186-1

Ⅰ.①京… Ⅱ.①季… Ⅲ.①长篇小说—中国—当代 Ⅳ.①I247.5

中国版本图书馆CIP数据核字(2016)第102691号

京城刑狱司（完结篇）
JINGCHENG XINGYUSI（WANJIEPIAN）
季　灵　著

责任编辑：罗玉平　李　雯
责任校对：郑　葱

重庆出版集团　出版
重庆出版社

重庆市南岸区南滨路162号1幢　邮政编码：400061　http://www.cqph.com
重庆市鹏程印务有限公司印刷
重庆出版集团图书发行有限公司发行
E-MAIL:fxchu@cqph.com　邮购电话：023-61520646
全国新华书店经销

开本：720×1000　1/16　印张：15.75　字数：345千
2019年2月第1版　2019年2月第1版第1次印刷
ISBN 978-7-229-11186-1
定价：39.80元

如有印装质量问题，请向本集团图书发行有限公司调换：023-61520678

版权所有　侵权必究

目录

第 1 章　搅局　/1

第 2 章　枯骨墓园　/11

第 3 章　破窗小贼　/22

第 4 章　验骨　/31

第 5 章　作茧自缚　/41

第 6 章　错过　/51

第 7 章　路遇机关　/61

第 8 章　掳劫　/71

第 9 章　生气　/86

第 10 章　相许　/96

第 11 章　愤怒　/110

第 12 章　颠倒黑白　/121

第 13 章　巧舌如簧　/132

第 14 章　无疾而终　/142

第 15 章　羡慕嫉妒　/153

第 16 章　痴缠　/163

第 17 章　抓捕　/173

第 18 章　暴露　/182

第 19 章　翁婿　/192

第 20 章　事起　/202

第 21 章　往事如烟　/212

第 22 章　认女　/222

第 23 章　善恶终有报　/232

番外：浮世清欢，情长情怅　/241

第1章 搅局

宋青苿与飞染一路驰骋来到八角镇，两人饿得前胸贴后背，正打算前往酒楼吃饭，就看到青石大街上人头攒动。

"大人，我们过去瞧瞧发生了什么事。"飞染踮起脚尖朝人群张望。

"你肚子不饿吗？"宋青苿一向不喜欢管闲事。

飞染摸摸肚子。她很饿，可是万一有案件发生呢？她劝宋青苿："大人，上一次我被很多人围住，差点被陈五夫妻冤枉……幸好大人出现了……反正，我们过去看看吧！"

宋青苿不由得想到，对飞染而言，那是他们的第一次相遇。他宠溺地笑了笑，点头说道："好，我们过去看看。"

人群中，魏铭身穿布衣，狠狠一脚踹向抓着他裤脚哀哭的妇人，趾高气扬地嚷嚷："把你们县令叫过来，小爷可不是你等贱民惹得起的！"

这一声"贱民"，几乎把在场的百姓全都惹怒了。他的身后，十三四岁的少年同样身穿布衣，冷眼斜睨地上的妇人。

宋青苿一眼就认出，少年是甄彦行与顺昌长公主的独子甄山文，而瘫坐在地上哀哭的妇人正是当日诬陷飞染撞人的陈五老婆。

他悄然握住飞染的手，轻轻摇头，示意她少安毋躁。飞染脸上一热，急忙转过头去，再不敢看他，但她并没有挣脱他的手掌。

宋青苿得寸进尺，借着衣袖的掩护与她十指紧扣。飞染一阵心慌，心中却像吃了蜜糖似的，甜入心扉。

人群的中央，魏铭死死护着甄山文，脸色由白转青。他梗着脖子嚷嚷："你们这帮刁民，竟敢堵了本少爷的去路。等你们县令来了，把你们统统抓去大牢关起来！"

陈五的老婆喘着粗气哀哭："你们是杀人凶手，我做鬼也不会放过你们。"说罢，她一副快要晕死过去的模样。

魏铭尖声叫嚷："就算你死了，与我们何干！"他挺起胸膛，"我祖父是先皇亲封的侯爷，就算小爷杀了你，你又能奈我何！"

甄山文从未见过这样的泼妇。他轻轻扯了扯魏铭的衣袖，低声说："魏六哥，不如给她些银子，把她打发了。"他环顾四周，"这里人这么多，我怕有人认出我们……你放心，回到京城，我立马把银子还给你。"

魏铭听到这话，心中暗暗叫苦。他们刚到八角镇，甄山文的钱袋子就被人偷了，而他身上只有几两碎银子。此刻，别看他表面上气势汹汹，心底虚得很，毕竟他不敢肯定，八角镇县令是否认识他或者甄山文。如果恰巧遇上一个没见过世面的老昏官，说不定把他们当骗子投入大牢。

"大人，魏六少为什么这么狼狈？他身后那人是谁？不像是他的随从。"飞染低声询问宋青沬。

宋青沬不答反问："你觉得他们撞着人了吗？"

"我不知道。"飞染摇头，仔细打量陈五的老婆，"她看起来像是受伤了，又好像没有。"她蹙眉，"上次就是她，想要骗我的银子。虽然她可能改邪归正了，但是师父说过，凡是骗过我的人，就不能再相信他们了。"

宋青沬表情一窒。如果飞染发现，他从一开始就在欺骗她……他不敢往下想，只能紧紧抓住她的手。

飞染眼见魏铭几乎变成千夫所指的罪人，他身后的少年眼中亦流露出惧色，她低声说："大人，虽然这里不是京城，但是我们真的不管吗？"

宋青沬早有腹稿，低头在飞染耳边交代几句。飞染一边听，一边点头。片刻，她大步走向魏铭。

人群中，魏铭和陈五夫妻俩同时看到了飞染，他们全都愣住了。

飞染低头审视陈五的老婆。

陈五的老婆吓了一跳，几乎忘了哭泣

飞染拿出捕快令牌，扬声说："我是衙门的捕快，这位大嫂受伤了，哪位是大夫，帮忙看一看，我这里有银子。"她晃了晃装满方糖的钱袋子。她不可以说谎骗人，但是俞捕头教过她，办案的时候要懂得变通。

魏铭从乍见飞染的惊愕中醒悟，恨不得找个地洞钻下去。他堂堂魏六少，不仅被眼前的小女捕扇过耳光，事后他想报仇，竟然被家人训斥了一通，最后只能打落牙齿活血吞。

陈五夫妻刚从大牢刑满释放。早前，他们得知王亮从甄山文身上偷得一沓银票，又看到甄山文与魏铭称兄道弟，于是决定讹诈他们。

飞染突然现身，让他们打起了退堂鼓。陈五的老婆干号几声，拍着胸口说："刚才我只是一口气喘不上来，现在好多了……"

"陈家大嫂，你不记得我了吗？"飞染笑盈盈地问她。

"记得，记得。"陈五的老婆做贼心虚，急忙澄清，"我们现在是好人……"

飞染点头附和："你们在大牢关了大半年，也该懂得凡事不可能不劳而获……"

"原来是个贼婆娘！"魏铭啐一口，"我就说嘛，马车压根没有撞着她……"

"魏六少，你有没有撞着陈家大嫂得大夫说了算。"飞染扣住陈五老婆的手腕，又问围观的百姓，"没人是大夫吗？诊金什么不会少的。大家可能不知道，魏六少是鼎鼎大名的'京城四少'之一，堂堂乌衣子爵府的六少爷，一等一的金贵！"

魏铭听到这话，狐疑地打量飞染。

陈五的老婆讪笑着说："我真的没事了，儿子还等着我回家呢！"

"不行。"飞染断然摇头，"魏六少，你应该已经派人去请吕县丞了吧？"

魏铭点点头。他出门一向都是前呼后拥，今天如果不是甄家大少爷心血来潮，他们怎么会只带着一名车夫，弄得这么狼狈！

"对了。"飞染朝魏铭身后看去，"这是哪位公子？"

"我……我是六少爷的书童！"甄山文抢答。

"你是书童？"飞染打量他，又对魏铭说，"魏六少，你们是不是被人偷了银子？放心，吕大人是好官，一定会帮你们把银子追回来……"

"不用了！"甄山文又是一句抢白，"我们……我是说，我家少爷赶着回京，你帮我们把她拉开……"

"这可不行！"飞染义正词严，"如果你们的确撞了她，得赔她医药费，如果她想讹你们的银子，你们就是证人，得去衙门作证。无论是哪一样，你们都不能走。"

"女侠，一场误会，真的是误会，你看，他们都不追究了。"陈五的老婆满脸堆笑，再没有半点受伤的样子。

"我是捕快，不是女侠。"飞染认真地纠正她，朗声说，"我家大人说了，律法可不是你们说什么就是什么的，律法代表了皇上，难道你们敢违抗皇命？"她说得似是而非，可没人敢反驳她，毕竟谁也不想被她扣上对皇上不敬的罪名。

飞染看到大家哑口无言，微微扬起下巴。她扣下魏铭和甄山文，吆喝围观的百姓替陈五老婆请大夫，根本不给当事人说话的机会。

须臾，吕岐山及一众衙差匆匆赶来。飞染远远冲他打招呼："吕大人，您来了。"

吕岐山看到她，表情微僵，赶忙上前回礼，眼角的余光掠过人群，寻找宋青沫的身影。

飞染指着魏铭介绍："吕大人，这位是乌衣子爵府的六少爷和他的书童，他们的银子被人偷了。另外，陈家大嫂说，魏六少的马车撞了她。"

她简单地陈述了经过，正色说，"想必吕大人已经知道，我家大人后天就到。不如吕大人就用这两天的时间帮魏六少追回银子，再仔细查证，马车到底有没有撞到陈家大嫂……"

"没撞到，没撞到！"陈五的老婆吓得瑟瑟发抖，心里后悔极了。

"这么说来，你们又想讹人钱财？"飞染瞥她一眼，冲吕岐山说，"吕大人，今日幸好被我撞见，如果被我家大人看到，不知道他会不会觉得，堂堂八角镇县丞竟然连两个骗子都教化不了。"

吕岐山一听这话，差点就跪下了。他小心翼翼地问："陶捕快，不知道宋大人有什么指示……"

飞染摇头回答："什么指示不指示的，大人后天才到呢，吕大人只需按律法办事，尽心替魏六少追回银两就是。"

一旁，魏铭与甄山文低声嘀咕几句。魏铭对吕岐山说："吕县丞是吧？我们没有丢银子,是陶捕快误会了。至于这位大嫂,她不小心摔了一跤,一切都是误会,说清楚就没事了,别耽误我们回京的行程。"

飞染听到这话,情不自禁勾起嘴角。她家大人怎么这么厉害,居然把魏铭想说的话猜得只字不差!

她按照宋青沬的叮嘱,摇着头说:"魏六少,你不能就这样回京。你看,你的马车又破又旧,马儿瘦骨嶙峋,天黑都走不到京城。如果你在半道发生什么事,可都是吕大人的责任。"

吕岐山顿时急了,立即吩咐手下去子爵府送信,好声好气地请求魏铭在县丞衙门将就一晚。

魏铭恨不得插翅飞回京城,他惧怕飞染的拳头,甄山文更害怕事情闹大,暴露自己的身份。他们百般不愿意留在八角镇,奈何形势比人强,只能被吕岐山客客气气"请"回衙门。

至于陈五夫妻,再次被吕岐山抓回了衙门。夫妻俩为了将功赎罪,一五一十说出了王亮偷窃甄山文的经过。

吕岐山抓来王亮一审,不只搜出了大额银票,还在钱袋子上发现了长公主府的徽标。他如临大敌,一边派人去长公主府报信,一边像供奉神明一般保护甄山文和魏铭,生怕他们少了一根头发。

另一厢,飞染吃完午饭,缠着宋青沬追问:"大人,您怎么知道魏六少的银子被偷了?"

宋青沬没头没尾地说:"飞染,我上次就告诉过你,我们想要永远在一起,只能成亲……"

"我才不要成亲呢!"飞染慌忙打断他,"大人,你到底怎么知道,魏六少丢了银子?你不告诉我,我要生气了!"

宋青沬暗暗叹息,好声好气地解释:"你仔细想想,陈五的老婆想要什么,魏铭又想怎么样。"

飞染侧头想了想,恍然大悟:"我明白了。魏六少急着回京,陈五的老婆想要银子。如果魏六少有银子,一定会花钱了事,他们压根不会在大街上僵持,是不是这样?"

宋青沬点点头。

飞染高兴地问:"大人,您把魏六少困在县丞衙门,接下去我们是不是去调查,他们为什么穿着奇奇怪怪的衣服出现在八角镇?"她摩拳擦掌,眼神明明白白告诉宋青沬,她已经准备好了,随时听从他的吩咐。

宋青沬一点都不想知道,甄山文为什么出现在八角镇。"或许,他们只是出门秋游。"他随口回应,手指窗外说道,"你看,外面天气多好,正适合散步。"

"大人,你不会压根没打算调查吧?"飞染皱起眉头。

"那倒不是。"宋青沬敷衍一句，转而问她，"明天我们去拜祭你师父，你把东西都准备好了吗？"

"陶妈妈都准备好了。"飞染很确信，陶氏已经把一切都准备妥当，可她还是被宋青沬拉去街上准备祭祀用的东西。

就像宋青沬说的，外面天气很好，阳光明媚，凉风习习。两人并肩而行，飞染突然想到一件事，生气地说："大人，前两天我们在街上巡视的时候，地上那条红艳艳的丝巾，你假装没看到，还是真的没看到？"

"什么丝巾？"宋青沬一时没反应过来，"你有红色的丝巾吗？"

"是侍郎府千金的丝巾。今天早上，捕头们都说，她想让大人帮她捡丝巾，所以当我帮她捡起来的时候，她很不高兴。大人，你是不是和其他人一样，觉得那位小姐很漂亮？"飞染一边说，一边酸溜溜地想，虽然我不及那位小姐弱质纤纤，楚楚可人，可是我比她长得高，我还会武功，会抓犯人。

一旁，宋青沬想起当日的情景，笑问："怎么突然提起那件事？"

飞染气呼呼地嘟囔："大家都说，侍郎千金长得那么漂亮，如果不是我抢先一步，大人一定会帮她把丝巾捡起来。"

宋青沬赶忙解释："其实那天我比你先看到丝巾。不过，不管你会不会帮她把丝巾捡起来，我都会假装没看到。"

飞染顿时眉开眼笑，想想又觉得不对，追问宋青沬："为什么要假装没看到？"

"很简单啊。"宋青沬不着痕迹地握住她的手，"你想啊，如果我帮她捡起来，她就有机会和我说话，然后我和她就认识了。我又不想娶她，为什么要认识她？"

这话的逻辑好像不对。飞染眨眨眼睛，疑惑地问："为什么大人认识了她，就要娶她呢？我和大人也认识啊，我们认识五个多月了呢！"

"不对。"宋青沬摇头，"我们认识十多年了，是你把我忘了。"

"所以啊，明明是我们先认识的。"飞染嘟囔一句，侧头想了想，加重语气说道，"总之，以后如果再有丝巾、香囊之类的掉在地上，全都由我去捡，大人就继续假装没看到，说定了哦！"

宋青沬失笑，无奈地感慨："你什么时候才能长大。"

飞染条件反射一般，低头看一眼自己的胸口。今日见到魏铭，她又想起当日在大街上遇到的那位大胸姐姐。她一直想和师父一样，可是师父却说，等她长大了，自然就和师父一样了。她什么时候才能长大呢？

"你在看哪里！"宋青沬敲了一下她的额头，目光不由自主顺着她的视线看去，心里一阵尴尬。

"我没有看哪里啊，大人，你干吗打我？"飞染捂住额头，一脸莫名其妙。她很想赶快长大，成为厉害的捕快，有什么不对吗？

宋青沫赶忙转移话题。两人一边逛，一边闲聊，很快到了晚上。

晚饭过后，飞染抱着一大摞小玩意找上宋青沫，笑眯眯地说，她打算和他分。她坐在宋青沫身旁，一件一件向他展示买回来的物件。

客栈的房间狭小，宋青沫的鼻子闻着她的发香，心猿意马。他知道，飞染半点没有撩拨他的意思，可他满脑子只想一亲芳泽，哪怕只是抱一抱她，或者拉一下她的手也是好的。

宋青沫猛地站起身。"天太热，我们去街上散步吧。"他打断喋喋不休的飞染，率先往外走。

"很热吗？"飞染看了看窗外。此时已经入秋，晚风凉飕飕的，哪里热了？她想要反驳，宋青沫已经跨出房门，她只能跟上他的脚步。

夜晚的八角镇空旷寂寥，压根看不到人影。弯弯的月亮悬挂在半空，宛若害羞的小姑娘，时不时躲藏在云朵后面。

"大人，你干吗走那么快！"飞染不满地抗议。

宋青沫停下脚步，回头看她。

飞染疾走几步，站在距离宋青沫三步远的地方打量他，关切地问："大人，你怎么了，奇奇怪怪的。"

"没什么。"宋青沫笑了笑。他已经被夜晚的凉风唤醒了理智。"走吧。"他犹豫了一下，牵起她的手，低声感慨，"飞染，过完年你就十六岁了。"

"对呀，我十六岁，大人二十二岁。等我二十二岁的时候，大人都快三十岁了。"

她在嫌弃他年纪大吗？宋青沫无言以对。

飞染浑然不知，自己又给她家大人会心一击。她抬头仰望天空，眉眼都是笑意。

"你笑什么？"宋青沫的声音闷闷的。

"没什么，就是忽然觉得天空很大，一眼看不到边际。"她觉得自己的话怪怪的，笑着说，"我胡说八道的，大人不用理会我。"

宋青沫轻轻勾起嘴角，装出一本正经的模样反驳她："天这么黑，哪里能看到天空，果然是胡说八道。"

"可以看到的。师父说，心有多大，就可以看得多远。"话音未落，她突然甩开宋青沫的手，大步跑向路边的合欢树，"大人，我最喜欢这棵合欢树了。以前每次下山，我总要过来看一眼。"她伸手触摸树干，"不知道这棵树是谁种的。"说罢，她高兴地绕着树干转圈。

宋青沫远远看着飞染，低声呢喃："你忘记了吗？我答应过你，替你种一棵合欢树。"

半晌，月亮又躲去了云朵后面。宋青沫看不清她，只见一个模糊的影子围着树干旋转。一圈，两圈，三圈……他恍惚想起，小时候的她总是这样围着他转。十多年来，他没有一刻忘记她。不知不觉中，她早就深入他的骨髓，成为他的一部分。

她早就是他的一部分，他们注定属于彼此。

他疾步走向飞染，抓住她的手腕，把她拽入怀中，低头吻上她的唇。

飞染猝不及防在惊愕中闭上眼睛。不同于上一次的蜻蜓点水，这一次的他仿佛想把她吞噬。她慌乱又紧张，不知道是否应该推开他。

他的唇齿带着只属于他的气息，他的手臂紧紧搂着她的腰，他的手指抚过她的脸颊，让她的心一阵阵发抖。她全身软绵绵的，再也使不出半分力气，只能依偎着他。

绵长的深吻，空气仿佛已经凝固。飞染快要喘不过气了，可是她一点都不觉得讨厌，反而满心欢喜。

许久，宋青荻气喘吁吁地呢喃："南方有一个传说，凡是在合欢树下相许的情人，一辈子都不会分开。飞染，我喜欢你，我心悦你，你呢？"

飞染点点头。

宋青荻追问："告诉我，你喜欢我吗？"

"喜欢。"飞染低头不敢看他。

宋青荻得寸进尺，捧着她的小脸要求："看着我的眼睛告诉我，你心悦我。"

飞染的眼睛水汪汪的，双颊冒着热气。她的视线无处躲藏，只能抬头看他，他的眼睛漆黑如墨又炙热如火。她心慌意乱，羞意难忍，恨不得把自己埋起来，又舍不得推开他。

"告诉我，你也喜欢我。"宋青荻锲而不舍。

"我喜欢大人。"她的声音细若蚊蝇，她的尾音被宋青荻堵在了喉咙内。

她确实喜欢他。她无法描述这种喜欢，也从来没有体会过此刻的甜蜜与欢喜。她踮起脚尖迎合他的动作。

宋青荻欣喜万分，隔靴搔痒一般的触摸再也无法满足他的渴望，他的手掌从她的衣襟滑入她的中衣。他的指尖才刚刚触及她的肌肤，她按住他的手背。

"不可以。"飞染认真地摇头，"师父说过，不可以在别人面前脱衣裳。"

宋青荻有些迷茫。她双颊酡红，眼睛水汪汪的，就像朝露下的花瓣，又似诱人的红苹果。他全身的每一个细胞都渴望着她。

"不可以的。"飞染再次摇头，态度坚决。

宋青荻回过神，用力拥抱她，把她的头按在自己胸口。他竟然失控了。他如此珍视她，他居然在大街上拥吻她，情不自禁想要她。虽然街上空无一人，可这毕竟是大街上。她是即将与他相携一生的人，他应该用心珍惜她。

他捧起她的脸颊，看着她的眼睛说："飞染，我不想再等了，我们成亲吧。"

"我不要成亲！"飞染用力摇头。

宋青荻呆住了。他错愕地问："为什么？你不是说，你也喜欢我吗？"

"我喜欢大人，但是我不要成亲。"飞染再次摇头。

夜很深，树叶在夜风中沙沙作响。

宋青莯听不到周围的声响，只是怔怔地注视她。他问："飞染，你知道什么是成亲吗？"

"知道啊。"飞染不安地动了动身体。

"别动！"宋青莯轻呼。

飞染不敢妄动，可是树干又硬又冷，他的胸膛炙热滚烫，她仿佛置身冰火两重天。她低声抗议："这样，我很不舒服。"

"那你告诉我，为什么不愿意和我成亲。"宋青莯追问。

飞染咬住嘴唇，轻轻摇头。以前她无法忍受别人碰触她，哪怕只是碰到她的指尖都不可以，可是她家大人这样抱她亲她，她都不觉得难受，会不会只要对象是他，成亲也没有师父说的那么可怕？

她不知道答案，不敢贸然回答，恼怒地轻斥："大人，你快放开我！"

"飞染，我要知道原因。"宋青莯同样态度坚决。

飞染娇蛮地拒绝："没有原因，反正就是不能成亲！"

"飞染！"宋青莯快疯了。他不想强迫她做任何事，但是如果她无缘无故拒婚，他不排除把她绑上花轿的可能性。不过他是文明人，比较崇尚先礼后兵。

"飞染，"他的语气轻柔缓和，带着魅人的暧昧，"像刚才那样，现在这样……只有成亲了才可以……"

飞染脱口而出："既然不可以，那大人以后都不要亲我……"

"不可能！"宋青莯斩钉截铁地摇头，"我的意思，我亲过你，抱过你，这辈子你只能嫁给我。"

"我武功很高的。"飞染垂下眼睑，耳根通红。其实她想说，如果她不愿意，别人胆敢碰她一下，她一定把那人打死。

转念间，她又想起那条红丝巾，还有那些总是盯着她家大人猛瞧的千金小姐。她抬起头，气鼓鼓地说："大人不可以亲别人，就连手指都不可以碰一下，不然我会很生气的，再也不理你了。"

宋青莯失笑，又是高兴又是无奈。男女之情本来就是自私的，独占欲也是爱情的一部分。

"飞染，这辈子我只会牵你的手，只会亲你一个人，像这样——"他轻啄她的嘴唇，"因为我喜欢你，所以我想娶你，一辈子和你在一起。如果你不愿意和我成亲，至少得告诉我原因。"

月亮再一次拨开云朵，月光透过合欢树的枝叶洒在他们身上。

飞染很感动。她的父母不要她了，师父也离开了她。只有他愿意永远和她在一起。

她呆呆地注视月光下的他，情不自禁伸手触碰他的脸颊。她第一眼看到他就觉得他好漂亮，还有一股莫名的熟悉感。这些日子，不管她高兴或者不高兴，他都在她身边。

他说，他亲她因为他喜欢她。她也喜欢他，是不是表示，她也可以亲他？

飞染没有问他。她勾住他的脖子，踮起脚尖，闭着眼睛贴上他的嘴唇。

刹那间，宋青苿的脑子一片空白。他能清楚地感觉到她的青涩与胆怯，但她努力学着他的动作。她动作轻柔，就像是轻盈的羽毛撩拨他的心脏。他更加坚信，她同样喜欢着他。

他用力抱紧她，五指陷入她的发丝。他忘情地吸吮她的嘴唇，撬开她的牙齿与她缠绵纠葛。他们仿佛两团火焰，想要燃尽彼此，又像滚烫的火山熔岩，试图将对方融化。

第二天一早，飞染迷迷糊糊睁开眼睛。她蓦然想起昨晚的情景，吓得睁大眼睛，紧接着用力拉起被子蒙住自己的眼睛。

昨晚，她不只主动亲吻了他，还把自己憋得差点昏过去。他把她抱回客栈，替她脱下鞋子，盖上被子，临走还不忘亲吻她的额头。

飞染轻轻触碰自己的额头，那里似乎还残留着他的温度。

她抱着被子在床上滚了一圈，双手捂住发烫的脸颊。她觉得很丢脸，又觉得很幸福。

她在床上翻来滚去，直到芷兰催促她起床，她才坐起身，又怀疑自己的嘴唇是肿的，恨不得用帷帽遮住自己的脸。

早饭过后，马车踏着清晨的阳光驶向净心庵。众人直接去了息嗔师太墓前，陶妈妈麻利地摆上祭品，飞染给师太磕了头，跪在地上烧纸。

宋青苿想要上前祭拜师太，飞染听到他的脚步声，吓得跳了起来，指着他的鼻子大叫："你不要过来！"

"飞染！"宋青苿很委屈。早上的时候，她都不愿意和他同桌吃饭。他知道，她又害羞了，可他爱极了她昨晚的热情，她压根不用害羞。

"飞染，我有话对你师父说。"他好言恳求。

"不管！"飞染蛮横地摇头，"我……"她一时词穷，忽然看到拴在树上的大白，高声嚷嚷，"你先去边上等一会儿，我要介绍大白给师父认识。"

"飞染！"宋青苿胸闷极了。相比一匹马，她不是应该先把他介绍给她师父吗？

飞染一手叉腰，一手指着不远处的空地说："你先去那边等着，我不叫你，你不准过来！"说罢，她跑过去拉扯大白的缰绳。

宋青苿摸了摸鼻子，默默站到一旁。

飞染偷瞄宋青苿的侧影，跪在息嗔师太坟前低语："师父，他就是宋大人，是白姨的儿子。他说，他在小时候就认识我，可是我一点都不记得了。我只知道，是他找到害死师父的仇人。他是大好人，又聪明又厉害，我不用说话，他就知道我在想什么……"

她喋喋不休说了一大通好话，突然又不出声了。

大白嘶叫一声，甩了甩鼻子，仿佛在抗议飞染说谎，只字未提它。

飞染站起身，拍了拍大白的鼻子安抚它，对着墓碑说："师父，我喜欢大人，我本来打算报答了大人恩情，就回山上陪着师父，可是……大人让我留在京城，我也想待在大人身边，永远和大人在一起。师父，你会不会怪我？"

说到这，飞染的眼眶红了。一直以来，她的世界只有师父，只有净心庵那一小寸天空，现在她看到了外面的天空，有了喜欢的人，她不想回庵堂了。

她知道自己是弃婴，只有师父不嫌弃她，所以她格外珍惜。现在她知道了，还有很多人喜欢她，她根本不需要为了从来没有见过面的人难过。是她家大人让她看到了不一样的世界，更广阔的天空。

"师父，我是不是很坏？"飞染的眼泪模糊了视线，"即便师父觉得我很坏，我还是想和大人在一起，不过我会经常回来探望师父的。"她深吸一口，擦去脸颊的泪水，"师父，抓坏人可有意思了。每次抓到一个坏人，我就会想，我用师父教我的武功，让坏人不可以再害人，救了很多好人……"

飞染再次偷瞄宋青洙，蹲在墓碑前神秘兮兮地说："师父，大人长得可好看了，不过我不是因为他长得好看才喜欢他，也不是因为他经常带我吃好吃的……"

她侧头想了想，继续说："我也说不清楚为什么喜欢大人，反正大人和别人不一样……每当大人看着我的时候，我都会觉得，在他眼里，我才是最重要的……每当那个时候，我都会觉得自己快要喘不过气了，可心里又很欢喜……"

不远处，宋青洙听不到飞染说了什么，只看到她一会儿拉着缰绳，一会儿又去拍马鼻子。他自言自语："她不会真的在介绍一匹马吧？"

片刻，他仿佛看到她正在擦眼泪，心中一紧。犹豫半晌，他悄悄走过去，隐约听到她信誓旦旦地说："师父，我真的很喜欢当捕快，我要一辈子当捕快！"

宋青洙脚步略顿，心中暗忖：这就是她不愿意成亲的原因？

"大人，你什么时候过来的？"飞染惊呼。

"你就那么喜欢当捕快？"宋青洙询问。

"是啊！"飞染毫不犹豫地点头，心虚地移开视线，"现在轮到你了，我和大白过去那边。"她牵着大白马，慌慌张张跑开了。

宋青洙独自站在息嗔师太墓前，回头看一眼飞染。他低声陈述："师太，如果飞染只是普通的弃婴，你不会特意在信上叮嘱母亲，把她嫁去南方吧？"

他再看一眼飞染，接着又道："飞染很在乎自己被父母遗弃一事。我不知道你为何极力隐瞒她的来历，我只知道，不管她的父母是谁，未来她一定是我的妻子。"

他叹一口气："师太，我真的不明白。飞染的生辰是三月十六，我仔细查过，十五年前的三月十六日前后，并没有权贵之家丢失女婴，京城也没有发生了不得的大事。如果她的父母只是普通人，你为何隐瞒她的身世？"

"不管怎么样——"宋青洙突然抬高音量，郑重地承诺，"不管飞染的父母是谁，会不会出现，我都会娶她为妻，一辈子爱护她，保护她。"

第 2 章　枯骨墓园

飞染与宋青荗祭拜过息嗔师太，一行人前往净心庵。

远远的，飞染看到庵堂的大门虚掩着。她朝大门跑去，芷兰已经先一步推开院门。原本井井有条的小院一片狼藉，花盆打碎了，树枝折断了，就连院子角落的水缸都被砸烂了，满院子都是水渍。

飞染满脸气愤，抬脚就要进去。宋青荗急忙拉住她，命令捕快在院子四周勘察。

不多会儿，捕快回禀，大门并没有被踹开的痕迹，北边的角门挂着铜锁，也没有损坏的痕迹。

飞染低声嘀咕："难道是武功高强的人翻墙进去把花草拔了，再打破水缸？那个高手太无聊了吧？"

宋青荗联想到谋害息嗔师太的真凶，表情凝重。他对飞染说："你和大伙儿在外面等着，我进去瞧瞧……"

"不行。"飞染断然摇头，"保护大人是我的职责。万一贼人就藏在哪个角落……"

宋青荗笑道："放心，这是昨天的事，这会儿凶手早就走了。"

飞染狐疑地眨了眨眼睛，问道："大人，你怎么知道这是昨天的事？"

宋青荗指着地上的水渍解释："你看，水缸里面的水几乎流淌了大半个院子，这就说明水缸原本是满的。如今天气凉了，满满一缸水没有一整天的时间很难晒干。贼人把院子弄得一片狼藉，只是为了泄愤，不会在这里久留。"

"大人，你真厉害，不过我还是不能让你一个人进去。"飞染态度坚决。

宋青荗看到她一脸认真，心里竟然有几分高兴。他悄悄拉住她的手，吓得飞染赶忙甩开他，紧张地左顾右盼。

宋青荗轻笑，故意低头在她耳边说："既然你坚持，我只能勉为其难应你，不过你只能走在我身后，而且不能乱碰东西，知道吗？"

"大人，你好好说话，不要靠这么近！"飞染粉颊嫣红。

宋青荗眼底的笑意更深了几分。他轻咳一声，故作正经地吩咐："走吧，陶捕快。"他举步往前走。飞染亦步亦趋跟着他，果然不敢碰触任何东西。

两人在院子的回廊上走了十余步，宋青荗突然停下脚步。"你看那边的木槿。"他没有继续解释，等着飞染凑近他。

"看什么？"飞染不疑有他，小脸几乎挨着他，顺着他的目光看去。

宋青苶转过头，以迅雷不及掩耳之势亲了一下她的脸颊。

"你干什么！"飞染捂着脸颊跳开一大步，紧张地朝院子门口望去。幸好，捕快和侍卫们不敢朝他们张望。

宋青苶站直身体，仿佛什么都没有发生过，正色说："看木槿倒下的姿势。"

飞染蹙着眉头观察木槿。半晌，她大叫一声："我知道了！木槿从两个方向倒下，破坏院子的很可能是两个人。"她自顾自比画了两个，双手模拟木槿倾倒的姿势。

宋青苶惊讶万分，自豪感油然而生。不愧是他喜欢的人，果然很聪明。他一本正经地说："先去存放贵重物品的屋子看看。"

飞染点点头，领着他推开一扇房门。

宋青苶抬头看去，屋子被翻得乱七八糟。他推测，这间书房应该是息嗔师太平日用来抄写经书的地方，书架上的书一部分被搬到书桌上，一部分掉在了地上，整间屋子被严密地搜掠过一遍。

"真是太过分了，就连师父的经书都不放过。"飞染一脸愤懑，走到墙边拿下一幅画，蹲在地上叩击地砖。转眼间，她取出一块地砖，把画轴插入地砖下面的机关。

宋青苶只听到"咔嚓"一声，书架摇晃了两下，缓缓移开，露出几级台阶。

飞染骄傲地说："大人，师父很厉害吧，这是师父闲来无事造着玩的。"

宋青苶已经说不出话了。这个机关精巧又专业，息嗔师太竟然懂得机关术？他很确信，他的母亲不会，也不知道息嗔师太是布置机关的高手。

他跟着飞染步下台阶，再一次惊呆了。他以为飞染把裸钻当弹珠玩，最多就是蒋家被查抄之前，息嗔师太偷藏了几件贵重物品。事实证明，他错了，息嗔师太整整藏了三箱珠宝！

箱子大约二尺见方，用花梨木制成，面上雕着合欢花或者缠枝花，八个角上以纯银包裹，做工十分考究。

宋青苶随手打开箱子，里面装满了各式宝石，基本都是裸石。他问飞染："你不是说，没有多少银子吗？"

"是没有多少啊！"飞染从大箱子背后费力地抱起一个木匣子，打开盖子展现在宋青苶眼前，"只有这么多银子。以前每次下山，师父都会给我五十两，那些银子被我带去京城了。"

宋青苶不知道如何接话。木匣子里装着一百两一个的大元宝，他目测大概有三十多个吧。大元宝的下面铺满了金条，的确没有多少，才装了大半个匣子，呵呵。

飞染看到他默不作声，急忙向他解释："大人，你是不是觉得箱子里的宝石很值钱？俞捕头告诉过我，你送我的粉钻耳环花了您好几个月的俸禄。箱子里这些宝石和耳环不同，师父交代过，不能让别人知道，所以它们都不算银子，和地上的石头差不多。"

宋青荇很想告诉飞染，就算这些宝石是红货，拿去黑市贱卖，大概足够飞染锦衣玉食几十辈子。

他问飞染："除了你和你的师父，还有别人知道这间密室吗？"

飞染想也没想，仰着小脸说："除了我和师父，就只剩大人知道了。"

"你这是什么表情？要我夸奖你，让我知道这个秘密吗？"宋青荇点了一下她的鼻尖。

飞染高声说："大人，这个密室就连陶妈妈都不知道呢！"她的言下之意不言而喻。

宋青荇失笑。她不需要露出邀功似的表情，他也知道，她很信任他。他问："那机关术呢？你也会吗？"

"不会。"飞染摇头。

宋青荇安慰她："不会没有关系，没必要学那个……"

未待他说完，飞染补充："我只会解师父做的机关，不会做机关。"她依旧一脸纯真，仿佛对她而言，那只是一个很好玩的游戏，根本不值一提。

宋青荇无言以对，说道："我们出去吧。"

"好！"飞染点头。

两人拾阶而上，飞染锁上密室，宋青荇站在书房中央环顾四周。

"大人，你在看什么？"飞染好奇地东张西望。

"我在想，他们在找什么。"宋青荇轻抚下巴。

"难道不是找值钱的东西吗？"飞染学着他的样子抚摸下巴。

"你仔细看那些书册。"宋青荇手指书架旁的桌椅，"看到了吗？那些书不是被人从书架上扫落的，而是一本一本拿下来，仔细检查过的。"

"所以呢？"飞染侧目。

"他们不是在找一本书，而是在找能够夹在书页里面的东西。"他一边说，一边上前，用食指在桌上的书封轻轻一扫，指腹立马沾染了一层灰尘。

他道："这么厚一层灰，极有可能你们前脚刚离开庵堂，后脚就有人潜进来了。"

飞染惊问："破坏院子的人和在屋子里翻找东西的人是两批人马？！"

宋青荇走出房间环顾院落，轻轻点头。

"大人，你又想到了什么？"飞染追问。

宋青荇没好气地说："没有。我不是神仙，掐指一算就能知道所有事情。"

"我知道大人不是神仙，可是大人真的很厉害。"飞染的脸上写满崇拜。

宋青荇微微一怔。他不需要她的崇拜，因为每当和她在一起，他越来越觉得，自己仅仅是普通人，有最平凡的七情六欲。不过她的崇拜又让他有些飘飘然。他问："你仔细想想，庵堂有没有发生过特别的事？"

"特别的事？"飞染侧头思量，"师父墓前的白瓷碗不见了，算不算特别的事？"

宋青苶反问："你拜祭你师父时用的白瓷碗？"

"不是。"飞染摇摇头，把上一次离开净心庵的时候，在墓碑前发现一只盛水的白瓷碗，碗中有两朵合欢花的事叙述了一遍。随即她又告诉宋青苶，刚才她擦拭墓碑的时候，发现墓碑上一点灰尘都没有。

宋青苶听到这话，眼中并无半点惊讶，仿佛早就知晓此事。

飞染奇怪地问："大人，你知道是谁祭拜师父吗？"

宋青苶没有回答，低声说："昨晚我告诉你的传说，还记得吗？"

飞染一下子涨红了脸，低头注视脚尖，默默点头。

"其实那个传说还有下半句。一对有情人如果阴阳两隔，活着的那人只需在对方墓前用清水盛一对合欢花，下辈子他们就能再续前缘……"

"为什么要等下辈子？"飞染不明白。

宋青苶叹息："生离死别不是我们可以控制的……"

"可是师父一直就在净心庵啊！"飞染的小脸皱成一团，继而信誓旦旦地说，"幸好我会武功，如果大人去当和尚了，我一定去和尚庙把大人救出来……"

"放心，我不会去当和尚的！"宋青苶无奈地打断了她，转身往外走。

"大人。"芷兰在院子门口回禀，"山下有马蹄声传来，来人应该有七八匹马。"

不多会儿，吕岐山率领七八名衙差来到庵堂。他看到宋青苶等人，诧异万分。

宋青苶想了想，问道："吕大人，是兰台令史派人通知你，净心庵被人洗劫了？"

吕岐山错愕地点点头，下巴快要掉到地上了，讶异得说不出一个字。

宋青苶暗暗叹一口气。他吩咐吕岐山："我明日才会抵达八角镇。今天你就当没见过我，你原本打算怎么处理，仍旧怎么办吧。"

吕岐山再次点头。此时此刻，他表面镇定，心里快急疯了。

昨天，他扣留了驸马的独子，今天驸马就派人告诉他，他无意间发现净心庵被贼人洗劫了。

据他所知，这一片山林只有净心庵一座尼姑庙，只埋着息嗔师太一个女尼。甄彦行此举岂不是告诉所有人，他堂堂长公主的驸马，独自来到荒山祭拜美貌尼姑？

吕岐山不敢对宋青苶说出这话，急匆匆走了。

飞染目送他离去，连番追问宋青苶："难道是驸马用合欢花祭拜师父？白姨说，师父以前和驸马爷定过亲……"

"飞染，你相信我吗？"宋青苶打断了她。

飞染毫不犹豫地点头，说道："我相信大人。"

"那好。"宋青苶按住她的肩膀，"这件案子事关你的师父，需要慎重行事。有些事，等我调查清楚了再告诉你，你愿意等吗？"

"好！不过等大人调查清楚了，我想问一问偷偷祭拜师父的那个人，为什么他宁愿期盼虚无缥缈的来世，也不愿意在师父活的时候来找她。"

宋青苯没有答应，也没有拒绝。

一盏茶之后，宋青苯正帮着飞染整理屋子，吕岐山折了回来。他跑得气喘吁吁，结结巴巴叫嚷："宋大人，出大事了……林子里……很多死人骨头……"

宋青苯侧目。

吕岐山喝了两杯凉水平复情绪，这才把事情的经过说清楚。

原来他碍于报案人是甄彦行的手下，就多问了几句。那人声称，贼人洗劫净心庵之后，往林子里面逃窜了。他随即派人搜山，没有发现贼人的踪迹，却发现了一堆白骨。

大半个时辰后，宋青苯等人随吕岐山来到树林深处。众人放眼望去，粗壮的树枝下，白骨七零八落夹杂在褐色的藤蔓间，间或有植被从骷髅头的缝隙中冒出来。骨头风化得厉害，显然已经在林间暴露了很长时间。

宋青苯站在白骨边上，遥望山脊的另一边。透过枝叶的缝隙，他隐约可以看到山脚下的庄园。庄园内青瓦白墙，古树参天。他问吕岐山："山下是哪家的庄子？"他嘴上这么问，心中已然有了答案。

吕岐山顺着他的目光看去，为难地解释："宋大人，山脊那一边并非八角镇地界。"

飞染在一旁插嘴："大人，上次林世子在林中折了马，差点回不去。这些骨头会不会是迷路的人……"

宋青苯肯定地回答："这里不只一具尸体，肯定不是迷路的人。"他几乎可以肯定，尸体被丢弃在此，经风雨长年累月的腐蚀，动物啃噬，变成这堆枯骨。潮湿的密林人迹罕至，灰白色的枯骨散落其间，仿佛一个枯骨墓园。是什么样的凶手，造就这样一个令人毛骨悚然的墓地？

宋青苯闭上眼睛轻揉太阳穴。

十六年前，息嗔师太奉先皇之命在净心庵出家。先皇曾颁布口谕，不许任何人上山探望。理论上，杀人弃尸的嫌疑人要么是偷偷上山探望息嗔师太的当朝驸马甄彦行，要么就是山头另一边的永安侯林家的人。

他吩咐吕岐山："让你的手下把这片山林搜查一遍，如果发现其他尸骨，报于我知。"话毕，他转身准备离开。

"大人！"飞染赶忙拦住他，"您不把尸骨带回衙门让仵作检验吗？"

宋青苯回答："他们至少死了十多年……"

"不管他们死了多少年，都是人命啊！"飞染挡住宋青苯的去路。

宋青苯知道，飞染想让他接下这桩案子。他避重就轻地说："你不想知道，是谁在净心庵搜掠破坏吗？那是你和你师父居住过的地方。至于地上这些骨头，不过是素不相识的陌生人罢了。"

飞染的脸上露出犹豫之色。片刻,她斩钉截铁地说:"大人,您还是先找杀人凶手吧,师父说过,没什么比人命更重要,我也是这样想的。"

宋青荍不语。

"大人,我说得不对吗?"飞染侧目。

宋青荍看一眼地上的枯骨,叹息道:"这些人死了太久,查起来不容易。如果我专心找凶手,你可能永远都不知道庵堂那边……"

"没什么比人命更重要。"飞染重申。

宋青荍沉默了。

"大人,就算时间隔得再久,我相信你一定可以找到真凶。"飞染右手握拳,对他比一个"加油"的手势。

宋青荍一阵胸闷。飞染以为他没有把握查明真相,所以退缩了吗?他转身往山下走,嘴里咕哝:"行了,我们别妨碍吕大人搜山。说不定等搜山有了结果,案情自有分晓。"

飞染不情不愿地点点头,快步跟上他的脚步。

下山的路上,宋青荍看到飞染一步三回头,又时不时遥望庵堂的方向,终究还是不忍心。他吩咐手下提醒吕岐山,如果发现其他的尸骸,不要破坏现场,赶快派人通知他。他同时命令捕快快马赶往八角镇的县丞衙门,"挽留"魏铭和甄山文,暂时不许他们回京。

飞染听到这些话,立马扬起笑脸,又疑惑地问:"大人,您已经知道,魏六少为什么来八角镇吗?"

"你也太现实了吧!"宋青荍轻轻敲了一下她的脑门,又欲盖弥彰一般解释,"即便我接手这桩案子,也是因为我向皇上谏言,希望各地重新调查悬而未决的旧案,我这是以身作则……"

"我知道,我知道。"飞染捂着额头直点头,"俞捕头说,大人是上官,是做大事的人。大人有大人的考量,我懂的!"

"你懂什么!"宋青荍哼哼一声,很自然地牵起飞染的手,拉着她折返庵堂。

午时,吕岐山搜山还没有结果,宋青荍已经带着飞染返回八角镇。

同一时间,魏铭正在县丞衙门吆五喝六,变着法儿与衙差为难。衙差们不敢得罪他,只是一味赔罪,却死活不让他离开衙门。

他觉得无趣,对着他们啐一口,转而对甄山文说:"山文,吕岐山是不是吃了熊心豹子胆,竟敢软禁我们。"他拿起茶杯牛饮三杯:"小爷我奈何不了宋青荍,难道还办不了一个八品县丞吗?"

甄山文低声吐出一句:"吕岐山恐怕是受宋青荍指使。"

魏铭愣住了。他对飞染那巴掌仍旧心有余悸,对宋青荍的手段更是又惧又怕。

"魏六哥。"甄山文抓住魏铭的手腕,殷殷叮嘱,"不管谁人问起,我们都得坚称,是我拉着你秋游。"

魏铭劝说："山文，那个老尼姑已经死了那么久……"

"魏六哥，你一定要记住，我们没有上过那座山，更没有去过庵堂，切记切记！"甄山文说得又急又快，直至魏铭再三保证，他才放开他的手腕。

魏铭低头看去，自己的手腕上清晰可见暗红色的指印。他暗忖：打砸一间无人的破庙不过小事一桩，山文这般焦急，难道他有事瞒我？

怀疑就像是春雨滋润下的竹笋，在魏铭心中疯长。他神思恍惚地在院子里溜达，忽然看到一个衙差鬼鬼祟祟往外走。他一时好奇跟了上前，就听那人大声吆喝："人呢，死哪里去了？"

衙差的话音刚落，另一人回道："嚷嚷什么，老子不过是去撒泡尿，这又不是看守犯人……"

先前那名衙差压着声音说："你可给我听清楚了，那位魏六少可比犯人重要多了。如今出了那么大的事，总要有人背黑锅。不是这位魏六少，难道让长公主的独子背上杀人罪名？长公主才是金枝玉叶，真正的皇亲国戚！"

听到这话，魏铭震惊了，心中就像猫抓似的难受，整个人笼罩在恐惧中。

傍晚时分，当他听到旁人议论，衙差们从山上运回来很多尸体，他彻底蒙了。片刻，他又像热锅上的蚂蚁，在屋子里急得团团转。

夜幕悄然降临。不同于魏铭的焦灼不安，宋青莯正闭着眼睛端坐桌前。

"大人，你为什么皱着眉头？案子很难办吗？"飞染一脸关切。她想为他抚平眉心，指尖触及他的肌肤时，突然间脸红了，急忙把双手藏在身后，慌慌张张别开视线。

宋青莯故意逗她："你脸红了，是不是想到昨天晚上……"

"才没有！"飞染猛地弹开一大步，气鼓鼓地瞪着宋青莯。

"唉！"宋青莯夸张地叹一口气，"今天走了那么多路，我太累了，所以不能集中精神，不如你给我捏捏肩膀？"

飞染狐疑地打量他，认真评估他的要求。

恰此时，吕岐山抱着一大摞卷宗，恭敬地敲门。

宋青莯一阵失望，无奈地吩咐吕岐山放下卷宗。随即，他拿起案卷，一目十行快速浏览内容。

吕岐山低头站在桌前，额头、鼻尖不断渗出细汗，心中惶惶不安。

沉默许久，他沉不住气了，结结巴巴说："宋大人，卑职已经按照您的吩咐，把乌衣子爵府派来的管事安置在衙门，管事得知他见不到魏六爷，立马派小厮回京报信去了。"

"嗯。"宋青莯淡淡地应一声，不置可否。

吕岐山愈加焦急，用衣袖擦了擦汗水，小心翼翼地询问："大人，长公主府还没有消息，下官要不要再派人……"

"吕大人，你到底在担心什么？"宋青莯不耐烦地抬起头，"下午我就说了，他们二人明早就会回京，他们的家人不会怪罪你。"

"是。"吕岐山连连点头。他相信宋青荗的能力，可他说得太玄乎，仅靠衙差在魏铭面前说几句似是而非的话，就能令他和甄山文一五一十交代事实？在他看来，魏铭虽然骄纵了一些，但他不是傻子，甄山文年纪虽小，心思恐怕比魏铭更深。

吕岐山战战兢兢站在一旁，不敢开口。

一个时辰后，捕快匆匆来报，魏铭要求面见吕岐山，声称有十分重要的事。

宋青荗低着头说："你去吧，让魏家的管事在一旁听着。等他把事情的经过交代清楚，你当着管事的面告诉他，如果他因为上次的那一巴掌想找我报仇，最好找有分量的后台。我没工夫和黄毛小子玩过家家的游戏。"

"这个……"吕岐山的额头再次渗出细密的汗珠，觍着脸建议，"大人，不如下官命人把魏公子带来客栈……"

"他不值得我浪费时间。"宋青荗打断了他，朝窗外看一眼，低声说，"算时间，驸马爷应该快到了。"

"驸马爷？"飞染忍不住插嘴，"大人，驸马爷真的是白姨口中的'白眼狼'吗？"自从她在白珺若口中第一次听到"甄彦行"这个名字，她一直对他充满好奇。

她不希望自己的师父喜欢上坏人，可是人人都说，甄彦行是陈世美，为了荣华富贵勾引镇北将军独女蒋瑶，之后又为了长公主抛弃未婚妻。甚至有人谣传，甄彦行为了当上驸马，不惜陷害蒋家。

飞染不愿意相信这些传言，毕竟甄彦行是师父喜欢过的人。师父一直教她，不要怨恨，尽自己的努力过好每一天。可是如果传言是真的，她怎么能不生气？

"大人，待会儿我能不能和驸马爷说几句话？"飞染倾身注视宋青荗，殷殷期盼他点头。

宋青荗抬头看她，反问："你想问他，传言是不是真的？"他自问自答："过去那些年，驸马从来没有一句解释或者澄清，你觉得他会怎么回答？"

"我不知道。"飞染皱起眉头，"我只是觉得，如果他喜欢师父，就应该和师父在一起，哪怕远走他乡，隐姓埋名。可是，他从来没有探望过师父，师父也没有提起过他。大人，喜欢一个人难道不是时时刻刻想和他在一起，除了睡觉的时候，每时每刻都想看到他？"说着说着，她又脸红了。

宋青荗莞尔，趁机诱惑她："飞染，一旦我们成亲了，睡觉也不需要分开……"

"我才不要成亲呢！"飞染断然摇头，孩子气地说，"睡觉的时候都是闭着眼睛，又看不到大人，分开也没有关系！"

宋青荗一阵咳嗽。

飞染奇怪地看他，信誓旦旦地保证："大人，你放心，我会保护你，不会让你像师父那样出家的。"

"我知道。"宋青莯几乎咬牙切齿，"你也放心，就算是死，我也会拉上你一起的！"

"好！"飞染认真地点头，"师父说过，死有重于泰山，轻于鸿毛，所以我不怕死。如果真有那么一天，我愿意和大人同生共死！"

宋青莯胸口的郁气瞬间消散了。他怨她不懂男女之情，她却很认真地告诉他，她愿意与他共死。他觉得相对于她，他更爱她；或许在她心中，她才是更喜欢他的那个人。爱情根本没办法衡量多寡，他又何必执着呢？

他缓和了语气，说道："飞染，我先送你回房，我看完这些卷宗也睡了，明天还得很多事情等着我们办。"

飞染转头看了看墙壁。她的房间就在一墙之隔，需要送吗？她恳求宋青莯："大人，驸马快到了。我想知道他和师父的事……"

"那些事过去十五六年了，即便驸马愿意开口，也不见得是实情。"宋青莯一边说，一边牵着飞染的手往外走。

"可是……"

"没什么可是。"宋青莯揽住她的肩膀，"很多事不能只看表面。你看，大家都说永安侯夫妻鹣鲽情深，结果呢？"

飞染侧头思量，低声说："之前我挺生气的，现在想想，其实林世子也是好人。"

宋青莯若无其事地转移话题："你明天醒了就来找我，我等你一起吃早膳，知道吗？"

"好！"飞染重重点头。

宋青莯不着痕迹地看一眼一步之遥的房门，暧昧地说："我送你进去吧。"

"这个……"飞染本能地察觉不对劲，"我知道怎么开门。"

"没关系的。"宋青莯上前一步推开房门，径直跨入房间。他知道飞染喜欢明亮的环境，一早吩咐小二在她的房间点上烛火。他走到窗边关上窗户。

飞染站在门边看他。不知道为什么，她的心脏"怦怦"乱跳，不由自主咽一口口水。她局促地问："大人，你不回去继续看案卷吗？"

"回去的。"宋青莯点头，转身走向飞染。

"那个……我先睡了……"

宋青莯一把抓住急欲逃跑的人，顺手阖上房门。他上前一步，飞染不得不后退一步，脊背抵住了门框。他的手顺势撑着门框，防止她逃跑。

"大人，你干什么！"飞染垂眸不敢看他。

宋青莯低下头，在她耳边轻声说："不干什么，只要你像昨晚那样亲我一下，我就放开你。"

他的气息笼罩着飞染，飞染几乎可以听到自己如雷的心跳声。她想要推开他，却被他抓住了手掌，一个轻浅的吻落在她的手背。

"大人，你……你再不放开我，我要生气了哦！"她虚弱地威胁。

"你亲我一下,像昨晚那样。"宋青莯与她讨价还价。

飞染再一次忘了,她会武功。她的脸颊一阵火辣辣的,脑子压根无法思考。她如愿抽回了自己的手掌,他却抬起了她的下巴。

她无措地看着他,目光被他的眼睛吸引。他专注地看着她,她仿佛可以看到他眼中炙热的火焰。她快被他的目光融化了,只能温顺地闭上眼睛。

温热的唇如她的预期一样,轻轻贴上她的,带着他的气息。她伸手环抱他,任由他在自己的唇上辗转。

宋青莯极力控制内心的渴望,动作极尽轻柔又饱含克制。他只想要一个晚安吻,因为甄彦行快到了,他必须冷静地与他谈判。

可是她这么甜蜜,他亲吻着她,就像久旱的田地遇上甘霖。理智不断敦促他放手,可他的指尖已经嵌入她的发丝,想让她更贴近自己。

"三爷,京城的马车已经到了客栈外面。"山柏禀告。

房内的两人吓了一跳,慌忙放开彼此。

"叩,叩,叩。"隔壁再次传来敲门声。山柏误以为宋青莯正在自己的房间,又在房门外轻唤两声。

宋青莯回过神,低头亲吻飞染的额头,低声说:"你早些睡觉,明早我们一起用早膳。"

飞染低着头,恨不得昏过去。

"笨蛋!"宋青莯抬起她的下巴,"喜欢就是这样的,想要亲近彼此,恨不得时时刻刻看到对方……"

"所以我只是太喜欢大人,不是中邪了?"飞染高兴地问。

"对。"宋青莯轻笑,与她十指紧扣。

飞染吓得慌忙想要抽手,他却抓着她不松手。"大人!"她轻呼。

宋青莯笑着说:"只有我们两个人的时候,不要唤我'大人'。"

"三爷?"山柏听到这边的声响,疑惑地走到飞染的房门前,扬声询问,"陶捕快,你见过三爷吗?"

"等一下。"宋青莯回应山柏,"你按我说的,替甄令台准备茶水,我马上就下去。"

山柏应声而去,宋青莯匆匆整理仪容,这才依依不舍地离开飞染的房间。

漆黑的夜幕下,驸马甄彦行独自坐在客栈的后院。山柏奉上热茶。他客气地谢过山柏,复又抬头仰望夜空。

宋青莯站在廊下远远观察甄彦行。院中的烛火忽明忽暗,秋风拂过,甄彦行灰白的头发迎风飞扬,衣襟轻摇慢曳,背影说不出的孤寂悲怆。

"甄大人。"宋青莯上前行礼。

甄彦行回过头,客气地与宋青莯打招呼。

两人寒暄几句，甄彦行直言："宋大人，我连夜赶来八角镇，只为接犬子回家。我去到县衙才知道，宋大人也在八角镇。"

　　宋青荇没有正面回应这话，笑着说："驸马爷好茶，今日我厚颜请您品鉴桌上这碗茶汤。"

　　甄彦行奇怪地注视宋青荇，并没有端起茶盏。

　　宋青荇再次比了比桌上的茶杯。

　　甄彦行无奈，只得端起杯子，作势品尝。他本意只为敷衍宋青荇，可是当他的目光触及茶汤，脸色由白转青，杯子"嘭"的一声摔在了地上，热水四溅，濡湿了他的裤脚。

　　他浑然未觉自己的失态，一味震惊地瞪着宋青荇。

　　宋青荇不慌不忙地站起身，低声感慨："驸马与长公主成婚十六年，朝夕相处，定然十分了解对方。驸马爷不过是看到两朵合欢花，就做出这么大的反应，也难怪令公子会出现在八角镇。"

　　"宋大人，犬子年幼，不习惯在外过夜。"甄彦行沉下了脸。

　　"甄大人放心，令公子很安全。时辰尚早，您不妨听我讲一个故事。"宋青荇仰望夜空，"十多年前，飞染只有五岁，净心庵外面的合欢树死了，她一直哭，不吃饭也不喝水，直到我答应她，为她种一棵一模一样的合欢树。第二天，我和母亲回到京城，先皇突然传下口谕，不许任何人前往净心庵。自那天之后，我无缘再见飞染，亦无法兑现承诺。"

　　说到这，宋青荇略一停顿，摇头感慨："很多事，表面看起来毫无关联，实则纠纠缠缠，说不清，理还乱。"

　　甄彦行沉着脸说："宋大人，你有什么话，不妨直言。"

　　"好。"宋青荇收敛了笑容，"十年前，是谁砍死净心庵的合欢树，已经无法查证；先皇何以突然下旨，也不可考，不过令公子拔了净心庵的花草证据确凿。"

　　"宋大人希望我做出赔偿？"甄彦行审视宋青荇。

　　宋青荇微微眯眼。甄彦行没有见到儿子就已经相信，是甄山文去净心庵搞破坏。甚至于，他几乎变相承认，十年前是甄山文命人砍死合欢树，先皇的口谕也与他家有关。至于息嗔师太坟前那只白瓷碗，那应该是甄彦行与蒋瑶的来世之约吧？

　　如果说林瑾明和陆萱是一对貌合神离的"恩爱"夫妻，那么长公主与甄彦行呢？一场三个人的婚姻吗？

第 3 章　破窗小贼

短暂的沉默中，甄彦行冷沉声说："犬子顽劣，造成他人损失，为人父母理应做出赔偿。不过在此之前我想请教宋大人，阿瑶到底是怎么死的？"

"驸马爷口中的'阿瑶'是指息嗔师太吗？"宋青荇明知故问，语气夹杂淡淡的讥讽之味，表情仿佛在说，你作为长公主的驸马，有什么资格询问蒋瑶的死因？

甄彦行失神地跌坐在石凳上。院子里的光线很暗，他看不清宋青荇的神情，但他那一双漂亮的凤眼让他害怕，好似早已将他看透。

许久，甄彦行艰难地询问："是……顺昌吗？"

宋青荇微微眯眼。甄彦行并不知道疑凶遁入长公主府，他何以怀疑自己的妻子派人谋杀息嗔师太？

"阿瑶是怎么死的？"甄彦行追问。

犹豫片刻，宋青荇低声说："半年前，正是合欢花盛开的时节。师太在客栈被凶手伏击，用迷药迷晕之后拖至床上。凶手本来可以直接杀了她，但凶手选择强奸她，再逼她自尽。她在咬舌自尽之前已经伤痕累累……"

"别说了！"甄彦行疾呼。

宋青荇置若罔闻，一字一顿陈述："仵作告诉我，师太在被凶手强奸途中醒来，或许是痛醒的，或许是凶手想让她清醒地看到，她如何被他凌辱……"

"不要再说了！"甄彦行怒叫。

宋青荇自顾自叙述："仵作说，师太咬断舌根，死意坚决。飞染闻声赶过去，她已经咽下最后一口气，依旧怒目圆睁……"

"我让你再别说了！"甄彦行猛地站起身，怒视宋青荇。半晌儿，他像垂暮的老人，颓然地跌坐在石凳上，呆呆地注视黑夜。

宋青荇讥诮："驸马爷不是想知道，师太是怎么死的吗？我只是实话实说罢了。"他的声音清冷无波，仿佛刚刚融化的雪水，冷彻心骨。

甄彦行就像雕像一般坐在石凳上。不知过了多久，他突然开口："你想让我做什么？承认飞染是我和阿瑶的女儿？"

宋青荇满心讶异，脱口而出："你愿意？"

甄彦行低声说："上次你借故找我饮茶，我就知道，你为了飞染才会找上我。"他深吸一口气："阿瑶告诉我,她眼睁睁看着父母族人被杀,她的心早就死了,是飞染让她活过来。因为飞染需要她,所以她活着。她活着只是为飞染,不是为了其他任何人。"他笑了起来,笑着笑着,两行浊泪滑下脸颊:"或许这是我能为阿瑶做的最后一件事。"

宋青荇的心重重往下沉。息嗔师太会武功,有足够的财物,先皇驾崩后,皇家对庵堂的监控并不严密,她大可以带着飞染远去海外。如果她对甄彦行说的都是真心话,那么她选择留下,只剩一个原因,飞染的亲生父母就在京城。而她突然请求他的母亲将飞染远嫁南方,很可能是她意识到,飞染不可能认回他们了。

甄彦行好似为了印证宋青荇的推测,接着又道:"那天之后,阿瑶再也不愿意见我,哪怕是在八角镇上远远看到我,她也会立马避开。这些年,我唯一能做的事,给她送些日用品。我知道,她是为了飞染才收下的,但这样已经足够了。"

甄彦行说话间,宋青荇瞥见山槐向他示意,甄山文来了。他转而询问:"那几只花梨木包银的箱子是师太的私房吧?你在蒋家被查抄之前就已经知道,师太会在净心庵出家,早早把箱子送了过去,才能避人耳目?"

甄彦行点头问道:"你如何知道,箱子是我送去庵堂的?它们并不在嫁妆单子上。"

宋青荇没有回答。其实他早该想到,蒋家和他家,他的外祖父家一样,曾经跟随太祖皇帝南征北战,家里一定有一批见不得光的家产。蒋瑶是家中独女,这些不能列在嫁妆单子上的财产必定先一步送去未婚夫家了。这事儿养在深宫的顺昌长公主未必知道。

宋青荇求证:"蒋家获罪,你找到长公主,答应娶她为妻,唯一的条件,你希望师太能够活着。长公主备受先皇宠爱,向来是天之骄女,她怎么会答应?"

甄彦行拭去脸上的泪痕,背对宋青荇说:"事到如今,没什么不能对你说的。当时我只是赌一把运气,如果长公主不答应,我只能和阿瑶一起共赴法场。"

宋青荇微微蹙眉,依旧觉得不对劲。他问:"我冒昧再问一句,在驸马爷求殿下救下师太之前,你和长公主一共见过几次?"

甄彦行以为宋青荇在暗示,长公主为了得到他,给蒋瑶一家扣上莫须有的罪名。他生气地质问:"你这话什么意思?我刚才就说了,我只是赌一把运气。"

宋青荇又问:"驸马可知道,蒋家因何入罪,竟然在一夕间满门抄斩?"

甄彦行复又背过身去,轻轻吐出四个字:"通敌叛国。"

宋青荇愣了一下,却又不觉得惊讶。当年,能让他的父亲选择离京避祸,显然是极严重的罪名。只不过他记得很清楚,在蒋家出事前几年,边关一直很平静……确切地说,在蒋家被抄家之前的十多年,边关异常平静。

突然间,他恍然大悟。他的母亲曾说过,年幼时,她和息嗔师太策马边关,偶遇邻国的王妃及郡主。他一直以为,那只是一个故事,毕竟邻国的皇亲国戚不可能在大周边境闲晃。如今想来,那根本不是偶遇。

他问甄彦行:"你知不知道,是谁把证据交给先皇?"

甄彦行讶然转身，回道："将军不想祸及无辜，当天就向先皇承认了一切……"

"最初的证据，是谁交给先皇的？"宋青洙显得有些急切。

甄彦行呆愣半晌，不可置信地摇头："这样的大事，不可能是顺昌。在蒋家出事前，我确实与她见过几次，但……不会是她……"

"驸马爷，你还不明白吗？"宋青洙讥讽地轻笑，"长公主再受先皇宠爱，又怎么及得上镇北将军手上的精兵？你以为是你保住了师太的性命吗？如果没有蒋将军配合，先皇怎么可能顺利收编他的手下？"

甄彦行失神地往后退，一步，两步，三步，直至后腰撞上石凳，他才幡然醒悟。他呢喃："我以为是我保住了阿瑶的性命，原来事实根本不是这样！你告诉我——"他疾步上前，一把抓住宋青洙的衣领，"你告诉我，是谁害死阿瑶！"

宋青洙重重推开他，反问："你不是怀疑，是你的妻子顺昌长公主吗？"

"我不知道……"甄彦行不断地摇头，"是她带着山文砍了山上的合欢树，可那年之后，她已经放下……不是她，又会是谁呢？阿瑶待在京城的时间并不长，并没有仇人……"

宋青洙避重就轻地说："这个当下，一切都只是猜测罢了。如果你能把当年的情形告诉我，或许还有机会查明真相。"

甄彦行颓然地坐在石凳上，低声陈述："当日，我得知阿瑶和她的家人被押入皇城的时候，将军府已经被五城兵马司团团围住。我辗转见到顺昌，她告诉我，世伯已经认下通敌的罪名，但他并不承认叛国。后面的事，刚才我已经告诉你了。当时我很惊讶，顺昌居然一口答应，安排阿瑶去净心庵出家。"

宋青洙没有说话，只觉得自己太天真了。他以为自己成为提点刑狱使就能够替蒋家翻案，事实上，普天之下莫非王土，先皇忌惮蒋家，想要蒋家死，他又能改变什么？

"当年的事，我会找顺昌问清楚。"甄彦行低着头承诺，"阿瑶的死，虽然她是唯一有动机的人，但最近这几年，她应该已经放下了，不会是她针对阿瑶。"

宋青洙依旧沉默。从大理寺到提点刑狱司，他早就深刻地明白，世人都会说谎，一桩案子最不可靠的就是人证。甄彦行所言，暂时他也就是姑且听之罢了。

甄彦行请求："宋大人，我知道的已经全都告诉你。关于山文……"

"我带驸马去见令公子。"宋青洙比了一个"请"的手势。

客栈的房间内，甄山文背着手在屋内踱步，眼中难掩急色。

早前，他对魏铭千叮咛万嘱咐，那个白痴竟然把一切和盘托出。幸好魏铭并不知道内情，可他听赵维阴说过，宋青洙阴险狡诈，行事不择手段，不知道他为什么强行扣留他。

他在屋内腹诽宋青洙，转身就看到父亲站在门外。一夕间，他全身戒备，整个人就像突然遇上危险的小动物，转瞬又似泄了气的皮球，低头走向甄彦行，轻唤一声："父亲。"

宋青荥看得分明，乍见甄彦行，甄山文眼中布满怨恨与愤怒。他忽然理解了，甄山文为什么冒充自己的父亲向吕岐山报案，声称净心庵遭人破坏。他大概觉得，一旦事情传扬开来，父亲就不会偷偷跑来净心庵。就如同当日，他以为合欢树死了，就能斩断父亲与息嗔师太的过去。

甄彦行跨入屋子，欲言又止。

"没错，是我把净心庵的花草全都拔了。"甄山文梗着脖子大声嚷嚷，"我早就知道，你一定会去祭拜她。母亲说得没错，你的心里只有那个女人！"

"回家再说！"甄彦行的神色难掩尴尬。

"你也怕丢人吗？"甄山文手指宋青荥，"不要说是他，满京城谁不知道，你心心念念记挂一个老尼姑，我和母亲就是一个笑话……"

"啪！"甄彦行一巴掌打在儿子脸上。

"你打我！"甄山文捂住脸颊，"你竟然为了一个老尼姑打我！"

"闭嘴！"甄彦行呵斥。

"就像母亲说的，无论我们做什么，你都看不到，因为你的心里压根没有我们。"甄山文哭了起来，厉声控诉，"一年、两年、三年……十年，每一年我都偷偷跟着你上山，那个老尼姑根本不见你，可是你依旧每年都来找她。虽然皇祖父已经不在了，但你违抗圣谕，你就不怕连累我和母亲吗？"

甄彦行震惊万分。他从来没有发现，儿子每年都跟踪自己。

甄山文叫嚷："母亲最恨合欢树，因为你在山上种下那棵树，就是为了下辈子和她再续前缘……"

宋青荥没有继续往下听，他已经得到想要的答案，至于其他的，那是长公主的家务事。

他在回廊走了几步，抬头遥望云层下的月影。他早就发现，语言的魅力在于可以控制人的情绪，左右人的思维。他向甄彦行描述息嗔师太的死状，虽然大半都是事实，但他的每一个字每一句话都是仔细斟酌过的，只为剖开甄彦行心中的伤口。甄彦行本身就是一个悲剧，而他的行为根本是在伤口上撒盐。

"我是不是太残忍了。"宋青荥喃喃自语。最近他总是不期然想起，飞染笑着对他说，大人是大好人。这个世上，只有她坚称，他是大好人。

突然间，他很想马上看到她，哪怕只是看一眼她的睡颜。

宋青荥猛然转过身，朝飞染的房间走去，伸手推了推房门。与他估计的一样，房门拴上了，屋内黑漆漆一片。她一向习惯早睡，之前陪他熬夜看资料，她总是不知不觉就趴在桌上睡着了。

他站在走廊怅然轻笑，背靠房门凝视走廊的灯笼。蜡烛的火光忽明忽暗，他仿佛看到了她的笑脸。他心生不甘，怨念地瞪一眼房门，走到一旁推了推窗户。

"吱呀"一声，窗户打开了。宋青荥一阵惊喜，继而皱了皱眉头。他替她关上了临

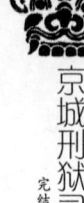

街的窗户，竟然忘了检查走廊这边的窗子。

他左右看了看，确认走廊没有人，纵身一跃跳入房间，点亮桌上的蜡烛。

"谁？！"芷兰娇斥一声，转瞬间已经站在窗外。

"是我。"宋青荛一阵尴尬，心虚地解释，"没事，我……落了一本书，省得吵醒飞染……马上就走。"

芷兰撇撇嘴，表情微微扭曲，转身走了。即便她说出去也没人会相信，堂堂提点刑狱使竟然半夜爬窗，简直是采花小贼的行径。

宋青荛拿着烛台走到床边，在床沿坐下。

飞染的好梦被烛光打扰，不悦地皱起眉头，拉起被子想要蒙住自己的眼睛。

宋青荛急忙把烛台拿远些，飞染这才舒展眉头。

宋青荛怔怔地注视她，慢慢意识到，他迫不及待想要看到她，亲眼确认她就在触手可及的地方，因为他害怕。

十多年前，先皇随口一句话，他和飞染十多年不能见面。

半年前，如果不是他来到八角镇，飞染很可能身陷圈套。

几天前，皇后一声令下，说不定她就成了永安侯的妾室。

人生有太多变数，而他无法承受失去她。

他突然想起父亲曾经对他说，唯有自己足够强大，才有资格说出"保护"二字。

他有了喜欢的人，他必须有能力保护她，这是男人最基本的担当。他和飞染绝不会成为第二个甄彦行与蒋瑶。

飞染浑然不知半夜发生何事。她起了一个大早，习惯性去找宋青荛。可一想到昨晚，她硬生生止住脚步，牙齿咬着指甲在房间内踱步。她好想看到他，又害怕看到他，她该怎么办？

"陶捕快，三爷请您过去用早膳。"山柏适时地出现。

飞染听到这话，惊觉自己已经饿得前胸贴后背。她一咬牙，快步走到隔壁房间，看到桌上摆着热气腾腾的早膳，宋青荛正在临窗的书桌前翻阅册子。清晨的阳光洒在他的侧脸，愈加凸显他的俊朗脱俗，她一下子又脸红了，就连耳根都红似朝霞。她转身就想往外跑。

"你去哪里？"宋青荛抬头叫住她。

"我……我……"飞染低头看着自己的脚尖。

"过来吃早饭。"宋青荛若无其事地走向餐桌。看到她站着不动，他侧头问她，"你肚子不饿吗？"

"饿的……"飞染揉了揉肚子。

"那还不过来？"宋青荛已经在餐桌前坐下。

飞染走向餐桌，眼睛的余光瞥见他夹起她最爱的水晶虾饺。她以为他要夹给她，快走一步托起桌上的空碟子,却眼睁睁看着他把虾饺夹在自己的碟子里。

"大人!"飞染急忙坐下,夹了一只虾饺放在自己的碗碟中,又夹起水晶糕,心满意足地咬一口,转头问他,"大人,我刚才听说,魏六公子已经承认,是他拔了庵堂的花草。他是不是因为上次我在街上打了他,所以怀恨在心?"

宋青冸随意点点头,不置可否,催促飞染赶快用早膳。

客栈外,甄彦行父子先后上了马车,两人谁也没有说话。昨夜,他们一夜未眠。

甄山文虽然比同龄的孩子早熟,但他毕竟才十四岁,被马车颠了大半个时辰,困意袭来,靠着车壁睡着了。

甄彦行这才转过头注视他,心中五味杂陈。

昨夜,宋青冸的话让他震惊万分,可儿子的控诉更让他犹如当头棒喝。

他与长公主早就分居了,甄山文是他们唯一的儿子,他却把他丢在书院不闻不问。他嘴上说,不希望儿子留在府邸发现长公主的那些烂事,可实际上呢?

马车在一路颠簸中驶向京城,进了长公主府。

甄彦行支开甄山文,询问下人:"殿下呢?"

下人吓了一跳,惶惶不敢回答。昨日,八角镇派人送信过来,长公主得知儿子被衙门扣留,只是冷冷地吐出一句,他姓甄。下人们这才辗转找到甄彦行。从昨天到今天,长公主没有踏出那个小院半步,吃食都是她的丫鬟送进去的。

甄彦行看到下人的神色便明白过来。他脸色微沉,径直朝长乐居疾步而去。

长乐居位于长公主府的西北面,此时虽已入秋,但院门外花团锦簇,大朵大朵绛色的、墨色的、银红的鲜花热烈绽放,喜庆又热烈。

甄彦行走过一条精致的鹅卵石小道,看到朱红色的大门半开半闭。他停下脚步,深吸一口气,用力推开院门。他对着闻声而来的守门婆子说:"去告诉殿下,我有要事与她商议。"

婆子瑟缩一下,硬着头皮回禀:"驸马爷,早前殿下吩咐过,您如果找她,可以直接进屋。"

甄彦行闻言,脸上更添几分阴沉。他抬头望去,正屋房门紧闭,屋内已经亮起烛火,隐约可以看到轻纱拂过敞开的窗口。

他知道屋内什么情形,也知道长公主想让他看到什么。他转身想走,可是宋青冸的话历历在耳。他的阿瑶总是对他说,在战场上,活着才是首要的。阿瑶那么热爱生命,那么重视飞染,他不敢想象,是怎么样的绝望令她选择自尽?

甄彦行双手握拳,一步步走向正屋。远远地,他听到女人的娇喘媚笑与男人粗重的喘息纠缠在一起。他在门口停下脚步。

瑰丽的轻纱伴随阵阵异香朝他扑面而来,男欢女爱的声音不断涌入他的耳膜,他屏住呼吸,"嘭"的一声推开房门。

正对大门的软榻旁青烟袅袅，金灿灿的烛台上，大红蜡烛散发幽幽橘光，艳丽的红花在男女的呻吟声中摇曳。

甄彦行的目光触及房内的奢靡景象，神色反而恢复如常了。他放开拳头，平静地陈述："我有话对你说。"

顺昌长公主转头看他一眼，轻轻吐出两个字："说吧。"

"如果你没空，我明早再过来。"甄彦行转身往外走。

"站住！"长公主大声呵斥，推开身前的男人，"是你过来找我，你摆脸色给谁看？！"

甄彦行缓缓转过身，看着她说："我有话问你。如果你有空，我们现在谈。如果你没有空，等你有空的时候再说。"

长公主步下床榻，随手抓起一件衣裳披在肩上，冷笑着讥讽："你赶着去祭拜她，被自己的儿子跟踪，这事也能怪在我头上？"

甄彦行抿嘴不语，目光落在长公主身后的两名男宠身上。

长公主只当没看到，走到桌前拿起酒壶斟一杯水酒，仰头一饮而尽，冷声呵斥："有话快说，有屁快放。"

甄彦行不想让旁人知道，蒋瑶死前曾遭人侵犯。他低声恳求："你让他们先退下。"

长公主再饮一杯水酒，冷眼打量甄彦行，这才对两名男宠挥挥手。

等到男宠离开，甄彦行迫不及待地质问："当年，是镇北将军交出兵权，换得阿瑶在净心庵出家，是不是？"

长公主愣了一下，反问："是又如何，不是又如何？"

甄彦行浑身一震，颓然地后退一步，嘴里喃喃："的确，事已至此，是又如何，不是又如何？！"他悲怆苦笑，"你是长公主殿下，又是山文的母亲，我不能把你怎么样，我只问你两个问题……"

长公主冷哼："你想告诉我，如果是我派人杀了你的心上人，你不能杀了我，只能陪着她一块死？"

甄彦行沉默了。

长公主突然笑了起来，笑得眼泪都出来了。许久，她厉声说："甄彦行，你觉得自己很伟大？你知道父皇怎么评价你的吗？他说，你才学虽不错，却是拿不起放不下的人，优柔寡断没有魄力，难堪大任！"

甄彦行重申："我只问你，是不是你派人杀了阿瑶？"

长公主擦去眼角的泪水，点头回答："是，是我派人杀了她。"她抬起下巴斜睨甄彦行，"父皇有口谕，她不能离开净心庵半步。她违抗皇命在先，难道杀不得？"她撂下酒杯，一步步迫近甄彦行，"怎么，心很痛？痛得恨不能杀了我？有本事你杀了我呀！"

甄彦行想到宋青沫描述的画面，心如刀绞，他的眼前却是长公主桀骜鄙夷的眼神。他爱蒋瑶，他没有一刻忘记她。她的笑容，她的明朗，她的洒脱与善良，深深印刻在他的脑海中。

不知不觉中,他的手掌扼住长公主的脖子。他看着她的眼睛质问:"为什么?为什么那么对阿瑶?她对我说,我既然娶了你,就应该好好对你……自那天之后,她再也不愿意见我……"

"所以我不恨她,我只恨你!"长公主握住甄彦行的手腕,却没有试图推开他。她喘着粗气,残忍地陈述,"蒋瑶能够活着,不是因为你娶了我,不是你的'牺牲'救了她的性命,是她的父母要她活着!相反的,你能够风风光光活着,全靠蒋将军一力承担罪名,替你在父皇面前开脱。"

"你既然知道,为什么还要杀了她,为什么那样对她,为什么……"甄彦行说不下去了。痛彻心扉的恨意蒙蔽了他的眼睛,他的眼前一片血红,他仿佛看到蒋瑶伤痕累累地躺在床上。

长公主喘着粗气,却没有半点反抗或者呼救的意图。她断断续续说:"因为我恨你。只有蒋瑶死了,才能让你痛不欲生,所以我派人杀了她!"她微微勾起嘴角,双目紧盯甄彦行的眼睛,神情仿佛在说:你杀了我,你以为你活得了吗?

这一刻,甄彦行真的很想活活掐死她。他原本以为,他们的婚姻是一场交易,结果却是赤裸裸的欺骗。他万念俱灰,只想亲手杀了凶手,再去地下向蒋瑶解释,当年他并不是害怕与她共赴法场,他只是希望她活着。

他的手掌越来越用力,长公主已经发不出声音。她没有反抗,甚至没有一丝挣扎,只是冷眼看着他。

恍惚中,甄彦行仿佛看到儿子正瞪着自己,控诉他是失职的父亲。昨夜,甄山文声泪俱下的诘问犹在他耳边。

他猛地松开手,失神地往后退。长公主跌坐在地上,不断地咳嗽。

甄彦行低头看她,理智慢慢回笼。虽然他们分居十多年,但他很清楚,她太骄傲了。她不会用那样卑劣的手段杀死蒋瑶。

"不是你害死阿瑶。"他声音嘶哑,"你为什么骗我和你成亲?"

长公主不屑地轻笑,撑着桌子站起身,冷声嘲讽:"父皇说得没错,你就是一个懦夫,你连杀了我的勇气都没有,你根本就不是男人!"

"十多年前我就与你说过,我们不需要做无谓的口舌之争……"

"是,我记得,我这辈子都记得,你说,我无权干涉你的自由,你也不会干涉我的生活。我们都做到了,不是吗?!"长公主扭头坐在椅子上,死命忍着泪水。她是天之骄女,她的丈夫不爱她,多的是男人愿意奉承她,讨好她。他根本不值得她在乎!

沉默中,甄彦行缓和了语气问道:"你要怎么样才愿意告诉我……"

"我要你像他们一样匍匐在我脚下,使出浑身解数侍奉我,你做得到吗?"长公主挑眉,"如果不是我天生淫荡,一日都不能没有男人,我会生下山文吗?你应该感激我,没让你们甄家多几个野种！"

"你简直不可理喻！"甄彦行拂袖而去。

"站住！"长公主抓起桌上的酒杯，朝甄彦行狠狠扔过去。酒杯"嘭"的一声落在他的脚边，裂成了碎片。他脚步略顿，没有回头，继续往外走。

"你不是问我，为什么骗你成亲吗？"长公主抬高音量。

甄彦行稍一犹豫，还是停下了脚步，却依旧没有回头。

长公主伸手擦去悄然滑落的泪珠，扬声说："我早就知道，蒋瑶会在净心庵出家，这是蒋家交出兵权及边关布防的回馈，与你，与我没有半点关系。我亲耳听到蒋将军替你求情，希望不要因为他们累及你的前程。"

甄彦行慢慢转过身，目光落在长公主身上。

长公主抬起下巴，冷笑着说："至于我，我嫁给你纯粹因为我不想去和亲，不想去蛮荒之地受苦。是我对父皇说，我可以让大家都觉得，是你贪慕虚荣，是我横刀夺爱，才令蒋家家破人亡。其实你早就应该想到，如果我有半点在乎你，怎么会任由你十几年来都背负忘恩负义的名声，就连自己的儿子都看不起你！"

甄彦行迫不及待地追问："所谓的'通敌叛国'，是谁向先皇告密？"

长公主不答反问："是宋青沫让你问我的？"

甄彦行只想知道，是谁那么憎恨蒋家，时隔十几年还要用那样的方法害死蒋瑶。他急切地上前几步。

"你想替蒋瑶报仇，然后去地下与她团聚？"长公主撇过头，"你刚刚还想杀了我，这会儿又要我无条件帮你，世上没有这么便宜的事。"

"你想怎么样？"甄彦行逼问。

长公主摇着头说："你已经不是十几年前那个风华绝代的甄公子了，放心，我对你没兴趣。"她啧啧摇头，"你走吧，等我什么时候高兴了，心情好了，说不定我会告诉你的。"

"你根本不知道那人是谁。"甄彦行观察长公主的神色。

"随便你怎么想。"长公主不动声色，吩咐下人把甄彦行赶出长乐居，却怔怔地看着他的背影消失在院门后。

孤寂的房间内，她失魂落魄地站起身，神色再也不复早前的倨傲。她似游魂一般走到房间的角落，抓起烛台狠狠摔在地上。她走向另一个角落，再次把烛台摔在地上。直至最后一盏烛台"嘭"的一声落地，四周陷入无尽的黑暗。

或许因为有了"黑暗"这层保护色，长公主无力地跌坐在地上，眼泪似断了线的珍珠，无声无息地流淌。她捂住嘴巴，不让自己哭出声音，却止不住心口一阵阵抽痛。

世人都以为，她是先皇的掌上明珠，就连她自己都觉得，她是独一无二的天之骄女，结果他的父亲竟然打算送她去和亲，去一个随时可能与大周朝反目的国家。

她以为甄彦行为蒋瑶四处奔波，他定然是重情重义的男人。既然他与蒋瑶此生无缘，那么她嫁给这样的男人，总好过在异乡丢了性命。她不奢望爱情，只求相敬如宾过日子，却没有料到，原来她对甄彦行早就心生好感，而他的眼中只有蒋瑶。

整整十六年，他从来没有把她当成他的妻子，他甚至可以对她的男宠视若无睹。或许这段婚姻早已走到了终点，只是她没有勇气承认罢了！

第 4 章　验骨

宋青茱和飞染在早饭后返回净心庵，山槐简单地汇报案情进展。宋青茱一边聆听，一边朝院子内望去。仵作等人已经在院中架起棚子与台子。一堆堆白骨堆放在担架上，正由专人清洗。

远远地，宋青茱看到架子上摆放着五个骷髅头，其他的枯骨依旧十分凌乱。仵作们面色凝重，其中两人正专注地争执着什么。

宋青茱轻咳一声。

俞毅闻声，赶忙走到他身边回禀："大人，昨日发现的尸骨全都在这里了。属下为了谨慎起见，已经命人再次搜查林子，田大成也跟去了。"

"就连死者的人数都无法判断吗？"宋青茱蹙眉。

"是。"俞毅点头，"因为尸骨残缺得厉害，所以……"

"大人！"仵作甲匆匆走到宋青茱面前行礼，"卑职可以断言，死者全都是十几岁的小姑娘……"

"大人！"仵作乙同样对着宋青茱行礼，"暂时只可以说，从发现的盆骨判断，死者是未曾生育的年轻女子。"

宋青茱一言不发走向尸骸。枯骨或布满青苔，或风化得厉害。他问仵作："可以初步推断，他们死了多少年吗？"

仵作甲拱手回道："至少十年，而且全都没有被掩埋过的痕迹。"

仵作乙在一旁补充："大人，老张觉得，这些死者年龄相仿，身形相似……"

"大人，您看！"仵作甲把六根大腿骨依次在宋青茱面前摆开，"这几根骨头至少分属三名死者，但它们的粗细长短完全一样……"

仵作乙反驳："老张，就是一般高的两个人；有的人腿长些，身体短些，有的人腿短些，身体长些……"

仵作甲打断了他，说道："你自己看，就是这几个骷髅头，难道你不觉得死者的容貌一定有相似之处吗？如今只能找到这些残缺不全的骸骨，如果不做大胆假设，如何破案？"

"断案自有大人，我们是仵作，应该就事论事，怎么能随便下结论？"仵作乙毫不相让。

宋青苶心知案子棘手，眉头皱得更紧了。

两名仵作被宋青苶的表情吓到，其中一个战战兢兢地说："大人，这些骸骨在山林中暴露的时间实在太长……我们可以断定，其中两人必定是年轻姑娘，没有生过孩子……两段颈骨有折断的痕迹，可以判断死者曾被人掐断脖子。"

宋青苶不置可否。沉吟片刻，他道："你们不是说，死者的身形可能差不多吗？不如这样，你们把能够找到的骨头，不管是不是属于同一个人，先拼成一副完整的骨架，看结果如何。"

仵作不敢问缘由，唯唯称是，吩咐助手们加快速度清理骸骨。

宋青苶转身去了临时收拾出来的书房，脑海中过滤十多年前的旧档案。按照八角镇县丞衙门的记录，并没有出现年轻女子连续失踪的案子。他命人去五城兵马司调取十多年前，先皇派人看守净心庵时候留下的记录，希望找到有价值的线索。

一个多时辰后，临县县令李大鹤亲自把自己辖区所有悬而未决的疑案卷宗送来了。他早就听闻宋青苶面冷心黑，不敢有丝毫怠慢，结结巴巴解释，他也很想侦破悬案，还死者公道，奈何能力有限云云。

宋青苶一目十行查阅失踪人口档案，隐约听到飞染在院子里说："徐大叔，师父告诉我，在战场上受伤的士兵，如果伤了骨头，就算伤口长好了，也不比从前了。这是不是表示，骨头上的伤是长不好的？"

宋青苶心中一动，放下卷宗侧耳倾听，就听仵作回答："如果骨头仅仅只是裂开，自然能够长好，就是会在骨头上留下类似疤痕之类的痕迹。"

听到这话，宋青苶起身走到门外，问道："你们可以从骨头愈合的痕迹，判断凶器的类别吗？"

仵作们面面相觑，其中一人回答："属下们不敢妄言，恐怕得咨询精通骨科的大夫。"

宋青苶吩咐一旁的捕快："你即刻快马回京，请回春堂的陆大夫连夜赶来。"他顿了顿，又对仵作说："等陆大夫到了，你们所言需详细记录，整理之后呈给我看。"

两名领头的仵作顿时眼露兴奋，忙不迭应下。去年刑狱司发往各州县的公文中有一册《验伤实录》。那两名主笔的仵作虽然累得脱了层皮，但他们不只受到了皇上褒奖，甚至称得上名垂史册，明后年他们是否也能撰写一本《验骨实录》？

宋青苶一眼看穿了他们的心思，淡淡地说："验骨不比验伤，前人的资料太少，至少得三五年，甚至十年八载。"

两名仵作激动地上前一步，异口同声地说："大人，属下就算不眠不休，耗毕生精力也在所不辞……"

"行了。"宋青荍挥挥手，"你们先把尸骨上的旧伤患一一列出来。"

仵作连声称是。

少顷，俞毅风一般地跑回院子，气喘吁吁地说："大人，属下们在林中发现一个隐蔽的山洞，里面有不少骨头，像是人骨。属下生怕破坏现场，并没有深入山洞。"

宋青荍有些惊讶，询问了现场的情况。他本来不愿意翻山越岭亲自勘察山洞，奈何飞染摩拳擦掌，自告奋勇随俞毅上山。他只得跟着她。

山洞位于树林深处，距离发现其他骸骨的地方并不远，洞口的藤蔓交错盘结，如果不是捕快劈开了藤蔓，平常人根本不会注意到，藤蔓后面竟然别有洞天。

俞毅向宋青荍禀告："大人，吕县丞两次带人搜查山林，皆没有发现这个洞穴，实因洞口太过隐蔽，怪不得他。"

飞染脱口而出："俞捕头，那你是怎么发现的？"她一脸崇拜。

俞毅用眼角的余光偷瞄宋青荍。飞染就像讨人喜欢的小妹妹，他看到树上的野果子很漂亮，想摘些回去给她，这才爬上树顶，无意中发现了山洞。

他不敢当着宋青荍的面承认自己想要讨好飞染，正色说："是这些藤蔓长得太过茂盛，引起了我的注意。"

飞染不疑有他，挨近宋青荍低声说："大人，您是不是走累了？您不会武功，体力自然不及我和俞捕头……"

"我不累！"宋青荍瞪她一眼，"我只是觉得，这些藤蔓未免长得太整齐了。"

飞染顺着他的目光看去，发现藤蔓的根茎围着洞穴绕了一个圈，每一株的距离都差不多。她惊呼："它们是凶手故意种在这里的！"

宋青荍轻轻点头，朝发现枯骨的方向看一眼，若有所思。

不多会儿，捕快确认洞内没有危险，这才请宋青荍入内。

飞染跟在他身后，只看到黑乎乎的山洞内青苔斑驳，油灯微弱的光线下，几根阴森的白骨凌乱地散落在洞口。

她抬头望去，里面伸手不见五指，时不时有奇怪的"呼呼"声传出来。她情不自禁靠近宋青荍。

宋青荍悄然看她一眼，低声说："里面湿气重，又脏又乱，你在外面等着。"

"我跟着大人。"飞染上前一步，"我答应过大人，一定会保护大人。"

宋青荍抿嘴不语，只得尽量走在她前面护着她。

一行人走了三四丈，俞毅率先停下脚步。

宋青荍低头看去，两具骷髅就在距离他们不远的地方。他下意识挡住飞染的视线，从俞毅手中拿过油灯。

忽明忽暗的橘光下，一堆腐烂得不成样子的破布包裹尸骨，两根又黑又粗的麻绳从尸体下面延伸至洞穴深处。

"你进去看看。"宋青苶把油灯交给俞毅。

俞毅点头往里走去。须臾，俞毅折返，沉声说："大人，绳子的另一头被岩石固定，这两个人像是被拴在洞内的。"

宋青苶点头，又吩咐俞毅："你安排人手，把洞内所有的东西都搬回净心庵。时辰不早了，我和飞染先回八角镇的客栈。"

"啥？"飞染傻眼了。

"哦，对了，找个老农看一看，洞口的藤蔓长了多少年。"宋青苶补充。

飞染眨眨眼睛，迷惑地问："大人，我们不进去看看吗？"

宋青苶询问俞毅："里面有什么值得看的吗？"

俞毅回道："大人，里面就一块岩石，下面压着两根绳子，并没有其他。不过属下不明白，岩石硕大无比，凶手如何将绳子压在岩石下面？"

飞染迫不及待地问他："俞捕头，你没有试着推开石头吗？"

俞毅说道："岩石像是卡在岩壁上了，我随手推了一下，纹丝不动。大人，属下再进去仔细查探……"

"算了，一起进去吧。"宋青苶率先往里走。

众人走了二十余步，一块巨大的石头挡住了他们的去路。正如俞毅的描述，两根绳索被岩石死死压住，岩石卡在石壁上，石头上满是抓痕，即便年代久远，依旧可以看到指尖留下的血痕。

宋青苶手持油灯仔细观察地上的绳索。死者有能力求生，首先应该想办法解开绳索，或者索性弄断绳子，而不是绝望地抓挠岩石。

果不其然，他很快在绳索上发现了咬痕。他仿佛看到饿极了的受害人疯狂地撕咬绳子。

"那里。"宋青苶手指岩壁，"去看看，那是什么。"

俞毅捡起来一看，脸色微变，沉声说："回大人，像是人的牙齿。"

宋青苶低声感慨："他们咬断了牙齿，看来这绳子来历不凡。"

俞毅马上回应："属下即刻派人去调查。"

"先确认藤蔓的树龄，也好有个时间范围。"宋青苶叮嘱俞毅，又转头询问飞染，"知道俞捕头为什么推不开石头吗？"

"知道！"飞染用力点头，"师父教过的，只要用扁担轻轻一撬就行了。"

宋青苶摸了摸鼻子，暗忖：我怎么忘了，她们师徒会造机关，这种雕虫小技哪里有我显摆的机会！

他转身往外，嘴里对飞染说："我们先回八角镇的客栈……"

"大人，我们为什么要回八角镇？"飞染奇怪地看他。

宋青苿想也没想，答道："不回八角镇，在哪里吃饭，哪里睡觉？"

飞染义正词严地说："可是其他捕快都不回去，俞捕头也不回去呢！"

宋青苿解释："他们都带了干粮。"

飞染握了握拳头，高声说："我也是捕快，应该和大伙儿同甘共苦！"

宋青苿停下脚步，回头看她。虽然山洞中的光线很暗，但他看得很清楚，飞染是认真的。他无奈地说："我不是捕快！你不是口口声声说，你会寸步不离保护我吗？"

"呃……"飞染纠结了。她想了想，小声恳求："大人，您就不能在庵堂将就一晚吗？最多这样，我把我的房间让给你睡，我可以和俞捕头他们挤一挤……"

"你再说一遍！"宋青苿几乎以为自己听错了。

"我把我的房间让给你？"飞染疑惑，不过是一个房间，她家大人用得着这么感动吗？

"后面一句！"宋青苿气极。

"和俞捕头他们挤一挤？"飞染试探，转而又道，"如果大人不愿意留在山上，那等我把大人送下山，我再回来帮忙。我是捕快，应该尽忠职守！"

"行了，我不回八角镇了！"宋青苿气呼呼地往外走。这会儿，他真的不想看到飞染。她这辈子，只要他还活着，她休想和其他男人"挤一挤"。什么同甘共苦，亏她说得出口，息嗔师太从小把她娇养着，她知道什么是"苦"吗？

"大人，您生气了？"飞染终于意识到，她家大人又生气了。

"没有！"宋青苿语气僵硬。

"没有吗？"飞染侧目。

说话间，两人一前一后走出山洞。夕阳的余晖洒在林间，把整片树林染成了火红色。晚归的鸟儿叽叽喳喳在树顶盘旋。

飞染快走一步跃至宋青苿身前，挡住他的去路，认真地打量他，仿佛正在判断，他是不是真的没有生气。

宋青苿深吸一口气，脸色已经恢复如常。他好声好气地说："我们早日把案子破了，也好早日回京，所以我不回八角镇了。不过，你不用把房间让给我。另外，你要记住，你的房间不可以随便让人进去……"

"大人，你等一下！"飞染转身就跑。

"你去哪里……"宋青苿的声音渐渐弱了，怔怔地看着飞染使出轻功，跑向一棵柿子树，站在树下仰望树枝上的柿子。

她不会想从鸟口夺食吧？宋青苿腹诽，就看到飞染踩着树干一跃而上，几个轻盈的转身，她已经站在了树枝上，伸手去摘果子。

"嘎嘎！"鸟儿冲夺食者惨烈地叫唤。

宋青沫微微眯眼，不忍直视飞染驱赶飞鸟，把柿子揣入怀中的动作。

转眼间，飞染跑回宋青沫身边，把红彤彤的柿子一股脑儿塞入他怀中，讨好地说："大人，给你吃，很甜的，你不要再生气了。"

"我……没有……生气……"宋青沫说得很慢。

"没有吗？"飞染侧目，"以前我惹师父生气的时候，也是这样哄她高兴的。"

宋青沫郁闷地抿嘴。

飞染絮絮叨叨说："大人，我没有你那么聪明，看一眼就知道别人在想什么。以后如果大人生我的气，或者我做错了什么，你可不可以直接告诉我？"

宋青沫喉头微哽，手中的柿子突然变得有些烫手。他喜欢和飞染在一起，哪怕只是静静地不说话也是好的，可有的时候，他真的不知道如何与她相处。他也不喜欢自己动不动就生气吃醋，可他控制不了自己的情绪。

宋青沫心虚地移开视线，低声嘀咕："你知道我生气了，才会摘柿子给我吧。"

"我这次猜到了，不等于下次也能猜到啊！"飞染理直气壮，又觍着脸笑问，"大人，你到底为什么生气？"

"你以为几个野果子就能收买我吗？"宋青沫哼哼一声，大步往前走。

飞染急忙跟上他的脚步，侧头问他："大人，你不喜欢柿子吗？我也可以给你摘野花，不过这个时候大概只能找到野菊花。"

"你——算了！"宋青沫抓起几个最大的柿子塞入飞染手中，"我们一人一半，我不占你便宜！"

飞染想说，你又没有出力，就白白分了一半，还不算占便宜吗？可转念想想，柿子是她心甘情愿送给他的，他好心还她一半，已经很厚道了。再说，她喜欢她家大人，不需要和他斤斤计较。

她殷殷叮嘱："大人，师父说过很多次，所有的野果子都要弄清楚有没有毒，仔细洗干净才能吃……"

宋青沫没好气地说："你以为我会拿起来就啃吗？"

"不会吗？柿子很甜的。大人，你没有看到吗？那些鸟儿都生气了呢！"飞染絮絮叨叨说着话，人的声音渐行渐远，夕阳在山坡上拖出两条长长的影子，影子缠绵交错。

净心庵的院子内，忤作正忙碌着，吕岐山也已经回来复命，正与李大鹤并排站在院子门口等待宋青沫。

当宋青沫回到庵堂，忤作迫不及待迎上前禀告："大人，经属下初步查验，受害人甲曾经摔伤右手腕，受伤的时间约莫在四五岁。受害人乙的左腿骨有细微的裂痕……"

宋青沫默然聆听，在脑海中过滤失踪人口资料。可惜，他一无所获。如果被害人不是来自八角镇或者临县，难道是过路的商旅？可山洞中那两名被害人的死状不像是打家劫舍，更像是复仇。而且他从未听说，这一带有山贼出没。

宋青荇步入书房，取出堪舆图平铺在桌上。

地图显示，净心庵所在这片山林属于八角镇，山林的另一边是陆敏的陪嫁，如今是永安侯府的产业。净心庵的山脚与陆家庄门前各有官道通往京城，只是陆家庄那边稍稍绕了一点远路。几个月前，林瑾明在山间折了马，就是为了抄近路，想从净心庵这边回京。

他转而拿起五城兵马司送来的旧档案，逐一细看每一条记录。先皇在世的时候，曾下令五城兵马司派人"守卫"净心庵，所有进出山道的人员都有详细的记录。

许久，他收起档案，又想到飞染说过，即便先皇下令任何人不得上山之后，净心庵的燕窝、绸缎并没有断过。这就表示，甄彦行上山的时候，瞒过了五城兵马司的守卫，或者贿赂了他们。

同样的，凶手想要弃尸山上，并不是不可能。这样一来，这份进出山道的人员名录与破案并没有太大的帮助。

转念间，宋青荇轻轻蹙眉。甄彦行的确经常往来净心庵，但这并不表示，唯有他给飞染师徒送过东西。如果飞染的亲生父母一直知道，她就在庵堂……

一时间，宋青荇思绪纷乱。他强迫自己专注于案情，可脑海中总是不期然想起，飞染哭着对他说，息嗔师太死了，她再没有可以依靠的人。

宋青荇感怀之际，吕岐山回禀："大人，下官和李大人刚刚听到仵作说，尸骸上那些旧伤患，较普通人略多……"

"吕大人，你想说什么？"宋青荇有些不耐烦。

"大人可能不知道，有些山里的猎户，或者偏远的农户，家里生了孩子，特别是女孩，为了省些人头税，会刻意隐瞒官府。这些人如果失踪了，他们的家人恐怕不会报官。"

"你是说，黑户？"宋青荇沉吟。他虽然含着金钥匙出生，但他知道，对贫困人家而言，女孩的性命还不如一头羊。他道，"这两日搜查山林，林中并没有人迹。"他转身拿出地图，指尖滑过绵长的山脉，"从地图上看，即便山里有猎户或者村落，也在几十里外了。"

"是！"吕岐山突然"扑通"一声跪下了。

"吕大人，你又怎么了？！"宋青荇烦透了吕岐山动不动就下跪，说话吞吞吐吐。

吕岐山尚不及回答，李大鹤突然跪在了吕岐山身旁。

飞染急忙替宋青荇解释："吕大人、李大人，大人是大好人，即便你们做错了什么，大人也不会责怪你们，大人最好说话了……"

"飞染，你去院子门口看看，俞捕头回来了没有。"宋青荇支开飞染，又示意山柏去门外守着。

山柏点头称是，"吱呀"一声阖上了房门。

顷刻间，屋内的空气仿佛凝固了。吕岐山和李大鹤大气都不敢喘，一味眼观鼻鼻观心。

沉默许久，宋青荇低声命令："你们起来说话。"他的声音很低，没有半点情绪，却充满了压迫感。

吕岐山颤巍巍站起身，又示意李大鹤赶快起身，这才回道："大人，其实下官和李大人也不敢肯定……我们听仵作说，骸骨上多有伤痕，这才想到，他们会不会是山上的猎户……"他给李大鹤使了一个眼色。

李大鹤赶忙接话："宋大人，卑职有一名属下是本地人，据他说，大约十七八年前，就在永安侯世子……不对，如今是永安侯，就在永安侯定下婚期之后不久，陆家派人上京收拾庄子及附近的田地、林地……那时候净心庵还只是一座破庙……"

"说重口！"宋青苿的指尖不耐烦地敲击桌面。

李大鹤暗暗吸一口气，急促地回禀："传说，这片山林中的猎户，居于破庙的流浪汉，都是在那时候被撵走的……或许林中那些白骨，只是无家可归的流浪汉。"

"不是流浪汉。"宋青苿断然摇头，又问他们，"听你们的意思，这片林子至今依旧有人住着，只是官府并没有登记入籍，是吗？"

吕岐山与李大鹤对视一眼。李大鹤急巴巴地说："林中是否有猎户下官确实不知，但——"

吕岐山接口："下官与李大人刚刚无意间谈及，无论是八角镇还是临县，时不时有人在镇上贩卖山货，都是些山鸡、野兔，偶尔也有野猪、皮货什么的。"

宋青苿缓和了语气，语重心长地说："大家都是为了尽快破案，你们发现什么线索，与我直说就是，不需要战战兢兢，欲言又止，知道吗？"

吕岐山和李大鹤唯唯称是，行礼退出了书房。

不多会儿，俞毅从山上回来，向宋青苿回禀："大人，属下按照您的吩咐，找了有经验的庄头粗略看了一下。因为天色太暗，他暂时只能推断，山洞周围的树木藤蔓大约长了十五至二十年。林侯爷吩咐他明天一早再上山细细查看。"

"咦，林侯爷来了城外吗？"飞染插嘴。她是跟着俞毅进屋的。

俞毅点头回答："林家的下人无意间提及，林侯爷是为了前头夫人的祭日特意出城的。"

"这是林家的私事。"宋青苿转而询问，"山洞里面仔细清理过了吗？"

"是。"俞毅再次点头，"不知道是不是属下多心，属下总觉得有人在山洞里居住过，不是死在里面那两个人，是别人。"

按照俞毅的观察，洞内的岩石有平整过的痕迹，最里面铺着稻草，岩壁上也有凿开的窟窿，恰巧可以放一盏油灯。他已经吩咐田大成留在洞穴中，明日就可以把洞内的情形绘制出来。交代完这些，他连夜赶往八角镇追查绳子的来源。

俞毅走后，飞染双手撑着桌子，讨好地问："大人，我们不去林家查问一番吗？"

宋青苿心中泛酸，没好气地说："你想趁机找林瑾明说话吧？"

飞染笑眯眯地点头，脸上明明白白写着：大人，您好厉害，又知道我在想什么。

宋青荇追问："你想对他说什么？"

"其实也没什么。"飞染垂下眼睑，"我只是觉得，喜欢一个人应该是一件很高兴、很开心的事。就像我，因为喜欢大人，所以我希望大人和我一样，每天都高高兴兴的。"

顿时，宋青荇的感动之情溢于言表，恨不得抱住她狠狠亲一口。

可惜，他还没来得及细细品味爱情的美好，飞染话锋一转，又担忧地说："林世子一直很不开心。虽然我觉得，过去的事他也有不对的地方，但我想告诉他，如果林夫人也喜欢他，一定希望他过得开开心心。如果林夫人压根不喜欢他，那他更应该过得快快乐乐。反正，我也说不清楚，大概我不想看到他郁郁寡欢的模样吧？"

"飞染，你只顾着担心他，就不想想我吗？"宋青荇故意装可怜。

"大人没有不开心，根本不需要我开导你啊！"飞染狐疑地打量宋青荇，"大人，难道你又生气了？"她的语气仿佛在抱怨，大人，你怎么这么爱生气？！

"我没有生气。"宋青荇闷闷地反驳她，随口解释，"我只是有些累了，可能山路走多了。"

"哦，那大人休息一会儿，我不打扰你了。"她转身往外跑。

宋青荇想要叫住她，她已经跑远了。他无奈地苦笑，闭上眼睛轻揉太阳穴，在脑海中慢慢梳理案情。

息嗔师太在净心庵出家，案子与她有关吗？

陆家突然派人上京打理庄子，到底是巧合，还是与案情有内在联系？

吕岐山和李大鹤所言的"黑户"，他们又与这桩案子有什么关系？

…………

一个一个的疑问盘旋在宋青荇的脑海中，他却茫无头绪。这一次，难道他会让飞染失望？

不知过了多久，他隐约听到门外的脚步声，他睁开眼睛就看到飞染就站在门口。

飞染不好意思地问："大人，我打扰到你了吗？"

"没有。"宋青荇摇头，"你端了什么过来？"

"是素面。"飞染跨入屋子。

宋青荇赶忙把桌上的书册资料叠起来。

飞染环顾四周，说道："大人，桌上的东西太多了，你把那边的花瓶挪开，我们可以在架子上吃。"

宋青荇本想说，他什么时候沦落到站着吃宵夜了，双脚已经不由自主走了过去。他认命地挪走花瓶，找了一块抹布把架子擦干净。

飞染放下面条，嘴里絮絮叨叨："陶妈妈说，面粉是她今天新磨的，不过我们几个月不在山上，什么食材都没有，勉强只能做一碗素面。"

宋青荇拿起筷子拨弄了两下面条，奇怪地问："这是寿面？"

"是啊！"飞染撩起面条向宋青苿显摆，"陶妈妈很厉害吧，能做这么长的面条。"

"今天是谁的生辰？"宋青苿随口询问。

"前天是陶妈妈的生辰，她和师父的生辰只差了一天。大人，你快吃啊！"飞染催促。她一刻都没有忘记，自己答应过白珺若，一定要每天盯着她家大人，务必让他好好吃饭。

宋青苿低头吃了两口面条，发现飞染正直勾勾盯着自己。"怎么了？"他擦了擦脸颊，"我脸上沾了东西？"

"没有。"飞染摇头，"原来喜欢一个人就是想对他好，愿意为他做任何事。大人，如果你真的喜欢花儿，明天一早我给你摘一大束菊花回来！"

虽然"梅兰竹菊"被誉为四君子，但飞染决定送一大束菊花给他，算什么事儿！

宋青苿无奈地说："飞染，男人喜欢女人和女人喜欢男人的方式是不一样的。"

"哪里不一样？"飞染侧目。

"比如说刚才，应该是我给你摘野果子，送花也是一样……"

"大人，你会爬树吗？"飞染一脸怀疑。

宋青苿语塞。他从没有爬过树，但是以他的武功，应该可以爬上去吧？

"大人，你不喜欢我给你摘的柿子？"飞染满脸失落。

"不是的！"宋青苿有些急了，"其实，这些事应该是我替你做……"

"为什么我不能给大人摘果子送花呢？"

宋青苿一阵胸闷，这还有什么为什么！可是一想到她说不定真的会当众送一大束菊花给他，他赶忙解释："飞染，以后只能我送你东西，明白吗？"

飞染有些疑惑地问："所以我给大人摘果子，是我做错了吗？"

宋青苿怔怔地看着她的大眼睛。他忽然觉得，她的表情仿佛在说，你敢点头，我哭给你看哦！

"大人？"飞染催促。

宋青苿无奈地说："总之，以后只能我送你东西，我替你摘花，我替你牵马，我带你出去吃好吃的，以后你不要再抢我的活了。"

"大人把这些都做了，那我做什么？"

宋青苿郁闷地回答："你只要像现在这样，偶尔给我端一份宵夜就够了。"

"这个我会！"飞染扬起笑脸，"我早就答应白姨，每天盯着大人吃饭，一定会亲眼看着大人，每顿饭至少吃下一碗饭。"她豪气地一拍宋青苿的肩膀，"大人，你不会让我失信于白姨吧？"

"不会！"宋青苿咬牙切齿。

飞染笑眯眯地点头，催促宋青苿赶紧吃面，又兴冲冲地收拾了碗筷，丢下他去找忤作了。

第 5 章 作茧自缚

飞染在院中协助仵作，目光时不时偷瞄宋青莯。她担忧地问："徐大叔，如果……我是说如果，如果大人找不到凶手怎么办？"

仵作愣住了。在他的印象中，就没有自家大人破不了的案子。他顺着飞染的目光看去，喃喃低语："其实大人最厉害的不是破案，而是教别人怎么破案。"

"什么意思？"飞染喜欢听别人夸青莯，每当那时，她都有一种与有荣焉的幸福感。

仵作笑着说："陶捕快应该知道'授人以鱼不如授人以渔'的典故吧？很多人都奇怪，刑狱司一个月办不了一两桩案子，为什么养了那么多仵作、师爷、捕快？皇上怎么会浪费银子！"

"徐大叔，你老就不要卖关子了！"飞染急不可耐。

仵作指了指飞染手上的纸张，笑道："我让你写下这些，回京之后大人会吩咐属下们整理成册，再仔细核查，交由公印局印刷，分发给各州县……"

"我明白了！原来我想到的，大人早就在做了！"飞染满脸崇拜，转眼间又陷入了沉思。

上一次在档案室，她家大人很失落地说，他抓住了一个坏人，可是外面还有许许多多坏人。那时候她安慰他，他们抓住一个坏人，那外面的坏人就少了一个。她以为这样就够了，可是她家大人一直在努力，想要抓住更多的坏人。

仵作在一旁补充："不只如此。就拿上次王乾的案子来说，外人只看到刑狱司抓到一个家道中落的变态，可大人借着那件事上书皇上，虽然得罪了很多人，甚至有些被解救的男童女童都憎恨大人，可是至少在最近这几年，没人胆敢把'好男风'作为风雅之事宣扬。"

"什么是'好男风'？"飞染一向不懂就问。

"就是……"仵作张口结舌，尴尬地回答，"就是王乾那样的人。"

"京城有很多王乾那样的人吗？"飞染追问。

"这个我就不知道了。"仵作敷衍，悄悄指了指宋青莯，"你可以去问大人，大人一定知道。"

飞染顺着他的手指看去，就见宋青莯右手持笔站在烛火下。他穿着藏青色直裰，烛光打在他的侧脸，在墙上留下一道长长的影子。她家大人看起来弱不禁风，可他长得很高，而且一点都不瘦弱……

飞染脸上一热，慌忙移开视线，低声嘟囔："正事要紧，大人正忙着呢，我们不要去打扰他。"说罢，她拿起毛笔继续记录，又忍不住用眼角的余光偷瞄宋青茱。

宋青茱在纸上写写画画，总觉得整件案子缺失了最重要的一环。

时间如指间的流沙，在不经意间悄然流逝。

等到宋青茱回过神，山柏正在门外徘徊。他问："什么事？"

"三爷。"山柏硬着头皮说，"仵作让小的过来向您禀告，陶捕快……在外面……睡着了……"

宋青茱走出房门，看到飞染坐在大棚底下的书桌后面，趴在桌上睡着了，手中还握着毛笔。

他走过去拿开纸笔，低声责备："天气这么凉，怎么才报于我知？"

没人敢回应这话，大家望天的望天，看地的看地，恨不得自己立马消失。

宋青茱弯腰抱起飞染。

飞染睡得迷迷糊糊，勉强撑开眼皮瞥他一眼，复又闭上眼睛，脸颊不忘在他的胸口蹭了蹭。

宋青茱无奈地苦笑，抱着她回房。他把她放在床上，正要为她盖上被子，她睁开眼睛，低声咕哝："三哥哥，你终于来找我了。"

"你叫我什么？"宋青茱握着被角的右手僵在了半空中。他急切地追问，"飞染，你叫我什么？"他一手握住她的肩膀，一手轻触她的脸颊。

"大人，我好困！"飞染不悦地偏过头躲开他的手指。

"飞染，你是不是想起来了？"宋青茱急不可耐。

"大人，我要睡觉！"飞染抱着被子翻一个身，不再理会他。

宋青茱呆呆地注视她。她叫他"三哥哥"，她还说"你终于来找我了"。难道他日有所思，凭白无故产生了幻觉？他明明已经不在意，她是否记得他们的过去……难道他终究还是在乎的？

宋青茱理不清头绪，而飞染压根不知道发生过什么。

清晨，飞染在鸟叫声中睁开眼睛，一眼看到桌上的花瓶中插着一大束沾染着露水的野花，红的、白的、粉的都有。

她猛地坐起身，发现自己竟然穿着昨天的衣裳。她隐约记得，她决定在桌子上靠一下，她相信自己不会睡着，然后她梦见她家大人把她抱回了房间。

飞染走到桌前抱住花瓶，走出房间扬声询问："芷兰，你在吗？这花是大人摘的吗？"

芷兰慢慢吞吞走出转角，面无表情地回答："回小姐，奴婢不知道。"她心中腹诽：大人一大早摘了这么多野花，颜色丰富，种类繁多，他的轻功肯定很好吧？

飞染低头闻了闻鲜花，追问："大人在书房吗？"

"是。"芷兰点头,"田大成刚从山上回来,在书房向大人汇报案情。"

"我去看仵作验尸。"飞染把花瓶放回屋内,想了想又不舍得,摘了一朵小花放在随身的香囊中。

飞染刚把香囊系在腰间,山槐急匆匆走来,高声说:"陶捕快,大人吩咐,今日你和我一起带队上山搜查骸骨,一刻钟之后出发。"

飞染看到他一脸肃穆,忙不迭点头,草草用过早膳就随大队人马离开了净心庵。

书房内,宋青荇目送飞染的身影消失在院子门口。

田大成不解地问:"大人,您……为什么故意支开陶捕快?"

宋青荇冷冷横他一眼,没有言语。

田大成立时吓得噤声,片刻又忍不住询问:"大人,你认识这块玉佩上的徽记?"

宋青荇瞥一眼桌上的玉佩。

自古以来,世族贵胄家都有家族徽印,特别是那些历史悠久的名士家族,家中物件均刻有特定的图腾。田大成在尸骸下面发现的这块玉佩,其图腾属于琼州陆家,所以今日他必须去见林瑾明夫妻。

可惜,当他翻山越岭赶到陆家别庄,林瑾明并不在山庄内。陆萱派人出门寻找林瑾明之后,借口身体不适回避了,只留管事招呼宋青荇。

虽然陆萱施了厚厚的粉底,但是任谁都看得出,她的精神很差,几乎心力憔悴。宋青荇并不觉得奇怪,不久之前叫嚣和离的人,如今却和丈夫同住在别庄,因为陆家离不了林家,林家也需要陆家。

小半个时辰后,一名小厮避入屋子,对着作陪的管事窃窃私语。

宋青荇看一眼太阳的位置,对着管事说:"其实本官只是想请侯爷或者夫人帮忙辨认一个物件,如果夫人方便,劳烦她也是一样。"

不多会儿,丫鬟取走了残缺不全的玉佩。

须臾,陆萱再次出现在宋青荇面前,客气地询问:"宋大人,请问您在哪里取得这块玉佩?"

"夫人的意思,您认得这块玉佩?"宋青荇不答反问。

陆萱稍一犹疑,点头回答:"不瞒宋大人,看玉佩的外形,它应该是我娘家之物,不过玉佩损毁得厉害,一时间我也无法肯定。宋大人如果不介意,请再留片刻,我已经加派人手寻找侯爷。"

宋青荇客气了一句,又问:"依夫人上次所言,侯爷的先夫人过世时,您恰巧也在京中?"

"应该说,是我随父亲上京述职之时,大姐恰巧在那时过世。"陆萱礼貌地笑了笑,目光不由自主朝院门瞥去。

宋青荇几乎可以肯定,陆萱认出了玉佩。按田大成所言,玉佩是在尸骸下面发现的,很可能是受害人处心积虑藏起来的。

同一时间，山脊的另一边，山槐及众捕快正奋力追赶飞染。飞染一心成为尽责的优秀捕快，心中憋着一股劲，认真地搜查每一寸土地，跑得双颊通红。

"宋捕快，那边我们还没有搜查过！"飞染冲山槐招手。

山槐赶忙上前，气喘吁吁地说："确实没有搜查过，不过时辰还早，我们慢慢搜查也不迟。"

飞染发现大家全都跑得上气不接下气，想了想说道："宋捕快，不如这样，我和芷兰去那边看看，你们在这里等我们。"

山槐一早得了宋青沬的指令，不敢离开飞染半步，坚持与她们同行。三人跑上山头，飞染向山下眺望，忍不住赞叹："哇，好漂亮，好像一幅画！"

山脊之下，青瓦白墙横卧在山脚，一条蜿蜒的小河萦绕山庄，袅袅青烟盘旋于屋顶，隐约可以看到山庄内的参天大树。

"芷兰，你看，小河的芦苇上面好像有野鸭在飞。"飞染手指远方。

芷兰点头附和："是，小姐，是野鸭。"

飞染惋惜地说："可惜我们有公务在身，不然抓几只野鸭回去炖汤，大人一定爱喝。"

芷兰沉默了一会儿，指着芦苇荡说："小姐，那边好像有人。"

山槐顺着芷兰的手指望去，果然看到芦苇荡中有一把油纸伞。他道："陶捕快，你在这里等一会儿，我下去看看。"

"我们一块去。"飞染跟着他往山下走去。

三人顺着小道疾走，差不多走到山脚才看清楚，有人正坐在河边垂钓。

山槐低声嘀咕："荒郊野外的，这人真是好闲情！"

飞染眯着眼睛看了看，高声大叫："林侯爷！"她疾步跑了过去。

山槐赶忙追上飞染，率先向林瑾明行礼："林侯爷，我们有公务在身，不知道是否打扰了您垂钓的雅兴？"

林瑾明站起身，目光落在飞染身上。几天未见，她好像又长高了。她脸颊通红，额头布满细汗，仿佛不谙世事的孩童。他笑道："怎么跑得满头大汗？"

飞染擦去额头的汗水，不好意思地笑了笑，转头对山槐说："宋捕快，我能不能和侯爷说几句话？就几句话，不会耽搁时间的。"

"你有话对我说？"林瑾明侧目，淡淡地瞥一眼山槐，"我们不过是说几句话，相信宋捕快不会阻挠的。"

山槐无奈，只得和芷兰退至一旁。

林瑾明遣退了随从，和蔼地问："飞染，你想对我说什么？"

飞染本来想得好好的，如果遇上林瑾明，她一定要好好劝一劝他。可他就站在她面前，她反而不知如何开口了。她懊恼地抓了抓头发。

突然间，她脚边的鱼竿急速往河面冲去。

"鱼！有鱼！"飞染"咚"的一脚踩住杆子，兴奋地叫嚷，"快，有鱼儿上钩了。"她手忙脚乱地俯身去抓鱼竿，奋力想要把鱼钩拽出水面。

林瑾明呆立在原地，神情怔忪。十几年前，他见过同样的场景，就在脚下这个地方。今天，他不是来这里钓鱼的，他只是在缅怀昔日时光。

"飞染，你的生辰是不是就在这几天？"他脱口而出。

"不是啊。"飞染摇头，"我的生辰在三月，早过了。"她努力拖拽鱼竿，高声催促，"侯爷，你到底要不要帮忙？"

林瑾明又是一怔。他一定是太过思念陆敏，才会产生错觉。他抓住鱼竿轻轻一拽，杆子"嗖"的一声飞出水面，鱼钩上挂着两根水草。

"跑掉了。"飞染一脸失落，"我答应白姨，每天都要让大人吃几口肉，或者吃几口鱼。"

"你还要负责给宋青沫做饭？"林瑾明对宋青沫的印象更差了几分。

"不用啊。"飞染摇头，"我又不会做菜。"她转头在岸边搜索，奇怪地问，"侯爷，你一条鱼都没有钓到吗？"

林瑾明赌气一般说："就算我钓到了，也不会让你拿回去给宋青沫的。"

"哦！"飞染一脸失望。

林瑾明收起鱼竿，把脚边的油纸伞递给飞染，殷殷叮嘱她："虽然已经入秋，但太阳很晒，以后出门记得带伞，晒黑了就不漂亮了。"

"我是捕快。俞捕头说，捕快只有不怕苦不怕累才能抓住犯人。"飞染顿了顿，"对了，我得赶快回去山上继续搜查，大人还在庵堂等我，所以我们长话短说……"

"宋青沫命令你搜山，自己则在庵堂休息？"林瑾明诘问。

"大人不是在休息，大人在分析案情。"飞染一本正经地纠正他，"侯爷，自从我知道您先前的夫人死得很冤枉，其实我有些生气。如果你能像大人那样，你的夫人说不定就不会死了。"

林瑾明脸色微沉。飞染的话太过了，再说，他哪里及不上宋青沫？

飞染浑然不觉他的不悦，接着又道："我也是最近才明白，喜欢一个人就是想要看到他过得好，每天开开心心。林侯爷一直很不开心，甚至都生病了，先不说你自己会难受，喜欢你的人也会跟着难过。你的夫人在天上看到，也会不开心的。"

"你在劝慰我？"林瑾明心情复杂。

"也不算劝慰。"飞染摇头，"我只是想告诉侯爷，'喜欢'是一件让人很开心的事，如果你因为'喜欢'一个人变得闷闷不乐，就等于辜负了所有喜欢你的人。"她拱手行礼，"好了，我走了，我是捕快，还要办差呢！"

"等一下。"林瑾明叫住她，"你替宋青沫说了那么多好话，他答应娶你了吗？"

他的话虽然有赌气的成分，却也是关心飞染。

飞染奇怪地问他："为什么非要成亲不可呢？"

"所以他压根没打算娶你，是不是？"林瑾明生气了。他冷静地想过，飞染的出身太低，站在宋家的立场，的确不可能明媒正娶她。可是如果让飞染为妾，他又觉得太委屈飞染了。

他语重心长地说，"飞染，你还小，或许你现在觉得，宋青洙什么都好，等你长大了就会发现……"

"侯爷，我和大人很好呢，我们都很开心。你看——"飞染从荷包中拿出早上的小野花，高兴地显摆，"这是大人一大早替我摘的。"

"甜言蜜语谁不会说！"林瑾明不屑地瞥一眼飞染手中蔫巴巴的小野花，"飞染，我没有女儿，不如我认你当义女。我的夫人你也见过的，你喜欢的木瓜什么，我家有很多，保证你吃不完。"

林瑾明说这话，并非心血来潮。他对飞染那种由心而生的亲近之感，就是对自己的庶长子也没有过，仿佛冥冥之中早已注定，她就应该是他的女儿。

林瑾明试着说服她："飞染，你不可能一辈子留在刑狱司当捕快。"

"为什么不可能？"飞染反问，一脸天真烂漫，"我和大人说好了，他专门把坏人指出来，我就去把坏人抓起来。我会一辈子留在衙门，当一名尽责的好捕快！"

"这是宋青洙对你说的？"林瑾明的声音难掩愤怒，仿佛看到宋青洙正诱骗飞染。

飞染摇摇头。

林瑾明严肃地说："飞染，我只问你两个问题。第一，他会明媒正娶迎你进门吗？"

飞染再次摇头。她都明明白白说了两次，她不要成亲。

"第二，既然他不会娶你，将来等他娶了别人，即便他的夫人容得下你，你要委委屈屈过一辈子见不得光的生活吗？"

飞染睁大眼睛，满脸错愕。她不愿意嫁给他家大人，她大人就会迎娶其他女人？怎么会这样！她从来没有想过这种可能性！

林瑾明误以为飞染想明白了，胸有成竹地说："他总有一天会娶妻生子，到时候你还要继续留在他身边吗？"

这话犹如一颗巨石投入飞染的心湖。她一直以为，他们会永远在一起。她从来没想过，他会迎娶其他女人。一想到他会搂着其他女人，她就难过得想哭，哪怕他只是盯着别人看，她也会很生气的。

"侯爷，为什么大家一定要成亲呢？"飞染很难过，世上怎么会有这样的道理！

林瑾明一阵尴尬，尴尬过后是震惊，震惊之余又是愤怒。飞染这么纯真，就连为什么成亲都不懂，宋青洙简直禽兽不如。他不会已经把飞染……

林瑾明吓了一跳，急道："飞染，你跟我回去，我找别人解释给你听。"

飞染讪讪地摇头,有气无力地说:"我是捕快,必须尽忠职守……"

"飞染!"林瑾明情急之下抓住了飞染的手腕。

飞染条件反射一般推开他,生气地说:"我最不喜欢别人碰我,我会武功的哦!"

"侯爷!"林瑾明的随从飞身上前,把他护在身后,只差没有拔刀对着飞染。

芷兰和山槐吓了一跳,赶忙上前护住飞染。

一夕间,两方人马互相对峙,空气中透着诡异的气氛。

林瑾明赶忙解释:"没事,是误会。"

飞染莫名其妙,跟着解释:"是侯爷先拉我的手……除了师父和……反正,我最讨厌别人碰到我,就是衣角也不可以。"

林瑾明窘迫万分。飞染这么说,仿佛他是登徒子一般。他干巴巴地说:"我只是一时情急……我的意思……你们先退下。"他遣退手下,示意飞染让山槐和芷兰也退下。

飞染摇头拒绝:"侯爷,我要回去办差了,总之你不要难过了,要高高兴兴过每一天。"

"飞染!"林瑾明焦急万分。他亲眼看过飞染与宋青荇之间的亲昵,当时的感觉就像心爱的女儿被无耻浪子染指。他急切地劝道:"飞染,你不需要留在刑狱司……"

"可是我喜欢当捕快。"飞染回头朝林瑾明挥手,"侯爷,我走了,再见哦。"

"等一下!"林瑾明大喝一声。

所有人都呆住了。

林瑾明疾步上前,好声好气地请求:"飞染,你想继续留在刑狱司,我不勉强你,不过我有几句话想单独对你说。"

山槐立马有了危机意识,抢先回道:"侯爷,事无不能对人言,您有什么话,直说就是。"

林瑾明心知山槐是宋青荇的心腹,瞬间冷下了脸。

飞染有些为难,问道:"侯爷,如果您有重要的话对我说,那……"她看了看山槐和芷兰。

"不用了。"林瑾明当了三十几年侯府世子,如今又承了爵,自有不怒而威的气势,他冷声对山槐说,"的确,事无不能对人言,请你回去转告你家宋大人,皇后娘娘虽然看重飞染是我大周朝妇女的典范,但不管怎么样,都不能耽误她的终身幸福。宋大人乃堂堂正四品提点刑狱使,希望他是光明磊落的君子。"

飞染眨眨眼睛,再眨眨眼睛。他在说什么?她赶忙替宋青荇解释:"侯爷,大人是好人,又聪明又能干。"

"飞染。"林瑾明温和地笑了笑,"你师父应该教过你男女有别,对吗?"

飞染点头。

林瑾明殷殷叮嘱:"你要牢牢记着你师父的话,如果有人想要拉你的手,哪怕只是碰一下你的衣角都是不可以的，你应该狠狠揍他，明白吗？"

飞染莫名其妙。刚才是他拉了她的手腕，她才轻轻推了他一下。他说什么"狠狠揍他"，是嫌她推得太轻吗？

林瑾明发现她压根没有听明白，把心一横，索性当着山槐的面直言："飞染，即便你留在刑狱司，宋青苿仅仅是你的上司，你们应该谨守男女之别。"

"哦。"飞染依旧蒙懂，行礼向他告别。

林瑾明目送飞染远去，直至她的身影消失在自己的视线，他依旧怔怔地盯着她离开的方向。

"侯爷！"庄子的管事由远及近，跑得气喘吁吁，"夫人正派人到处寻找侯爷。"

"夫人有事找我？"林瑾明蹙眉。

管事回禀："宋青苿大人一早就去了庄子上，似乎有紧要的事。"

"他？！"林瑾明冷笑一声，"我也正想找他呢。"

须臾，陆萱远远看到林瑾明，赶忙起身迎他进屋。

林瑾明扫一眼宋青苿，对着陆萱说："夫人，你身体不适，无须代我待客。如果我知道今日有客人上门，断不会出门。"

陆萱和宋青苿皆没有料到，林瑾明刚一进门，说话就夹枪带棍，暗指宋青苿不请自来，打扰陆萱养病。

宋青苿解释："林侯爷误会了。今日我一早上门，并非做客，而是以提点刑狱使的身份请教您几个问题。"

"宋大人是想'请教'我，还是想'审问'我？这其中可是有差别的。"他的言下之意，如果宋青苿仅仅只是"请教"他，他没有义务回答；如果他想"审问"永安侯，得掂量掂量自己有没有这个资格。

宋青苿就是在皇帝面前也没有受过这样的气。他冷声说："侯爷的意思，您唯有上了刑狱司的公堂，才会不吝赐教？"

陆萱赶忙上前打圆场，吩咐丫鬟重新上茶，又向林瑾明说明了玉佩的事。话毕，她小心翼翼地询问："侯爷，您看这玉佩，像不像大姐身边的丫鬟……"

"一派胡言，敏敏怎么可能与杀人案扯上关系！"林瑾明不悦地呵斥陆萱，把玉佩拿在手上细看。

他隐约记得，自己好像见过类似的玉佩，可他一个大男人，那会儿又与陆敏新婚燕尔，哪里会注意丫鬟身上的挂饰。

宋青苿端起茶杯抿一口热茶，轻轻放下青瓷杯盏，不疾不徐地说："玉佩是在一对中年男女身上寻得的。他们死了至少十五年，死的时候大约四十多岁。不知道府上有没有这样的男女失踪？"

"没有。"林瑾明断然摇头。

48

宋青荛就事论事："侯爷不用问一问府上的管事吗？毕竟您贵人事忙，对下人的事未必知道得那么清楚。"

林瑾明不悦地斥责："宋大人有什么话不妨直说。你这样绕圈子，是浪费大家的时间。"

"好。"宋青荛站起身环顾四周，目光落在陆萱身上，转而看向林瑾明。

林瑾明深深看他一眼，遣退了下人，又吩咐丫鬟送陆萱回房休息。

陆萱望着林瑾明欲言又止，却看到他只是一味盯着宋青荛。她垂下眼睑，跟着丫鬟步出房门，转身替他们阖上房门。

"宋大人，你现在可以说了吧？"林瑾明在主位坐下。

宋青荛审视林瑾明，一字一顿说："侯爷，我冒昧问一句，先夫人过世前后，府上可有十五六岁的丫鬟相继失踪？"

"没有。"林瑾明看着宋青荛的眼睛摇头，不悦地质问他，"宋大人这么说是什么意思？"

"侯爷应该比我更清楚，这庄子附近方圆几十里都属于陆家，不，应该说，都属于永安侯府。翻过庄子后面的那座山只有净心庵孤零零一个庙宇。侯爷站在我的立场，按常理推断，你觉得山上的白骨是哪里来的？"

林瑾明不怒反笑，讥讽地反问："宋大人，如果你家死了几个下人，用得着千辛万苦弃尸荒林吗？"

宋青荛喟叹："林侯爷，我没有说明白吗？那几具女尸，她们像垃圾一样被扔在林间，身无半缕衣物，都是被人活活扼死的。她们的皮肉早已腐烂，也不知道她们生前遭遇过什么。"

"你的意思，因为她们的死状不寻常，所以是我命人将她们弃尸山林？"林瑾明搁在桌上的右手紧紧握拳，显然已经愤怒到极点。

宋青荛无言地注视林瑾明。他从一开始就怀疑，林间发现的尸骸生前可能被人强奸过，甚至是凌虐。

他平淡地陈述："侯爷刚才问我，是不是前来审问你的，我现在回答你，不是。我独自前来，又请侯爷遣退下人，只是想知道，这桩案子我是不是应该继续追查。您是皇后娘娘的胞兄，我不想最后弄得国舅爷难堪……"

"真是可笑！"林瑾明猛地站起身。

"一点都不可笑。"宋青荛叹息，"十六年前，先夫人多少岁？刚刚过完十七岁生辰？她突然过世，侯爷的长子也在同一天夭折，我能理解侯爷悲痛的心情。不过几个婢女，不值得什么……"

"宋青荛，你想说，因为敏敏死了，所以我凌虐家中的奴婢？"林瑾明愤怒地瞪着宋青荛，"这桩案子如果你查不出子丑寅卯，我会恳请皇上交由大理寺彻查。我由衷地

49

希望，宋大人能够尽心尽责地查明真相。"

"侯爷费心了。"宋青莯轻笑一声，"我得了您这句话，定然会用心追查，相信真相不日就会浮出水面。"

"能这样，最好！"林瑾明几乎从牙缝中挤出这五个字。

"是。"宋青莯随口附和。他并不是因为私人感情怀疑林瑾明，只不过一切太过巧合。就眼下的证据，唯一合理的解释，林瑾明痛失爱妻，为了发泄，或者为了征服，又或是为了寻找替代品，成了变态杀人凶手。

期间，他的行为被其中一位受害人的父母发现，索性一不做二不休，把他们饿死在山洞中。至于案件为什么突然停止，最合理的解释就是陆萱进门了。

他朝林瑾明拱拱手，欲告辞离开。

林瑾明叫住他，说道："宋大人，你的事说完了，现在该轮到我了，我想请教宋大人几个问题。"

宋青莯冷眼看着林瑾明，只觉得好笑。林瑾明能"请教"他什么？无非是为了飞染。可他是飞染的什么人，有什么资格"请教"他？他询问林瑾明："不知道侯爷想问我什么？"

林瑾明同样觉得宋青莯的笃定。他面无表情地陈述："飞染是三月出生的，过完年就该十六了。早前我在山脚遇到她——"他略一停顿，意味深长地说，"宋大人，有些事真的是上天注定的。事实证明，我和飞染确实投缘，即便有人蓄意阻挠，我们也能一次次巧遇。"

"侯爷自己都说，只是'巧遇'罢了。"宋青莯面上淡淡的，心懊恼到极点。如果他光明正大地把飞染带在身边，她和林瑾明压根没有私下说话的机会。

宋青莯的思绪千回百转，主动开口催促林瑾明，"侯爷，时辰不早了。"

林瑾明不紧不慢地说："我就是告诉你一声，以后飞染成了我的女儿，不可能继续留在刑狱司，宋大人还是尽快寻找继任者……"

"侯爷说笑了。"宋青莯皮笑肉不笑，"侯爷位高权重，飞染哪有资格成为您的义女。"他可没那么傻，让林瑾明成为自己的干岳父，那岂不是恶心自己？他冲林瑾明拱了拱手，不容置疑地拒绝，"飞染的事，不劳侯爷费心。"

"宋大人，虽说飞染是你手下的捕快，但是她和你一样，都是拿皇上的俸禄。"他加重了语气，"你不过是她的上司。"

"是，我暂时只是她的上司，但是——"宋青莯抬头朝林瑾明看去，"侯爷想认义女，也得两厢情愿，您觉得飞染愿意离开刑狱司吗？"他就不信，飞染愿意为了林瑾明放弃她的捕快事业。

林瑾明发现宋青莯胸有成竹，胸口的怒火"噌"地往上蹿。他就知道，一定是宋青莯哄骗单纯的飞染，她才一心一意留在刑狱司当一名女捕快。

他压着怒意反问:"宋大人难道想把飞染留在衙门一辈子?你总要成亲生子……"

"侯爷,您管得未免太宽了!"宋青莯沉下了脸,"俗话说,强扭的瓜不甜,飞染是否继续留在刑狱司,得由她自己决定,你我说的都不算数。告辞!"

"站住!"林瑾明高声呵斥。

"侯爷还有什么指教?"宋青莯微微抬起下巴,清俊的脸庞只剩下冷冽的表情。

林瑾明迫近宋青莯,压着声音宣告:"我说了,飞染会是我的女儿,就一定是我的女儿!"

宋青莯毫不相让:"侯爷,不需要我提醒您,您也应该很清楚,世上的事不可能尽如人意……"

"我不需要与你做口舌之争!"林瑾明态度强硬,"我只想提醒你,不论你是成国公三子,还是提点刑狱使,如果飞染少了一根头发,或者吃了什么亏,我一定替她百倍讨回来!"

宋青莯看得出,林瑾明是认真的。他忽然觉得,林瑾明简直就是神经病!他和飞染两情相悦,他们之间的事,别人管得着吗?他有什么立场说这些莫名其妙的话!

他负气而去,一路往净心庵疾赶,心里越想越不是滋味。林瑾明固然有病,可飞染也很可恶!她怎么能将他们之间的事告诉外人呢?林瑾明想认她为义女,她到底有没有明确地拒绝他?林瑾明说什么吃亏不吃亏的,飞染不会把他们之间的事都告诉他了吧?

第6章 错过

宋青莯回到净心庵,院子内只有忤作等人。他怒气冲冲地问:"有人回来过吗?"

众人一愣,其中一人回道:"早前俞捕头派人送了一封书信回来……"

"我是说搜山的人!"宋青莯迫不及待。他看到对方缓缓摇头,转身跨入书房,"嘭"的一声摔上房门,只留下满院子的人面面相觑。

山脊的另一边,林瑾明同样气得不轻。他曾经很欣赏宋青莯,甚至觉得这个年轻人前途无量,迟早是大周朝的栋梁之才,可如今,他只觉得他恶劣又卑鄙,外加目中无人,好色无厌,缺点罄竹难书,压根配不上飞染。

林瑾明背着手在屋子里来回踱步,不经意间看到陆萱的丫鬟在院子门口徘徊。他扬声询问:"夫人有事找我?"

丫鬟赶忙上前行礼,吞吞吐吐说:"侯爷,大夫交代,夫人切不可再伤神,可是……"她轻咬下唇，一脸为难。

"到底什么事？"林瑾明的语气充满不耐烦。

"夫人不许奴婢告诉侯爷。"丫鬟说着就跪下了。

林瑾明没有追问，转脚去了陆萱的卧室，看到她独坐窗边垂泪。他皱着眉说："夫人，大夫再三叮嘱，流泪伤眼睛，更伤神……"

"没有，我没有哭。"陆萱赶忙拭去泪水。

林瑾明在陆萱身旁坐下，暗暗叹一口气。他心知肚明，陆萱一直在模仿陆敏，可他不得不说，十五年了，陆萱永远学不了陆敏的明媚开朗。或许她泪眼婆娑的模样惹人怜惜，但是他看得久了，哪来那么多"怜惜"。

"夫人，你为何事感伤？"林瑾明耐着性子，好声好气地询问。

陆萱深吸一口气，低声回答："侯爷，宋大人带来的那块玉佩……我想起大姐……"

林瑾明表情一窒："是我对不起敏敏。"他耷拉下肩膀。

陆萱哽咽着说："侯爷，我不是这个意思。我只是隐隐觉得不安……那块玉佩……很眼熟，分明是沉香的。她自小跟着大姐……"

林瑾明打断了她，肯定地解释："我认不出那块玉佩，但你说的沉香在敏敏过世那天自杀殉主了。她的尸体我亲眼见过，兴许有人在她死后偷了她的玉佩。"

陆萱满脸担忧，低声解释："那块玉并不值多少银子，又有我娘家的徽记，怎么会有人偷了它，如今又变成死人的遗物……"

"夫人，你不可以费神，不要再想了，宋青珠会查清楚的。"林瑾明打断了她的话，又故意扯开话题与她闲聊。

直到陆萱脸有倦意，在床上睡下，林瑾明起身离开卧室，站在院子内仰望绵延的山脉。夕阳洒落林间，把枯黄的树叶染得红彤彤，似火烧一般，眼前这景象曾是陆敏的最爱。

宋青珠说得没错，这里方圆几十里都是陆家的产业，林中那堆白骨，真的与陆家无关吗？

夜幕悄然降临，宋青珠发现飞染迟迟不归，愤怒慢慢变成担忧。

俞毅已经派手下告诉他，他们问遍了八角镇，都没有发现类似山洞中的绳索。这会儿俞毅已经赶去临县，同时派人回京调查，务必查出绳索的来源。

昨夜检查过树藤的庄头一早确认，山洞周围的树藤生长年限大约在十五至十八年之间。根据树藤的品种与长势，差不多需要两至三年时间才能完全遮住洞口。

时间在等待中慢慢流逝，宋青珠站在净心庵外面遥望山路的尽头。

"大人。"仵作行至宋青珠身后，"属下有事回禀。"

宋青珠轻抿嘴唇，再望一眼山道尽头，随仵作回到书房，说起了验骨的结果。

山林中，山槐好说歹说，飞染才勉强同意收队。她每次想到宋青珠总有一天会和别的女人成亲生子，心里一阵阵难过。

飞染赖在山上不愿意回来，就是不知道如何面对宋青荗，可是当她前脚跨入院门，目光却不由自主往书房瞥去。

透过敞开的窗户，她清楚地看到，宋青荗正专注地和仵作说话。她家大人这么能干，又长得这么好看，她怎么能让他属于其他女人呢？

书房内，宋青荗话说到一半，隐隐觉得有人正在注视自己。他转头看去，就见飞染傻傻地站在院子门口望着他。

他把手中的案卷交还仵作，又交代了他几句，回头寻找飞染，院子门口已经不见她的身影，只剩下山槐站在书房外等候。

"进来再说。"宋青荗吩咐山槐。

山槐回禀了一整天的搜山结果，大致描述了偶遇林瑾明的经过，最后又道："大人，属下没有听到林侯爷和陶捕快单独说了什么，就看到林侯爷不小心碰了陶捕快一下，陶捕快用力推开他，林侯爷的随从误会了，差点和我们起了冲突。"

宋青荗听到这些话，心中的恼怒顿时散去了一大半。飞染口口声声揍他，可她从来没有推开他。

山槐悄悄瞥一眼自家主子，吞吞吐吐地说："之后林侯爷让属下转告大人……"他一五一十复述了林瑾明的话。

宋青荗不屑地笑了笑。他明白林瑾明的意思，不过林瑾明又不是飞染的亲爹，凭什么干涉他和飞染怎么相处。他吩咐山槐把飞染叫过来。

须臾，飞染换了干净的衣裳，站在门口询问："大人，您找我？"

"是啊。"宋青荗笑眯眯地点头，"我好久没有教你练字了，你想先吃晚饭呢，还是先练字？"

飞染立马涨红了脸，浑浑噩噩地坐到桌前准备吃饭。上一次他所谓教她"练字"，就写了"我喜欢你"几个字。那时候他的胸口贴着她的后背，他的掌心包裹她的手背，他在她耳边呢喃……

"小心，你的脸都快埋进碗里了。"宋青荗已经不生气了。

飞染扒拉两口米饭，味同嚼蜡。犹豫许久，她忍不住开口："大人，为什么又要练字，我上次就说过，我会写字。"

宋青荗一本正经地回答："练字和练功一样。你每天都练功，却从来没见你练字……"

"大人，你不可以教别人——"她戛然而止，愤愤地放下筷子，嘟着嘴说，"我吃饱了。"

宋青荗一阵错愕。她才吃了平时的三分之一都不到，这是生气了？"飞染，我今天见到林侯爷了。"他陈述。

"我也见到了。"飞染气呼呼地回应。

"你没有话对我说吗?"宋青莯追问。

"哦……"飞染想了想,"林侯爷告诉我,两个人没有成亲就不应该太过亲近。大人,是这样吗?"

宋青莯追问:"你没有更重要的话对我说?"

"这个最重要。"飞染目光灼灼盯着宋青莯。

宋青莯试图拉住她的小手。

飞染眼疾手快,一下子跃开三四步。

宋青莯一阵错愕,继而又笑了起来。她真的太可爱,太容易相信人了。要不,他索性用行动告诉她,他的武功比她高那么一点点,他想要抓住她,简直轻而易举?

他的念头才刚刚闪过脑海,他又退缩了。飞染说过,别人骗她一次,第二次她再也不会相信那人。如今有林瑾明在一旁虎视眈眈,他不能搬起石头砸自己的脚。关于何时坦诚他会武功一事,他得慎之又慎。

"飞染。"宋青莯轻咳一声,"既然你吃饱了,我们来说说正事……"

"大人,你不要过来,我们好好说话。"宋青莯才靠近她一步,飞染立马后退两步,不许他靠近。

宋青莯低声控诉:"林瑾明随随便便一句话,你就与我生分了?以后我们都要隔这么远说话吗?"

"不是……不对……我也不知道!"飞染一跺脚,转身跑了出去。跑着跑着,委屈之情涌上心头。

她家大人竟然会娶别人。她只喜欢他一个人,他竟然会迎娶别人!可是他都说了,他想要娶她,是她自己害怕,她才不愿意嫁给他,她又怎么能阻止他迎娶别人呢?

飞染停下脚步,回头看去,走廊上空无一人。她一阵失落,眼泪模糊了双眼。她深吸一口气,勉强压下眼眶中的泪光,讪讪地回到自己的房间。

另一厢,宋青莯当然是想追上去的,可他才走到门口,吕岐山气喘吁吁地跑过来,嘴里大叫:"大人,卑职查到了,山里果然住着猎户,卑职已经打听清楚他们的住处。"

宋青莯恋恋不舍地看一眼飞染离开的方向,招呼吕岐山进屋谈正事。

吕岐山迫不及待向他禀告详情,又在堪舆图上指出了具体方位。

宋青莯低头沉吟。按照吕岐山所指位置,捕快一来一回起码两天时间,如果凶手确实是那个村子的人,一定会打草惊蛇。

他遣退了吕岐山,又拿出早前的资料一一核对,生怕自己遗漏了什么细节。

当宋青莯核对完所有细节,时间已经过了两个时辰。他赶忙让陶氏做了两碗面,兴冲冲去找飞染,飞染房间的灯盏已经熄灭了。

房间内,飞染不知道自己是什么时候睡着的。直到她饿得受不了,不得不睁开眼睛,摸索着去厨房找吃的。

她不忍心叫醒陶氏，可她就连生火都不会，更不会做吃的。她看到灶台上搁着两碗面条，将就着吃了两口。

芷兰实在看不下去，从门外现身，替她烧水热面条。

飞染坐在厨房的矮凳上，看着灶台上的热水"噗噗噗"冒出热气，脱口而出："芷兰，你觉得大人对我好吗？"

"好！"芷兰一板一眼回答，心中默默吐槽：大人做了那么多莫名其妙的蠢事，就连"冷面贵公子"的名声都快毁了，如果这样还称不上一个"好"字，简直天理难容。

飞染双手撑着下巴，失神地说："那你说，一辈子只喜欢一个人，到底是怎么样的？"

"奴婢不知道。"

"你不知道……你当然不知道……这个问题，有一个人一定知道……"飞染猛地站起身，大声宣布，"我现在就去找林侯爷。"

另一厢，宋青沫也是被饿醒的。

在他重遇飞染之前，吃饭于他而言就是山柏把饭菜端进来，他知道自己应该放下书卷歇一会儿了。至于他饿不饿，饭菜好吃不好吃，他从来没有注意过。

自从飞染来到他身旁，吃饭变成了一件极为重要的事。他可以从她细微的表情变化分辨出她的喜好。不知不觉中，他的胃口也变好了。这些日子，在她严格的监督下，他已经学会分辨饥饿感和饱腹感。

昨晚他端着两碗面条去找她，结果她已经睡了。他顿时没了食欲，把面条原封不动端回了厨房。

宋青沫饿得受不了，索性起床洗漱穿衣。当他走出房门，天已经大亮，空气中弥散着露水的清香。

小时候他一直不明白，父亲明明可以吩咐丫鬟替母亲摘花，为什么一定要亲手采摘。直到飞染对他说，她可以摘花送给他，他才想起来，大哥随手摘一朵不起眼的小花给大嫂，大嫂都会高兴上半天。原来，家学渊源真的很重要。

宋青沫腹诽半天，忍着饥饿去山上摘了一大束野花。当他兴冲冲地回到庵堂，就看到飞染的房门已经打开，房内空无一人。他前后找了一圈都不见她和芷兰，只能询问守门的捕快。

捕快一脸迷惑，反问宋青沫："大人，不是您吩咐陶捕快去山那边找林家的人问话吗？陶捕快天蒙蒙亮就出发了。"

一听这话，宋青沫心中只剩下懊恼。他一刻都等不了，兴冲冲追去林家。

山头另一边，飞染只想弄清楚心中的疑惑。她使出轻功往林家疾奔，却又在半途意识到，自己太鲁莽了。她讪讪地在庄子门口徘徊，沿着小径转悠，不知不觉中走到了小河边上的芦苇丛。

"芷兰，芷兰！"飞染大叫两声。

"小姐。"芷兰上前行礼。

飞染吩咐她："既然来了，我们抓几只野鸭回去给大人熬汤。你把鸭子从芦苇丛中赶出来，我去抓。"

芷兰的嘴角微微抽搐，低着头说："小姐，您想抓几只，奴婢去抓就行了。"飞染脱口而出："我想亲手抓活的回去，你把它们赶出来就行了。"

不远处的河岸边，林瑾明手持鱼竿，怔怔地盯着波光粼粼的河面。

宁静的清晨，阳光洒在水面，倒映出天边的红霞，鱼儿张着小嘴吐泡泡，偶尔有小鸟飞过，翅尖掠过苇絮，空气中只余风吹苇叶的"沙沙"声。

突然间，芦苇摇曳，野鸭"嘎嘎"乱叫，扑腾着翅膀冲向半空，就连水中的游鱼也变得焦躁不安，"噗通噗通"跃出水面。

"侯爷！"林瑾明的随从赶忙把他护在身后，一副大敌当前的架势。

"看清楚再说。"林瑾明有些恍惚。他还没有回过神，就看到一个湖蓝色的人影从眼前掠过，转眼间又消失在芦苇丛中。

"芷兰，它们飞得太快了，我没有抓住，你再赶几只出来。"飞染的声音带着浓浓的失望。

"是飞染。"林瑾明朝人影消失的地方看去。

"嘎嘎嘎！"可怜的野鸭再次冲向天空。

飞染追着野鸭一跃而起，右手冲鸭子的脖颈抓去，却再次扑了一个空。

"小心！"林瑾明疾呼，却看到飞染腾空翻了一个跟斗，稳稳落在岸边。

"飞染！"林瑾明冲她招手，转头吩咐随从，"你们去抓几只野鸭回来。"

随从的表情与芷兰如出一辙，恭敬地点头称是。一时间，芦苇丛中一片欢腾。

飞染快步走向林瑾明，好奇地看看河滩上几个大男人追着野鸭奔跑的画面。她认真地问："侯爷，你又没钓到鱼，所以打算抓野鸭子回去熬汤吗？"

"不是。"林瑾明脸颊微热，赶忙解释，"有时候钓鱼并不是为了鱼……"

"我明白的，师父说过，世上的事都是讲缘分的。"飞染的语气分明是在安慰林瑾明，更不忘补充，"侯爷，今天我不买你的鱼，我抓野鸭子回去给大人熬汤。"

"宋青荙让你一大早替他抓野鸭？"林瑾明沉下了脸。

"不是。"飞染摇头，如实回答，"我本来是想找侯爷的，后来不知不觉走到这里，就想抓几只鸭子回去。"

林瑾明得知飞染一大早特意来找自己，嘴角微翘，赶忙问她："你来找我，有事吗？"

"其实也没什么。"飞染不好意思地笑了笑，"那个……"她挠了挠头发，"我只是想请教侯爷，一辈子只喜欢一个人到底是怎么样的？先夫人死了这么多年，你后悔过喜欢她吗？"

飞染的心思明明白白全都写在脸上。林瑾明很清楚，她想问的是她和宋青莯。可即便是为了不让飞染泥足深陷，他也说不出口，他后悔爱过陆敏。

他避重就轻感慨："喜欢一个人就是想和他成亲，一辈子不分开。"他在暗示飞染，宋青莯不想与她成亲，就代表他并不喜欢她。

"为什么一定要成亲呢？"飞染皱眉。

林瑾明理所当然地回答："大家都要成亲的啊！"

"为什么不能像我和大人这样，他是大人，我是捕快呢？"

林瑾明误以为这是宋青莯灌输给飞染的思想。他竭力劝说："飞染，昨天我就说过了，就算你不成亲，宋青莯总要娶妻的。你一直留在刑狱司，只能眼睁睁看着他娶妻生子，与别的女人成双成对，儿女成群。你想要看到那样的结果吗？"

这话对飞染而言犹如醍醐灌顶。"我明白了。"她重重点头，"师父说过，世上的事和种花一样，想要看到自己喜欢的花儿开得漂亮，先要播种，然后浇水、除草、抓虫，悉心照料。喜欢一个人也是一样，不可能不劳而获。"

林瑾明糊涂了，她在说什么？

"不对！"飞染摇头，"不只像种花，也像买东西。我们在街上看到喜欢的东西，不是逼着人家把东西送给我，或者索性抢过来……一定要两厢情愿……"

林瑾明解释："飞染，喜欢一个人不是买东西……"

"侯爷，我明白了，谢谢您。"飞染如释重负，"喜欢一个人的确不是买东西，因为买东西可以去别家，但喜欢一个人就只能是他，非他不可。"她对着林瑾明匆匆行礼，飞快地跑了。

就在距离河涧不远的庄子门口，宋青莯已然得知，非但飞染不在庄子上，就连林瑾明也出门了。他一路上都没有看到飞染，她没有来林家，又会去哪里？一时间，他犹如热锅上的蚂蚁。

另一厢，飞染辞别林瑾明之后，一心只想快些见到她家大人。可惜，她跑得气喘吁吁，饿得前胸贴后背，她家大人居然出门了，而且和她一样，也是去林家了。

飞染没有细问，只觉得自己一刻都等不了，拔腿就往林家跑。

芷兰赶忙拦住她，嘴里劝说："小姐，您折返林家，如果中途恰巧与宋大人错过了，反倒耽搁时间……"

"对哦！"飞染点头，索性搬了一把椅子坐在庵堂门口，远远望着上山的曲折小径。

不知不觉中，她的脑海中只剩下"错过了"三个字。林瑾明和他的先夫人错过了，那是生离死别，是芸芸众生无法控制的。她和她家大人决不能错过。

世上没有什么事是必然的。师父教过她，凡事都要懂得"珍惜"。她不能因为她家大人对她好，就觉得一切都是理所当然的。

胡思乱想间，她终于看到了熟悉的身影。

"大人！"她冲小径上的人影挥手，朝他飞奔而去。

宋青莯停下脚步。他刚才还在想，是谁坐在庵堂门口，原来是她，她在等他吗？

他远远看着飞染，就见她径直朝自己冲过来。他愣了一下，不知如何反应，她已经用力撞入他怀中。她的脸颊贴着他的肩膀，她的双手紧紧环抱他的背。

发生了什么事？宋青莯蒙了，只能顺势拥抱她。

飞染用力抱住宋青莯，闭着眼睛聆听他的心跳。自从她得知，他可能迎娶别人，她一直很不安，此刻甚至有一种失而复得的幸福感。

师父说，成亲的时候会很痛，还要脱衣服和假装不会武功。虽然她很怕疼，在大人面前脱衣服也很可怕，可是没什么比永远和他在一起更重要，所以她不怕成亲了。

"飞染，发生了什么事？"宋青莯轻声询问。

飞染抬起头，可怜兮兮地说："大人，我很怕疼的。"

"什么？"宋青莯愣了一下，急问，"你受伤了吗？"他抓着她的肩膀，上下检视一番，"伤到哪里了？"

"没有，我没有受伤。"飞染抓住他的手腕，抬头看他。她想说，我愿意和你成亲，可是他都没有问我，她这样说会不会很奇怪？

她烦恼地皱起眉。她家大人不是一眼就能看穿她的心思吗？为什么他不再多问一次，她愿不愿意嫁给他呢？

"飞染，你刚才是不是去找林瑾明了？"宋青莯确认她没有受伤，决定问清楚详情。

飞染点点头，又摇摇头，嘟着嘴说："他不重要，昨天我已经劝过他，不要再为以前的事伤心，这样就够了。"

宋青莯知道，飞染说林瑾明不重要，就真的不重要了。他酸溜溜地说："昨天他不是教你，不能让我吃你豆腐吗？"

"他的意思，差不多是这样吧。"飞染点头，"不过他没有说，我不可以吃大人的豆腐。"她努力踮起脚尖，闭着眼睛贴上宋青莯的嘴唇。

宋青莯诧异万分。他听到了飞染的话，也看清楚了她的动作，但他的脑子无法思考。

他低下头，手指轻捧她的下颌、她柔软甜蜜的朱唇贴上他的，他屏息等待她进一步，她却松开了他。他急忙搂住她的腰，不容许她退开。

飞染满脸红霞。她想要亲他，可她无法控制自己不脸红。她的心脏又在"怦怦"乱跳，不过她已经不像以前那么慌张了，因为她知道，这也是她想要的。成亲虽然可怕，但只要新郎是他，她再也不会害怕了。

"那个……"飞染低着头，"大人，我肚子好饿……"

"飞染。"宋青莯抬起她的下巴，"我对你，可不是像你这般敷衍，这般轻描淡写……"

"什么轻描淡写？"飞染呆呆地看着他。

宋青荙低头凝视她。他不要浅尝辄止的轻吻，他希望她用行动告诉他，她同样爱着他。"你知道怎么做的。"他的鼻尖来回摩挲她的肌肤，嘴唇若有似无划过她的嘴角，低声诱哄，"等我满意了，我们才能回去吃早饭。"

飞染完全听不清他在说什么。他的气息萦绕她的呼吸，她的脸颊快烧起来了。她期待他亲吻她，可他仿佛看穿了她的心思，就是不愿如她的意。

她恼羞成怒想要推开他，他却先一步抓住她的手指，把她的掌心按在他的胸口。他的心脏同样跳得好快，他们的心跳声仿佛交织在了一起。

恍惚中，她觉得天地间只剩下他们两个人，就连阳光都在围绕他们飞舞。

飞染再次踮起脚尖，怯怯地吻上他的唇。

绵长的深吻，直至飞染快要窒息了，宋青荙才不情不愿地放开她，目不转睛地注视她。他的眼睛比平时更加黑亮，眼中闪耀着浓浓的渴望。她生涩的热情竟然这么诱人。

他低头轻啄她的嘴唇，掌根紧贴她发烫的脸颊。"一点都不难学，是不是？"他的声音低沉沙哑。

飞染羞得不知作何反应。

"这也是喜欢的一部分，包括成亲……"他说得极慢，紧张地观察她的反应。

飞染垂眸不敢看他。

"不需要害羞，我早晚会娶你进门的。"宋青荙说得轻描淡写，眼睛却眨也不眨地盯着她，屏息等待她的回答。

飞染听到了这句话，她没有反驳。

她默许了，还是她没有听清楚，又或者她不好意思再一次拒绝他？宋青荙紧张又无措。

"飞染？"他低声轻唤，勾起她的下巴，只看到一双水汪汪的杏眼。她就像雨后含苞待放的鲜花，娇嫩又美丽。他在不知不觉中看痴了。她还太小，或许他不应该逼她太紧？

"那个……"飞染的声音细若蚊蝇。她没有反对，她家大人应该明白，她已经答应了吧？"反正……这辈子……就像我上次说的，我只喜欢大人，大人也只能喜欢我……不能有别人，一个都不可以……"她忍着羞涩注视他的眼睛，"我只有这一个要求，你能答应我吗？"

"当然！"宋青荙毫不犹豫点头，再次轻啄她的嘴唇，"这是我的承诺，我们都是彼此的唯一。"

"好！"飞染如释重负。她觉得他们已经把亲事谈妥了。至于如何成亲，成亲以后怎么样，师父说的那些又是怎么回事，她家大人一定会安排妥当，她只需要相信他就够了。

"大人，我肚子好饿，我们能不能进去吃饭了？"她终于想起来，她是被饿醒的。

宋青荙无奈地嘀咕："你能不能不要随时随地想着吃的？"

"可是我真的肚子饿啊。"飞染无辜又哀怨地看着他，"天没亮我就肚子饿了。"

宋青荗心软了："算了！"原本的美好气氛被她一句"肚子饿"全毁了。

飞染心虚地瞥一眼宋青荗，故意高声说："大人，你不知道，侯爷一大早又在钓鱼，仍旧一条鱼都没有钓到。"

宋青荗心知肚明，飞染在学他转移话题，手法很拙劣。他再次追问："昨天你晚饭吃一半就回屋了，是不是他对你说了什么？"

飞染赶忙大声回答："那件事我已经想明白了。大人，我刚刚一直在等你，就是想告诉你，我想明白了……"

"所以你不会成为他的义女？"宋青荗向她确认。

飞染愣了一下，反问："我和他一共只见过寥寥几次，为什么要认他当义父？而且他又不会武功，也没有大人这么聪明……"

"行了，你少拍马屁！"宋青荗心情大好，牵着她的手往庵堂走去，"既然你都说了，你和他才见过几次，为什么把我们之间的事告诉他……"

"大人，我没有，你别冤枉我，我可一句都没说哦！"飞染马上抗议。

宋青荗想了想，只当飞染被林瑾明套话了："算了，不说他。待会儿吃完早饭，我带你去查案！"

"好啊，好啊！"飞染忙不迭点头，又惋惜地说，"大人，早上我打算抓几只野鸭回来熬汤给你喝，后来急着回来找你，就忘记了……"

"你的意思，我在你心里，只比野鸭汤重要一点点？"

飞染愉快地笑了起来，嘴里抵赖："大人，我没说，是你说的哦！"

两人的背影渐行渐远。

早饭过后，俞毅回来了。他从临县查探得知，山洞中捆绑受害人的绳索无论是材质，还是绞缠方式，绳结的打法，都是他们从未见过的。不过去京城调查的捕快回报，有人声称，出海的船只好像用的就是那样的绳子。

宋青荗一方面命人继续追绳子的来源一方面带领众人上山寻找猎户。俞毅带着捕快和向导走在最前面，宋青荗和飞染走在中间，吕岐山及他的师爷，还有一名随行的仵作走在最后。在宋青荗的授意下，三批人马仅能远远看到对方。

飞染想明白了自己的感受，整个人如释重负，精神抖擞。

"带你去查案，就这么高兴吗？"宋青荗咕哝一句。

飞染点头，笑得眉毛都弯了，抬头仰望天空。

"小心，看着路。"宋青荗顺势牵她的手，与她十指紧扣。

飞染没有挣脱，侧头看他："大人，早上你去找林侯爷问案，还是去找我的？"

"当然是问案，我哪里知道，你一大早跑去找他！"宋青荗的语气难掩酸味。

飞染悄悄扣紧他的手指，任由阳光透过枝叶的缝隙洒在她脸上。其实她相信林瑾明说的，她和她家大人不该手牵手，可是有什么关系呢，她就是喜欢她家大人，很喜欢很

60

喜欢。

两人并肩而行，直至阳光西斜，飞染突然停下脚步，紧张地环顾四周。

第 7 章　路遇机关

在众人上山途中，飞染突然停下了脚步。

"怎么了？"宋青洙不知道飞染为何紧张兮兮。

"俞捕头，快停下！"飞染大叫一声，又回头示警，"吕县丞，你们站着不要动，什么都不要碰！"

"飞染？"宋青洙蹙眉。

"大人，我们走进陷阱里面了。"飞染一脸凝重，又冲俞毅大叫，"俞捕头，你们千万不要乱动，我马上过来……"

"飞染！"宋青洙抓住她的手腕。

飞染信誓旦旦地保证："大人，你不要害怕，师父教过我解机关，我会保护你的。"

宋青洙有苦难言，他看起来像是害怕吗？

飞染轻拍他的手背，继续安慰他："大人，只要大家别乱动就不会有危险。你看——"她手指头顶的大树，"那根树枝应该是做陷阱的时候砍下来，现在新的枝干已经长这么粗了，陷阱肯定有些年份了，说不定做陷阱的人已经把有危险的部分撤掉了。"

不远处，俞毅满心懊恼。宋青洙从未涉足江湖，警觉性较差，可他在江湖上行走多年，竟然未能察觉危险。他沉声说："陶捕快，你只需要保护大人，其他的事由我们处理。"

飞染转头询问宋青洙："俞捕头也会解机关吗？我看不到前面，但我们这边好像是一个连环的机关。师父说过，触一发而动全身……"

"俞毅，你在原地待命。"宋青洙扬声命令，又低声询问飞染，"你有信心，一定能解开机关吗？"这一刻，他无比庆幸，自己因为舍不得与她分开，把她带在身边。或许，她真的是上天送给他的礼物，总能给他惊喜。

飞染看了看四周，摇头回答："我没有看到前面的情况，不知道呢！不过大人放心，我说过会保护您，就一定会做到。有我在，你不需要害怕。"

"我没有害怕！"宋青洙深吸一口气平复情绪，"吕大人他们年纪大了，不如你先去看看他们。如果可以，先把他们送去安全的地方。"

"对哦，大人真聪明。"飞染忙不迭点头，"我把大人送去安全的地方，大人就不用害怕了。"

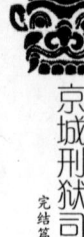

宋青沐一口气堵在胸口，咬牙切齿地说，"你不是说保护我吗？如果我们隔得老远，你怎么保护我？"

"可是……"

"没什么可是！"宋青沐不容置疑地说，"我们先把吕岐山他们送去安全的地方，再去找俞毅。天快黑了，你也不想我们在林中露宿，晚上继续啃干粮吧？"

飞染一本正经地教育他："大人，晚上不啃干粮吃什么？师父说，去到陌生的地方，不可以乱吃东西。"

"你就只想着吃的！"宋青沐负气往前走。

飞染一步跳到他身前，张开双臂大声说："大人，我走前面，你走在我后面，还有，是你先说吃的，本来我还没想到呢！"

宋青沐懒得与她争辩。他跟着她把吕岐山等人送去安全的地方，又随她走向俞毅。飞染没再说话，专心致志地查看周围的环境。

宋青沐看到她眉头紧蹙，他问："怎么了？很难办吗？"

"不是难办，是我也说不准。师父说过，世上的事都是一理通百理，我虽然没有解过这样的机关，但道理应该是一样的。可是这个机关太旧了，我不敢说中途会不会有意外，比如说，绳子日晒雨淋，突然断了，或者铁器生锈，不小心卡住等等。"

"里面有铁器？"宋青沐和俞毅异口同声。生铁是受衙门管制的。

飞染点点头，指着南边的一棵大树说："那里，枝丫枝桠上应该有一支铁箭，是对准那里的！"她手指俞毅的正前方，"其实我们的运气很好，如果大家再往前四五步，不小心砍断了那根树枝，铁箭就会朝触动机关的人射去，然后这两边的木锥子就会掉下来，再有那里——"

她指了指自己和宋青沐早前站立的地方，"会有暗器沿途落下。如果是为了杀人，暗器上可能涂抹了毒药。这里荒山野岭的，一些草药或者毒液抹上去，就算只是割破一点皮，也撑不到下山找大夫，更不要说咱们压根不知道他们抹了什么毒。"

宋青沐听着飞染的描述，表情越来越凝重。难道这个机关不是为了御敌，而是为了杀死入侵者？

他问："有没有可能，大伙儿避开机关绕道而行？"

飞染义正词严地反驳："大人，我们不把机关解除，万一其他人不小心触动了机关怎么办？我们拿了皇上的俸禄，就必须尽忠职守保护百姓。"

宋青沐默了默，看一眼西边的晚霞，没好气地说："既然你武功好，不如直接触发机关，你说的什么木锥子、暗器、铁箭，发完了也就没了。"

"本来就是这样。"飞染没有听出他的讥讽之意，再次劝说，"大人，不如您还是和吕大人他们待在一块儿……"

宋青莯生气地控诉："你嫌弃我成了你的累赘吗？"

"不是啊，我可没这么说！"飞染赶忙摇头。

"大人，陶捕快！"俞毅及其他几名捕快实在听不下去了。眼下他们深陷陷阱，天看着就要暗下来了，他们居然还在这里打情骂俏。

俞毅僵着嘴角提醒："大人，天快黑了。"

飞染点点头，侧头想了想，往前走了四五步，冲宋青莯招手："大人，你过来，站在这里。"

宋青莯依言走向她。

飞染又对俞毅说："俞捕头，你武功最高，你在这里保护大人，我去触发机关……"

"不行！"宋青莯一把抓住飞染的手腕，"你就在我身边待着，俞毅，你去触发机关。"

"是！"俞毅点头。

飞染想了想，是她承诺保护她家大人的，没再坚持。她对着俞毅说："俞捕头，就像我刚才说的，那棵树上的铁箭可能锈住了，也可能不只一支箭，你不要大意。另外，你要小心南边和西边，虽然现在看不到，可能另有羽箭朝你射过去。你武功高，一定躲得过，就是不要跃过那里。"

飞染手指俞毅东南方的一块覆盖落叶的草坪，补充道："树上的铁箭突然射过来，一般人肯定跳过去那边躲避，我猜想，那下面会有另一个机关。"

她交代完俞毅，又指挥其他人如何站位，如何行动，如何躲避潜在的危险。

转眼间，飞染交代完毕，挡在宋青莯身前对着俞毅点点头。

宋青莯郁闷地叹一口气，俞毅已经一刀砍断隐藏在树枝间的细铁丝。

正如飞染的预料，就在铁丝崩断的瞬间，树中蹿出两支羽箭，树枝上的铁箭迟了片刻，直直朝俞毅射过去，紧接着是第二支，第三支铁箭。

"铁箭果真卡了一下，不然三支箭从三个方向齐发，只有俞捕头这样的高手才能躲过攻击。"飞染一脸崇拜。几乎在铁箭射向俞毅的同时，长方形的木排从天而降，木排上密密麻麻扎着尖锐的木锥子，如果砸在人身上，一定会扎出一排排血窟窿。

同一时间，铁制的暗器似雨点一般"噼里啪啦"落在地上。暗器已经生锈，分辨不出是否被煨了毒。

几名捕快分工协作，在俞毅砍落最后一支羽箭的同时，木排也"嘭"的一声掉在了地上，没有人受伤。

"好了，接下去就是地下的陷阱和捕兽器了。"飞染笑眯眯地说，"以前师父只是做一些小玩意给我解闷，我从来没玩过——"

她戛然而止，拽着宋青莯转一个身，又用身体挡住他，拉着他旋转半圈。

宋青荇几乎与飞染同时发现，有人向他射冷箭。那支箭对准了他的胸口，他本能地想要推开飞染，再劈开那支飞箭，却一下子被她抱住了。

那一刻，他根本没办法思考，又看到另一个方向射来一支冷箭。

或许只是一瞬间，或许已经过了几百年，他看到飞染居然想用自己的身体替他挡箭。

第一次，他想骂脏话。就算他真的弱不禁风，也不需要自己的女人当他的挡箭牌。他赶忙抱住她，转身交换两人的位置。

"嗖"的一声，箭头划过宋青荇的衣袖，藏青色的直裰裂开了一个口子，并没有伤及皮肉。

"你疯了吗？"宋青荇斥责。

"我不可能看错的！"飞染不可置信地嘟囔。

宋青荇生气地质问："我说过，要你替我挡箭了吗？"

飞染理直气壮地回答："保护大人是我的责任！"

"你——"宋青荇气愤又懊恼。如果她受一点点伤，他一辈子都不会原谅自己。

飞染气呼呼地解释："大人，我真的没有看错……我去看看，为什么还有另外两支箭……"

"站住！"宋青荇一把拽住她，指着自己的袖子说，"那两支羽箭是人射出来，有人在监视我们。"他的衣服破了，就证明羽箭很锋利，不似俞毅先前砍断的那两支。

"不好！"宋青荇惊呼一声，"吕岐山他们不会武功。"

他的话音未落，山林间突然铃声大作，一声急过一声。夕阳最后的余晖把整片林子染上了一层可怖的血色。

飞染很生气。那两支箭分明是冲着她家大人来的，此刻他们竟然又用铃声装神弄鬼。

"俞捕头，你在这里保护大人。"她弯腰捡起几块石子，又对其他的捕快说，"大家不用担心，我给你们开路。"

众人还没有明白飞染想干什么，就见一颗石子"嗖"的一声飞向林间。

捕兽器发出"咚"的一声巨响，在不绝于耳的铃声中更显得震人心魄。

飞染脚尖点地一跃而起，踩着树枝飞上一棵大槐树。她站在树枝上朝下张望，又扔下一颗石子。

这一次，她使的力极大，石子"嘭"的一声落地，紧接着又是"轰"的一声巨响。一棵碗口粗的柳树竟然轰然倒地，树下露出一个大坑，坑底密密麻麻插着竹节，每根竹节都被削成尖锐的刀锋状，任何活物掉下去，立刻就会毙命。

宋青荇看不到坑底的情况，但他闻到了若有似无的香味。他认得这香味，息嗔师太就是被这种迷香迷晕的！

他回头吩咐俞毅："你去保护吕岐山他们，我在这里陪着飞染。"他看到俞毅眼露忧虑，低声解释，"对方人不多，铃声只是虚张声势。"

树枝上，飞染一心想着，任何人想要伤害她家大人，全都罪不可恕！她从一根树枝飞跃至另一根，随手扔下两颗石子，转瞬间传来"咚咚"两声，又有两个捕兽器失效了。

她回头看到宋青荑独自站在树下看她，更加无心恋战，飞身跃上树顶，俯视脚下的林子，伸手用手指比了比，从靴子中拿出匕首，转瞬间消失在了宋青荑的视线。

宋青荑顾不得掩饰自己会武功的事实，正想追上飞染，铃声戛然而止，山林恢复了宁静，只余惊慌失措的鸟儿叽喳乱叫。

他顺着飞染离开的方向走了几步，看到林中走出一个二十出头的年轻人。对方皮肤黝黑，双手高举过耳，身上挂着箭筒，腰间围着牛皮，看起来像是猎户。

"大人，吕县丞被抓走了。"俞毅大声回禀。

"不要紧，大不了交换！"飞染推了年轻人一下，她的匕首正抵着年轻人的脖颈。

宋青荑摸了摸鼻子，后退几步站回原地。他的未来媳妇娇憨可爱，不过她生气的时候还是挺可怕的。刚才她在树上用手指比画，想来应该是按照五行八卦计算方位。这就证明一件事，设置机关的人同样精于五行八卦，绝不是一般的猎户。

宋青荑才想到这，就看到几个男人押着吕岐山向他们走来。他看到为首的男人不过二十出头，必然不是设置陷阱的人。

等到对方走近，俞毅等人也围了过来。俞毅从飞染手中接过俘虏，朝对方走过去。

飞染气愤地说："暗箭伤人，太过分了，幸好没有伤到大人，否则——"她比了比拳头。

宋青荑深深看她一眼。为什么他越来越觉得，他们之间的关系好像倒过来了？为什么他会被自己的女人保护，对方还觉得理所当然？

他扬声说："我们此行只是通知你们，十六七年前，你们村子里失踪的人，已经找到骸骨……"

"我不知道你们在说什么。"为首的男人打断了宋青荑，架着吕岐山走近他们，"这片林子是我们的，谁敢擅自闯进来，只有死路一条。如果你们就此下山，大家就当什么都没有发生过。"

年轻男子语气不善，宋青荑却并不恼怒，只是平淡地陈述："刚才你已经看到了，如果我们想要硬闯，你们阻拦不了。"

"我们有人质！"男人把吕岐山往前推了推。

俞毅没有说话，右手轻轻一拧，他手中的俘虏哀叫一声，胳膊被卸了下来。他随手一挥，又替他接上了脱臼的关节。

宋青荑继续说道："这会儿天都快黑了，我们不可能连夜下山。不如这样，你回去禀告一声，就说我们只是来核实一下，十六七年前，你们村里是否有失踪的年轻女子。"他示意仵作上前，把验尸结果一一说给他们听。

男人自知武功胜不了俞毅，又忌惮飞染，与同伴叽里咕噜商量了一阵，把吕岐山还给了他们，同意让他们在山中歇一晚。

宋青荇不忍心飞染跟着风餐露宿，就是他本人，也不想以地为席，以天为被。他询问对方，能否借一间屋子给他们休息。对方看一眼飞染，点头答应了。

众人在暮色中走了大约半刻钟时间，飞染跟着宋青荇走入一间方方正正的小木屋。屋子里除了桌椅木榻，边上还有一个小火炉，墙上挂着风干的腊肉。

不同于宋青荇的面色凝重，飞染左看看右瞧瞧，一脸兴致盎然，好奇地问："大人，这里难道就是师父说的瞭望台？打仗的时候监视敌军用的？"

宋青荇抿嘴看她。他的眼前依旧是飞染奋不顾身挡在他身前的画面。他点上灯，关上门，风轻云淡地说："好了，我们现在算一算帐……"

"大人，你怪我没有好好保护你，把你的衣裳弄破了？"飞染讨好地轻笑，"最多这样，回去之后我让陶妈妈给你补一补？再不然，我给你买一件新的？"

宋青荇不可置信地瞪她。她在故意气他吗？他深吸一口气，生气地反问："我有说过，让你替我挡箭了吗？"

飞染理所当然地回答："保护大人是我的责任啊！因为这个，你才请我去刑狱司当捕快的，不是吗？"

宋青荇语塞。他默了默，转而质问："你难道不知道，刚才你差点受伤！"

"我知道啊！"飞染点头，"那支箭如果射中大人，就是射中你的胸口，很危险的。如果射中我，只是射在肩膀上，最多就是留个疤……"

"什么叫最多留个疤？"宋青荇快疯了。如果因为他，她身上留了一个疤，还不如直接砍他一刀。

飞染知道他又生气了，可她完全不明白，他为什么生气。她试着解释："师父教过我，如果遇上危险，不得不受伤的时候，尽量避开要害。虽然我很怕疼，但是……"她的声音消失了。

宋青荇用力抱住她，动作粗鲁。他很害怕。如果他真的不会武功，刚才她一定受伤了。一想到她可能受伤，那感觉就像利刃剜心。有些事，只有经历过，才会明白个中滋味。

他深吸两口气，好声好气地叮嘱她："以后不许再这么鲁莽，不可以让自己遇上危险，知道吗？"

"难道要我眼睁睁看着大人受伤吗？我做不到的。"飞染摇头。

宋青荇闻言，不知道应该感动，还是应该生气。回过头想想，那两支冷箭射过来的时候，她第一反应便是挡在他身前。那个时候，她压根来不及思考，只是凭直觉行事。他一直觉得，人生来就是自私的，可她把他看得比自己的性命更重要。

他等了她十多年，而她愿意为他受伤。这辈子，他们注定只能属于彼此。

"飞染，以后不管发生什么事，我都不会辜负你。"他低声承诺。

"嗯？"飞染莫名其妙。她家大人好像很感动，可她只是履行捕快的职责。未免他更加生气，她还是不要解释了，反正他们会永远在一起的。

她望着墙上的腊肉，吞一口口水，低声说："大人，我肚子好饿。"

"……"宋青荙无语。她一定要说这么煞风景的话吗？他关切地说："飞染，以后不可以冒险，不能让自己受伤，也不需要保护我……"

"可我是捕快呢！"飞染抬起头，可怜兮兮地恳求，"大人，你赶快把案子破了，我们可以回京吃好吃的……"

"你不是看上墙上的腊肉了吗？怎么又想回京城了！"宋青荙忍不住刺她一句。

飞染拍了拍宋青荙的肩膀，语重心长地说："大人，师父教过的，不可以随便吃外面的东西，所以我们只能一起啃干粮。对了，刚才那些陷阱都会害人性命，我们可以一晚上待在木屋吗？"

"没事的，他们只是喽啰。"宋青荙敷衍，转念间又想到陷阱中的迷烟，他问，"飞染，你和你师父在净心庵的时候，她有没有一个人离开庵堂？"

飞染想了想，很肯定地告诉宋青荙，除了下山采买，息嗔师太从来不会踏出庵堂半步。

宋青荙左思右想，息嗔师太出家之前是京城贵女，出家后深居庵堂，不可能和山里的猎户扯上关系。

一旁，飞染虽然嚷着肚子饿，可她吃了几口干粮就觉得索然无味，打起了哈欠。

宋青荙看到她没什么胃口，更觉得食难下咽。他展开薄毯，招呼飞染："把灯吹了，过来睡觉吧。"

今晚他们要一起睡觉？飞染震惊了，低着头没话找话："原来俞捕快的毯子是替大人准备的啊。"

"大人，我还是去外面替您站岗吧！"她转身就想往外跑。

"你不想知道案情吗？"宋青荙知道，她又害羞了。其实他没打算做什么，可她害羞的模样，更像若有若无的诱惑。他轻咳一声，一本正经地说，"你过来，我讲给你听。看今天的架势，林中的猎户可能不少。"

飞染再打一个哈欠，犹犹豫豫地问："那，能不能不吹灯？"

"随便你。"宋青荙从善如流。

飞染本来打算坐在床榻边听她家大人分析案情，可他们才说了几句话，她不知不觉就蜷缩在他身旁，脑袋靠着他的肩膀，双手环抱他，薄薄的毯子盖在他们身上。

"大人，你刚才说，死人的尸体比活人重，没道理背着尸体走一整天……会不会……"她再打一个哈欠，眼皮不停地打架。

宋青荙低头看她，手掌轻抚她的肩膀，低头亲吻她的发丝："睡吧，我知道你今天累坏了。"

飞染迷迷糊糊嘀咕："大人，你好像师父哦。小时候，师父也是这样哄我睡觉……"

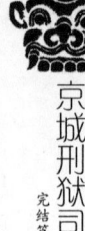

"我不是你师父！"

"我知道，所以我说'很像'啊。"飞染的声音渐渐弱了，呼吸变得平缓而轻浅。

宋青荗无奈地轻笑，拉起毯子盖住飞染的肩膀，出神地盯着桌上的油灯。

灯光恍恍惚惚，只有绿豆一般大小，泛出幽幽绿光，几缕青烟萦绕火焰袅袅旋转。

他忽然觉得，真相就像这微弱绿光下的灯芯，正被飞逝的时光烧毁。他应该从灰烬中深挖事实吗？

对飞染而言，她的师父死了，再也不可能活过来。她亲手抓住了凶手，整件事已经画上了句号。以后，她会是他的妻子，只要她快快乐乐的，杀死师太的真凶是谁，动机又是什么根本无足轻重。

宋青荗低头凝视她的睡颜。一旦告诉她，杀死她师父的凶手另有其人，这事的后果恐怕比他隐瞒自己会武功更严重。

她全心信赖他，她用最真挚、最无瑕的心爱着他。或许是他自私，但为了守护这份美好，他愿意付出任何代价，包括掩埋真相。

宋青荗几乎说服了自己，又隐隐觉得不安。

许久，桌上的油灯灭了，屋内只余青烟的焦苦味。他靠着飞染，迷迷糊糊睡了过去。

不知过了多久，宋青荗觉得自己才闭上眼睛，木墙的缝隙中就有白光渗进来。

他睁开眼睛，飞染依旧在他身边安睡。他的手臂已经麻了，他试着把飞染放在床榻上，她"嘤"一声抗议。他顿生不舍，只能任由她枕着自己。

飞染再一次被饿醒，咕哝一声想要伸一个懒腰，就发现宋青荗正搂着自己。山中的清晨很冷，毯子很薄，可是窝在他怀中很温暖。

她就像走火入魔一般，飞快地偷亲他的脸颊，又慌忙低头下，靠着他的肩膀装睡。

宋青荗轻轻勾起嘴角，她竟然偷亲了他。他假装刚刚醒来，若无其事地抬起她的下巴，蜻蜓点水一般轻啄她的嘴唇，低声轻唤："天亮了，该起来了。"

"噢！"飞染睁开一只眼睛，又小心翼翼睁开另一只眼睛偷瞄他。

"你脸红了，是不是做了坏事？"宋青荗故意逗她。

"才没有！"飞染慌忙移开视线。

宋青荗心中一片柔软。他学着她的动作，飞快地偷亲她的脸颊。

"大人，你干什么！"飞染急忙推开他。

"笨蛋！"他愉悦地轻笑。

门外，俞毅快听不下去了。以宋青荗的武功，一定早就发现他在门外候着。他大声说："大人，卑职有事禀告。"

飞染被俞毅的声音吓了一跳，慌乱中一脚把宋青荗踹下了床榻。待她反应过来，整个人呆住了。

宋青荗猝不及防，赶忙转一个身，总算没有狼狈地倒地。他认命地打开木门，又掩上房门，问道："你查看过林中的机关，有何发现？"

俞毅低头道歉："大人，昨天幸亏陶捕快，是卑职大意了……"

"你发现了什么？"宋青荇打断了他。

俞毅从身上拿出两小截绳索。"大人，您看。"他举起右手，"这是在山洞中发现的绳索。"他又举起左手，"这是林中系着铃铛的绳索。它们的材质不同，但绞缠方式是一样的。除此之外，那些机关虽然陈旧，但系着铃铛的绳索却是新的。"

宋青荇压着声音询问："昨夜你跟着他们回村，以你的估计，村里大约有多少人？"

"卑职粗略数了一下，大约有四十余户人家，起码有百来人。"

俞毅才说到这，一群猎户打扮的男人朝他们走来。

宋青荇低声吩咐俞毅，不可提及绳索之事，只当他们此行纯粹是为了确认受害人身份。

转眼间，猎户们走近小屋，领头的男人大约四十岁上下，自称卫大志。

根据卫大志的解释，他们原本都是附近的穷苦百姓，以打猎砍柴为生。十五六年前，他们被陆家驱逐，走投无路之际遇上了从南边上京做生意的卫姓大叔，帮他们在深山建了卫家村，教他们谋生之技。卫大叔没有子嗣，他死后，他们全都改了"卫"姓。

说到这，卫大志忙不迭道歉："诸位官爷，真是对不住，昨天吓到你们了。我们在这里住了十五六年，几乎忘了卫大叔在村子外面设下陷阱。平日里，那片林子压根没有人进出，村里人也不会去那里打猎。"

宋青荇假作不耐烦地说："陷阱什么的，你们再做就是，就算你口中的'卫大叔'死了，依样画葫芦你们总是会的吧？"

"大人说笑了。"卫大志摇头感慨，"我们都是粗人，大字不识几个，怎么会做那个。"

一旁，飞染看得分明。卫大志虽然态度和善，但他带来的村民全都戒备地盯着他们，仿佛随时都会一拥而上把他们生擒一般。她亲眼看到，那些陷阱每一个都志在夺人性命。她紧张地走到宋青荇身后。

宋青荇回头冲她笑了笑，示意俞毅向卫大志等人说明详情。他的态度明明白白告诉所有人，他只求村民认回尸骸，他可以结案交差。

卫大志与随行的村民们低声商量了几句，同意带着宋青荇一行人进入村子。

众人大约走了大半个时辰，飞染被眼前的景象震惊了。错落有致的房舍，火红的枫叶，"咕咚咕咚"转动的水车，在田舍间自由奔走的鸡鸭孩童，这根本就是世外桃源。

"大人，这里好漂亮。"她轻轻扯了扯宋青荇的衣袖，低声感慨。

卫大志回头解释："这里的房舍、农田都是卫大叔在世的时候兴建的，水渠也是。"

经他这么一说，飞染发现，村子里就连菜地的划分都暗藏五行八卦。她看不清村子的全貌，但水车的位置呼应卫大志的家，村民的屋舍看似随意，但每一家的位置似乎都透着玄机。

飞染悄悄靠近宋青莯。她想要提醒他，就感觉他轻轻捏了捏她的手背，示意她不要开口。

顿时，飞染的眼中满是担忧。

宋青莯失笑，又觉得满心甜蜜。原来这就是眉目传情，无声似有声。

"咳！"俞毅咳嗽一声。眼下大敌当前，他们很可能悄无声息地死在这个诡异的村子，他家大人居然还有闲情谈情说爱。他抬头望一眼天空，问道："卫村长，我们一路沿着山脊走来，走了整整一日，不知道你们有没有捷径下山。我们想在天黑之前回去复命。"

宋青莯急切地补充："最好能在天黑之前赶回八角镇。"

"这样啊。"卫大志犹豫了一下，"村里倒是有车子，但是按衙门的规矩……牛羊都要上税的，所以……"

宋青莯仿佛一刻都等不得，急切地说："卫村长，你放心，只要天黑前我们能赶回八角镇，车费我们照给。至于其他的，我们只负责刑名，尸骨有人领回去，上峰那里交代得过去，我们绝不会多管闲事。"

"什么人！"飞染突然大喝一声，一个箭步冲上前，"嘭"的一声推开一扇房门。

她的娇斥就像是导火索，双方人马戒备地注视对方，就连空气仿佛都在一瞬间凝固了。

"孩他爹？"屋子里面走出一名三十出头的村妇。她看一眼飞染，转头询问卫大志，"这是怎么了？"

"宋大人，这是我婆娘。"卫大志不好意思地笑了笑，又对飞染解释，"陶捕快，小青只是乡野妇人，不会武功。就算村子里的男人，都是靠蛮力勉强讨口饭吃，都不会武功。"

飞染戒备地打量名唤"小青"的妇人。妇人中等身材，瓜子脸，大眼睛，虽然身穿粗布衣裳，但她的身材窈窕有致，根本不像山野农妇。她狐疑地折回宋青莯身边。

卫大志向宋青莯道一声"抱歉"，夫妻俩走到一旁低声说话。隐约中，众人听到小青好似在怪责卫大志，不该把陌生人带回村子。

宋青莯远远注视小青的侧脸。在飞染冲进屋子之前，他就发现小青在窗子后面偷窥他们。就在刚才，小青的目光两次落在飞染身上。

"大人，你在看什么！"飞染有些不高兴了，低声说，"等我长大了，比她更漂亮，师父说的！"

宋青莯愣了一下才反应过来，他的飞染竟然吃醋了。他忽然有种扬眉吐气的感觉。

转念间，宋青莯再一次看到，小青的目光朝飞染瞥过来。他本能地挡在飞染身前，却看到对方已经转身离开。

卫大志走回宋青袜身前，客客气气地解释，他让小青去村子里通知村民。

不一会儿，卫大志的家门前挤满了村民，大家无不虎视眈眈瞪着宋青袜一行人。

宋青袜吩咐仵作把尸骨检验结果大声诵读出来，顿时有人痛哭起来，围着仵作询问详情。宋青袜冷着脸说，具体情况得请他们下山认领尸骸之后再谈。

村民们被他的态度激怒，个个摩拳擦掌，飞染、俞毅等人急忙护住他，双方呈对峙之姿，气氛紧张，冲突一触即发。

卫大志赶忙上前打圆场。在他的劝说下，两户人家各派家人随宋青袜一块下山，另有两名中年人与卫大志一起陪同受害人家属下山。

宋青袜趁众人不注意，悄声吩咐俞毅："待会儿我们出了村子，你悄悄命人把小青'带'出村子，跟着我的车子，小心不要被人发现。"

俞毅压低声音说："大人，他们人多，又熟悉地形。如果他们生出歹心，会不会在村子外面设下陷阱，把我们全都——"他比了一个抹脖子的动作。

第8章　掳劫

宋青袜示意俞毅噤声，低声吩咐他："你回到净心庵以后，立马派人通知林瑾明，让林家的管事去庵堂认人。"

飞染凑过来小声问："大人，你也怀疑卫大志是林侯爷家的逃奴？"

宋青袜不答反问："为什么这么问？"

"那个卫大志很奇怪呢。他拼命想让我们觉得，村子里的一切都是什么'卫大叔'安排的。虽然村里人众口一词，是有那么一个人，但我总觉得不对劲。大人要林侯爷认人，难道不是认他吗？"

宋青袜宠溺地揉了揉飞染的发丝。除了对他，飞染对旁的事情还是很敏锐的。事实上，卫大志夫妻都有问题，案子的疑点越来越多。

宋青袜一行人借助卫家村提供的牛车，不过用了大半天时间，顺利抵达净心庵的山脚。

正如宋青袜在卫家村所言，他带着飞染前往八角镇，其他人随俞毅去庵堂认尸。卫家村的村民虽然觉得宋青袜不负责任，但他们不敢得罪官府的人，全都敢怒不敢言。

宋青袜把众人的反应看在眼里，吩咐捕快继续赶车。

车厢内，他问飞染："你不问我，为什么只有我们去八角镇吗？"

飞染脱口而出:"我相信大人。无论大人做什么,一定是为了尽快破案。"

宋青苂心情大好,又问:"刚才在山上,害怕吗?村子里大概有上百人呢。"

"不怕。"飞染毫不犹豫地摇头,"大人,你把卫大志骗下山,难道他是真凶?"

宋青苂笑而不语,伸手把她拉入怀中。飞染犹豫了一下,双手环抱他的腰,粉嫩的脸颊泛出淡淡的红晕。

宋青苂隐约感觉到,飞染对他的态度不同了。此刻的她含羞带怯,却又热情坦率。他喜欢这样的两情相悦,他更加确信,她同样珍惜他们之间的感情。

"飞染。"他低头亲吻她的发丝,在她耳边呢喃,"我心悦你。"

"我知道。"飞染轻轻点头,满脸红霞,"我也喜欢大人,很喜欢,非常喜欢。"

"傻瓜。"宋青苂爱怜地捏了捏她的鼻子。

飞染抓住他的手指,抬头看他。

宋青苂反手捏住她的手指,在她的手背落下一吻。他微笑着注视她,仿佛生怕他眨一眨眼睛,她就会消失不见。

飞染几乎被他眼中的炙热烫伤。她本能地想要躲避他的视线,却又舍不得移开目光。他们注视着彼此,双手交握,呼吸纠缠,车厢中的空气仿佛都在冒着粉红泡泡。

"真想马上娶你进门。"宋青苂试探。

飞染垂下眼睑。她不知道成亲需要准备些什么,但是她都已经答应了,自然随时都可以。她低声说:"大人,我很怕疼的,你不要弄疼我。"

"我弄疼你了吗?"宋青苂赶忙放开她的手指,仔细检查。她的手指纤长白皙,指甲泛出粉红色的光泽,手背细腻光滑,可以看到淡绿色的血管。

"真漂亮。"他的指腹轻轻摩挲她的手背。

"大人!"飞染慌慌张张抽回右手,急促地追问,"大人,卫大志是真凶吗?"

宋青苂复又抓住她的手,轻轻攥在掌心,说道:"你一有空就躲在卷宗室看案卷,应该知道'识别标志'吧?"

飞染忙不迭点头,高声说:"我知道,识别标志才是判断案件关联性的关键!"

她依偎着宋青苂解释:"我一开始看到'识别标志'这几个字的时候,还以为它是'惯用手法'的另一种说法,后来看到大人的备注我才明白,原来就算是同一个凶手,他们的'惯用手法'也有可能是不同的,只有'识别标志'才是始终不变的。"

宋青苂暗暗惊讶。他在案卷上写的备注都是寥寥数语,有的甚至只是一两个词汇,目的是方便他记忆整理案情,飞染竟然看明白了?

他故意问她:"那我考考你,怎么分辨惯用手法和识别标志?"

飞染的黑眼珠转了几个圈,仰着头说:"我不会文绉绉的话,举个例子说吧,如果有一个凶手,他第一次杀人都是活活把人掐死的,然后他发现,掐死人很困难,要用很大的力气,于是第二次他就带了绳子之类的东西。像这样的杀人犯,他的惯用手法不一样，但识别标志是一样的，都是让受害人喘不过气。"

"这桩案子的识别标志是凶手目睹受害人窒息身亡，这是虐待。"宋青莯顺着她的话解释。谁说女子无才便是德！他就喜欢他的飞染聪明又娇憨。

他不喜欢向属下解释太多，但他喜欢与飞染分析案情。有时候他甚至觉得，他终于找到一个能够明白他，理解他的人。

他问飞染："那你再说说，现在这两桩案子，他们的识别标志是什么？"

"我不知道。"飞染耷拉下肩膀，失落地说，"我觉得这两桩案子的凶手不是同一个人。林中的白骨，仵作说，他们都是被凶手掐死的。山洞里的受害人，凶手明明可以直接杀死他们，却让他们活活饿死。如果说这两桩案子没有关系，可是尸体的位置又很近，案件发生的时间也差不多，所以我很糊涂。"

说到这，她皱着眉头想了想，惊愕地问，"大人，难道你怀疑，这两桩案子是卫大志夫妻分别做下的？这也太离奇了！"

"待会儿就知道了。"宋青莯卖了一个关子，吩咐车夫停车。

飞染率先揭开车帘跳下马车，抬头眺望红彤彤的夕阳。"哇，真漂亮！"她由衷地赞叹。

"是，的确很漂亮。"宋青莯看着她的侧颜，满脸温柔笑意。

远远地，一名捕快扛着一个大麻袋疾步赶来。

飞染循声看去，惊讶得小嘴微张，又不可置信地朝宋青莯看去。

宋青莯示意捕快拉开麻袋。

小青乍见夕阳下的飞染，有一瞬间的晃神，又马上移开视线。她一路挣扎，此时已经气喘吁吁。

"大人，难道她才是林侯爷家的逃奴？"飞染追问。

捕快拉出小青嘴里的白布。小青软软跌坐在地上，没有出声。

宋青莯微微蹙眉，居高临下俯视她。许久，他沉声喝问："你的真名叫什么？"

小青好似突然醒悟过来，一字一顿回答："回大人，小妇人夫家姓卫，小名小青。不知道大人命捕快把我抓来，所为何事？"

"卫大志不在这里。"宋青莯陈述。

小青跪在地上恳求："他是民妇的夫君，请大人把我送回夫君身边。"

宋青莯的眉头皱得更紧了。他道："你的儿子暂时由捕快照顾，如果你担心的是这件事。"

"你们抓了我的儿子？"小青抬起头，生气地说，"敢问大人，我们触犯了哪条律法？"

宋青莯审视她，沉声说："你明知道自己的丈夫是杀人凶手，却和他同床共枕十六年。难道你就不怕，突然有一天，你会成为下一名受害人？"

事实上，宋青荗的话原本只是试探，可是当他看到小青的表情，他相信自己的推测是对的。一时间，他不知道如何面对跪在地上的女人。

小青迎着夕阳跪在宋青荗脚边，脸色煞白。火红的夕阳也未能染红她的嘴唇。她面无表情地反驳："民妇不知道你们在说什么。我的相公不可能杀人，是你们弄错了。"

飞染抬头朝宋青荗看去。她问："大人，或许她什么都不知道？"

"她知道的。"宋青荗叹一口气，"小孩子如果经常受父母虐待，渐渐的，他们就会认为，挨打是自己的错。"

"怎么会这样？"飞染难以理解。

宋青荗喝问小青："这十六年来，你日日对着那几户丢了女儿的人家，难道不觉得愧疚吗？"

小青僵着背跪在地上，一言不发。

"算了，回净心庵吧。"宋青荗冲飞染笑了笑，"今晚我们就把案子了结，明天你就能回京吃好吃的了。"

"大人，现在是说吃的时候吗？"飞染挡在车子面前，"你快告诉我，到底怎么回事！"她一副你不说清楚，我就不走的无赖架势。

宋青荗无奈地轻笑，吩咐捕快押着小青先行返回净心庵。随即，他问飞染："你记不记得，我们触发机关的时候，立马就有人偷袭我们？"

"记得！"飞染一想起这件事就觉得气愤。就算卫家村的人不希望外人打扰他们平静的生活，他们也不能上来就取人性命，那两支箭每一支都瞄准了她家大人的胸口，这可不是警告！

宋青荗又道："有人偷袭我们，就证明他们一直在监视。你再想想，整座山头，一边是净心庵，压根没人居住，另一边是永安侯府的产业，十几年来没有人上山，他们又是陷阱，又派人监视，是为了什么？"

"嗯？"飞染说不上来了，皱着眉头嘟哝，"大人这么一说，确实很奇怪！我们上山的时候，是俞捕头他们用柴刀砍出一条道，勉强才能走人，这就说明，那里原本渺无人迹，他们到底在防备什么？"

宋青荗没有告诉飞染，悬着铃铛的绳索是近期换过的。他道："记不记得，我们从小木屋走去村落，走了半个多时辰呢！"

"我明白了！"飞染恍然大悟，"他们表面上提防外面的人进去，其实是不让里面的人出来！"

"为什么不让里面的人出来呢？"宋青荗追问。

飞染惊道："为了不让村民发现林中的骸骨！只有凶手才知道，林中有骸骨！"

她想了想，又道："早前受害人家属那么激动，逼着大人抓凶手的时候，卫大志帮着劝说，不是想大事化小，他就是想把事情遮掩过去。大人，是不是这样？"

"是。"宋青莯点头。当时,他假装不耐烦,是想看看众人的反应,他需要确认,卫大志有没有帮凶。

飞染追问:"大人,你在我们遇袭之后,马上说出衙门找到骸骨的事,是怕他们不带我们进村吗?"

"是,不过那只是原因之一。"宋青莯叹一口气,"事实上,我故意那么说是为了确认,会不会他们全村的人都是凶手。如果仅仅是真凶藏在村子里,其他人定然愿意查明真相。否则,昨天夜里他们一定会一不做二不休,把我们全杀了。"

飞染脱口而出:"所以大人让我睡在屋子里面,是为了让我就近保护您?"

宋青莯抿了抿嘴唇。明明是他保护她,在她眼里他怎么就变贪生怕死之辈了?

飞染浑然不觉自己再一次无情地伤害了她家大人。她正色说:"大人,以后再遇到类似的情况,你一定要事先告诉我实情。你告诉了我,我就不会睡着了,不然多危险啊,你说是不是?"

宋青莯纠正她:"飞染,两个人在一起,一向都是男人保护女人。以后应该是我保护你,明白吗?"

"可是大人不会武功啊!"飞染跃上车子,冲宋青莯伸出右手,示意拉他上车。

宋青莯看着白皙纤细的手指。他的手上有写字留下的老茧,也有练功磨出的老皮,可飞染的手指细腻光滑,指尖圆润,就连指甲都透着白净的粉红色,犹如春日的葱白。他立马想起馨香的指腹滑过他肌肤的酥麻刺激,情不自禁伸手握住她的手指。

飞染抓住他的手背微微使力,把他拉上马车,笑眯眯地说:"大人,你看,就是这样,我会武功,可以拉你上车。"

宋青莯回过神,只恨自己又被女色所迷,气呼呼地步入车厢。

飞染莫名其妙,追着他问:"大人,不对呀!我们刚才说过,从识别标志判断,那是两桩案子……"

"的确是两桩案子,两个凶手。你再仔细想想。"宋青莯示意车夫调转车头返回净心庵,又对飞染说,"我给你一个提示。我刚才就说过,小青知道凶手是谁,她是怎么知道的?十六年前,她多少岁,又是什么模样?"

飞染坐在宋青莯身旁,拧着眉头思量,嘟嘟囔囔说:"大人以前说过,杀人犯分很多种。凡是无缘无故杀害陌生人的凶手,他们一旦开始杀人,除非特别的原因,否则不会罢手。难道小青原本应该是受害人,卫大志因为她,这些年没有继续杀人?"

宋青莯揽住飞染的肩膀,解释道:"小青原本并不叫这个名字,卫大志杀人,又突然停止,应该是为了真正的小青。很可能,他太喜欢小青了……"

"不对!"飞染摇头,"喜欢一个人是很美好的事,就像我喜欢大人,很开心,为什么要杀人呢?"

宋青莯喉头一哽。爱情,对可以相守一辈子的情人来说,是世上最美好的感情,可

75

是如果一方死了，或者不爱了呢？

以前他觉得娶妻就是为了生儿育女，传宗接代，现在——

品尝过爱情的甜美，他再也不可能放手！

"飞染。"他紧紧抓住她的手指，"这辈子，如果你敢离开我，我也会杀人的。"

"大人，你在胡说什么！"飞染"咯咯"轻笑，"我会一辈子留在大人身边的！"

"我是认真的。"宋青沫轻轻捏住她的下巴，"不管你答不答应，在我心里，你早就是我的妻子，这辈子休想离开我半步！"

飞染脸颊一阵发烫，低下头不敢看他。

夕阳最后一抹余晖早已消失在天际，车厢内没有灯盏，唯见皎洁的月光从半空倾泻而下，仿佛替世间万物披上了一层圣洁的白纱。

飞染小声嘀咕："我都已经答应了，你还想我怎么样嘛！"她的声音似娇嗔又似埋怨，仿佛可以掐出来水。

宋青沫愣了一下，不甚确定地问："你答应了什么？"他的心"怦怦"直跳。她答应嫁给他了吗？为什么他不知道？

"答应成亲啊！"飞染抬头抗议，"大人，你不是想反悔吧？"

"当然不是。"宋青沫第一次觉得脑子不够用，"不过，你什么时候答应嫁给我的？"

"就是昨天啊！"飞染不高兴了，"大人，是你亲口说，想和我成亲的。你可不能反悔去娶别人，更不能喜欢别人！"她比了比拳头，"我会武功的！"

宋青沫呆呆地回忆昨天。他只记得飞染亲了他，他高兴得几乎忘形，可他们并没有提及婚事啊！

"大人，到底怎么样嘛！"飞染催促。

"什么怎么样？"宋青沫依旧没有回过神。

"算了！"飞染生气地推开他，"如果你反悔了，我就，我就……"她突然很想哭，心口又闷又难受，"我就再也不要看到你了！"

"飞染！"宋青沫赶忙抱住她的肩膀，"我早就决定，这辈子非你不娶。"

"真的？"飞染的眼睛亮晶晶的。

"真的！"宋青沫点头。

飞染追问："那……如果我不嫁给大人，大人是不是也不会娶别人？"

宋青沫默然。这个问题好像是个陷阱。他的脑子虽然有点乱，但他还不至于被她绕进去，特别是这种关系到自己一辈子幸福的事。

他放开她的肩膀，抬起她的小脸，看着她的眼睛，正正经经地求婚："飞染，你愿意嫁给我吗？因为我喜欢你，你也喜欢我，我们想要一辈子在一起，永远不分开。你愿意吗？"

飞染失神地看着他的眼睛，它们就像夜空中最明亮的星星。她看得有些痴了，呆呆地点头。

宋青莯催促:"告诉我,你愿意嫁给我。"

"嗯!"飞染重重点头,"我愿意。"

这一刻,她说出这三个字,不是因为林瑾明告诉她,她不嫁给宋青莯,他就会迎娶别人,而是她想要答应。即便她并不十分明白,成亲真正的含义是什么,只要对象是他,她愿意答应,她想要答应。

宋青莯低头轻啄她的嘴唇,迫不及待地说:"现在后悔已经来不及了。我们马上回庵堂把案子解决,然后回京禀告父亲母亲。现在快十月了,等过了新年,雪水融化,春暖花开的时候,我们即刻成亲。"

"那个……成亲……我应该怎么做?"飞染小声询问,不好意思地解释,"我就在八角镇见过一次,那时候街上好多人,我都没有看清楚。"

宋青莯愣住了。

"那个……"飞染不自然地别开视线,小声说,"大人,我真的很怕痛的……"

宋青莯向她确认:"所以你之前不愿意和我成亲,因为你师父说,成亲很痛?"

飞染点点头,为难地回答:"师父说,即便很痛,我也不能用武功揍人……反正差不多就是这个意思。我不明白,既然很痛,为什么要成亲呢?大人,虽然我答应和你成亲,但是你可不能打我哦。"

宋青莯看着她无辜又认真的眼神,一时间有苦难言。他才刚刚求婚成功,来不及细细体会喜悦之情,他们就要讨论这么尴尬的问题吗?

他怔怔地注视她。月光下的她犹如纯洁的精灵,他想给她最盛大的婚礼,不希望她受半点委屈,所以明年春天已经是最快的极限,但他恨不得立马娶她进门。

飞染不知道他在看什么,低着头说:"除了怕疼,我一向都是自己洗澡,我不喜欢在别人面前脱衣服……"

"你的话太多了!"宋青莯终于忍无可忍,低头吻去了她的声音。

同一时间,净心庵内喧哗哀哭之声不断。

昨天早上,林瑾明吩咐随从替飞染抓野鸭,结果他们话说到一半,她头也不回跑了。

午后,林瑾明顾不得净心庵是佛门清静地,亲自送了鸭子过来,却得知宋青莯带着飞染出门办案去了,最早第二天傍晚才能回来。

林瑾明一听这话,气恼万分。孤男寡女,又是荒郊野岭,宋青莯怎能如此不知轻重!

他几乎一夜未眠,今天中午又一次赶到净心庵。他坐在院中枯等一下午,脑海中掠过千万种可能性,结果仵作等人带着一帮子猎户回来,独独不见飞染。

当他从俞毅口中得知,宋青莯带着飞染回八角镇了,他再也无法压抑怒火。他正打算快马追去八角镇,猎户们一听他是侯爷,哗啦啦跪倒在他脚边,哭哭啼啼地求他做主。

他烦不胜烦,正想着脱身之计,就见宋青莯由捕快们簇拥,大步踏入院门。

宋青莯只当没注意到林瑾明，目光落在卫大志身上。他冷着脸吩咐捕快："把他绑了！"他的声音不高却充满压迫感，院子里一下子就安静了。

俞毅走向卫大志，"哗啦"一声亮出镣铐。

"凭什么抓我？"卫大志回过神，扬起下巴反诘，"敢问大人，我犯了什么事？"

"是啊！"猎户们忙不迭附和，冲宋青莯叫嚣，"你们抓不到真凶，就想让村长顶罪吗？"

宋青莯冷冷看他们一眼，并不言语，仿佛他们压根没有资格与他说话。

俞毅抓住卫大志的手腕，不过轻轻一使力，他"扑通"一声跪下了。卫大志挣扎着想要站起身，被俞毅死死压制在地上。

宋青莯这才开口："本官正在问案，谁敢胡乱出声，掌嘴十下。"

"我们……"

其中一名猎户才说出两个字，不用宋青莯吩咐，立马有捕快一个箭步上前，"啪啪啪"就是十个耳光。捕快的手劲极大，任凭猎户的脸皮再粗糙，双颊也肿成了馒头。

卫家村的人全都惊呆了。一时间，整个院子静得一丝声音都没有。

炙人的沉默中，捕快搬来椅子。宋青莯不慌不忙坐下，沉声质问："卫大志，十六年前，你一共杀了多少名无辜的女子？"

"大人，你想屈打成招吗？"卫大志冷哼。

"我一向不喜欢用刑，不过如果你喜欢受刑了再招供，我可以成全你。"宋青莯冷冷地瞥他一眼，"你想受刑之后再交代，还是现在交代？"

人群中，林瑾明默默审视宋青莯。他今年不过二十一岁，刚过弱冠之年。京城的世家子弟，特别是像他这样家境优渥，又不需要担负家族责任的幼子，这个年纪大半还在喝酒作乐，策马嬉闹。从这个角度，他的确算得上青年才俊。

不知不觉中，林瑾明也在捕快搬来的椅子上坐下，旁观宋青莯审案。

卫大志原本想找林瑾明诉冤，却看到他坐下了，目光不离宋青莯。他咽下已经到嘴边的话，高声说："我不知道大人要我交代什么。我们村子一百多人全都知道，我和小青是结发夫妻，向来恩爱……"

"恩爱？"宋青莯冷笑，"你的小青早就死了，与你恩爱的女人早就变成了一堆白骨。"

"大人是在说笑吗？"卫大志的眼中蒙上一层阴霾。

宋青莯没有说话。

院子门口，飞染"扶着"小青走过回廊，跨入最里间的屋子，"嘭"的一声关上房门。

"大人，如果你不相信我的话，大可以把小青叫过来，让她告诉你事实。"卫大志的眼中并不见丝毫慌乱。

宋青莯微微眯眼，只觉得一阵棘手。卫大志太过沉着冷静，小青也没有倒戈的可能性。

他不徐不疾地陈述："她不是你的小青,更不是你的妻子,她是被你禁锢了十六年的最后一名受害人。你想与她对质,本官自然会给你机会,眼下需要你辨认一样东西。"他给捕快使了一个眼色。

捕快把山洞内发现的绳索扔在卫大志脚边。俞毅抓着卫大志的领子,逼他看清楚地上的绳子。

宋青荇陈述："你应该很清楚,这绳索只用在出海的船只上,异常坚固耐腐蚀吧?除此之外,他的绞缠方式在北边很少见。"

他顿了顿,示意捕快把另一股绳索扔在地上,对着卫大志说,"这是你们系在林中挂铃铛的绳索……"

"绳子是卫大叔的!"卫大志抢白。

宋青荇冷哼:"我并没有说,绳子是你的,你心虚什么?!"

卫大志沉着应对:"草民只是陈述事实,挂铃铛的绳子是卫大叔教我们编织的。"

宋青荇轻轻扯了扯嘴角,眼角的余光朝林瑾明瞥去。从林瑾明刚才的反应可以推断,他并不认识小青,也不认识卫大志。

宋青荇再看一眼卫大志,对着院子大门微微点头。

伴随一阵急促的脚步声,一名捕快气喘吁吁地跑进院子,急促地说:"大人,墓穴找到了,仵作判断,的确是一具年轻女子的尸体。"

卫大志猛地抬起头,目光似利刃一般射向宋青荇。

宋青荇心知自己的推测是对的,暗暗吁一口气。他吩咐捕快:"既然找到了,就挖出来吧,明日回京再审。"

他走向林瑾明,对他拱拱手,歉意地说:"林侯爷,案子明日就可以了结,林中的机关已经全数拆除。您若是不放心,明天我派人再检查一遍。至于卫家村,不过三四十户人家,百来号人……"

"你什么意思!"猎户们再也顾不得掌嘴的威胁,一时间群情汹涌,龇牙咧嘴瞪着宋青荇,恨不得扑上去撕咬他。

可惜,净心庵毕竟不是卫家村,村民们情绪再激动也莫可奈何,转眼间就被捕快们制伏了。

林瑾明注视宋青荇的黑眸,眼中闪过一丝不悦。宋青荇刚才那几句话分明就在暗示,是他授意刑狱司对猎户们斩尽杀绝。

宋青荇只当没看到他的不悦,恭敬地请示林瑾明:"林侯爷,明日您是否随我们一起回京?"

"你到底想怎么样?!"卫大志猛地站起身,俞毅适时松手。

宋青荇转头看他。短暂的对视中,宋青荇不屑地轻笑。

一旁,村民们被捕快用破布堵住嘴,像蝼蚁一般在水火棍下蠕动身躯。

79

卫大志看到这景象，气得浑身颤抖。他怒视宋青荙，只看到一张绝美又冷酷的脸。

林瑾明这才意识到，好戏刚刚开始。他终于明白，皇上为什么喜欢听宋青荙讲"故事"，审案果然比咿咿呀呀的戏文好看。

宋青荙仰头看了看月亮的位置，不耐烦地催促捕快："还不快去把尸骨挖出来，随便找东西包一包，明日拿去京城。"

"站住！"卫大志两眼血红，"你们不能那么做！你们不能无缘无故抓人，更不能……"

"不能？"宋青荙讥诮，"不要说是一具尸骨，就是你们全村上百号人，对官府而言你们根本不存在。今晚，哪怕我命人把你们村子屠了，男女老少一个不留，也就是水过无痕，顶多几十年后，山林间多几副枯骨罢了。"

猎户们一听这话，全都蔫了。宋青荙说得没错，他们是黑户，是压根不存在的一群人，有谁会关心他们的死活？

卫大志好像疯了一般，奋力冲向宋青荙，被俞毅一把摁在地上。他无法挣脱俞毅的钳制，歇斯底里地叫嚷："你就不怕报应吗？你就不怕生儿子没……"话音未落，他"噗"的一声吐出一口鲜血，血水中活着一颗牙齿。

除了俞毅，没有人看清楚到底发生了什么事，就是卫大志本人也蒙蒙懂懂，只觉得脸颊一阵热辣辣地疼，嘴里一股腥甜味。

宋青荙自然不会承认，他一时生气，随手丢了一块碎银子。其实，他一向不信诅咒，但是任何人都不能诅咒他和飞染的孩子。

说实话，他一点都不喜欢小孩，又吵又闹又爱哭。不过卫大志的话提醒了他，他和飞染会有孩子，这真是一件奇妙又激动人心的事。

"咳！"林瑾明和俞毅同时咳嗽一声。

宋青荙垂眸掩饰尴尬，冷着脸说："卫大志，你不需要叫嚣。你想被我屈打成招，你想和小青对质，我都会满足你的。"

卫家村的猎户们眼见宋青荙的决绝，心底发凉。

角落里，身穿常服的猎户大喊一声："既然要屠村，老子和你们拼了！"

村民们被这话惊醒，群起反抗。

捕快们大多会武功，如果他们尽全力，猎户们即便全身蛮力，也过不了三五招。不过，他们得了俞毅的指示，只是一味与村民缠斗。

一时间，满院子"乒乒乓乓"的磕碰声，夹杂此起彼伏的叫骂声。

林瑾明被眼前的景象吓到。他刚想开口喝阻，却见宋青荙面无表情地挡在自己身前，阻止他出声。

他越过宋青荙的肩膀看去，猎户们渐渐体力不支，狼狈地倒在地上。

不多会儿，猎户们纷纷被捕快制伏。此时此刻，他们的心中只剩下无尽的绝望。虽说男儿有泪不轻弹，可他们眼睁睁看着自己正一步步迈向死亡，又有谁可以做到坦然？

宋青莯居高临下俯视他们，扬声说："你们占山建村，不服朝廷管束，私设陷阱，蓄意谋害本官，罪不可恕。事到如今，你们仍然不知悔改，竟然当着本官的面意图谋害林侯府，更是死有余辜。如今也不用把你们带回京城审问，直接交给八角镇县丞，即日处斩。"

"欲加之罪何患无辞！"卫大志的脸颊肿了一个大包，头发凌乱，整个人看起来狼狈又滑稽。他冲着林瑾明叫嚷："林侯爷，我们躲在山里不过为了讨一口饭吃……"

宋青莯不客气地打断了他，厉声诘问："如果天下的百姓都像你们这般，谁去守卫边疆？一旦外敌入侵，谁去打仗？遇到天灾人祸，谁去救灾防患？"

"你这个杀人不眨眼的恶魔，你没有资格说这些话！"卫大志怒视宋青莯。

"你又好到哪里去！"宋青莯冷哼。他上前一步，手指卫大志，对着村民们说："横竖你们都要死了，让你们做个明白鬼。你们的女儿都是他杀死的，是他亲手掐死她们，我可没有冤枉他。"

"不可能！"村民连连摇头。

宋青莯一字一顿说："你们信也好，不信也罢，等你们到了地下，可以好好问一问你们的闺女，他是怎么逼迫她们假扮另一个女人，怎么撕烂她们的衣服，又是怎么活生生扼死她们，把她们像垃圾一样扔在密林深处，任由她们日晒雨淋，被野兽啃食。"

这话犹如一记重锤，狠狠敲击在场的每一个人。

早前，仵作曾拿着骸骨指给村民们看，死者的脖子被凶手活活折断，还有骨头上的那些伤痕，一个个都是那么清晰可怖。

宋青莯的目光一一扫过众人，讥诮地说："待会儿，等衙差把尸骨挖出来……"

"不许碰小青，谁都不许碰她！"卫大志疯狂地叫嚣。

宋青莯俯视地上的猎户，摇着头感慨："可笑你们，十六年如一日，把仇人当成恩人，敬他为村长，对他言听计从……"

"你骗人，你在挑拨离间！"村民们的声音已经沾染浓浓的不确定。

宋青莯笑道："你们都是半个死人了，我骗你们，对我有什么好处？"

猎户们的目光移向卫大志，卫大志却只是一味盯着宋青莯。

宋青莯又道："卫大志口口声声说，陷阱是卫大叔建的，屋舍田地是卫大叔安排的，所有的一切都是卫大叔的主意，可是你们之中有多少人与卫大叔说过话，又有多少人亲眼看着他咽气？"

一旁，林瑾明终于明白过来，宋青莯自知无法令卫大志老实交待，又没有确凿的证据指证他，就想借由受害人家属逼迫卫大志说出真相。

在一般情况下，这招不一定奏效，可是宋青莯一早让村民及卫大志认定，他们必死无疑。一个快死的人，又有什么不能说的？

果不其然，其中一名受害人家属挣脱捕快的钳制，奋力冲向卫大志，高声喝问："虎妞是不是你杀死的？是不是你悄悄掳走她？"

"不是！"卫大志用力摇头，面目狰狞地威胁宋青苿，"如果你敢挖出小青的尸骨，我做鬼也不会放过你！"

村民抓住卫大志的领子，连声质问："你们在说什么？这些年，青嫂对我们几家特别照顾，她是不是什么都知道？"

这话一下子触动了其他人。他们同时冲向卫大志。混乱中，有人摇头："不可能的！卫村长是好人……"

另一人反驳："他来历不明，就连青嫂也是……"

有人诘问卫大志："到底怎么回事，你倒是说话啊！"

捕快们默然退至一旁，俞毅也悄悄放开了卫大志，任由卫家村的村民围住他，揪扯他，质问他。可惜，无论村民们说什么，卫大志就是闭嘴不语，眼珠子直勾勾盯着宋青苿。

转眼间，一名村民挥拳打在卫大志脸上。卫大志打一个趔趄，依旧抬头注视宋青苿，不言不语。

猎户们彻底被激怒了，对着卫大志又是喝问，又是拳打脚踢。

"宋大人，你还不快阻止他们！"林瑾明第一次见到群殴的场面，脸色十分难看。

宋青苿不为所动，轻笑着回答："林侯爷，你觉得他们会冤枉自己最尊敬的村长？"他容貌俊美，表情冷冽，轻轻吐出七个字："放心，打不死人的。"

半晌，他问林瑾明："林侯爷，十六年前，你见过他吗？"

林瑾明看一眼卫大志，反问："我为什么会见过他？"

"我只是觉得，林侯爷好像很关心他。"宋青苿没再追问，平静地陈述，"侯爷与其同情杀人凶手，还不如想想那堆白骨。"

顿时，林瑾明脸上一阵青一阵白。卫大志被村民们围殴，仿佛濒死的动物，他的确心生同情，甚至觉得宋青苿太过冷酷。但是宋青苿说得没错，同情凶手是对被害人最大的残忍。

混乱中，小青惊呼一声："孩子他爹！"她不顾一切飞奔过来，用力推搡村民们，嘴里叫嚷："走开，你们都走开。"她一边哭，一边抱住卫大志，用身体护着他。

"大人，侯爷。"飞染站到宋青苿身旁，低声回禀，"刚才在屋里，我问她什么，她都不回答。"

"她有没有反过来问你问题？"宋青苿询问。

"问我？"飞染呆了一下，"她问我什么？"她满眼疑惑。

"没事了。"宋青苿冲她笑了笑，扬声吩咐，"把所有人绑了，明日押去县丞衙门。"

卫大志突然推开小青，哑着嗓子叫喊："你要怎么样才愿意放过小青？"

宋青苿心知，卫大志口中的"小青"是坟墓中的尸骨。他看一眼跌坐在地的女人，明知故问:"你说她吗?自然与你生同眠,死同穴。"他说得铿锵有力。

卫大志眼中的怒火几乎将宋青沫灼烧殆尽。许久,他犹如斗败的公鸡,艰难地恳求:"你到底想怎么样,我全都答应你,只求你不要打扰小青的安宁。"

宋青沫嗤笑:"你有什么资格和我谈条件?"

卫大志颤巍巍地站起身,哑声说:"你既然决定把我们都砍头,你要小青的尸骨又有何用?"

"我高兴,不成吗?"宋青沫把飞染护在身后,目光再次瞥向呆呆坐在地上的女人。

飞染沉不住气,急切地说:"如果你老实交代所有的事,或许大人不会挖出小青的尸骨。"

卫大志苍凉地大笑,笑得眼泪都出来了。他挥袖擦去嘴角的血丝,抬头望着黑夜,说道:"我叫古羌,原本有秀才的功名。我和小青是青梅竹马,她的爹娘却要把她嫁给村里的富户。我们一路从南边逃来京城,她却突然生病了。如果你能放过小青,把我葬在她身边,你想知道什么,我全都告诉你……"

"你喜欢小青,和你杀人有什么关系?"飞染难以理解。宋青沫告诉她,眼前的"小青"只是替代品。可是一个活生生的人怎么可能被替代?

她认真地对卫大志说:"喜欢一个人是无可替代的。"

"的确。"卫大志从牙缝中挤出两个字,紧抿嘴唇不再言语。

宋青沫按住飞染,大半的注意力都在呆坐地上的女人。这个女人"扮演"小青十五六年,大概就连她自己都已经相信,她是真正的小青。

这些年,她隐居卫家村,足不出村,理论上她从未见过飞染,为什么她会对飞染产生特别的情绪反应?

宋青沫不说话。卫大志看着他,同样不开口。

恍惚中,卫大志仿佛回到了过去,他抱着奄奄一息的情人,求她不要扔下自己,可她还是闭上了眼睛。

他不吃不喝守在她的坟前,他甚至想过随她而去。那些日子,他一遍又一遍告诉自己,他的小青不会离开他。

不知从哪一天开始,他看到小青又回来了,可她竟然不认识他了。他把她带去山洞,想让她记起自己,可一次又一次令他失望。终于,他发现,她并不是他的小青。

那些女人竟敢冒充他的小青,他愤怒地扭断了她们的脖子,再把她们像垃圾一样扔在树林中。

他一天又一天守候,他相信自己一定可以找回小青,现实却一再让他失望。

炙人的沉默中,宋青沫突然开口:"既然坟墓中的女人才是你的小青,那么你身后的女人又是谁?"

"是啊?我是谁?"小青望着卫大志的背影,眼泪一滴又一滴滑下眼角,"我不是

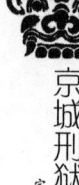

小青，又是谁呢？"她双手撑地，想要站起身，又"扑通"一声摔坐在地上。

飞染想去扶她，被宋青荍拉住了。

"大人？"飞染仰头看他。

"你忘记了吗？两桩案子，两个凶手。她，并不无辜。"宋青荍一直在注意小青和林瑾明的反应。他很疑惑，他们仿佛从来没有见过彼此。如果说林瑾明不记得妻子身边的丫鬟尚可以理解，但下人怎么可能不认识主子？

他按捺思绪，扬声说，"古羌，你与情人从南方私奔来此，你口中的'南方'并非琼州，但那些绳索却是用在从琼州出洋的船只上的。"他顿了顿，喝问小青，"是不是，小青？"

飞染睁大眼睛，一脸不可置信。山洞中的那对男女果真是小青杀死的？石洞中的那两人死得那么惨烈，可以说凶手的目的不是杀人，而是折磨他们。小青弱质纤纤，怎么可能那么残忍？

一旁，林瑾明被那声"琼州"震惊了。林、陆两家联姻，因为陆家掌握着琼州，乃至整个大周朝的海运。毫不夸张地说，自琼州出洋的船只几乎全都受陆家管理。

他上前一步质问小青："你本名叫什么？"

小青没有回应，只是一味瞪着卫大志。许久，她一字一顿问他："你为什么没有像杀死其他女人那样杀死我？因为我杀了自己的父母？你希望，那是'小青'的父母？"

"大人，她在说什么？"飞染怀疑自己听错了。

"山洞中的那对男女是她的父母。"宋青荍知道，唯有深切的恨，才能使出那么残忍的杀人手段。他问："你的父母做了什么，让你如此憎恨他们？"

小青置若罔闻，仿佛整个院子只剩下她和卫大志。突然间，她抓住卫大志的衣领，歇斯底里地叫嚷："既然我不是小青，你为什么不杀了我？为什么不杀了我？！"

卫大志猛地推开她，抬头对宋青荍说："如果你们打扰了小青的安宁，你们永远都不可能知道，我杀死的那些女人是谁！"

小青被卫大志推倒在地，跪爬着匍匐在他脚边，抓着他的裤脚哭叫："我不是小青，这些年我算什么？为了变成真正的小青，我替你杀了卫大叔……"

"你杀了卫大叔？"卫大志终于有了反应。他一脚踹开小青，怒道，"你知不知道，是他规劝我，忘了小青，好好与你过日子！你知不知道，没有他，说不定我早就杀了你！"

飞染疑惑地眨眨眼睛，抬头看着宋青荍。

宋青荍听完他们的对话，终于明白整件事的来龙去脉，可他如何告诉飞染，卫大志因为小青的死悲痛欲绝，把同龄女子当成是她，抓去山洞中禁锢。当他发现，她们不是他的小青，他将她们残忍地杀害，弃尸山林。

某一日，他抓回了眼前的小青。她没有像其他人一样反抗，她要求他帮她杀了她的父母。两个同样疯狂的人把小青的父母囚禁在山洞中活活饿死。

或许在卫大志的潜意识中，他把真正小青的死归咎于她的父母，视他们为罪魁祸首。他们杀死山洞中那对夫妻之后，他并没有杀死眼前的女人，也没再绑架其他人。事后，他们遇上了卫大叔及林中的猎户。

平静的生活令卫大志渐渐走出悲伤，没再继续杀人。

宋青莯询问猎户："你们口中的卫大叔，是游医吗？"

"他的确懂一些医术。"其中一名猎户回答。

卫大志对着宋青莯说："我可以把一切都写下来，只求死后和小青葬在一起。"这是他唯一的条件，也是最后的心愿。

宋青莯从来没想过屠村，甚至没有派人寻找小青的坟墓。至于其他的，就像飞染说的，杀人偿命欠债还钱。

他问小青："你的真名叫什么？"

"我是小青！"小青大声回答，猛地拔出捕快的佩刀，刀尖直指卫大志，不顾一切冲了过去。

俞毅抓着卫大志转身避开刀锋，却不料这只是小青的假动作，她笑着止住脚步，眼睛直勾勾盯着卫大志，提刀往自己脖子上抹去。

宋青莯大叫："留她活口！"

他的话音未落，小青手中的大刀划破了自己的喉咙，她"扑通"一声倒在地上，鲜血喷涌而出。

所有人目瞪口呆看着这一幕。小青睁大眼睛望着黑漆漆的夜空，嘴角微微上翘，咽下了最后一口气。

"没什么好看的。"宋青莯用身体挡住飞染的视线，"接下去的事，吕大人和俞捕头会处置。我们陪着林侯爷进屋，我有几件事请教林侯爷。"他对着林瑾明做了一个"请"的手势。

林瑾明脸色惨白，这会儿才回过神。他看一眼宋青莯，转头询问卫大志："她叫什么名字？她有没有说过，为何憎恨自己的父母？"

"他们是从琼州陆家逃难来京城的。"卫大志话毕，对着宋青莯重申，"我可以告诉你所有的事……"

宋青莯再次示意林瑾明进屋详谈。

林瑾明听完宋青莯的解释，再加上山洞内发现的玉佩，他答应派管事前来庵堂辨认小青的尸体，不过时间过了十五年，他担心很难凭借容貌识别她的身份。

宋青莯点头应下，想要问一问迷烟的事，话到嘴边又咽了下去。

案子的后续自有吕岐山、俞毅等人料理，但因山路崎岖，林瑾明无法赶夜路回庄子上，当晚只能留宿净心庵。

第 9 章　生气

深夜，林瑾明打开窗户向外望去，原本灯火通明的院子，这会儿显得空旷又寂寥。

突然，他看到月亮门后面露出一个小脑袋。他不由自主勾起嘴角，冲她招手："飞染，这边。"他大步走出屋子，朝飞染走去。

飞染听到林瑾明的声音，心中一阵失落。"林侯爷。"她冲林瑾明抱拳施礼，"您找我，有事吗？"

"飞染，姑娘家不该这么行礼。"林瑾明眼带笑意。

飞染反驳："我是捕快啊，俞捕头都是这么行礼的。"

林瑾明语塞，抬头看了看天空。他问："已经快三更了，你怎么不睡觉？"

"呃……"飞染心虚地盯着自己的脚尖。她和她家大人之间的事，她不想告诉任何人。

林瑾明又道："其实我昨天就来过了。"

飞染诧异地抬头，问道："侯爷找我，有重要的事吗？"

"上次我们在河边说的话，还没有说完呢。"林瑾明越看越觉得，飞染真是娇俏可爱，仿佛他们上辈子就认识了。

他情不自禁伸手，希望像长辈一样摸一摸她的头。

飞染偏头避开他的动作，奇怪地看着他。

林瑾明顿时有些尴尬。他轻咳一声，说道："飞染，上次我们说的事，我回去之后和夫人商量了一下，她也很喜欢你，很赞成收你为义女。"

飞染烦恼地皱起眉头。她上次不是已经拒绝他了吗？是她说得不够清楚吗？她再次回绝："林侯爷，谢谢你和你夫人的厚爱，可是我不能当你们的义女。"

林瑾明急促地劝说："我上次就说过，你不可能一辈子留在衙门，宋青沫总会娶妻生子……"

"这件事啊。"飞染羞涩地低下头，脚尖不安地碾踩地砖，小声说，"本来我觉得这件事应该先告诉宋伯伯和白姨，不过既然林侯爷说起……总之，我和大人快要成亲了，他不会迎娶别的女人，侯爷不用担心。"

"你说什么？"林瑾明有些反应不过来，"你要嫁给宋青沫？"

飞染重重点头。

"你是说，娶你为妻？"林瑾明不敢相信自己的耳朵。

"对呀！"飞染偷偷用眼角的余光瞥一眼宋青沫的房间。

林瑾明挡住她的视线，沉声说："你前天才告诉我，他不会娶你……"

"我已经想明白了，我愿意嫁给大人。认真说起来，如果不是侯爷告诉我，我不嫁给大人，大人说不定会迎娶别人，我根本不可能答应和大人成亲。"

"所以，原本你并不愿意嫁给宋青莯，是我促成了这桩婚事？"林瑾明有苦难言。

飞染点点头，又摇摇头，说道："反正我会留在衙门当捕快，也会和大人成亲。总之，大人说的都是对的，我都听大人的。"

林瑾明脱口而出："飞染，刚才的事你都看到了。我是说，宋青莯审案的过程。"

"所以呢？"飞染眨眨眼睛，"难道侯爷也喜欢看大人审案？"

"飞染，我并不否认，宋青莯很聪明，也很有才干，不然皇上也不会重用他。只不过他能获得皇上的重用，并不等于他会是好相公。"他说得吞吞吐吐，毕竟他心知肚明，自己不应该，也没有立场说这些话，可他总觉得飞染就像自己的女儿，他不能眼睁睁看着她吃亏。

飞染听到这番话，不高兴地说："林侯爷，我只知道大人是好人，我想要和大人成亲，这样就够了。"

林瑾明重申："飞染，他或许是好官，但他从来都不是好人。"

"谁说的！"飞染愈加生气，高声反驳，"林侯爷，你可以不喜欢大人，但是你不能污蔑他……"

"飞染，你亲眼看到的，他故意……"

"我不懂什么大道理，但是我知道大人抓的都是坏人，他从来不会冤枉好人。别人不喜欢大人，在背后说大人坏话，我管不着，但是任何人都不能当着我的面说大人坏话，不然——"她冲林瑾明比了比拳头，"我说不过别人，但是我会武功，而且我的武功很厉害！"

林瑾明失笑，好声好气地劝说："飞染，你还小，有些事看不明白。就说今天的事，他明知那些村民什么都不知道，却让捕快把他们打成那样，他的手上早已沾满鲜血……"

飞染一脚踹向林瑾明，生气地说："我都说了，不许说大人坏话！"她转身跑向宋青莯的房间，想想又觉得不甘心，回过头大声辩解："大人是大好人，他没有做错，他只是替死去的人讨回公道。"

她瞪一眼林瑾明，转身跑了两步，又回过头说："师父教过我，妇人之仁只会害了更多的人。按林侯爷的说法，沙场上的将士每一个都杀人不眨眼，可是如果没有他们，林侯爷怎么能站在这里，背后说大人坏话呢！"

林瑾明愣在了原地，眼睁睁看着飞染跑进宋青莯的房间。飞染并没有使力，他的小腿肚只是微微疼痛，可他的震惊令他挪不开脚步。

另一厢，宋青莯只看到飞染踢了林瑾明一脚。他微微一愣，继而幸灾乐祸地闷笑。转瞬间，他听到飞染大声为自己辩白，他的笑容凝固了。

好人，这是他最不屑一顾的一个词。他一直觉得，"好人"只是环境的产物，人类一旦被逼入绝境，就会变得危险而残忍，甚至连畜生都不如。"

他听到飞染的脚步声，急忙背过身，假装忙碌。他听得很清楚，她的脚步声近了，又急又快。

他深吸一口气，正想若无其事地转身与她打招呼，忽然感觉到软软的身体贴住了自己的后背，她的手臂环住了他的腰。他愣住了。

"飞染，怎么了？"他的手掌轻轻覆盖她的手背。

飞染嘟着嘴说："大人，我已经十五岁了，过完年就十六岁了，不小了，对不对？"

宋青荍表情微僵。他只是普通人，她的体温让他口干舌燥。

"大人，在我心里，你永远是大好人！"飞染说着说着，鼻头一阵酸涩。她替他觉得委屈。今晚的事如果传出去，别人又会说她家大人心狠手辣。可是如果他不这么做，那些死去的人永远都回不了家，她们的家人也永远不可能知道真相。

宋青荍听到她的声音，慌忙转过身，抬起她的小脸急问："怎么了，哭什么？"

"没哭。"飞染吸了吸鼻子，用力摇头。

宋青荍失笑。他真想就这样一直拥抱着她，可他知道，林瑾明那么讨人厌，一定会跟过来。他低声说："这么晚了，怎么不去睡觉？明天一早就要启程回京了。"

"嗯。"飞染点点头，"本来我有好多好多问题想问大人，关于案子的，可是现在，我只想告诉大人，我永远站在大人这边。"

"我知道。"宋青荍轻抚她的脸颊，低头轻语，"你先回去睡觉，有什么话我们回京城再说。"

"嗯。"飞染再次点头，又忍不住生气地嘟囔，"以前我挺同情林侯爷的，从现在开始，我再也不要见到他了。"

林瑾明走到门口，刚听到这句话。

宋青荍的指腹轻拭飞染的脸颊，低声说："林侯爷有话对我说，你先回屋睡觉。"

飞染点点头，又怕林瑾明说出什么话伤了宋青荍的心，她抬起头郑重地叮嘱宋青荍："大人，无论别人说了什么，我们只要做到问心无愧就够了。即便全天下的人都不相信大人，也没有关系，有我相信大人就够了。"

"我知道。"宋青荍再也难以掩饰嘴角的笑意。他目送飞染与林瑾明擦肩而过，消失在自己的视线。

林瑾明同样看着飞染走入月亮门。飞染没有与他打招呼，甚至没有看他一眼，他心中的难堪与伤心无法用语言描述，可他竟然一点都不生气。他知道，一定是宋青荍卑鄙无耻地诱骗了飞染。

"林侯爷。"宋青荍率先开口，"飞染还是孩子心性。"

林瑾明笑道："这个我自然知道。我深夜来找宋大人，只为向你重申，我确实从未见过早前那对夫妻。敢问宋大人，为何认定他们与我有关？"

"林侯爷误会了。"宋青萩同样客客气气的，"我觉得他们与你或者先夫人有关，纯粹因为尸体旁边发现的那块玉佩。既然侯爷与夫人认不出玉佩，我自然是相信你们的。"

林瑾明下意识皱了皱眉头。他虽然认不出玉佩，但陆敏身边的一等大丫鬟每个人都有一块类似的玉佩，陆萱口中的沉香就是其中之一，不过她们之中并没有人失踪。

本来林瑾明并不觉得这是什么秘密，可他不喜欢宋青萩的胜利者姿态。他冷淡地回答："宋大人这么说，我就放心了。那，我不打扰你休息了。"他转身欲走。

"侯爷请留步。"宋青萩叫住他，"我知道，侯爷视飞染为晚辈，本来我和飞染成亲，理应给你送喜帖的，但侯爷是皇后娘娘的兄长，当朝国舅爷，我们两家又素来没有交情。未免别人误以为我想高攀侯爷……"他为难地笑了笑，言下之意他不会请林瑾明喝喜酒。

林瑾明简直不敢相信自己的耳朵。宋青萩根本就是向他示威，如果不是他修养好，他真想抡起拳头揍他一顿。

转念间，他又像斗败的公鸡。飞染已经明确告诉他，她不愿意过继给林家，她只想嫁给宋青萩。她刚刚才说过，以后都不想看到他。

他勉强打起精神，疏离地回应："宋大人，将来的事谁都说不准。如果我记得没错，成亲一向是父母之命媒妁之言。这不是刑狱衙门审案，你说什么，就是什么。"

"是。"宋青萩心情很好，压根不在乎他的态度，笑眯眯地说，"侯爷有心了，我早已禀明父母，前两天也请示过息嗔师太。明日回京，自然有官媒跟进此事。"

林瑾明暗暗诧异，失落地走了，心口仿佛被人捅了一刀。除了他的敏敏，他第一次这么在乎一个人。今夜之后，他和飞染或许再也不会有任何交集。

夜深人静，俞毅从八角镇折返。他向宋青萩禀告："大人，卫大志，也就是古羌，他已经画押认罪。吕大人天亮后会派人寻找其他的受害人家属。古羌得知大人并不知道真正的小青埋在哪里，大哭大笑了一通。大人，吕大人让我请示您，是否达成古羌的心愿，将他和小青埋在一起？"

若是在往日，宋青萩断不会成全杀人凶手，可是自从他爱上飞染，他的心似乎变得柔软了。他轻轻点头。

俞毅又道："明日吕大人会派师爷随猎户们回村，安排他们入籍。他们得知全村的人都不用死，感激不已，主动提出把这几年的税款补上。"

宋青萩叹一口气。人就是这样，有了比较，才会知道感恩。如果不是绝处逢生的惊喜，别说是补缴税款，就是入籍一事，只怕他们也会与官府僵持许久。最后，说不定他们把心一横，索性占山为王，成为一股流匪。

转念间，宋青萩想起小青自杀时的决绝。他问俞毅："古羌一个人，如何抓住假的小青一家？另外，她为何憎恨父母，有没有在无意间透露过自己的身份？"

俞毅答道："据古羌交待，是小青协助他绑了她的父母。据他说，他模模糊糊记得，小青曾对他说，只要杀了他们，就再也没有人能够分开他们。"

宋青萩的眉头皱得更紧了。

俞毅顿了顿，补充道："大人，古羌每一次掳人，杀人，再弃尸，前前后后至少有三四天的时间，但是根据他的描述，就好像所有的事都发生在半日内。另外，他每次都说，他看到了小青，等抓回山洞，又发现她们不是小青……大人，他不会是编故事骗人吧？"

"应该不会。"宋青萩摇头，"卷宗室有几桩类似的案子，凶手受了巨大的刺激，突然间变得疯疯癫癫，隔了一两个月又自己恢复正常了。至于你说的时间，对疯子而言，没有一天、两天这样的概念。"

宋青萩说得肯定，却又隐约觉得哪里不对劲。如今，所有的线索都随着小青的自杀彻底断了，再加上案情十分清楚明白，小青一家的身份似乎显得微不足道。

他转而询问俞毅："俞捕头，山上陷阱里面的迷烟，你知道它的出处吗？"

俞毅惊讶地反问："大人知道那是迷烟？"因为时间隔得太远，陷阱中的迷烟已经失效，只余淡淡的香甜气味。

宋青萩奇怪地问："我不应该知道那是迷烟吗？"

"也不是……"俞毅尴尬地笑笑，"那东西是南边的妓院用来对付不听话的姑娘……才会加了那股子香味……我问过古羌，他说是小青给他的。"

宋青萩愈加觉得小青身上迷雾重重。

两人说话间，忽听廊上传来一阵急促的脚步声。

"三爷，世子爷来了，在院门外等着，说是有急事。"山柏跑得气喘吁吁。他口中的世子爷是宋青萩的大哥。

宋青萩看一眼时间，疾步朝院门外走去。

月亮门边的树荫下，飞染焦急地等待。早前，她在床上辗转反侧。虽说成亲的事定下了，案子也解决了，可她怎么也睡不着，打算等俞毅离开宋青萩的房间，就过去找他，却看到他匆匆朝大门外走去。她不由自主跟了上去，又震惊地停下脚步。

夜已深，回廊上稀稀落落挂着灯笼，但净心庵的院子并不大，飞染清楚地看到，她家大人走得很快，不是普通的快，而是他会轻功。

"大人会武功！"初时的震惊慢慢变成愤怒，往日的记忆排山倒海一般向她涌来。八角镇的客栈内，他轻易挡住了她的拳头；赵奎家的院子，他制止她杀人；早前在树林中，那支箭本该射中她肩膀……

她那么相信他，他竟然欺骗了她！她不只一次问他，是不是会武功，他都没有承认。

飞染愤怒地冲过去。她一定要亲口问清楚，却因为院门外的对话停下了脚步。

宋青萩浑然未觉飞染就在自己身后，他只知道，自己的大哥深夜前来，京城一定发生了大事。他急问："大哥，是不是父亲……"

"不是。"成国公世子打断了他，气呼呼地说，"母亲一定要我连夜告诉你，顺昌长公主正闹着休夫……"

"这事与我有什么关系？"宋青苒皱眉。

成国公世子咬牙切齿，没好气地说："据说此事的起因是驸马爷说，息嗔师太是他的妻子，飞染是他的嫡长女，他要让飞染认祖归宗，长公主不同意。总之，他们已经闹了好几天，皇上一直瞒着。母亲今天才得到消息，让我马上通知你。"

宋青苒愕然。他想了想，摇着头说："不对，是长公主想要借助这件事与甄彦行一刀两断……"

成国公世子气呼呼地说："父亲让我问你，不管长公主与驸马谁是谁非，也不管飞染是谁的女儿，害死息嗔师太的真凶你到底查得怎么样了？一旦和离的事情闹开，如果再传出奸杀一事，一定有损师太的名声。母亲的脾气你知道的，到时她一定第一个饶不了你！"

飞染听到这话，再也忍不住了。她脱口而出："师父并不是赵奎害死的？"

"飞染！"宋青苒回过头，飞染就站在门后。她没有哭，只是目不转睛盯着他。他的脑海中一片空白，说不出一个字。

飞染上前一步，大声重复："师父并不是赵奎害死的？从头到尾你都在骗我？"

此时此刻，她已经分不清此刻的心情是震惊、愤怒，或者是失望。她相信宋青苒说的每一句话，她一心一意只喜欢他，可他一直在欺骗她。师父死了，他就是她唯一的亲人，他居然从始至终都在说谎！

"你回答我，到底是不是赵奎害死师父？"飞染努力忍住眼泪。

宋青苒设想过千万种可能性，他假设过各种各样的应对，可是事到临头，他的脑海中只剩下一个念头，他决不能失去她。

"飞染，你听我解释。"他声音干涩。

"好，你解释！"飞染伸手擦去睫毛上的泪花。她不哭，师父教过她，凡是骗过她的人，以后都不能相信！以前别人骗她银子，她只会生气一会儿，为什么现在的她这么伤心，仿佛都快不能呼吸了？

"我不哭，你解释给我听！"飞染催促。

宋青苒张口结舌。他的解释只有一句话，他的确欺骗了她。

"那个……"成国公世子十分同情自己的三弟，不过他不得不承认，看他心急如焚偏又说不出一个字的模样还蛮过瘾的。这些日，他们父子三人冷眼旁观，看到一贯清冷的三弟时不时干些蠢事，全都十分期待三弟妹进门后的日子。

他上前一步轻拍宋青苒的肩膀，摇头感叹："三弟，父亲早就提醒过你，自己的烂摊子，总有一天得自己收拾。"

宋青苒回头瞪他。这是亲兄弟吗？有这么幸灾乐祸的吗？

飞染不明白他们的话。她问："宋大哥，宋伯伯早就知道，害死师父的凶手另有其人吗？"

成国公世子点点头，补充道："其实我们都知道。"

"大哥！"宋青沫轻呼。

"呵呵。"世子无赖地笑了笑。

"所以只有我一个人蒙在鼓里？"飞染的眼中满是受伤。

"飞染！"宋青沫急切地想要抓住她。

飞染一连后退三步。"我不应该打扰大人和宋大哥说话。"她已经不想听他的解释，"如果可以，请宋大哥转告伯父或者驸马爷，我不是师父和驸马爷的女儿，师父不会骗我的，驸马爷和长公主一定弄错了。"她转身而去。

"飞染！"宋青沫一把抓住她的肩膀。

飞染侧身躲避他的动作。他不松手，她使劲掰开他的手指。

宋青沫又急又气，急促地说："飞染，赵奎虽然没有害死师太，但他害死其他人确是事实，所以他一点都不冤枉。至于你师父的死，我本打算找到真凶再告诉你。"

"我知道了，我想回屋睡觉了。"飞染平静地陈述。

飞染越是冷静，宋青沫越是心焦。他甚至觉得，自己正在慢慢失去她："飞染，我骗了你，因为我不希望你一直记挂你师父的死，心心念念想着报仇……"

"那大人会武功的事呢？"飞染抬头看他。

宋青沫呆住了。他终于体会到，什么是屋漏偏逢连夜雨。他深吸一口气，渐渐冷静下来。他必须求得飞染原谅，但更重要的事，飞染不能成为长公主与驸马和离的导火索。

"飞染，你先回房间，我马上过去找你。"他已然有了决定。

成国公世子望着宋青沫目送飞染离开的侧脸，轻轻叹息。别人经常感慨，他三弟的风头一直压着他，尤其是他不足二十岁便官拜正四品，不过他从未这样想过，因为他知道，他付出的努力是旁人无法想象的。

这会儿，他竟然有些羡慕自己的三弟，毕竟刻骨铭心的爱情可遇不可求。他与飞染的缘分就像是上天注定的。

他轻咳一声，安慰宋青沫："三弟，你放心，大哥是过来人，一眼就能看出来，飞染很在乎你，她一定会原谅你的。你要记住，父亲早就教过我们，女人对自己喜欢的人永远狠不下心……"

宋青沫急促地说："大哥，你能不能即刻回京面见父亲，请他转告长公主和驸马，师太至死都是未嫁之身。往后飞染只有一个身份，她是我的妻子。"

成国公世子愣了一下，说道："三弟，临走前父亲对我说，如果你认定飞染是你的妻子，他让我再问你一次，如果飞染的出身隐藏了说不得的秘密，会让你丢了乌纱，甚至是性命，你还愿意娶她吗？"

宋青洙郑重地回答："此生我非她不娶，如果真有所谓的'秘密'，那么她仅仅是我的妻子，与成国公府没有半点关系。"

他的话音未落，院门后一抹藏青色的衣角一闪而过。

另一厢，飞染回到自己的房间，蒙头躺在床上，耳朵中充斥秋虫的哀鸣，眼泪就像奔涌而出的洪水，再也止不住了。

"我不哭，我又没有做错事，为什么要哭呢！"她低声嘀咕，眼泪掉得更凶了，胸口就好像裂了一个口子，疼得她都不能呼吸了。

突然间，她猛地坐起身，伸手擦去眼泪，疾步朝厨房跑去。

厨房很黑，锅灶早就冷了，只剩下几个白馒头，又冷又硬。

飞染抓起一只馒头，一屁股坐在烧火的矮凳上，把馒头一掰为二，狠狠咬一口，仿佛咬下的是那个骗子的皮肉。

馒头很干，她咀嚼了两口，呛得不断地咳嗽，眼泪再次涌出了眼眶。

咸湿的泪水顺着她的脸颊滑下，沿着她的嘴唇一点一滴渗入她的嘴巴。她尝到了淡淡的咸味，就着眼泪咽下馒头。粗粝的白馒头滑下她的喉咙，刮得她的食道一阵微疼。

她吸了吸鼻子，掰下一大块馒头塞入嘴里，机械地咀嚼，用力咽下去。

吃完一整个馒头，她的胃已经撑得难受，可她的心依旧疼痛。她不喜欢这样。

"师父说过，吃饱了就不会伤心难过。"她喃喃自语，再次用衣袖擦去泪痕，起身从灶上又拿了一个馒头。

"我又不是第一次受骗，干吗这么伤心难过！以前，那么多人骗过我的银子。"她狠狠咬一口馒头，弯腰坐在矮凳上，胸口几乎贴着膝盖，眼泪一滴又一滴落在馒头上。她就着眼泪，一口接一口地吞咽馒头。

低微的啜泣声中，第三个馒头也被她啃得只剩下小半个。突然间，馒头掉在了地上，滚了几个圈。飞染嘴巴微张，震惊得忘了哭泣。

…………

"飞染，为什么又躲在柜子里？师父说过，找不到你，师父会担心的。"

"师父，三哥哥说，我害怕的时候就躲在柜子里，他会来救我的。"

…………

"师父，三哥哥答应替我种一棵一模一样的合欢树；他答应带我去京城看烟花。师父，三哥哥为什么不来看我了？"

"飞染，三哥哥再也不会上山了……"

"师父骗人！三哥哥答应我的事，他一定会做到的。"

"师父没有骗你，以后只有我们留在庵堂，再没有人会来探望我们了。"

"不会的，三哥哥说过，他最喜欢我了……"

"飞染，你和他本来就是两个世界的人，从今往后，再也没有三哥哥。师父能做的，让你快快乐乐长大。以后，等你长大了，师父让陶妈妈带你去南方。南方富庶，也没有那么多规矩，师父只希望你能平安喜乐过一辈子……"

"师父，我听不懂，什么是两个世界？"

"两个世界啊，就是我们家飞染就似河岸上的漂亮花朵，三哥哥就是水中的游鱼。鱼儿跳上河岸会渴死，花朵掉入水里会淹死，所以鱼儿和花朵永远不可能在一起。"

…………

飞染"咚"的一声摔坐在地上，忘了哭泣。黑暗中，她捂住嘴巴，陌生的画面不断掠过她的脑海。

那个骗子居然没有骗她，他们果真从小就认识。小时候的她也像现在这样，总是眼巴巴跟着他，毫不犹豫地相信他的每一句话。

她真心以为，他会替她种下合欢树，他会带她去京城看烟花。她一天又一天等着他，坐在院子的门槛上，远远望着上山的崎岖山道。

飞染突然觉得自己很可笑。小时候，她坐在净心庵的院子门口等他；长大了，她就坐在刑狱司的门槛上等他。如果没有发生今天的事，她一定会继续等下去，直至他像小时候那样，再也不出现了。

她慢慢挪动身体，就像被遗弃的小狗一般，抱着桌脚哭泣，努力不让自己哭出声音。

她一直以为，自己喝醉酒，躲在柜子里睡着了，才会生了一场重病。其实她从来没有喝醉，是她等不到他，伤心地躲在柜子里。结果她躲得太久，晕过去了。紧接着她就生病了，病了一个月，什么都不记得了。

…………

"师父，我想三哥哥，我心里好难受。"

"难受的时候，就让陶妈妈给你做好吃的，你想吃什么，都让她给你做。"

"可我还是难受，一想到三哥哥就难受。师父，是不是我不够乖，不够漂亮，所以三哥哥不喜欢我了。"

"谁说的，我们飞染是世上最漂亮的小姑娘。你想他的时候，咱们就想想好吃的……"

"可是……我还是想三哥哥……"

"没关系，一天两天不能忘记，咱们就用一个月两个月，再不行一年两年三年，总会忘记的。师父会一直陪着飞染。你现在还小，等你长大了就会明白，只要活着，就应该活得高高兴兴。只要还有一口饭吃，擦干眼泪又是新的一天。"

…………

往事一幕幕涌入飞染的脑海。

那时候，她按照师父说的，只要想起"三哥哥"，马上就想好吃的。这个世上，没有谁离了谁就过不下去。他们在八角镇重遇之前，她一直过得很好，不是吗？

飞染站起身，擦干眼泪，忽然间笑了。

原来她真的很傻。她好不容易忘记小时候的伤疤，长大之后竟然又傻乎乎地重新经历一遍。上一次她可以忘记"三哥哥"，这一次她同样可以忘记"宋大人"。

飞染深吸两口气走出厨房。既然师父希望她去南方，那她就去南方，找一个地方继续当捕快。等她学会了断案，再回来找出害死师父的凶手。

至于那个骗子，她很快就会忘记他的！

院子的大门口，宋青洙送走了自家大哥，匆匆赶去飞染的房间，她并不在房内。顿时，他心慌意乱，但残存的理智告诉他，飞染不可能丢下陶氏独自离开。更何况还有芷兰跟着她，他一定可以找到她。

陶氏被宋青洙找人的动静吵醒，急得团团转。她看到飞染回房，眼泪瞬间蓄满眼眶，比手画脚问她，发生了什么事。

飞染吸了吸鼻子，哑声说："陶妈妈，我都想起来了，他又和小时候一样骗我。师父希望我去南方，我们一起去南方……"

陶氏一听就急了，连连表示她和宋青洙快成亲了，她不能在这个时候意气用事。

飞染义愤填膺地说："陶妈妈，我终于知道，你为什么阻拦我去京城，不想我待在刑狱司，是我太笨太傻……"说着说着，她的眼泪又涌了出来。

她伸手擦去泪水，高声说："他一直在骗我……师父说得对，我应该忘记他，把他忘得干干净净……"

"哦！哦！哦！"陶氏连连摇头，试着替宋青洙解释。

飞染被愤怒气晕了头，急切地催促陶氏："陶妈妈，你拿些值钱的东西，其他的都不要了，我去把师父留给我们的银子带上……不对，师父送给我的东西还在京城，我得取回来……我们去南方，我一定能学会断案，回来替师父报仇！"

房门外，宋青洙又气又急又好笑，又满心怜惜。他几乎是尾随她过来的，不是他故意偷听，而是他觉得，飞染正在气头上，相比他的解释，陶氏的话更能取信于她。他怎么都没有料到，她竟然打算不辞而别，信誓旦旦把他忘记。

这辈子她都不可能离开他半步，更别说忘记他！

房间内，陶氏"扑通"一声跪下了，冲飞染比手画脚，可飞染压根不看她。此时此刻，陶氏怨恨息嗔师太逼她毒哑了自己，她才答应抚养飞染。她跪着上前抓住飞染的裙摆，连连摇头。

"陶妈妈，你不愿意跟我走吗？"飞染震惊万分，震惊之余更多的是失望，"那好吧，我会把师父留下的银子都给你，我有手有脚，可以养活自己……"

"你打算怎么养活自己？"宋青洙推门而入。

"我可以当捕快！"飞染脱口而出。

"你不知道，大周朝的衙门都归刑狱司管吗？"宋青洙看到她的头发乱了，衣服皱了，两只眼睛肿得像核桃，心脏狠狠一抽。

飞染愤怒地瞪他。不知不觉中，她仿佛看到了儿时的"三哥哥"。小时候的她喜欢跟着他，因为他知道很多她不知道的事。十多年后，她竟然因为同样的原因再一次喜欢上他。

她生气，因为他一次又一次欺骗了她；她哭泣，因为她喜欢他，一心一意想和他永远在一起。她好不容易战胜心中的恐惧，决定嫁给他，结果却发现，他口口声声喜欢她，全都建立在谎言之上。

第 10 章　相许

飞染努力忍住眼泪，大声宣布："不当捕快，我可以行走江湖。总之，等我学会断案，我一定会抓住害死师父的真凶！"

宋青沫急巴巴地说："飞染，不管怎么样，你总该先听我解释，再判我的罪，就算是犯人也有自辩的机会……"

"宋大人，你想解释什么？"飞染生气地瞪他，"我不只一次问你，赵奎是不是害死师父的真凶……"

"飞染，我从没有放弃寻找真凶……"

"如果找不到呢？你是不是打算欺骗我一辈子？"飞染擦去眼角的泪花，"或许根本不需要一辈子，或许就像小时候那样，忽然有一天你就不见了……"

"飞染！"

"不要叫我的名字！"飞染挺直脊背，不想让他看到自己软弱的一面。刚才在厨房，她吃完第一个白馒头就已经觉得不舒服。可她太伤心，太难过了，一连吃了三个馒头，胃里好像堵了一块石头。

宋青沫上前一步，试着解释："小时候，我也想兑现承诺……"

"你也想？"飞染后退一大步，抬起下巴控诉，"你只是'想'，可是我呢？我一天又一天坐在门槛上等你，无论刮风下雨都坐在那里等你，从早上等到晚上，从日出等到天黑，只希望你家的马车突然出现。师父告诉我，你不会再来了，我不相信师父，我只相信你！"

宋青沫说不出一句辩驳的话。他曾经怨她遗忘了属于他们的记忆，只有他独自一人背负他们的过去。他从来没想过，她曾经在绝望中等待他。那时候他快十一岁了，他可以理解大人的世界，但她只有四五岁，她大概只知道坐在大门口等他吧？

飞染握紧拳头怒视他，胃中一阵阵翻腾。她咽下翻涌的酸涩，高声说："之前我一直觉得很奇怪，为什么我记得所有的事情，却独独忘了宋大人，现在我终于知道了，因为我太难过太伤心了。我不想师父跟着我难过，所以我只能忘记你！"

她突然捂着嘴走向窗口。"呕！"她剧烈地呕吐，满口满鼻的酸味喷涌而出，她的胃一阵阵痉挛。

"飞染，怎么了？"宋青莯慌忙扶住她的肩膀。他刚才就看到她的脸色很难看，他以为她只是太生气了，她怎么会突然呕吐呢？

飞染闭着眼睛呕吐。她已经分不清，是她的胃更难受，还是她的心。她扭动肩膀，虚弱地说："我不想看到你！"

宋青莯第一次看到虚弱无力的飞染，即便是息嗔师太过世那会儿，她也不曾像此刻这般，仿佛下一刻就会倒下去。

他紧紧搂住她的肩膀，急切地说："飞染，我们马上回京找大夫……"

"我不想看到你！"飞染奋力想要推开他，可她无法挣脱。她终于意识到，他的武功比她高。她闭上眼睛，苍凉地质问他："为什么就连你会武功这种事都要欺骗？"

宋青莯赶忙解释："我只是害怕，你不愿意跟我去京城……我找不到理由带你去京城……"

"呕——"飞染的一连串干呕掩盖了宋青莯的解释。她的胃里已经没有食物，撕心裂肺地吐出酸水。

宋青莯扶着她的肩膀，心脏狠狠纠成一团。他一直以为飞染是快乐无忧的，自从她来到他身边，就连他身边的空气都是甜丝丝的，可是他却让她这么痛苦伤心。他应该怎么做才能求得她的原谅，才能让她重拾笑颜？

他的手臂紧紧箍住她，在她耳边低声道歉："我错了，我不该骗你。"

"我不想看到你！"飞染依旧只是重复那句话。

"我可以解释的。我们先回京城看病，我再慢慢解释给你听……"

"不管你怎么解释，你欺骗了我，这是改变不了的事实。"飞染试图掰开他的手指却徒劳无功。她生气地大叫，"你放开我，我不想看到你，你出去！"

"哦哦哦！"陶氏对宋青莯指了指飞染的衣服，又比了比漱口休息。

宋青莯稍一犹豫，把飞染交给了陶氏。

飞染不再挣扎，温顺地任由陶氏搀扶，在椅子上坐下。

宋青莯站在窗口看着这一幕，心如刀绞。他艰难地开口："我去给你拿些热水。"

他去了厨房，却连生火都不会。他看到锅子打开了，烧火的凳子打翻了，地上还有小半只白馒头以及一条浅浅的拖痕。他仿佛看到飞染坐在黑暗中一边哭泣一边啃着白馒头。那时候的她该有多难过啊！

他几乎像逃难似的离开厨房，却又看到黑沉沉的院门。她仿佛看到小小的她坐在门槛上张望，即便息嗔师太叫她，她依旧固执地等待他。

宋青莯觉得自己快要喘不过气了，特别是他不只一次怨她忘了自己。这辈子，注定是他欠了她。

他讪讪地折返飞染的房间，陶氏告诉他，飞染只是积食，吐出来休息一晚上就没事了。他怔怔地站在房门外，无法转身离开。

房间内，飞染已经换上干净衣服，一口一口抿着冷茶。她才不要喝他的热水！

陶氏再次试图解释，可飞染一味低着头，压根不去看她。此时此刻，陶氏心中有千般万般的恨，她憎恨谋害她们的凶手，也怨恨息嗔师太。

十五年前，她抱着刚刚出生的小主子逃命来到净心庵。息嗔师太听过事情的来龙去脉，把她们主仆赶出了净心庵。她在院门外跪了大半天，息嗔师太才把她叫了进去。师太要她发毒誓，此生都不会想着报仇，更不会告诉飞染真相，她甚至逼她吃下了哑药。

一直以来，息嗔师太教导飞染，她只是下人，不允许她们太过亲近，甚至离间她们的关系。看在师太对飞染很好，她又确实无力报仇，她强迫自己隐忍着，哪怕亲眼看到仇人，她也努力忍下恨意。

她的隐忍到底是对是错？

陶氏默默跪在飞染脚边，满眼哀求。

飞染放下茶杯。

陶氏掩下眼中的恨意，不断用手语重复：宋青莯是好人，他们很快就要成亲了，她不能意气用事。

飞染看一眼门上的人影。她的身体已经不像刚才那么难受，可她依旧很生气。她甚至觉得，自己就是一个笑话。

许久，她低声询问陶氏："陶妈妈，你真的不愿意去南方？这是师父的愿望，她在我的小时候就说过，让你带着我去南方定居。"

陶氏泪眼婆娑，连连摇头。这的确是息嗔师太的计划，但那时候她们都觉得，成国公嫡三子不可能迎娶父母不详的孤女。说句大实话，如果宋青莯没能成为提点刑狱使，不需要靠着国公府过日子，宋航夫妇怎么可能任由儿子做主自己的婚事。这一切就像冥冥之中早已注定，或者是主子在天之灵保佑小主子。

飞染闭上眼睛复又睁开，深吸一口气说道："陶妈妈，我想睡一会儿，好好想一想，你让他不要在门外碍眼。总之，一切等我睡醒再说。"

陶氏依言走了出去，宋青莯却没有离开，依旧像罚站一样守在门外。

飞染没有理会他，吹熄蜡烛仰面躺在床上。她很生气，可她依旧喜欢他，喜欢得开始憎恨他。

待会儿，等院子里的人全都睡了，她就悄悄从窗户离开，这辈子再也不要见到他。

至于陶妈妈，既然她不愿意去南方，有师父留下的银子，没有她也能安稳度日。

房门外，宋青莯仰头凝视夜空。

小时候的某一天，父亲激怒了母亲，那时候父亲也是大半夜在走廊上罚站，当时他觉得父亲太蠢了，此刻他却用实际行动证明，有其父必有其子。他记得父亲说过，大丈夫能屈能伸，对自己喜欢的女人，颜面算得了什么。

许久，宋青莯叹一口气，侧耳倾听屋内的动静，只闻秋虫窸窸窣窣的叫声。他悄悄推开房门，借着微弱的月光走到床边，轻手轻脚替她盖上被子，顺手摸了摸她的额头。他确认她并没有发烧，慢慢在床沿坐下。

夜很深，他看不到她，却又觉得自己可以看到她。他执起她的手，紧紧攥在掌心。

如果宋青莯有平日十分之一的冷静，他一定会发现，飞染压根没有睡着。在他推开房门那一刻，她就睁开了眼睛。

飞染没有出声。她只想看一看，他会做什么，再与他理论，结果他进屋居然是为了替她盖被子。

这一刻，她真的憎恨他。他欺骗了她，为什么又对她这么好！她很想抽回自己的手，可她又能对他说什么？再次向他重申，这辈子她都不想看到他？

宋青莯坐在床边自言自语："明天，我不知道怎么向你解释。我压根没有料到，事情居然会走到今天这一步。我本来打算等我们成亲之后，我再向你坦白……或许，等我们生了第一个孩子……这样虽然很卑鄙，可是我不敢冒着失去你的风险，贸然向你坦白……"

飞染假借翻身的动作，试图抽回自己的右手，却感觉到他的嘴唇贴上了自己的手背。

"其实，我主观想骗你的事，只有赵奎是害死你师父元凶一事。我知道，你发现真相之后一定会很生气。可即便我知道结果，如果整件事重新来过，我依旧会选择欺骗你。"

飞染不可置信地瞪大眼睛。他明知道她会生气，居然仍旧打算欺骗她，他真的太可恶了！

宋青莯低声喟叹："我看过太多的案例，'仇恨'能够轻而易举抹灭人们的善良与本心。师太是你唯一的亲人，一天不抓到真凶，你就不可能放下师太的死，而凶手布下一个又一个疑阵，甚至栽赃长公主……"

宋青莯再次亲吻她的手背，喃喃低语："我只希望你每天都开开心心，没想到会让你这么伤心生气。"

飞染呆呆地盯着蚊帐。她的手指能够清晰地感觉到他的掌温。她应该把他打出去，而不是任由他握着自己的手。

"真不知道师太是怎么教你武功的，每次都睡这么沉，一点警觉性都没有。"宋青莯为她掖了掖被子，又自嘲地笑了笑。

他站起身想走，稍一迟疑又坐回床边，"在你面前假装不会武功，真的很辛苦。好几次我都想对你说，不需要俞毅陪你练功，我也可以的。"

他顿了顿，又道："其实，当初我只是找不到理由带你去京城，随口胡诌招收女捕快什么的……"

宋青苿想到飞染与俞毅过招时的神采飞扬，心中一阵泛酸。他一定会明媒正娶她，所以他偷亲一下自己的未婚妻，应该不算太过分吧？

他弯腰，想要偷偷吻一下她哭肿的眼睑。

飞染看到一个黑影倒向自己，她的大脑还没反应过来，身体已经本能地想要避开。

"啊！"两人同时惊呼一声。

宋青苿从床沿一跃而起，捂着鼻子跳开一大步。飞染一手抓着被子，一手捂着额头，生气地瞪他。

"你没有睡着？"

"你想干什么？"

两人同时开口又同时闭嘴。

宋青苿站在脚踏上注视声音的源头，尴尬到极点。他想要偷亲她，当场被抓包了。"我以为你睡着了。"他避重就轻。

"我睡着了，你就可以随便进我的屋子吗？"飞染生气地反诘。

"是我不对。"宋青苿赶忙道歉。

飞染一时语塞。她虽然依旧生气，但她听到了他的解释。她不能原谅骗子，但他看起来并不是十恶不赦。

宋青苿吃不准她的心思，那种犯人等待判刑的煎熬袭上心头。"那个，你继续睡觉，我在外面等着。其他的事，天亮以后再说。"他往外走了几步，又回过头说，"我保证，没有你的允许，我绝不会再进屋了。"

飞染没有说话，就听到房门"嘭"的一声关上了，门上映出一个人影。她坐在床沿，生气地瞪着影子，片刻又像泄了气的皮球，仰面倒在床上。

时间一分一秒流逝，飞染坐起身，人影依旧映在门板上。她气呼呼地嘟囔："他真的打算站一整夜吗？"她倒回床上，过去的一幕幕复又映入她的脑海。

"不行，我决不能原谅骗子！师父说过，被骗了一次不要紧，以后不要相信他就是了。"飞染重重点头，再次躺回床上。

迷迷糊糊间，她觉得自己睡着了，又觉得没有。当她睁开眼睛，窗户已经有微光射入屋子，门上的人影依旧直挺挺站着。

"绝不能原谅他！我要按师父说的去南方，就算不能当捕快，也可以像俞捕头那样行走江湖。等我学会了断案，再回来替师父报仇！"她咕哝一声，轻手轻脚走到后窗，小心翼翼地打开窗户。

清晨的凉风迎面扑来，她深吸一口气，回头看一眼门上的人影。以后她都不可能看到他了。她皱了皱眉头，仰望晨光中的蔚蓝色天空，纵身一跃跳出窗口，朝马厩飞奔而去。

门外，宋青沫又累又饿。隐约中，他听到房内传来"咯噔"一声，他试图进屋查看，想到自己的承诺，又硬生生止住了脚步。

"飞染，你醒了吗？"宋青沫轻敲房门，讨好地询问，"我可以进来吗？"

屋内静悄悄一片。

"飞染，我知道你很生气，但你好歹面对面听我解释，听完之后，你想怎么惩罚我都行。"他哀声恳求。

房间内依旧悄无声息。

飞染飞奔至马厩，径直走到大白面前，对它比了一个噤声的手势。她上前摸了摸它的鼻子，低声说："大白乖，以后就剩我们两个相依为命，我会对你很好的，你也要一样哦，至少不能骗我。"

"嘶——"一旁的踏烟叫唤一声。

"嘘！"飞染赶忙拍了拍踏烟的脑袋，小声咕哝，"踏烟也乖，我知道你舍不得大白，可是谁让你跟了一个骗子呢！"她掏出一颗糖塞入踏烟嘴里，"以后我们不可能再见面了，你不要忘了吃饭，也不要为了坏人难过，知道吗？"

她拍了拍手掌，大声说："好了，大白，我们走了。虽然我把银子都留给陶妈妈了，但是你放心，我会武功，我会赚银子养活你的。"

飞染絮絮叨叨嘀咕，转眼间牵着大白走到了院子门口。

"陶捕快，大人吩咐，没有他的允许，谁都不能离开庵堂。"守门的捕快拦住了飞染。

"为什么？"飞染气得睁大眼睛，"庵堂又不是他的，凭什么不让我出门？！"

"那个……"捕快为难了，"陶捕快，不如你和大人说一声？我只是奉命行事。"

飞染没有料到，宋青沫竟然下令不许她出门，简直太过分了！她比了比拳头，生气地说："你让开，不然我揍你哦！"

捕快一听这话，高兴地说："陶捕快，你把我打晕吧！"

"无缘无故的，我干吗打晕你？"飞染很为难。

"陶捕快，你把我打晕了，我就不能拦着你出门了。"捕快再次恳求。

"你让开，我就不打晕你。"飞染再接再厉。

两人争执间，宋青沫闻声赶来。

"大人！"守门的捕快第一次觉得，冷冰冰的上司简直是自己的大救星。他大声回禀，"大人，陶捕快想要出门。"

飞染看到宋青沫，猛地推开捕快，一溜烟跑出大门，嘴里疾呼："大白，快跑，快跑！"她飞身上马，使劲夹住马肚子。大白嘶叫一声，撒开蹄子往山下疾奔。

飞染大叫："大白，快跑，这次决不能被踏烟追上。等我们到了江南，我给你买很多糖吃！"

101

大白好似听懂了她的承诺，愈加卖力地奔跑。

突然间，一声口哨响彻山谷。欢腾奔跑的大白嘶叫一声，慢慢停下脚步。

"大白，你怎么了？快跑啊！"飞染莫名其妙，不知道它为什么停下。

"噗，噗！"大白摇头晃脑，一百八十度转身。

飞染慌了神，使劲拽住缰绳，试图引导大白下山。

随着又一声口哨，大白往净心庵飞奔。

"停下，停下！"飞染闹不明白怎么回事，急得快哭了！大白这匹坏马，怎么能不听她的话，驮着她跑回骗子身边呢！她高声威胁："大白，你再不听话，我不喜欢你了！"

净心庵门口，宋青沫眯着眼睛旁观飞染与大白奋斗。她居然计划偷偷逃跑，还付诸了行动。原来她一直打着这个主意。虽然是他有错在先，但她不声不响离家出走的行为实在要不得。

飞染目瞪口呆，眼睁睁看着宋青沫距离自己越来越近，好整以暇地等待她自投罗网。突然间，新仇旧恨涌上她的心头。

哼！一定是他吹口哨，引诱大白背叛她。大白不听话，她可以用跑的。

飞染挑衅般横了宋青沫一眼，从马背上一跃而下，使出轻功往山下飞奔。

宋青沫愣了一下才回过神。"站住！"他赶忙追了上去。

才不理你呢！飞染默默在心中吐槽，拼尽全力往山下奔跑。

两人你追我赶，不多会儿就到了山脚下。飞染不知道"南方"在哪里，只能一路往南跑。她越跑肚子越饿，委屈之情涌上心头。

宋青沫不得不承认，飞染的轻功着实不错，再加上他罚站了一整晚，此刻的他不但没有机会截住她，反而有些力不从心。

渐渐的，可能失去飞染的恐慌令他焦躁不安。如果不是他及时发现，她真的有可能离他而去。

"飞染，停下！"宋青沫高呼。

飞染只当没有听到。她同样跑得气喘吁吁，上气不接下气。

"飞染！"宋青沫疾呼。

"你不要过来！"飞染转身呵斥宋青沫，弯腰捡起路边的石子，大声威胁，"你再跟着我，我就用石头扔你！"

宋青沫无言以对。他深吸一口气，缓和了语气，好声好气地说："飞染，不管怎么样，你先听我解释……"

"我不听！"飞染抓起一颗石子，使劲朝宋青沫扔过去。

宋青沫眼见石子伴随疾风朝自己飞来，他条件反射般侧身闪躲。石子瞬间飞出十几丈，"咚"的一声掉在大路中央。

飞染很生气！他居然轻而易举躲开了她扔的小石子，双脚没有移动分毫，就连眼睛都没有眨一下，可见他的武功比她高出许多。

她挑了一颗最大的石子，狠狠朝他扔过去。

宋青沫把他的表情看得分明。刚才他避开了，她好像很生气。这一次他不闪不躲，任由石头打在肩膀上。他闷哼一声，后退了半步。

飞染顿时更生气了。她以为他会躲开，这颗石子她使了十分力气。她本来就力气大，他又不是不知道，他为什么不躲开？

她"哗啦"一声扔下手中的石子，转身就跑。

又跑！宋青沫快疯了。他无心与她比耐力，提气疾走几步，一个纵身飞跃终于挡住了她的去路。

"你让开！"飞染绕开他，往路边的树林跑去。

宋青沫轻叹一口气，再次挡住她的去路。

"你让开，我再也不要看到你。"飞染再次绕开他。

"飞染！"宋青沫伸手抓住她的手腕。

"我不要听你解释，总之是你骗了我。"飞染使劲想要掰开他的手指，可她无法挣脱。

"你欺负我！"她抡起拳头捶打他，又不敢太用力，心中更是委屈，眼泪涌上了眼眶。

"你先听我解释……"

"我不听。"

"飞染！"

"不管你怎么解释，你就是骗了我。"飞染使劲挣扎。

宋青沫手足无措。除了飞染，唯一与他有接触的女人只剩下他的母亲。他的母亲再不靠谱，也不会对着儿子又踢又叫。谁来告诉他，他应该怎么办？

飞染也不知道自己想怎么样，总之她就是很生气。可她依旧喜欢他，她也不想离开他，以后只能和大白相依为命，可他骗了她。

她不知道自己怎么了。她明明讨厌他居然躲开了她扔的石子，可是他没有躲开，她更生气。

"你放开我！"她的声音已经染上哭腔。

宋青沫不想放手，又怕自己捏疼她的手腕。他转而抱住她的肩膀，坚定地说："我不会放手的，这辈子都不会！"

"你就只会欺负我！"飞染控诉，使劲挣扎。

宋青沫生怕她弄伤自己，一心只想尽快结束这场力量与耐心的角逐。可他应该怎么办？

卑鄙就卑鄙吧！从今往后她大概再也不会认为他是好人，那就让他当一个彻头彻尾的坏人算了。

宋青沫一手搂住她的肩膀，一手抬起她的下巴，用嘴唇堵住了她的声音。

飞染猝不及防，睁大眼睛瞪他。他们在吵架，他居然还有心思吻她！她大力推他，可他抱得太紧，她的挣扎根本就是螳臂当车。

她用力踩住他的脚背，他没有退开；她想踢他；可他已经先一步把她压制在树干上。他整个人紧贴她，她压根动弹不得。

宋青沬本来只想让她安静下来，可亲吻她就像已经上瘾，她的挣扎更让他心生征服的渴望。她是属于他的，从小时候的第一次相遇，她就注定只属于他。

他的理智消失殆尽，他已经忘了，他们正在吵架。他顺应着心中的渴望吸吮她的嘴唇，把她禁锢在自己怀中。她的身体柔软馨香，而他又累又饿，只想用她的体温慰藉自己。

他的手臂从她的肩膀滑向她的腰际，手掌慢慢描绘她的曲线。粗粝的树皮滑过他的手背，皮肤一阵阵微麻刺痛，可她的身体又是那么温馨诱人，他的掌心清楚地感受到她的温香。这简直是冰火两重天一般的酷刑。他迫不及待想要加深这个吻。

飞染不明白，她明明很生气，为什么她又脸红了，为什么她的心口跳得好快。他不只欺骗了她，他还教唆大白背叛她。他明明说过，把大白送给她，结果大白还是听他的。

她讨厌他站在院子门口看她的眼神，仿佛她永远都逃不出他的手心。她越想越生气，一口咬住他的嘴唇。

她以为他觉得痛了，自然会松开她，可他没有！她气急，用力咬下去，血液的腥甜味在他们的唇齿间弥散。

飞染慌了神，赶忙松开牙齿。宋青沬不只没有退缩，反而更忘情地与她唇齿纠缠。他确信，她同样喜欢着他，她狠不下心真的伤害他。

淡淡的血腥味在缠绵的亲吻中渐渐消散。宋青沬根本不觉得痛，他快喘不过气了，可他不会放开她的。他粗鲁地拥抱她，手指深陷她的发丝。他几乎侵吞她的呼吸，恨不得与她一起融化，再也不分彼此。

飞染几乎忘了他们正在吵架。他从来没有这么"可怕"，可她一点都不觉得害怕。她一向最讨厌别人骗她，所以她很生气。因为是他欺骗了她，所以她更加生气。

可是除了生气，她依旧喜欢他。即便他欺骗了她，她依旧喜欢他。她生他的气，也气自己。

飞染分不清自己的情绪，更不知道应该怎么办。她喜欢他，喜欢得心都痛了。不知不觉中，她伸手环抱他。

她的拥抱对宋青沬而言简直是莫大的鼓励。他爱她。十多年前，当他第一眼看到她，她已经独占了他的心。他曾经怨她忘记了他们的童年时光，事实上，她忘记了他，仅仅因为她太过思念他。

小时候，他们之间的感情或许称不上爱情，但他没有一刻忘记她，那种刻骨铭心的思念早已深入他的骨髓。

十多年过去了，即便她忘记了他，她依旧爱上了他。

他抬头凝视她，她眼神迷离，双颊绯红。他情不自禁再次贴上她的红唇。这一次不再是掠夺与征服，他只想呵护她，他只想用行动告诉她，他有多爱她。

飞染彻底放弃了抵抗，可是她好难过。即便他欺骗了她，她依旧那么喜欢他。她没再试图推开他，任由他拥抱自己。

许久，宋青沫低声恳求："飞染，先听我解释，好不好？"

飞染抿嘴不语。她气恼自己，他一定已经知道，她仍旧喜欢他，如果她继续坚持，她想去南方，未免太矫情了。可是如果就这样原谅他，以后他再骗她怎么办？

"飞染？"宋青沫抓着她的肩膀，低头注视她的眼睛，"我知道，你很生气，你可以惩罚我，打我骂我都可以，但是不可以一个人一声不响离开……"

"你解开衣服给我看看。"

"什么？"宋青沫的脑子"轰"的一声失去了思考能力。自从他意识到，他爱上了飞染，陌生的欲望同时被唤醒了。因为她是他的妻子，这些日子他一直很努力地克制着身体的渴望。

此时此刻，失去她的恐惧令他不安，他很想完完全全拥有她。这不仅仅是身体的渴望，更是心理上的迫切感。他目光灼灼看着她，吞吞吐吐地说，"第一次……其实……去八角镇的客栈，可能比较适合……"

飞染奇怪地看他一眼，只见他傻呆呆地望着自己。她索性一把抓住他的衣领，粗鲁地扯开他的衣服。

"飞染！"宋青沫又想阻止，又满怀期盼。

"都肿了！"飞染又想哭了。即便他欺骗了她，她也不想看到他受伤。

宋青沫顺着她的目光看去。原来是他的肩膀肿了，她只是替他检查伤口，他想到哪里去了。他尴尬地移开视线。

飞染生气地质问："你明明可以躲开的，你为什么不躲开？"

宋青沫委屈地辩驳："第一次我躲开了，你很生气，所以……"

"所以你就故意让自己受伤吗？我不会同情你的！"飞染嘴上这么说，脸上却写满了心疼。

"没事的，过几天就消肿了。"宋青沫试图拉起衣领。

"很疼吗？"飞染摸了摸口袋，她没有带金疮药。

宋青沫看着她的神情，心头一热，在她耳边低语："其实只要你亲一下伤口，它就不疼了。"

飞染后退一步，气呼呼地说："大人，你又在骗我吗？"

一个"骗"字，两人之间刚刚缓和的气氛瞬间又变得紧绷了。

宋青沫借着整理衣领的动作，心虚地不敢看她。飞染低头看着地上，脚尖有一下没一下踢蹬地上的石头。

短暂的沉默中，宋青荇急切地抓住她的手掌，却又不知道从何说起。

飞染没有挣脱，小声说："大人，我喜欢你，真的非常非常喜欢。就在刚才，我都决定永远不理你了，我还在担心你会不会饿肚子，会不会又因为坏人伤心难过。我喜欢大人，我很想和大人永远在一起。可是你不能因为我喜欢你，就随便欺负我。"

"不是这样的……我的意思……"宋青荇语无伦次。

飞染认真地说："因为我喜欢你，你欺负了我，我会更伤心的。昨晚，我真的很想永远都不理你了。"

"对不起。"宋青荇艰难地道歉，一把把她拽入怀中，"我也喜欢你，比喜欢更多，你明白吗？我可以为你做任何事……"

"可是你欺骗了我！"飞染的声音染上了哭腔，"师父说，受骗过第一次，就再也不能相信那个人。我不想不听师父的话，可我还是喜欢大人。我不想这样的，可是喜欢就是喜欢！"

宋青荇的心都快化了。她真的好傻，又让他好感动。

飞染悄然环住他的背，偷偷把眼泪抹在他的衣服上，小声说："大人，你以后都不要再骗我了，不然我会很伤心的。"

宋青荇试着解释："飞染，我会武功的事，我的确不应该欺骗你，但是关于你师父的死……"

"昨晚我都听到了。"飞染抬起头看他，"可是大人怎么知道，我得悉真相以后，一定会被仇恨蒙蔽双眼，一心只想着报仇呢？"

宋青荇表情微室。他的确不知道，可他不敢冒险。

"大人骗了我，我固然很生气，但最让我生气的事，骗人的不是别人，是你。因为是大人，我才特别特别难过……总之，我也说不清楚，就是觉得特别伤心……"

"我明白。"宋青荇的心一阵阵抽痛，"但是就像我昨晚说的，我只是希望……"

"大人，你还是没有明白！"飞染气恼地推开他，"你会武功之类的事，都是小事，我生气一下就算了，可师父的事不一样！师父是我唯一的亲人，你怎么能欺骗我呢？"

"飞染……"

飞染一本正经地说："大人觉得，你这么做是为了我好，可是你又不是我，怎么知道什么才是对我最好的？如果我没有听到你和宋大哥的话，大人又没有找到真凶，你是不是打算瞒我一辈子？就算你找到了真凶，到时候大人会不会又觉得，为了不让我难过，根本不需要告诉我事实？"

宋青荇很窘迫。他自小聪颖过人，师长从来不会用教训的语气对他说话，飞染明显在"教训"他，而他说不出反驳的话，因为他的确想过，或许她永远不需要知道真相。

飞染认真地问："以后遇上其他人的事，大人是不是又会觉得，你是为了我'好'，替我做决定是应该的，甚至再一次故意欺骗我？"

宋青沫张口结舌。从小到大，他早就习惯凡事由他做决定。他从来没想过，飞染会说出这样的话。

飞染失望地后退一步，绞着手指低声说："我没有大人聪明，读的书也没有大人多，就连武功都不及大人，可是我自己的事，师父的事，我不想别人瞒着我。如果大人做不到，那……"她努力忍住眼泪，"如果大人做不到，我宁愿一个人去南方，再也不要看到你了。"

"飞染！"

"我是说认真的！"

宋青沫沉默了。或许飞染自己都没有意识到，但他听明白了，她在告诉他，如果他想娶她，就得学会尊重她。这辈子她注定只能是他的妻子，他自然会尊重她，但他说的"尊重"，和她想要的"尊重"似乎又是不同的。他也有些糊涂了。

一直以来，女人只能依附男人而生，丈夫替妻子做决定是天经地义的事，可他忘了，飞染是息嗔师太养大的，息嗔师太是镇北将军的独女，她和京城那些养在深闺的娇女是不同的，她根本不觉得自己必须依附任何人。她答应嫁给他，单纯只是因为她喜欢他，仅此而已。

他低头注视飞染。

飞染看到宋青沫只是一言不发盯着自己，顿时有些急了。她鼓着腮帮子威胁："大人如果不答应，就算你今天把我抓回去，下次我还是会逃跑。到时候，我绝对不会带着大白那个叛徒！"

宋青沫失笑，牵起她的手。

飞染想要挣脱，想想又放弃了。她侧头看着他，紧张地等待他的回答。

宋青沫得寸进尺，与她十指紧扣。

飞染来不及瞪他，就听到他问："飞染，你能先回答我一个问题吗？"

"什么问题？"飞染侧目。

"我们成亲后，你还想继续当捕快吗？"

"当然想！可是……"飞染耷拉下肩膀，"大家都说，成亲之后我就只能待在家里。我不会让大人为难的，不过到时候你会偷偷带我去衙门吗？不用经常，偶尔就可以了，我喜欢看大人办案，更喜欢抓犯人。"

宋青沫又问："你口口声声去南方，你知道南方在哪里吗？"

"我知道，乘船渡过长江就是南方了。"飞染脱口而出。

"就这样？"

"不然呢？"飞染反问。

"你到底知不知道，一个人上路有多危险？"宋青沫生气了，"你以为一路往南走就是南方了吗？就算你侥幸到了江南，你没有户薄，人生地不熟，你打算在哪里落脚，以什么谋生？"

飞染皱了皱眉头。她好像真的没有想过，而且她除了当捕快，也不会干其他的活儿。就算是当捕快，她也不够资格，平日里都是大家照顾着她。

飞染瞪一眼宋青莯，气愤地说："大人，你不要顾左右而言他，你还没有答应，以后都不会随便替我拿主意，也不会再骗我……难道你不想答应，所以……"

"笨蛋！"宋青莯把她揽入怀中。他的飞染不是一般的闺秀，他答应过她，给她最广阔的天空。

他说出了自己的决定："这辈子，你只能和我在一起。不过，既然你那么喜欢南方，我们就一起去南方，我带你私奔吧！"

"私奔？"飞染皱眉。她在书上看过这个词，她记得私奔是不对的。她摇着头说，"我不能和大人私奔，因为不能让白姨和宋伯伯伤心……"

"你居然知道什么是私奔？"宋青莯十分惊讶。飞染很单纯，压根不会隐藏自己的想法，可他经常看不懂她。她就像一个奇怪的谜题，比朝堂上那些老狐狸更难琢磨。

飞染眨了眨眼睛，表情仿佛在说，我不应该知道什么是私奔吗？转念间，她不高兴地说："大人，你又想诓我吗？"

"飞染！"宋青莯哭笑不得，他真是自作孽不可活。

"好吧。"飞染嘟着嘴嘀咕，"因为我喜欢大人，我就姑且相信你，以后都不会骗我。"

宋青莯叹一口气，揽着她的肩膀说："我明白你想要什么，以后我不会替你拿主意，不过你也要答应我，不可以冲动行事，有什么事不明白，或者遇上什么不高兴的事，得第一时间对我说，特别是一些重要的事，必须和我商量……"

"我答应，我答应！"飞染笑眯眯点头，"不过什么才算重要的事？去哪里吃饭之类的，算不算重要的事？"她轻抚小腹，她的肚子好饿，都快前胸贴后背了。

宋青莯把她的动作看在眼里，牵着她走出树林，笑道："其实也不算私奔，父亲母亲很乐意看到我们成亲，我的意思，等我们成亲后，我带你游历大周，去不同的地方抓坏人……"

"真的吗？成亲以后我可以继续当捕快？"飞染的眼睛明亮如钻石，转念间又耷拉下肩膀，"可是我想先抓住害死师父的凶手……"

宋青莯回答："我们第一站就去琼州，正是为了这件事。"

"大人，师父的死，和琼州有什么关系？"

"暂时我也不知道。"宋青莯叹息，"现在可以追查的线索只剩下客栈房间里的迷香和隐身跃入长公主府的探子。如今基本可以确认，那名探子是为了栽赃长公主。而迷香是小青提供的，她极有可能来自琼州。"

"琼州？"飞染皱眉，"小青会不会和现在的永安侯夫人有关？"

宋青莼回答："卫大志说，他是在八月十五左右遇见小青。我查过，永安侯府的下人及林瑾明夫妻都表示，陆萱随父亲上京述职，十月末抵达京城。虽然她突然上京有些奇怪，但在那之前，的确没有人见过她。既是如此，那么按时间推算，八月十五的时候她应该尚在琼州。"

飞染心生失望，闷闷地说："师父这么好，为什么有人要害死她？"

宋青莼提醒她："你不是说，知道了真相也不会只想着报仇吗？"

飞染一本正经地说："大人你放心，我不会像案卷中的那些人一样，因为这件事就变成坏人。大人看到很多人因为'仇恨'变坏了，可是在大人没有看到的地方，有更多的人并没有选择不择手段地报仇。"

她又在安慰他吗？宋青莼摸摸鼻子，轻轻笑了起来。有时候他的确太悲观了，所以他正需要飞染的乐观积极。

两人边走边聊，回净心庵处理了案件的后续。当晚，他们赶不及回京，只能留宿八角镇。

月上中天时，飞染再次看到月下的合欢树。这些年，她一直想知道，是谁种下这棵树，结果那人竟然是她的三哥哥。

宋青莼揽住她的肩膀，低声说："小时候贪玩，选中这棵树苗之后，我把我们的名字刻在了树干上……"

"真的？我要看！"飞染迫不及待。

"都这么多年了，树都不知道蜕了几层皮，哪里能看到。"

飞染有些失望，马上又释怀了。不管过去怎么样，重要的是以后。她指着围墙的高处说："大人，我还没有从上面往下看过这棵树。以前师父和陶妈妈都不许我在外面显露武功。现在，不如我们爬上去看看吧？"

宋青莼虽然不忍心拒绝她，心中不免觉得此举有些孩子气。不过当他们坐上屋脊，头顶是皎洁的明月，脚下是巨伞般的合欢树，再加上身边的她絮絮叨叨说着无关紧要的话，那种幸福与美妙，就连他身边的空气都透着甜蜜。

他们相依相偎，仿佛有说不完的话。夜色中，宋青莼再一次发现，只要和飞染在一起，哪怕只是静静地坐着，也是一件令人愉悦的事。

第 11 章 愤怒

第二天一早，在飞染的坚持下，她独自去了息噴师太坟前。

宋青苹在山脚下等她。小半个时辰后，当他看到飞染红着眼睛折返，又是心疼，又是自责。

午后，两人骑马回到刑狱司，宋青苹在书房处理公事，飞染则回屋补眠去了。

太阳快要下山的时候，陶氏唤飞染起床。

飞染迷迷糊糊睁开眼睛，奇怪地问："陶妈妈，你有事找我？"

陶氏眉头紧锁，一副心事重重的模样。

飞染请她坐下，笑着说："陶妈妈，我和大人都说清楚了，你不用担心。大人说，等过完年，我们成亲之后，他会带我去琼州……"

"哦哦哦！"陶氏比手画脚，一脸急切。

飞染全身上下洋溢着幸福的气息。她走到窗口，望着宋青苹办公的地方，高兴地说："我知道琼州很远，在大周的最南面，不过只要能和大人在一起，去哪里我都不怕。"

"小姐。"雪雁在回廊上向飞染行礼，"山柏刚过来传话，大人请小姐过去说话。"

"咦，又到吃晚饭时间了吗？"飞染的眼中满是笑意，回头对陶氏说，"陶妈妈，你放心，我不会再和大人怄气了。"说完这话，她迫不及待去找宋青苹，走了几步又折回房间，挑了一对耳环戴上，临走不忘对着铜镜照了照。

陶氏看着飞染脸上的神采，那种仿佛从心底溢出的幸福与甜蜜让她心头酸涩。她远远望着小主子的背影，在廊下枯站许久。

入夜，陶氏左顾右盼，悄悄从刑狱司的后门离开，低头走在无人的小巷。她再三确认，并没有人跟踪自己，拿出一块头巾包住大半的脸颊，整个人没入黑暗中。

小巷寂静无声，黑沉沉的围墙在青灰色的地砖上留下一道黑影，陶氏几乎可以听到自己的脚步声。不多会儿，她在路口停下脚步，四下张望。

突然，一个黑影不知道从哪个角落冒出来，蹑手蹑脚靠近陶氏。

陶氏猛然回头，黑影抡起手上的重物，狠狠击打她的头颅。

陶氏睁大眼睛瞪着来人，右手捂住头部的伤口。黑影挥手又是一击，陶氏"咚"的一声摔倒在地上。

黑暗中，马蹄声由远及近。黑影跃上马车，马儿嘶叫一声，铁蹄踏过陶氏的尸体，消失在夜色中。

刑狱司内，飞染一早去找陶氏，等了半晌都没人应门。她伸手推开房门，就见床铺整整齐齐，并不见陶氏。

飞染跑去院子门口询问守门的婆子，得知陶氏自从昨晚出门之后一直没回来。她万分惊讶，这才想起昨天的陶氏似乎满腹心事，说话吞吞吐吐的。

她赶忙跑去前院询问，没有人见过陶氏。

早饭过后，飞染愈加焦急。她左等右等都不见宋青菉，决定亲自上街找人。俞毅放心不下，要求与她同行。

两人在街上走了大半个时辰，听到百姓议论纷纷，五城兵马司大早上发现了一具女尸，对方四十多岁的模样。尸体已经送去京兆府。

飞染听到这话，朝京兆府飞奔。当她气喘吁吁抵达公堂，就听到判官高声宣布，死者被马车不慎撞死，死因无可疑。

她朝地上看去，一块沾染着血迹的白布盖住微微隆起的尸体，衣袖的一角正是她熟悉的图案。顷刻间，她的双脚似有千斤重。

飞染没有勇气揭开白布，她害怕看到陶氏像师父一样，冷冰冰地躺在自己眼前。

俞毅发现她的神色不对劲，上前几步揭开白布，就见陶氏满身鲜血，怒目圆睁，黑眼珠子几乎蹦出眼眶。他赶忙命人通知宋青菉，对着判官抱拳施礼，请求把尸体送去刑狱衙门。

京兆府与提点刑狱司素来不和，判官故意与他们为难，不愿意放行。

俞毅冷着脸对判官说："大人，难道您已经找到肇事马车，可以结案了，所以不需要刑狱司帮忙？"

判官被他噎了一句，反唇相讥，坚决不允许他们带走陶氏的尸体。两人争执了几句。

一旁，飞染半跪在陶氏身边，伸手阖上她的眼睛，怔怔地盯着指尖沾染的血污。她们来到京城才几个月，陶氏几乎日日都在刑狱司，鲜少出门，怎么可能偶尔出门一趟就落得横尸街头的下场？

"吵什么！"赵维明闻讯赶来，目光掠过俞毅落在飞染身上。他咳嗽一声，装模作样地询问判官，发生了什么事。

判官简明扼要地陈述事情的经过。

未等他说完，赵维明皮笑肉不笑地质问俞毅："俞捕头，不过是马车不小心撞了人，刑狱司就连这么小的案子都要插手，以后整个京兆府是不是只需要点个卯就够了？"

他冷哼一声，仰着下巴说："就算宋大人有心接手此案，至少也该递个公文才合乎规矩吧？"

俞毅早就猜到，京兆府不可能痛痛快快交出陶氏的尸体，他不过是拖延时间，等宋青菉赶来罢了。

他询问赵维明:"赵大人怎么知道,马车不小心撞了人,而非故意杀人?在赵大人眼中,人命难道只是小事?"

赵维明沉下脸,冷声说:"总之,你们想要带走尸体,拿宋青莯亲笔签署的公文过来!"

飞染站起身问他:"赵大人,我为什么不能把陶妈妈带回去?"

"对,敢问赵大人,既然您已经把此案判定为意外,受害人家属为何不能领回尸体?"宋青莯说话间,已经大步走到飞染身边,用眼神安抚她,暗暗深吸一口气平复喘息。

飞染原本没有哭,可是当宋青莯走到她身边,眼泪瞬时模糊了视线。她哽咽低语:"陶妈妈死了。"

"我们一定会抓住凶手的。"宋青莯低声安慰她。

赵维明轻咳一声,义正词严地说:"宋大人,即便你决定接手这桩案子,也该按规矩办事吧?"他的不满溢于言表。

宋青莯笑了笑,不紧不慢地说:"赵大人没有听清楚吗?我只是想知道,为什么受害人家属不能领回尸体?"

赵维明呆了呆。

边上的判官一心想在上峰面前博表现,对着宋青莯说:"宋大人,案子尚未有结论,尸体必须留在京兆府。"

俞毅"咦"了一声,朗声说:"这位大人,刚才我亲耳听到你说,此案是肇事逃逸,难道这不是你的结论?"

赵维明不理会俞毅,对着宋青莯说:"宋大人,不是我故意与刑狱司为难,是你的手下突然闯入京兆府的公堂,不由分说就要带走受害人……"

"赵大人,您有所不知。"俞毅对着赵维明行礼,又回头向宋青莯道歉:"大人恕罪,卑职本来只是带陶捕快前来旁听的,结果这位判官大人就连白布都没有揭开,就判定陶妈妈是被马车撞死的。卑职一时情急,这才请求判官大人……"

"不是这样的!"判官急了,"他们进门就说……"他的声音渐渐弱了。满屋子的人都知道,事实并非如俞毅所言,可他竟然无法反驳,毕竟他的确没有揭开白布就下了结论,他也无法证实,俞毅和飞染是不是过来旁听的。

大堂的中央,宋青莯低头看一眼尸体,不轻不重地批评俞毅:"以后不可以妄下结论,擅作主张,知道吗?"

"是!"俞毅拱手退至宋青莯身后。

宋青莯转而对赵维明说:"赵大人,我已经教训过俞捕头。现在可以审案了吗?"

赵维明干笑一声。他在宋青莯面前吃过太多暗亏,长公主又叮嘱他,不可与宋家为敌。他不想继续纠缠,扬声说:"既然宋大人亲自来了,移交手续没必要急在一时,你们先把尸体抬走吧!"

宋青荍道一声谢，客客气气说："既然赵大人这么说，那我就代替飞染先把尸体领回去。另外，赵大人打算如何缉拿凶手，什么时候能给我们一个交代？"

赵维明差点以为自己听错了。他对宋青荍说："宋大人说笑了。以宋大人的能力，哪里需要京兆府协助你捉拿凶手？"

宋青荍假装诧异，不解地问："赵大人，这其中是不是有什么误会？这是京兆府的案子，为什么是京兆府协助我破案？"

赵维明回过味来，顿生恼意。一辆马车在僻静的小巷撞死了人，扬长而去，尸体在第二天才被发现，任谁都抓不到凶手。此刻宋青荍推说案子是京兆府的，分明就是推卸责任！

他赶忙推脱："既然宋大人认识被害人，我自然应该把案子交由刑狱司侦办。"

"赵大人此言差矣。正因为我识得陶妈妈，这桩案子更应该交由赵大人审理，不然，恐怕会有人误会我徇私，又或者滥用职权等等。"

赵维明嘴角微僵。这几年，他不只一次在皇上面前指责宋青荍徇私，滥用职权。他掩下尴尬，讪笑着说："怎么会呢，众人皆知宋大人正直不阿。来人，替宋大人把尸体……"

"等一下！"宋青荍一脸正色，"我从未签署公文，由刑狱司接手此案。"

一时间，赵维明悔得肠子都青了。如果他一早让俞毅把尸体抬走，不就什么事都没有了吗？他都这把年纪了，干吗招惹宋青荍这个祸害，和一个嘴上无毛的小子怄气！

他缓和了语气，好声好气地说："宋大人，律法不外乎人情……"

"所以呢？"宋青荍冷笑。

赵维明呆住了。宋青荍毫不掩饰的讥诮就好像一个热辣辣的耳光甩在他脸上。他到底是京兆府尹，宋青荍的年纪又和他的孙子差不多，他恼羞成怒，冷声回答："既然宋大人不愿意接手此案——"他戛然而止，目光有意无意瞥向飞染，仿佛在暗示她，宋青荍根本不在乎她，才会接连推诿。

可惜，飞染压根不上当。

赵维明见状，一时间进退两难。除了挨家挨户搜查，他不知道如何寻找肇事者。京城这么大，就算京兆府的捕快日夜盘问百姓，想要把整个京城的百姓排查一遍，半年时间恐怕不够，到时候御史非参他扰民不可。宋青荍分明就是把他放在火上炙烤！

此刻，赵维明全然忘了，是他自己迫不及待跳上火炉的。

宋青荍犹嫌不够，不满地抱怨："赵大人，之前你旁观我审案，我都是以礼相待。"他的言下之意，赵维明至少应该给他搬一把椅子。

这话犹如火上浇油，赵维明的老脸顷刻间涨成猪肝色。宋青荍不提以前还好，一提以前，那简直就是新仇旧恨一起涌上心头。他咬着牙吩咐手下："去，给宋大人搬一把椅子。"

宋青荙道一声谢，又得寸进尺说，声称飞染是他的未婚妻。

赵维明简直怀疑，宋青荙是来找茬的。他的心中憋着一团火，只当没听到他的话，沉声命仵作进来验尸。

宋青荙冷眼观察他的神色，暗暗叹息。这么多年过去了，赵维明依然像炮仗，一点就着。他怎么就不明白，人在怒火攻心的时候最容易犯错。

不多会儿，京兆府的仵作低头步上公堂，小心翼翼地揭开白布。

"大人。"飞染有些急了，轻轻拉了拉宋青荙的衣袖。她不希望陶氏被仵作当众验尸。

宋青荙示意她少安毋躁。

赵维明冷眼看着两人之间的小动作。他怀疑，宋青荙没有办法破案，才会逼他审理此案。

一旁，仵作颤声说："大人，此人被马车撞倒后，又被车子碾压，当场死亡。"

一听这话，飞染怒不可遏。仵作站在尸体旁边看几眼，就算验尸吗？如果不是宋青荙对着她轻轻摇头，她真想揍人。

赵维明也知道仵作太武断了。他沉声喝问："验仔细了吗？"

仵作惶惶不敢应答。

宋青荙看到飞染的小脸皱成一团，决定速战速决。他对赵维明说："赵大人，我冒昧问一句，京兆府是否有一名姓李的仵作，单名一个'丰'字。"

"正是在下的父亲。"仵作诧异万分。

赵维明狐疑地审视宋青荙。

宋青荙解释："十五年前的九月初八，有一名陆姓的受害人被马车撞死，当时是李丰验尸的，尸格上写着，右侧额头有一指长伤口，胸口有马蹄印。"

赵维明不知道宋青荙在说什么，但飞染立刻明白过来。当日在林家客栈，她听得很清楚，陆安的父亲就是被红木椅子砸中头部，伪造成被马车撞死。

她朝陶氏看去。陶氏的额头确有伤口。难道她和陆安的父亲一样，是被谋杀的？

她焦急地看着宋青荙，仿佛在寻找答案，又像在寻求安慰。

仵作同样看到陶氏额头的伤口。他脱口而出："宋大人，死者头上的伤口很可能是马车撞上她的时候，她倒在地上摔伤的。"

"如果是摔伤的，她怎么会满手鲜血？"宋青荙从容地反问。

仵作顿悟。陶氏被马车撞倒，车子随即从她身上碾过，这不过是转瞬间的事。陶氏的衣服上既有马蹄印，又有车辙印，手臂被车子碾断，她不可能伸手触摸伤口，在手上留下鲜血。眼下只有一种可能性，陶氏被人打破头之后，再由凶手驾车碾过她的尸体。

赵维明同样明白过来，命令衙差找出十五年前的旧档案。

宋青荙在一旁补充："那桩案子是庆祥十三年的四十三号案卷。"

他说这话只是为节省时间，可是他的话听在赵维明耳中简直就是炫耀，甚至于，他怀疑宋青莯早就洞悉内情，故意给他难堪。

他皮笑肉不笑地说："既然是十五年前的旧案，未必有关联……"

"还是查清楚为好。"宋青莯笑了笑，对着半空抱手行礼，"圣上前几日刚刚下旨敦促各州县，务必清查旧案，杜绝冤假错案。"

赵维明在心中冷哼一声，暗道：明明是你在圣上面前进的谗言，圣上才会突然下旨。这会儿整个大周朝的大小官员，指不定有多少人正在恨你呢！

宋青莯似笑非笑看一眼赵维明，又道："不知道赵大人是否记得，三年多前，我还在大理寺当差，当时我对皇上说，凡是发生类似的案件，首先应该查清楚两桩案子之间的联系，包括受害人是否认识，他们是不是有共同的朋友，又或者有什么共通点。当时赵大人也是赞成的，我记得没错吧？"

赵维明敷衍一句，不敢正面回答，就怕宋青莯又想陷害他。

"赵大人，您不记得了吗？"宋青莯咄咄追问，眼睛紧紧盯着赵维明的老脸，"我记得赵大人的原话是，皇上圣明……"

"我记得自己说过什么，不劳宋大人重复。"赵维明依稀记得此事，但他哪里记得三年多前的某一天，自己说过什么话，不过他可不想宋青莯在众目睽睽之下复述那些他阿谀奉承皇上的话。

宋青莯笑了笑，没再继续往下说。

赵维明暗暗吁一口气，隐隐觉得不对劲。就在他忐忑不安之际，衙差送上一个沾满灰尘的薄薄信封。他接过信封，抽出薄薄的几张纸。他才看了两页，老脸立刻由白转青。

"赵大人，您怎么了？"宋青莯明知故问。

"两桩案子时隔十五年，他们之间怎么会有关系呢！"赵维明摇头否认。

"有没有关系，查过才知道。"宋青莯坚持。

按照旧卷宗上面的记载，宋青莯口中的"陆姓受害人"名叫陆泰，是陆昌建的父亲。

赵维明不愿意去找林瑾明翻查旧案，再次搪塞宋青莯："今日的死者断不可能与永安侯府有关。"

"赵大人想岔了。陶氏或许和永安侯府无关，但这并不等于两桩命案没有关联。"宋青莯顿了顿，忽然像是恍然大悟一般，一字一顿说，"赵大人一再推脱，莫不是知道什么内情，又或者——"

宋青莯加重语气，不悦地说："赵大人是不是觉得，我的未婚妻，成国公的未来媳妇不值得你派遣衙差去一趟永安侯府？"

宋青莯搬出成国公，赵维明不得不承诺仔细调查两桩命案的关联。

当飞染跟着宋青莯走出京兆府大门，她迫不及待追问道："大人，杀死陶妈妈的凶手真的与陆昌建父亲的死有关？"

宋青莯无法确切地回答。

115

飞染提醒他："大人，你答应过我，凡事都会对我实话实说。"

宋青荓无奈地叹息，不得不回答："我在很早以前就怀疑，是陶妈妈抱着你，投奔你的师父，而不是像她们说的，你被遗弃在庵堂门口。早前我私下向陶妈妈求证过此事，她否认了。"

飞染呆住了。

宋青荓牵住她的手，没有说话。

许久，飞染喃喃低语："陶妈妈知道他们是谁？不可能的！"她断然摇头。她口中的"他们"是她的亲生父母。

宋青荓牵着她步上马车，把她拥入怀中。

飞染又是震惊，又是难过。她靠着宋青荓的肩膀低声说："师父死了，陶妈妈也死了，为什么会这样？"

"不要为了杀人犯惩罚自己，这是你对我说的。"宋青荓温柔地轻拍她的背，"今天破例准许你哭一刻钟。哭过了，我们就该回去准备丧事，再想办法把凶手抓出来。"

"我不哭。"飞染擦干眼角的泪花。她不相信师父和陶妈妈会故意隐瞒她，可是她们死了，她就连问清楚的机会都没有。她问宋青荓，"大人，你为什么让赵大人调查陶妈妈的死？"

宋青荓无法回答。他总不能告诉飞染，他不喜欢林瑾明，不想与他有过多的接触。

"大人！"飞染催促。

宋青荓避重就轻地回答："或许只有林家的人才知道，陶妈妈是否与陆昌建的父亲有关……"

飞染急切地提议："那我们直接去问林侯爷。"

"飞染！"宋青荓满脸无奈。

"大人，你不喜欢林侯爷，那我一个人去问他。我骑马去郊外的庄子，傍晚就能回来。"飞染急不可耐。

"飞染，赵维明会去调查的。"

飞染摇摇头，认真地说："陶妈妈虽然是下人，但她把我养大，她不能死得不明不白。杀人偿命欠债还钱，我只知道这个道理！我们去找林侯爷问清楚吧！"

宋青荓看到她态度坚决，不忍心拒绝，无奈地点点头。

小半个时辰后，马车抵达永安侯府。

宋青荓吩咐山槐去门上递帖子，约见林瑾明。门子告诉山槐，林瑾明和陆萱一直都在郊外的庄子上住着，并没有交代回城的时间。

与此同时，山柏去了侯府的侧门，在下人中间打探消息。下人们言之灼灼，这两日庄子上并没有差人回来。

当山柏与他们谈及陆昌建当众杀人的事，仆人们马上闭口不言，用怀疑的目光打量山柏，很快做鸟兽散去。很显然，林瑾明下了封口令。

宋青莯得知这两个消息，与飞染骑马前往郊外。

林家的别庄内，林瑾明独坐窗前，一杯接一杯饮着茶汤。他与飞染明明只是萍水相逢，为什么他会觉得，宋青莯想要娶她，简直就像挖他的肉？这就是人与人之间的缘分吗？

飞染在净心庵的那番话伤了他的心，但是除了他的敏敏，他最喜欢的人依旧是她。这种喜欢不是他对敏敏那种男女之爱，更像是长辈对晚辈的疼爱。

飞染那么娇憨可爱，如果是他的女儿，那该多好啊！

林瑾明摇头叹息，想着飞染生气的模样，不知不觉笑了；可他一想到飞染的眼中只有宋青莯，心里满是酸楚。

"侯爷，夫人来了。"下人回禀。

林瑾明放下茶杯，把陆萱迎入屋内。他依旧嘴角含笑，眼中的温柔却已散去。

此刻，他仅仅是永安侯。他尽责地询问陆萱："夫人，你的身体好些了吗？怎么没有在屋内歇着？"他示意下人收走茶具，再奉上热茶。

陆萱笑着一一应答，垂眸掩去感伤。她的丈夫竟然没有发现，他们同住一个屋檐下，却已经两天没见了。

她递上手中的宣纸，说道："侯爷，这两日我闲着无聊，画了几个花样。您看，依着这几个花色给飞染打几套首饰可好？我们收她为义女，总要准备像样的见面礼。"

林瑾明闷闷地回答："我没有告诉你吗？那件事作罢了。"

"作罢了？"陆萱诧异，"发生了什么事？"

林瑾明解释："年后宋青莯应该就会迎娶飞染。"

陆萱反问："这事与我们收飞染为义女并不冲突，不是吗？"

"总之，那件事作罢了。"林瑾明不愿多做解释，转而叮嘱陆萱，"夫人是来庄子上养身体的，以后无须做这些费神的事。"

"不费神，我只是闲得无聊。"陆萱笑了笑。

林瑾明没有接话，拿起下人送上的热茶，揭开茶盖有一下没一下地吹着茶沫，怔怔地盯着清亮的茶汤。

陆萱独自站在窗口，神色有些尴尬。她干巴巴地说："难得飞染与侯爷投缘……"

"都说不要再提了！"林瑾明脱口而出，随即才意识到自己说了什么，赶忙向陆萱道歉。

陆萱呆呆地看着他。她鲜少看到林瑾明生气。

林瑾明十分尴尬，不自然地别开视线。

两人沉默半晌，下人回禀，宋青莯和飞染求见。

林瑾明赶忙命人把他们请进来，紧张地整了整衣领。

陆萱坐在一旁，远远看着宋青莯与飞染并肩走来。

宋青荗身穿靛蓝色绲边直裰，腰间绑着深蓝色宽束腰，腰侧的白玉用五福络子紧紧系住，俨然温润的翩翩公子。飞染身穿红衫黑裙，手上绑着黑色护腕，黑发高高束起，英气逼人。

他们的打扮极不相称，偏偏他们的步伐又是那么和谐。即便他们没有说话，但陆萱看得出，宋青荗一直分神注意着飞染，并且刻意放慢了脚步。

陆萱在林瑾明身上看到过同样的神情，那是一个男子把身边的女人爱到心坎里才会自然而然流露出的神情。十五年了，林瑾明从来没有用这样的目光看她，一次都没有。

一旁，林瑾明只看到飞染的眼眶红红的。她哭过吗？他想要上前询问，双脚刚刚着力，又颓然地坐回椅子上，端起茶杯抿一口苦涩的茶水。

转眼间，宋青荗与飞染走进屋子。四人相互见过礼，依次落座，陆萱率先开口，邀飞染去园中赏菊。

飞染婉拒，站在宋青荗身后轻轻拉了拉他的衣服，催促他赶快询问陶氏的事。

宋青荗回头冲她微微一笑，又暗示性地看一眼陆萱，希望她能够主动回避。

飞染沉不住气，单刀直入询问林瑾明："林侯爷，您或者您家的管事认得我身边的陶妈妈吗？"

"陶妈妈？"林瑾明疑惑地皱了皱眉头。

宋青荗解释："昨天夜里，陶氏被马车撞死了，死状与陆昌建的父亲一模一样。"

林瑾明和陆萱同时惊讶地抬起头。陆萱随即看向林瑾明。

飞染对林瑾明说："侯爷，你见过陶妈妈的，上次在树林中，就是你们折了马那次，我身边那个人就是陶妈妈。"

林瑾明对飞染点点头，表示他听到了，随即一本正经地反问宋青荗："宋大人，你为何觉得这两桩案子是有关联的？"

宋青荗早就猜到，林瑾明不可能如实相告，毕竟以他的身份，他必定以永安侯府的利益为先。宋青荗走这一遭，不过是不忍心让飞染失望罢了。他回答林瑾明："除了我刚才说的，陶妈妈同陆昌建的父亲一样，被人杀死之后，伪装成撞车意外，另外有一件事……"他顿了顿，看着林瑾明说："前一日，在净心庵，陶妈妈刚刚见过侯爷……"

"你怀疑她的死与我有关？"林瑾明沉下了脸。

宋青荗不甚真诚地回答："林侯爷，我不是这个意思。"

林瑾明反诘："那你是什么意思？"

陆萱察觉气氛不对劲，正要打圆场，飞染抢先开口："林侯爷，我们只想知道，陶妈妈有可能认识陆昌建的父亲吗？"

林瑾明听她问得急切，立马就心软了。他摇着头回答："我只在几个月前见过她一次。早一日在净心庵，我并没有注意到她。"他对着宋青荗说，"就算她的死因与陆泰一样，也可能只是巧合。"

飞染耷拉下肩膀，失望地说："大人，既然侯爷这么说，那我们回刑狱司吧。"

"侯爷。"陆萱轻唤一声，小心翼翼地建议，"不如叫陆大贵过来问一问，他随妾身从琼州嫁过来，又在京城待了十五年。如果飞染口中的陶妈妈和陆泰有交集，无论他们在京城认识，又或者在琼州相识，陆大贵一定知道。"

林瑾明从来不会在外人面前驳了陆萱的面子，更何况他也想让飞染安心，立马命人叫来了陆大贵。

不多会儿，一名五十岁上下的老头儿低头走入屋子，恭恭敬敬行过礼，垂首等待林瑾明问话。

宋青袾悄悄打量陆萱。陆萱年近三十，但她穿着银红色襦裙，衣领袖口绣着红艳艳的花瓣，耳朵坠着一对珍珠耳环。难道因为她的气色很差，所以她想把自己打扮得年轻些？

宋青袾忍不住幻想，飞染穿上这身衣裳虽然略显老成，但她的笑脸纯粹又明媚，才能压住那样的艳色。陆萱骨子里是沉闷的人，并不适合活泼的打扮。

"咳！"林瑾明轻咳一声放下茶杯。

宋青袾赶忙收回视线。

林瑾明询问陆大贵："前一日，我命你去净心庵认尸，你有没有见过一位姓陶的妈妈？"

陆大贵一板一眼回答："在下不知道侯爷所指何人。"

飞染急巴巴地描述："陶妈妈今年三十八岁，比我稍矮些，右边眉角有一颗痣……"她的声音渐渐弱了，她竟然说不出陶妈妈的其他特征。

陆大贵想了想，恭敬地回答："当日在净心庵，在下确实见到一位眉角有痣的妈妈，不过我并不知道她姓陶，她只是在院子里看热闹。"

陆萱追问："你仔细想想，以前有没有见过她，或者听陆泰提起过她？"

陆大贵微微一愣，肯定地回答："那天是我第一次见到她，陆泰也没有提起过她。因为她的眉角有一颗痣，我才注意到她。"

"那十五年前呢？"陆萱追问，"那时候她应该二十出头。或者更早以前，在琼州的时候，你有没有见过容貌相似的女人？"

陆大贵再次摇头，说道："回夫人，她眉角那颗痣很显眼，若是在下以前见过，一定记得。"

飞染很失望，回京的路上怏怏的，提不起精神。

宋青袾特意带她去乡间客栈吃饭，她吃了两口便放下了筷子，无精打采地问："大人，侯爷和夫人都不认识陶妈妈，接下去怎么办？"

宋青袾意味深长地感慨："人都会说谎。"

飞染惊讶地看他，急问："难道陆大贵说谎？他认识陶妈妈？"

"我不知道,查案不能操之过急。"宋青苃给她夹了一筷子鱼肉,示意她快吃,又状似不经意地问,"对了,林侯爷留我们吃午饭,你为什么不答应?"

"林侯爷不喜欢大人,大人也不喜欢他,不是吗?"飞染有一下没一下地拨弄鱼肉。

"那你呢?"宋青苃悄悄瞥一眼飞染,"你喜欢林侯爷吗?"

"不知道。"飞染皱起眉头,"起初我觉得林侯爷对先头的夫人真好,后来又觉得他挺可怜的。现在嘛,我也说不清楚,有时候觉得他挺可亲的,有时候又觉得他莫名其妙。"

宋青苃没有继续这个话题。他隐约觉得,息嗔师太的死与陶氏被谋杀是有关联的。可是从另一角度考虑,如果两件案子是同一人所为,师太自尽那天,陶氏理应被杀。

除此之外,宋青苃一直想不明白,从他的母亲及飞染的描述,息嗔师太就算不堪受辱自尽,也会选择与凶手拼命一搏,可当日的凶案现场毫无搏斗痕迹。性格刚烈的镇北将军之女面对全族被诛,都能教飞染乐观积极地面对生活,恐怕她的自杀并非因为被凶手强奸。

京城那厢,赵维明越想越觉得不对劲。他早就觉得长公主并不想得罪成国公,奈何白珺若处处与甄彦行不对付,才会令两家交恶。此番他调查陶氏的死是否与永安侯府有关,万一因此得罪林瑾明……那可是皇后娘娘的娘家啊!

赵维明思来想去都觉得不妥,一顶小轿去了长公主府。

顺昌长公主在先皇在位时极为受宠,直至先皇有意送她和亲,她才惊觉,自己是皇家的公主,并不是父亲的小女儿,匆匆嫁了甄彦行。

此时甄彦行以修书为名搬去了衙门,长公主坐在桌边,有一下没一下地擦拭兰花的叶子。自从甄彦行把他的书籍全部搬走之后,她已经很久没去圈养男宠的小院了。有时候她忍不住设想,如果她选择了和亲,会不会反倒比现在过得舒心?

"殿下,驸马来了。"下人回禀。

"嗯。"长公主点头,吩咐侍女抱走兰花。

片刻,甄彦行匆匆走来,生气地质问:"你不是同意……"

"啪"的一声,长公主扔下请帖,懒得与他废话。

甄彦行拿起请帖,一眼就看到成国公府的徽号。他疑惑地打开帖子,里面只写了请他们参加宋青苃与飞染的婚宴。

"我不明白。"甄彦行诧异万分。宋青苃明知飞染父母不详,竟然真的愿意娶她为正妻?

长公主嗤笑一声,冷声讥讽甄彦行:"你这辈子就只会自作聪明,枉做好人。"

甄彦行冷着脸说:"我不想与你做口舌之争。"

长公主嗤笑:"当年如果不是你自作聪明,你我怎会有今日?怪不得父皇一早说了,你是才子,但不堪大用。"

甄彦行没有说话，脸色更难看了。长公主指责他不配为人夫，可她哪有半点为人妻子的自觉。和离对他们而言都是解脱，他会替阿瑶好好照顾飞染，这是他唯一能为她做的事。

长公主冷笑一声。面对甄彦行的态度，她竟然不再生气，只是觉得自己很可笑。

她不耐烦地解释："别说我没有提醒你，宋青莯是成国公三子，提点刑狱使。既然宋家不求门当户对，那么他的妻子可以是白家没落旁支的远亲，也可以是平凡的小家碧玉，不过——"

她顿了顿，加重语气说道："宋青莯的妻子不可能是你和息嗔师太的女儿。先不说你，一旦离开了我什么都不是，就是蒋瑶，她明面上是罪臣之女，实际上……"

"我知道了。"甄彦行几乎从牙缝中挤出这几个字。他只想为蒋瑶做最后一件事，结果他又弄巧成拙了吗？他担心地问，"皇上那边……"

"早上我已经入宫解释过了，说是你弄错了，飞染不是你和蒋瑶的女儿。皇上原本很生气，皇后劝了几句，以后此事就当没有发生过。"说到这，长公主不由得想到皇后极力维护飞染的行为，她百思不得其解。

甄彦行听她这么说，再道一声"知道了"，转身就想离开。

"等一下。"长公主叫住他，不容置疑地说，"虽然飞染不需要你这个'父亲'，但是我要休了你并非嘴上说说而已。"

"随便你！"甄彦行头也没回，快步往外走。

长公主面露愠色。她刚要发作，下人回禀，赵维明求见。

第 12 章　颠倒黑白

赵维明一向以长公主马首是瞻。他生怕宋青莯设下陷阱陷害他，向长公主巨细靡遗地讲述了公堂上的种种。

长公主得悉事情的经过，差点骂他一声蠢货。她掩下怒意，说道："据我所知，林瑾明和陆萱都不在京城。既然你已经答应宋青莯，那就派人调查一下陶氏和林家的关系。"

听到这话，赵维明呆住了。想当年，长公主敢于当着先皇的面摔门，如今她竟然向二十出头的宋青莯示弱？

长公主端起茶杯吹了吹茶叶沫子，面无表情地说："这些年宋青莯虽然得罪了不少人，但是你仔细想想，哪一次是他主动招惹别人？你们欺他年轻，又妒他受皇上重用，结果被他反咬一口,一直咽不下那口气罢了。"

赵维明喉咙一哽,说不出反驳的话。他的确咽不下那口气!

长公主又道:"我上次就提醒过你,京兆府和刑狱司都是为皇上办差。另外,成国公夫人单纯看不惯甄彦行,单就我和她之间,并没有太大的矛盾。"

话说到这份上,赵维明急忙点头称是,心中一阵悲凉,不为自己,而是为长公主。

俗话说一朝天子一朝臣,皇家也是同样。皇上登基后,长公主虽然得了"长"字封号,可他们到底不是一母同胞。

长公主放下茶杯,压着声音说:"我知道你一心为我,才会对宋家不愤。当然,你也和很多老臣一样,总觉得宋青沫的年纪不及你们的孙子,你们却不得不对他低头,心中难免膈应,但是你也要想想,无论是本朝还是前朝,一共出过多少位大三元?他能坐上提点刑狱使的位置,仅仅因为皇上喜欢听他讲书?"

长公主这番话,赵维明深知其中的道理,可是谁没有点脾气呢?再加上宋青沫确实嚣张,宋航又极为护短,满朝文武除了逢迎拍马之辈,有多少人真心喜欢姓宋的?

可是换一个角度,宋家富贵,又有国公的封号,哪里需要别人喜欢。

纵使赵维明对宋青沫有再大的怨言,当下也只能点头应诺:"殿下教训的是,卑职这就回去安排。"

"你还是没有明白。"长公主失望地摇头,"如果宋航刚正不阿,深受百姓爱戴,宋青沫在朝堂左右逢源,广结士子同僚,皇上会怎么想?你呀!"她再次摇头,"不及他们父子十分之一。"

赵维明何尝不明白,可是大周朝只能有一个成国公。他连声称是,心事重重地走了。

长公主目送他的背影消失在院门后,想起甄彦行匆匆离开的脚步。她一个人独坐屋内,直至夕阳西下。

回首过去,长公主觉得,她仿佛做了一场很长的梦。

自从她嫁给甄彦行,父皇对她再不比从前。她用尽一切办法阻隔甄彦行与蒋瑶,却把他越推越远。从娇贵的公主到备受冷待的妻子,再到放浪形骸的荡妇,她就像作茧自缚的蛾子。

梦醒时分,她还有重新开始的机会吗?

入夜,暮色笼罩京城,白日的喧嚣消散在微凉的秋风中。

"扑通"一声,一个人影跃下围墙。

"山文!"魏铭上前搀扶甄山文,高兴地说,"上次救我们的大侠找到了,我把他安置在翠烟家里。走,我们去找他。"

甄山文点点头,赶忙跟上魏铭的脚步。

经过净心庵一事,甄山文从心底看不起魏铭,但他原谅了他。他早就是同窗之间的笑柄,大概只有魏铭这样的人才愿意与他结交吧?

夜色中，两人熟稔地走在曲折幽深的小巷。小半个时辰后，黑暗的尽头露出花花绿绿的灯笼，空气中弥散着淡淡的脂粉香味。

甄山文直到最近才知道，京城竟然有这样的好地方。

魏铭在没有挂灯笼的屋檐下站定，伸手敲了敲房门。

一名十七八岁的少女打开房门，对着甄山文盈盈一拜，低唤一声："公子，您来了。"

甄山文脸颊微红，不由想起两人缠绵悱恻的情景。

少女腼腆地低下头，春葱似的白嫩手指相互绞缠。她身穿月白色长裙，长发慵懒地斜拢在脑后，脸上未施粉黛，只在朱唇点了艳丽的红色。她的神色在腼腆中隐含凛然，又带着少女含羞带怯的娇媚，月光下恍若傲然枝头的白梅。

甄山文心头一热。那一天，是他强占了她的清白。

"山文，发什么呆啊，季大侠就在屋里。"魏铭推了他一下，转头悄悄打量翠烟。

他自认风流才子，自然阅女无数。翠烟在这条街上讨生活，又懂得撩拨伺候男人的手段，他可不信甄山文是她的第一个男人。

眼下，甄山文正在兴头上，他不好点破，横竖这些风尘女子多是为了银子。等甄山文的新鲜劲过去了，多给些银子打发她就是。

魏铭想到这，没再注意翠烟，引着甄山文朝正屋走去。

房间内，一名三十多岁的劲装男子对着他们"哈哈"一笑，大声说："两位公子不用这么客气，那天我不过是举手之劳，不足挂齿。"

魏铭赶忙回礼，恭恭敬敬地道谢："季大哥救了我们的性命，这是救命之恩，就算不能涌泉相报，也一定要谢的。山文不方便去酒楼，只能委屈季大哥在这里相见。"

"你们太见外了。"男人亲热地拍了拍魏铭的肩膀，笑道，"大家都是江湖儿女，不拘这些小节。你看，你们请我喝酒，我二话不说就来了。"

"季大哥是真侠士！"魏铭拱手行礼，向甄山文介绍，"山文，这位就是当日救我们的大侠，姓季，名世兴。"

甄山文赶忙与他招呼，认认真真向他道谢。

说话间，三人依次落座，翠烟紧随其后，立在一旁替他们斟酒。

席间，魏铭与季世兴相谈甚欢，甄山文年纪最小，显得有些拘谨，多半时候都只是羡慕地聆听季世兴讲述江湖轶事。

酒过三巡，魏铭红着脸说："今日得见季大哥，特别高兴，就连这酒也特别醉人。"平日里，他不是这么容易喝醉的。

"酒逢知己千杯少！"季世兴示意翠烟再替他们满上，关切地询问甄山文，"山文兄弟，你看起来满怀心事。如果你有什么为难的事，不如告诉哥哥……"

"还不是他家那些糟心事……"

"魏六哥！"甄山文急忙阻止魏铭。平日他很少饮酒，此刻早已双颊通红，脑子也昏昏沉沉的。

魏铭自知失言，赶忙再饮一杯黄汤，转头对季世兴解释："季大哥，你不要怪我们遮遮掩掩，实在是他……"

"我明白的。"季世兴笑了笑，"家家都有一本难念的经。我们大碗喝酒，大块吃肉，就是图个痛快，不说那些扫兴的事。"

"对，对，对！"魏铭忙不迭点头。

三人边谈边饮，魏铭在不知不觉中歪倒在桌子上。

季世兴见状，起身告辞。

甄山文摇摇晃晃送他至门口，约他明晚再见。他关上大门折返院内，只觉得胸口酒意翻涌，说不出的难受，又有难以名状的兴奋。

翠烟悄然行至他身后，低声说："公子，奴家替您煮一碗解酒茶吧。"

甄山文一把拽住她的手腕。

翠烟疑惑地看他。

月光下，甄山文看到她冷冷清清望着自己，素白的衣服下，微微隆起的胸脯上下起伏。

"公子，奴家卑贱，不能污了您的高贵。"翠烟轻轻扭动手腕，尖细的手指试图掰开甄山文的手掌，眼神带着欲拒还迎的娇媚，似勾引，又似挑衅。

"公子，请放开奴家。"翠烟轻咬嘴唇，炙热的目光直勾勾盯着他的眼睛。

甄山文看得分明，那艳红的嘴唇已经被她的皓齿咬出一道印迹。他情不自禁咽一口唾沫，心口跳得更厉害了。

"上一次您喝醉了，奴家不怪您……强占了奴家……"她的声音娇弱无力，仿佛可以掐出水来。

甄山文粗鲁地把她拽入怀中。

"公子，你别这样。"翠烟伸手推拒，身体却软软地依偎他。

甄山文的呼吸愈加急促。他听不到周遭的声音，不知道身在何处，他唯一能够感知的便是那软绵绵的女子，满脑子只有那销魂的交合滋味。

在他占有她的那一刻，他终于觉得自己像一个男人，一个真正的男人！

他是男人，他必须占有她，征服她。她越是抗拒，他越是要让她屈服。

一时间，天旋地转，甄山文仿佛看到所有人都在嘲笑他，笑他是野种。

他怨恨父亲对自己的冷淡，他曾经努力想要得到他的赞同。直到后来他才发现，原来他压根不是父亲的儿子。他是母亲圈养男宠的证据，他的存在就是一个笑话。

他的父母即将和离。他们把他丢在书院，不许他回家。他什么都不是，只是一个野种！

"野种"两个字就像是击溃甄山文的最后一根稻草。他想要毁灭，毁灭一切，所有的一切！

他一把扯开翠烟的衣服。

"公子，你干什么！"翠烟试图抓住领口，却露出了白皙的手腕，就连头发都散开了，泛出阵阵幽香。

"别动！"甄山文声音嘶哑，抓住她的手腕固定在身后。

"放开我！"翠烟扭动身体。她没有穿肚兜，此刻已经半裸上身。

甄山文瞳孔放大，眼神愈加狂乱。

翠烟见状，清冷地吐出一句："你就只敢这样吗？没种的男人！"

这话一下子触动了甄山文脑中的那根弦。他的母亲经常骂他父亲"没种"。

他狠狠一推，翠烟顺势仰倒在石桌上，任由衣襟散落。

"你就只有这点本事吗？"翠烟残忍地冷笑，脸上丝毫没有情欲的痕迹。

甄山文茫然地看着她，仿佛看到许许多多人都在嘲笑他。

翠烟伸手勾住他的脖子，在他耳边低语："没种的男人，你满足不了我……"

"我不是！"甄山文再也无法忍受。他一把扯下她的裙子，粗鲁地占有她，用力把她的臀部压向自己，仿佛想要借此动作毁灭她。

翠烟忍着身体的不适，起身勾住他的脖子，在他耳边低语："你满足不了我……"

"闭嘴！"甄山文发了疯似的抽插，眼神狂乱，犹如发疯的野兽。

不知何时，季世兴已经站在院子中央，冷眼看着肢体纠缠的两人。

翠烟与他交换一个眼神，不断用言语刺激甄山文。

甄山文浑然不知，他即将迎来一场噩梦。他的欲望就像脱缰的野马，但他感受不到半点愉悦，有的仅仅是无尽的羞辱。

他剧烈地喘息，狠命地冲刺。他的脑海中满是母亲斥责父亲的画面，还有旁人绘声绘色地描述，男宠如何伺候他的母亲。

他在翠烟身上胡乱抓捏，拼命想要征服她，仿佛只要她屈服了，他就能摆脱自己的父母，摆脱旁人的指指点点。

许久，他用尽了最后一分力气，身体一下子瘫软下来。

翠烟推开他，拢上自己的衣襟。

甄山文恍恍惚惚跌坐在石凳上。廊下的灯笼散发妖艳的红光，几乎将他吞噬。他大口地喘息，眼神涣散。

"没用的男人！"翠烟冷哼。

甄山文分不清这是翠烟在骂他，还是他的母亲正在骂他的父亲。

微凉的秋风中，季世兴上前几步揪住甄山文的衣领，几乎把他提溜在手上。他怒斥："大男人欺负一个女人，算什么好汉！"

"季大哥。"甄山文望着季世兴傻笑。他崇拜季世兴，他在街上救了他和魏铭，是真正的大侠。

季世兴拖着甄山文走到大门口，指着门外的醉汉说："欺负女人算什么本事，行侠仗义才是真丈夫。"

甄山文一脸茫然。

季世兴凑近他的耳朵，压着声音说："那个没用的男人，活着也是浪费粮食，你去把他杀了。"

"把他杀了？"甄山文像木偶一般重复他的话，没有明白话中的含义。

季世兴把一块石头塞入甄山文手中，低声重复："他是一个没用的男人，你把他的头砸开，你就是真英雄。"

甄山文呆呆地看着醉汉像虫子一般在地上蠕动，他仿佛看到自己正趴在地上苟延残喘。

他无法忍受那样的自己，他必须挣脱！他紧紧抓着手中的石块，拼命对自己说：只要往那人的头颅砸下去，一切就都结束了。

可惜，即便甄山文迫切想要毁灭那个男人，毁灭自己，可他迈不开脚步。

"公子，杀了他，你就是奴家眼中的真英雄。"翠烟依偎在甄山文身旁，柔软的身体有意无意磨蹭他的手臂，湿热的气息灌入他的耳朵，"杀了他，公子就是大英雄，奴家最崇拜大英雄。"

甄山文仿佛看到自己幻化成了两个人，一个像醉汉一样匍匐在地，一个高举石块大权在握。只要他杀死地上的自己，他就再也不是"没用的男人"。

想到这，甄山文怒气冲冲地跨出院门，径直走向酒醉的男人。

"杀了他，杀了他，杀了他！"他喃喃自语，汹涌的血气直往脑门冲，心口难受得仿佛快要炸开了。

院子门口，季世兴与翠烟对视一眼，嘴角掠过残忍的笑意。

几天前，季世兴的确救了甄山文和魏铭，不过殴打他们的小混混也是他安排的。至于翠烟，她自小受训，别说甄山文这种纯情小男生，就是纵横情场的风流浪子，又有几个能够逃出她的手掌？

他们冷眼看着甄山文抓起醉汉的衣领，举手就要把石块砸向他的头颅。

就在石块即将落下的那一瞬间，甄山文的手腕仿佛被雷劈中，整个人僵在了。

甄山文呆愣愣地看着醉汉。醉汉肥头大耳，满脸通红，正冲着他"呵呵呵"傻笑。

在甄山文看来，这人如此不堪，压根不配活在这个世上。转念间他又觉得，他是活生生的人，他不能杀人。他一时间难以抉择。

翠烟和季世兴看到他迟疑不决，一左一右走到他身旁。

"杀了他！掌控生杀大权，才是真英雄。你不是很想成为大英雄吗？"季世兴对着甄山文耳语。

"杀了他，我就是你的，你不想要我吗？"翠烟娇媚轻喘，手指有一下没一下撩拨甄山文的胸膛。

甄山文一味盯着烂醉的男人，季世兴与翠烟不停地在他耳边呢喃。

"闭嘴！"甄山文大喝一声。

季世兴深知，杀人极其容易，却又十分困难。今晚，只要甄山文踏出这一步，他就是他们手中的利刃。

他握住甄山文的手，看着他的眼睛说："这人终日流连花街柳巷，根本不顾父母子女的死活。这样的人渣全都死了，世道才会越来越好。你杀了他，这是为民除害。"

"公子，奴家最佩服大英雄。奴家把清白给了公子，公子可不能辜负了奴家。"翠烟哽咽乞求。

季世兴抓住甄山文的手腕，试图诱导他把石块砸向醉汉。他明显地感觉到，甄山文正在抵抗他的动作。他厉声呵斥："怎么，不敢杀人？你果真是孬种。"

"住嘴，都给我住嘴！"甄山文的眼泪夺眶而出。"我不是孬种，更不是野种！"他闭上眼睛，高高举起石块，哭着大叫，"你没用，我要杀了你，你死有余辜！"

"啊！"甄山文大吼一声，把手中的石块奋力砸向围墙，推开季世兴拔腿就跑。夜色中，他疯狂地奔跑，耳边只有"呼呼"的风声。

这一刻，路在摇晃，围墙在摇晃，天也在摇晃，整个世界都在摇晃。他口渴，他想呕吐，却只能奋力奔跑，发出痛苦的嗷鸣声。

那个醉汉就似软弱无能的他，他竟然没有勇气杀死软弱无能的自己！

季世兴与翠烟没料到事情的结局竟然是这样。季世兴吩咐翠烟："你去追他，我去处理尸体。"话毕，他捡起地上的石块，毫不犹豫砸向地上的醉汉。

第二天清晨，五城兵马司指挥使叶魁郁闷地盯着冰冷的尸体。

昨日，赵维明和宋青茱之间的争执他略有耳闻，这会儿他应该把尸体送去京兆府还是刑狱司？

"大人。"士兵指了指围观的百姓，暗示人已经越来越多。

叶魁骂了一句脏话，大声命令："娘的，两边都通知，至于尸体最后归谁，让他们自己商量着办。"

士兵提醒叶魁："大人，今日大朝，宋大人和赵大人肯定不在衙门，判官们做不了主的。"

叶魁又骂了一句脏话。他一点都不想成为赵维明和宋青茱之间的夹板，可是他总不能在这里守着尸体，一直等他们下朝吧？

"叶大人，发生了什么事？"飞染走出巷子的转角，身后跟着芷兰。她听到百姓们议论，五城兵马司又发现了一具尸体，急忙赶过来。

她知道，自己漫无目的地在街上溜达，不可能正巧发现撞死陶妈妈的马车。可是让她在刑狱司等着，什么都不做，她总觉得对不起陶妈妈。

"陶捕快！"叶魁看到飞染，脸上立马有了笑容。他用壮实的胸膛挡住尸体，说道，

"兄弟们又发现一具尸体，我正想命人通知宋大人。"

"大人上朝去了。"飞染踮起脚尖朝叶魁身后看去，首先看到死者额头的伤口。她呆了一下。

"这个……"叶魁为难地笑了笑，目光灼灼盯着飞染。只要飞染说一句，把尸体运去刑狱司，他二话不说立马替她送过去。横竖是飞染自己找来的，赵维明问起来，他可以义正词严地回答。

飞染不知道叶魁的小心思。她绕过他，走到尸体旁边仔细查看。她依旧不习惯对着死人，但她是捕快，在现场初步检验尸体是她的职责。

"凶手砸破了他的头。"她陈述。

"是的。"叶魁点头，"不过他的身上没有车辙印。"

飞染记得自家大人说过，同一个凶手杀人，大多会选择相同的杀人方式。一连两天都有人被凶手砸破头，两件案子很可能是有关联的。她很想把尸体运回刑狱司，可她不能自作主张。

她烦恼地皱起眉头，又想起仵作教过她，一个人身上有很多血，所以受点伤，流点血，一时半会儿是死不了人的。她对叶魁说："叶大人，地上没有血迹。"

叶魁低头看去。"丫的！"他啐一口，扬声吩咐，"快，趁着街上人少，四处找一找，看有没有血迹。"他转念一想，大声嚷嚷，"去，把我的狗牵来！"

飞染听到这话，吩咐芷兰回衙门通知俞毅，自己则和五城兵马司的人一起寻找血迹。

距离现场不远的客栈内，季世兴看到叶魁有条不紊地保护现场，又命令手下四处寻找血迹，不自觉沉下了脸。

他选择清晨弃尸，因为早市人山人海，即便他不小心留下痕迹，也会被百姓破坏。等到宋青沫下了早朝，得到的仅仅是一具无名尸。

季世兴十分确信，翠烟门前的血污已经清洗干净，但他一路扛着尸体走过来，不知道沿途是否遗留血迹或者其他线索。

半晌，季世兴的目光落在飞染身上。她的身边总有人跟着，不是宋青沫就是俞毅，最不济也有一个会武功的丫鬟，否则他要杀她，简直易如反掌。

小巷中，飞染沿着血迹前行，在岔道口停下脚步，看看这边，又瞧瞧那边。

伴随一阵狗叫声，叶魁牵着半大的狼狗走过来。他对飞染解释："它的鼻子比我们的眼睛灵敏多了。"

"叶大人真聪明！"飞染由衷地夸赞叶魁，两只眼睛目不转睛盯着大狗，紧张兮兮地跟在它后面。

叶魁不好意思地笑笑，没话找话："天才刚亮，宋大人就命你出门巡逻？"

飞染回答："不是呢，大人去上早朝了，是我自己想出来查案。"

两人一时无话，专心致志地寻找血迹。

随着街上的人流越来越多，狼狗越走越慢，最终在一条小巷前停下脚步，一屁股坐在地上不走了。

"大黑，你为什么不走了？"飞染已经从叶魁手中拿过绳索，蹲在地上与狼狗对视。

"汪汪汪！"狼狗冲飞染叫唤几声。

"你想说什么？"飞染拍拍它的脑袋，又揉了揉它的黑毛。

"呜呜！"狼狗舒服地磨蹭她的手掌，伸出大舌头冲她傻笑。

叶魁心情复杂地看着这一幕。她把一只威武高壮的狼犬取名"大黑"也就算了，现在居然和一只狗对话。清贵的宋大人竟然喜欢这样的小女娃！

叶魁不敢得罪宋青沫，好声好气地回答飞染："陶捕快，它大概是闻不出血腥味了。"他望着小巷微微皱眉。

这条小巷人称"胭脂巷"，传说只要在这条巷子走上一圈，身上必定会沾染胭脂香。这里虽然不及芳华街热闹，租金可不便宜，没有些本事，根本租不起这里的宅院。相对的，在这里饮酒听曲，也不是一般人消费得起的。

魏铭素知"胭脂巷"的盛名，甄山文却只当这里是普通的民宅。他在头痛欲裂中醒来，抬起手臂揉压太阳穴，忽然觉得身下软绵绵的。他猛地睁开眼睛，就见他和翠烟衣裳凌乱，他几乎整个人压在她身上。

甄山文呆住了。

"公子，您醒了。"翠烟才说了五个字，眼中已经盈满氤氲的雾气。她手忙脚乱地试图遮掩自己的身体，白皙的手臂有意无意磨蹭甄山文的胸膛。

甄山文口干舌燥。

"公子，奴家不会怪您的。奴家早就是公子的人，能伺候公子，是奴家的福分。"一滴眼泪顺着翠烟的眼角滑下。她伸手擦拭，露出手腕的青痕。

"这是我弄的？"甄山文抓住她的手腕细看。

"一点都不疼。"又一滴眼泪从翠烟的眼角滑下。她抽回自己的手腕，领口随着她的动作悄然滑开，露出点点吻痕。

"这些都是我弄的？"甄山文完全不记得。隐约中，他好像看到季世兴去而复返，还有一个喝醉酒的男人。

翠烟无声地点点头，不安地扭动身体。

甄山文脸颊通红，欲翻身下床。

翠烟怯怯地抬眼，饱含泪光的眼眸深情地注视他的眼睛。她慢慢仰起头，轻吻他的嘴角，在他耳边低语："我愿意的。"

甄山文用力吞咽口水。他想喝水，而且天已经亮了，他必须回书院。

翠烟垂下眼睑。"奴家愿意伺候公子。"她的声音怯怯弱弱，指尖慢慢划过他的胸口。

甄山文不由自主地闭上眼睛。她的手掌那么温暖，那么柔软，她全身上下泛着幽香。

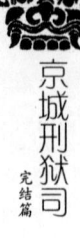

她是这么温柔可人。

翠烟观察他的反应，不屑地扯了扯嘴角。她娇媚地低语："公子，奴家想要……"

"你不是说，我满足不了你吗？"甄山文脱口而出，就连他自己都愣了一下。

翠烟一阵心惊，再也不敢心生轻慢，暗暗埋怨季世兴昨晚下药的剂量太轻。她闭着眼睛吻住他，使出浑身解数纠缠他。

一番缠绵过后，甄山文倒在床上昏昏欲睡。

翠烟悄然撇过头，嘴角勾起胜利者的微笑。许久，她估摸着他休息得差不多了，她推开他起身下床，小心翼翼地替他盖上被子，手指轻抚他的脸颊。半晌，她轻轻叹一口气，弯腰捡起自己的衣裳，窸窸窣窣穿了起来。

她向外走了两步，又恋恋不舍地折返床边低语："公子，奴家走了，以后你要好好保重……"

"你去哪里？"甄山文一把抓住翠烟的手腕。

"没有。"翠烟哽咽，试图掰开他的手指。

"你要离开我？"甄山文愤然坐起身，眼中写满受伤，"就连你都嫌弃我？！"

翠烟慌了神，连连摇头："不是的，公子怎么会这么想？"

"那是怎样？"甄山文质问，一字一顿说，"你和他们一样，全都看不起我……"

"不是的，没有！"翠烟泪流满面，"公子就是奴家的天，奴家的地，奴家愿意为公子去死！"

甄山文控诉："可是你想偷偷离开我！"

"她想替你顶罪。"季世兴推门而入，鄙夷地斜睨甄山文。

甄山文慌忙抓起被子包裹住自己。

翠烟一下子软倒在地，哀哭不止。

季世兴关上房门，压低声音说："你们谁都不用去自首，我已经把尸体处理掉了。"

"什么尸体？"甄山文慌慌张张追问。他恍惚记得，自己好像用石头砸了人，又好像没砸。"到底怎么回事？"他试图拽起翠烟。

"你自己干的好事，你不记得了吗？"季世兴狠狠推开甄山文，厉声斥责，"枉我救了你的性命，没想到你竟然是那种人……"

"不是的，公子只是喝醉了。"翠烟挡在甄山文身前替他解释，"公子心地善良，他只是不小心入了梦魇，着了魔……总之一切都是我自愿的……"

"自愿？被他砸死那人呢？难道他也是自愿的？"季世兴反诘。

"到底怎么回事？"甄山文心生不好的预感。"我的头好痛！"他使劲捶打额头。

"公子，你不要吓我。"翠烟抱住他，柔声安抚他，"昨晚的一切只是一场梦。公子没有做错任何事，喝醉酒的男人是奴家打死的，和公子无关……"

"我真的打死了人？"甄山文愣愣地反问。

"不是的，是奴家砸死他的。"翠烟泣不成声。

"你们……"季世兴摇头叹息，"罢了！横竖那人也不是什么好人，往后咱们就当什么事都没有发生过，衙门查不到你们身上的。"他转身走了出去，"嘭"的一声阖上房门。

甄山文幡然醒悟，哀求翠烟："你告诉我，我到底做了什么。"

翠烟不断地抹眼泪，一味摇头。在甄山文再三逼问下，她断断续续地说："奴家也不知道，到底发生了什么事。奴家只知道，公子送走季大侠之后，突然间就好像变了一个人，不由分说把我推倒在石桌上，然后，然后……"

"然后怎样？"甄山文追问。

翠烟抹去泪珠，低声诉说："奴家早就是公子的人，心甘情愿伺候公子，可是……公子说奴家不是真心的……公子还说什么野种……殿下……什么的……"

甄山文呆住了。在他看来，他从未告诉翠烟，他是长公主之子。

翠烟抓住甄山文的手，急切地说："公子，奴家对您一见倾心，日月可鉴。奴家愿意为您做任何事，包括去死……"

"你不会死，我们都不会死。"甄山文反手握住她的手背追问，"后来发生了什么事？"

"季大侠忘了东西，折回来听到院内的声响，翻墙进来拉开公子。公子发了疯似的跑出院子，正巧有一个醉汉经过，您捡起地上的石头，不由分说使劲砸他的脑袋。奴家和季大侠想要拉住公子，可是公子的力气突然变得很大。你一边说，是他看不起你，是他嘲笑你，一边又砸了好几下。"

听到这些话，甄山文脸色煞白。他隐约记得，自己抓着一个醉汉，季世兴和翠烟一左一右站在他身旁。

这些日子，他恨不得把那些看不起他，嘲笑他的人全都杀死，甚至，他想杀了自己的父母。难道他终于付诸行动了？

"然后呢？"甄山文声音干涩，眼神呆滞。

翠烟吸了吸鼻子，低头掩去嘴角的笑意，抽抽噎噎说："奴家哀求季大侠不要送公子见官。季大侠希望我劝公子去衙门自首。我想替公子换下沾了血的衣裳，自己去衙门认罪，公子又说什么，你可以证明，你能满足我……又把我那样了。"

甄山文完全不记得翠烟的描述，但地上那几件沾满血迹的衣裳确实是他的。他捡起衣裳，失神地跌坐在椅子上。

翠烟半跪在地上，仰着头说："公子，以前我听老人说过，那些不痛快的事一直压在我们心里，我们很容易入梦魇，看到一些根本没有发生的事，做出平日里想做又不敢做的事……"

"的确，我做了平日不敢做的事……我把那人看成了自己……"甄山文疯狂大笑，

131

笑得眼泪都流了出来。

"公子，您不要吓我！"翠烟用力抱住他。

甄山文的笑声戛然而止，像无助的孩子一般号啕大哭。

季世兴站在门外侧耳倾听，脸上慢慢浮现残忍的笑意。

第 13 章　巧舌如簧

甄山文彷徨无助的当口，飞染就在巷子口。她蹲在大黑狗面前，仰头询问叶魁："叶大人，我们为什么不去巷子里挨家挨户问话？难道你不相信大黑？"

"汪汪！"大狗吠叫两声，冲飞染吐出舌头，一脸讨好。

叶魁吞吞吐吐，不知如何作答。此时虽已日上三竿，但胭脂巷家家户户大门紧闭，谁知道门后睡着哪位大爷。这个世上，并非人人都是宋青莯，不怕得罪权贵。

飞染顿时觉得，叶魁长得高大魁梧，却远远不及自家大人爽快。她追问："叶大人，我们为什么不能挨家挨户敲门？大人告诉过我，我拿着捕快的令牌，就代表着刑狱司，除了花街，我什么地方都能去。"

"这里差不多就是花街。"叶魁尴尬地解释。

飞染指着光秃秃的街道说："街上明明一朵花都没有！"

叶魁嘴角抽了抽。

事实上，关于"花街"是什么地方，完全不能怪飞染误解，她在书上看过"花街柳巷"几个字，结果宋青莯蓄意误导她，她才会觉得，"风雅"之地必须有花有草有树。

飞染看到叶魁又不回答了，愈加觉得他黏黏糊糊。她心中踌躇，要不要一个人过去挨家挨户查问？

"大人，这里有血迹！"叶魁的手下大声回禀。

"过去看看。"叶魁示意飞染跟上他。

飞染看了看清幽的胭脂巷，又瞧了瞧坐在地上冲她吐出大舌头的大黑。她刚想跟上叶魁，大黑冲着巷子内"汪汪汪"地叫唤。

飞染凝神看去，不远处的一扇院门"吱呀"一声打开了。"有人出来了！"飞染顾不上叶魁，对着人影叫嚷，"两位大哥，等一下！"

"汪汪汪！"大黑一边追着飞染奔跑，一边吠叫。

另一厢，魏铭听到飞染的声音，心里暗暗叫苦。他每次遇见飞染，一定会碰上倒霉事。

"快走！"魏铭催促甄山文，却看到他傻傻愣愣，一副酒醉未醒的模样。他索性拉住甄山文，急促地说，"不能让书院的人发现，昨晚我们又偷溜出来。对了，昨天我到底喝了多少酒，怎么会醉得不省人事？"

飞染没能认出两位"故人"的背影，只是奇怪他们怎么越叫越走。她放开大黑脖子上的绳索，打算使出轻功拦截他们，就见一团黑影箭一般冲了出去。

魏铭想看看飞染有没有追上来，猛地看到一坨黑得发亮的皮毛朝自己飞扑而来，血红的舌头，绿光闪闪的眼睛正对自己的面门。

"妈呀，狼！"魏铭双腿发软，"扑通"一声跌坐在地上。

大黑纵身飞跃把他扑倒在地，一双爪子按住他的肩膀，屁股坐在他的肚子上，冲他"汪汪汪"叫唤。

魏铭这才看清楚，不过是一只大黑狗。"滚开！"他呵斥大黑，大声命令飞染，"快把它拉走！"

"呜——"大黑冲魏铭亮出獠牙，吓得他立马噤声。

"是你们！"飞染打量甄山文与魏铭，"你们怎么会在花街？"

"什么花街，你不要胡说八道！"甄山文生气地反驳。

"甄公子，魏六少！"叶魁匆匆赶来拉走大黑，把缰绳交给飞染，弯腰去扶魏铭。

"叶大人，甄公子也说，这里不是花街。"飞染揉了揉大黑的头顶安抚它，又问魏铭，"刚才为什么我越叫，你们走得越快？"

"我们得赶回书院。"魏铭回答，一心远离飞染。甄山文害怕杀人的事暴露，同样不愿意多做停留，转身想要离开。

"等一下！"飞染挡住他们的去路，"你们不能走，我有事问你们。"

飞染的这句话，别说是甄山文和魏铭，就是一墙之隔的季世兴和翠烟也吓到了。

早前，季世兴发现飞染及叶魁堵在巷子口，赶忙设下调虎离山之计，打算用血迹引开他们。他没料到，飞染竟然没有上当，当场抓到了魏铭和甄山文。

"怎么办？"翠烟压着声音埋怨季世兴，"你不是说，就算宋青沫第一时间赶到现场，他也不可能这么快找来这里吗？"

季世兴侧耳聆听外面的动静，对着翠烟比了一个抹脖子的动作。

翠烟瞬间白了脸，焦急地抓住他的手腕。

季世兴挥开翠烟的手，压着声音说："宋青沫不在，那个会武功的丫鬟回刑狱司报信去了。万不得已的时候，我拼死一搏，最多与她同归于尽。"

翠烟再次抓住他的手腕，焦急地提醒他："是你说的，我们必须按计划行事。"

季世兴沉默了。早知今日，当初在八角镇，他就应该把她们全杀了。只要她们都死了，就算宋青沫有通天的本事，也不可能查到主子头上。

翠烟知道他的心思，小声说："宋青沫的武功……会不会只是以讹传讹？"

季世兴冷哼："皇上夸他'文武全才'，你觉得宋家有胆子欺君吗？"

"主子知道皇上说过什么？"翠烟满眼怀疑。

季世兴瞥她一眼，理所当然地说："长公主的那些烂事，皇上都被蒙在鼓里的时候，主子就已经知道了。主子知道皇上说过什么，又有什么可奇怪的？"

"怪不得甄山文轻易相信了那些乱七八糟的话。看来，那些话儿大半都是事实。"翠烟感慨，耳朵几乎贴着墙壁，仔细聆听外面的动静。

一墙之隔，飞染对着甄山文及魏铭说："你们来这里干什么，做过什么事？如果你们不告诉我，我不会放你们走的。"她比了比拳头，"我的武功很厉害，魏六少知道的。"

魏铭下意识捂住脸颊，睁大眼睛瞪她。

甄山文一脸不可置信。他问飞染："你不知道我是谁？"

"知道，我们见过的。"飞染点点头，"本来我还要找你算账呢，你拔了庵堂的花草，打破了水缸，应该赔钱给我，看在驸马的分上，我才不和你计较的。"

"凭什么要我赔钱？"甄山文冷哼。

飞染生气地说："你损坏了别人家的东西，难道不应该赔钱吗？"

甄山文表情一窒。他讨厌净心庵的一切，他恨不得一把火把它烧掉！

一旁，叶魁轻咳一声，一本正经地询问："甄公子，魏六少，昨晚你们一直在这里？"

"在。"魏铭点头。

甄山文握紧拳头，紧张得大气都不敢喘。

"公子！"翠烟娉娉婷婷走出院门，手里拿着一方汗巾。她看到叶魁等人微微一愣，屈膝对众人行礼，颔首走向甄山文，低声说，"公子，您落了汗巾。"飞染呆呆地看着翠烟。她走路的样子真好看，就像柳枝儿在微风中摇摆。她脱口而出："姐姐，你真漂亮。"

叶魁狐疑地问她："你该不会喜欢女人吧？"

飞染想了想。她的师父是女人，她家大人是男人。她回答："我不单喜欢女人，男人也喜欢的。"

"算了。"叶魁已经开始同情宋青沫。他避重就轻地说："既然事情已经弄清楚……"

"没有弄清楚！"飞染打断了叶魁，高声说，"甄公子，魏六少，昨晚你们来到花街找这位姐姐，一直到刚才准备离开，是这样吗？"

"这里不是花街！"甄山文咬牙切齿。

"不是吗？"飞染朝叶魁看去。

"魏六少，你没有告诉甄公子吗？"叶魁怎么看都觉得，甄山文好像什么都不知道。

此刻，翠烟心急如焚。她突然现身，因为季世兴害怕甄山文露出马脚。她不能让甄山文知道她是妓女，可是当下这情形，她主动说明，总好过被人当场揭穿。

她屈膝跪在甄山文脚边，哽咽低语："公子，奴家确实是贱籍，奴家没有告之公子，是怕……是怕……公子嫌弃我……"她低头抹泪。

甄山文呆住了。

翠烟决绝地说："从此刻开始，就当奴家与公子素不相识……"

"不行！"甄山文弯腰想要扶起翠烟。

翠烟掰开他的手，含着泪微微摇头，说道："公子，奴家得遇公子，是奴家的福分，奴家这辈子都不会后悔。既然你我缘浅……"

"你不要说这样的话。"甄山文心乱如麻，"我，我替你赎身……"

"公子放心，奴家就连公子是谁都不知道，绝不会纠缠公子。"

翠烟这句话说得甄山文内疚不已。她愿意为他顶罪，他竟然连自己姓什么都没有告诉她。他一时头脑发热，高声说："你起来，我带你回家。"

"等一下！"魏铭与飞染异口同声。

甄山文大义凛然地宣布："你们不用劝我，我心意已决。"

"我不是要劝你。"飞染拦住甄山文，"你们相互喜欢，很好呢，回家禀告父母也是应该的。我就是想问一问，昨天夜里你们有没有听到奇怪的声响？"

听到这话，叶魁眼前一亮，扬声说："陶捕快说得是，眼下命案才是最紧要的事。来人，护送甄公子和魏六少回府，就说我们查案的时候，正巧在胭脂巷遇到他们。"

围墙的另一边，季世兴暗恨不已。他原本打算，等到甄山文离不开翠烟的时候，在长公主及驸马猝不及防之下曝出翠烟的身份。到时必定是一场精彩纷呈的好戏。如今，只怕翠烟这颗棋子保不住了。

围墙外，魏铭听到叶魁的话，顿时慌了神。他带着甄山文逃学，夜逛胭脂巷，被五城兵马司押回家中。他的父亲得知此事，非揍得他一个月下不了床不可。

"都是你！"魏铭迁怒飞染，"你为什么总是与我过不去？！"

飞染无辜地指着自己，一脸茫然。她什么都没做呀，她甚至不明白，到底发生了什么事。

"你为什么总是针对我？"魏铭冲飞染叫嚣。

一旁，甄山文与翠烟拉拉扯扯，泪眼婆娑。

叶魁看得不耐烦，大手一挥，立马有手下上前，客客气气"护送"两位少爷回家，只当他们的叫嚣是在唱曲儿。

"叶大人，你还没有问他们，昨晚有没有听到奇怪的声响。"飞染提醒叶魁。

"问话什么的，不是还有这位姑娘吗？"叶魁打量翠烟，指了指不远处敞开的院门，比一个"请"的手势。

翠烟架不住士兵的推搡，慢吞吞朝院门走去，眼角的余光时不时偷瞄叶魁。

"姐姐，师父教过，无论做什么事，都要大大方方，堂堂正正。你有什么话，可以对叶大人直说，不需要暗地里偷瞄他。"飞染一边说，一边像动作示范一般，把叶魁从头到脚看了一遍。

叶魁差点被自己的口水呛到。他没好气地调侃飞染："你就没有偷看过你家宋大人？"

飞染立马涨红了脸。她大声说："那是因为我家大人长得好看……"

"你觉得你家大人长得好看，就不兴这位姑娘觉得我长得好看？"叶魁脱口而出，伸手推了翠烟一下。

翠烟狼狈地跌入门槛。两名士兵像门神一般守着院门。

距离翠烟仅三步远的地方，季世兴隐身墙后，用嘴型盼咐翠烟："把她引入院子。"

翠烟知道，季世兴打算与飞染同归于尽。她十分不明白，季世兴为什么非要置飞染于死地不可。她回头看去，飞染正与叶魁站在门外说话。她对季世兴轻轻摇头。

季世兴"噌"一声拔出匕首，阳光照在刀刃上，森白的光影掠过翠烟的脸颊。

叶魁与飞染几乎同时回头看去。他们十分确信，那是利刃发出的寒光。叶魁先一步上前，把飞染挡在身后。

不远处，田大成与芷兰急匆匆跑过来。

叶魁全身紧绷，目光紧紧盯着翠烟。等到芷兰走近，他把飞染推给她，对着手下大喝一声："来人，进屋搜查！"

"凭什么？！"翠烟叉腰挡在院子门口。

"就凭老子高兴！"叶魁一把推开她。他的手下鱼贯而入，四处搜查。

翠烟无可奈何，双手绞着手绢，一颗心快跳到嗓子口了。

院门外，飞染隐约听到"扑通"一声。她猛地转头，环顾四周，小巷内并不见人影。

"汪汪汪！"大黑兴奋地吠叫。

飞染放开缰绳，大黑箭一般冲了出去。飞染与芷兰一前一后跟了上去。

"这个姑奶奶！"叶魁试图阻止飞染，奈何他的轻功不及飞染，只能眼巴巴看着她们消失在自己视线。

他怒气腾腾地折回小院，一把揪住翠烟的衣领，寒着脸喝问："是谁藏在院内？你们有什么目的？"

"奴家不知道叶大人在说什么。"翠烟摇头。

"叶大人，能不能借几个人手，借几匹马给我？"田大成说得又急又快，"眼下，追上陶捕快才是当务之急。"

田大成与叶魁说话的当口，飞染与芷兰已经追着季世兴跑出了几条街。

季世兴提气疾奔，耳边除了风声，只剩下大黑的吠叫声。

芷兰眼见他们越走越偏僻，高声劝说："小姐，穷寇莫追！"

飞染并不理会。她不知道眼前的男人和陶妈妈的死有没有关系，她只知道陶妈妈把她养大，她决不能放过任何线索。

突然，季世兴止住脚步，手中的匕首在空中旋转几个圈，直直刺向飞染的胸膛。

"小姐，小心！"芷兰惊呼。如果可以，她一定会用身体替主子挡刀，奈何她们的距离太远，只能眼睁睁看着匕首距离主子的胸口越来越近。

飞染一心只想把季世兴带回衙门问话，哪里料到他会突袭自己。她侧身闪躲，狼狈地后退一步，匕首与她擦身而过。

电光石火间，芷兰看到匕首掠过主子的肩膀，直直朝自己飞过来。她一跃而起，大腿一阵微凉，匕首"咚"的一声插入街边的廊柱，入木三分。

芷兰低头查看腿上的伤口，鲜红的血液慢慢变成暗红色。她惊道："小姐，匕首有毒！"

"我只想带你回去问话，你竟然想要杀死我们？"飞染拔出随身携带的匕首，"你果真有问题！"

"小姐小心！"芷兰心急如焚。男人眼中的森冷杀意说明他不是普通人，而她不知道他们身处何处，更不知道有没有陷阱等着她们主仆。

她不敢用嘴巴吮毒，生怕自己立刻就会毒发昏厥，只能撕一条布带扎住大腿，阻断毒液蔓延。她清晰地感觉到，右腿渐渐麻木，今日恐怕性命不保。

"小姐你先走，奴婢断后！"她蹒跚着上前，用身体挡在飞染身前。

飞染用力摇头。她像初生的牛犊，压根不觉得危险，高声警示季世兴："我是刑狱司的捕快，现在带你回衙门问话。"她扬了扬手中的匕首，"你再不放下武器，别怪我不客气。"

季世兴冷笑一声，从腰间抽出一柄软剑。

飞染低头看了看自己手中的匕首。匕首精致小巧，平日里多用于削水果，就武器而言，她实在没什么优势。

"汪汪汪！"大黑喘着粗气坐在飞染脚边吐舌头。

芷兰又急又慌。敌人冷静狠辣，自家主子却一脸纯真，再加上一只半大的笨狗，偏偏她又中毒了。她哀求："小姐，求您先走……"

"芷兰，你别害怕。"飞染掏出一个小瓷递给芷兰，"这是俞捕头给我的……"

她的话音未落，季世兴手中的软剑突然袭近飞染，剑刃直指她的咽喉。

飞染仰头避让，同时伸手推开芷兰，顺势把瓶子塞给她。她怒斥季世兴："你又偷袭我，太卑鄙了！"

季世兴不言不语，手腕顺时针扭转，软剑刺向飞染的心口。

"汪汪汪！"大黑扑上去撕咬季世兴的裤腿，剑尖立时失了准头。

季世兴挥手就是一剑，狠狠劈向大黑。

飞染一个前空翻，凌空一掌，右掌眼见劈上季世兴的右肩，他却不躲不避，仿佛不畏生死。

飞染慌了神。这一掌她用了十分力，她会不会一掌打死他？

她并非心软，而是她从来没有伤人，更害怕杀人，本能地心生恐怖。就在她的手掌打在季世兴肩膀的那一刻，她不由自主收力，呆呆地看着他。

与此同时，季世兴的剑尖划开了大黑的脊背。大黑"呜呜"惨叫。

飞染尚未回过神，季世兴的软剑已攻向她的下盘。她慌慌张张后退，眼前黑影一闪。她本能地侧身闪避，左肩一阵热辣麻疼。她被季世兴一掌打得后退三四步。

"小姐！"芷兰惊呼，扬起软鞭挥向季世兴，高声提醒飞染，"小姐，他的剑抹了毒，大黑狗中毒了……"

"哦！"飞染误解了芷兰的意思，弯腰捡起地上的瓷瓶，大声说，"那你先缠着他。"说话间，她把受伤的大黑抱至一旁，倒了两粒解毒丸在手上，低声轻哄："大黑，别怕，吃了药就不疼了。"

这一刻，不要说是芷兰，就是季世兴也呆住了。这是一场你死我才能活的战斗，她竟然跑去喂狗！

短暂的静默中，飞染对芷兰说："好了，大黑吃下药丸了。"她以为芷兰提醒她软剑有毒，是芷兰害怕大黑有性命危险，要她喂它吃解毒丸。

电光石火间，季世兴舍下芷兰朝飞染冲去。

芷兰挥手就是一鞭，缠住了季世兴的左臂。季世兴转身一剑，鞭子断成了两截。

芷兰不敢大意，奈何她的大腿受伤，行动到底迟缓了。她再次挥鞭，不让季世兴靠近飞染，眨眼间两人已经过了数十招。

一旁，飞染看着他们缠斗，不逃跑，不呼救，也不帮忙。

"小姐！"芷兰快哭了。

"轮到我了吗？"飞染收起自己的迷你匕首，从木柱子上拔出划伤芷兰的那柄匕首，纵身飞跃挡在芷兰身前，高声说，"这回我不会手软的。"

她的话音未落，季世兴一个虚招攻向她的下盘，左手握拳抡向她心口。

飞染脚尖点地，在空中旋转两个圈，一下子跳出两人高。

季世兴和芷兰都没有料到，飞染的轻功竟然这么好。他们只看到她的发丝在空中飞扬，裙摆旋转舞动，她就像从天而降的仙女。

降？季世兴才想到这个词，忽觉后肩窝一阵剧痛。他踉跄着后退两步，飞染已经亭亭玉立在他身前，手握匕首朝他扎过来。

他赶忙提剑抵挡，剑刃与匕首摩擦，火花四溅。飞染自认力气大，但她的力量怎么都敌不过男人。季世兴嘴角勾起一抹冷笑，剑锋压向飞染，几乎贴上她的脸颊。

飞染一阵心慌，右脚急攻他的下盘。

季世兴只攻不守，冲飞染狞笑，整个人连同软剑一起压向她。

危急中，芷兰的软鞭缠住季世兴的右手腕。飞染趁机推开他，一脚踢向他的胯下。

季世兴狼狈地后退一步，芷兰趁机拽回软鞭，季世兴一个趔趄险些摔倒。

飞染向上跃起，一个回旋飞踢踹向他的心窝。

顷刻间，季世兴的喉咙一阵腥甜，心知自己低估了飞染的武功，今日无论如何都杀不了她。

他恨到了极点！

此刻，如果他能够杀了飞染，就算赔上性命，对主子也算有了交代，可她毫发未伤，他却露了真容，露了动机。宋青沫锱铢必究又心细如发，今日之后必定彻查到底，只怕后面的计划愈加难以实施。

他闪神的瞬间，一道寒光闪过他的视线。他提剑抵挡，喘着粗气再退一步。

"芷兰，抓活的回去！"飞染高声命令。

季世兴的目光在飞染和芷兰间徘徊。突然，他大笑一声，高声对飞染说："告诉宋青沫，总有一天我会把你的尸体回敬给他当礼物。"

"不可能！"飞染欹身上前擒拿他，只听到"嘭"的一声巨响，四周云雾缭绕，浓雾又呛又辣。她循着脚步声掷出匕首，隐约听到季世兴闷哼一声。

飞染不依不饶想要追上去。

芷兰赶忙拦住她，低声劝说："小姐，小心陷阱！"

飞染停下脚步，浓雾亦渐渐散去。转眼间，地上只余斑斑血迹，早已不见季世兴的身影。

芷兰确认季世兴逃跑了，一下子软倒在地。她虽然服用了解毒丸，但到底不是对症下药，再加上体力透支，瘫坐在地上直喘气。

"芷兰，你不要死！"飞染搂着她的脖子哭了起来。

"小姐，我没事。"芷兰快被她勒得喘不过气了。

飞染一边哭，一边说："师父死了，陶妈妈也死了，你不要死。"

"小姐，你先放开我。"芷兰劝说。

"呜呜呜，我不让你死。"飞染哭得愈加伤心。

芷兰忽然有些明白飞染的恐惧。她没再抗拒，轻拍她的背安抚她。

飞染哭够了，抽抽噎噎止了眼泪，又去查看大黑的伤势。

芷兰看她蹲在地上，一边抚摸大黑的头，一边嘀嘀咕咕与它说话，暗暗摇头叹息。她不得不提醒飞染，她们应该想办法回刑狱司去。

飞染头也没回，肯定地说："田捕快一定会找到我们的。"

"他？"芷兰不屑地撇撇嘴。在她眼里，整个刑狱司就数田大成最没本事。

飞染解释："我们不知道自己在哪里，你和大黑都受伤了，还是留在这里比较妥当。师父教过，迷路了千万不能乱走，就在原地等她。"

139

出乎芷兰的意料,她们不过等了一盏茶的工夫,不远处就传来了马蹄声。她挣扎着站起身,只见田大成跌跌撞撞爬下马背,三步并作两步跑向飞染,不避嫌地查看她是否受伤,扯着她的衣袖哭了起来。

叶魁及手下们张大嘴巴,简直不敢相信这一幕。

就在不久前,田大成提笔就把京城的大小街道画在了纸上,有条不紊地推断出几条线路,与他们一路追踪,简直就像宋青沫附身一般。这会儿,他突然就变成可怜巴巴的小狗了。

"吓死我了,呜呜呜。"田大成一边哭,一边控诉,"你怎么能一个人追敌,待会儿被大人知道,咱们全都吃不了兜着走。"

"我没有受伤,你别哭了。"飞染像安抚大黑一样拍拍他的头,"我有芷兰,你不用担心……"

田大成控诉:"她只会板着脸,也不知道沿途留个记号,害我找得好辛苦……"

"我?"芷兰指指自己的鼻子,"现在是怪我咯?"

"当然怪你!"田大成怒气冲冲。

"好了!"叶魁大喝一声,"回去再说。"

飞染推开田大成,大声说:"叶大人,我用淬了毒的匕首打中了凶手,你派人四处找一找,说不定他跑不远。"

叶魁点头应下。

午时,飞染送芷兰和大黑去了医馆。当她和田大成从医馆赶回胭脂巷,俞毅正和叶魁说话。

飞染很失望,不只因为季世兴逃跑了,更因为她家大人至今没有出现。虽然昨晚他就告诉她,今天他可能留在宫里用午膳,可是发生了这么多事,她真的很想看到他。

此时胭脂巷渐渐热闹起来,有刚刚起床、慵懒地依偎院门看热闹的姐儿,也有乘坐小轿匆匆离开的男人,更有挎着菜篮子的丫鬟婆子。

飞染和俞毅仔细盘问了几户邻居,他们异口同声地说,没有听到任何动静。

翠烟得悉,要求衙差离开她家。

叶魁呵斥了她两句,她只能讪讪地站到一旁。

不多会儿,长公主府和乌衣子爵府分别派管事找上叶魁。

在一片喧嚣声中,田大成环顾四周,嘴里嘟嘟囔囔:"俞捕头,这个院子不对劲,和我之前离开的时候不一样。"

"哪里不一样?"众人十分不解,他们就连院子内的花草都没有动过。

"就是不一样!"田大成万分坚持。

俞毅知道田大成的能耐,他认真地审视小院。院子里除了花草凉亭,只剩下围墙边的一只大水缸,里面养的莲花已经谢了,残荷略显萧索。他大声命令:"来人,把水缸挪开！"

"对，对，对，就是水缸不对劲！"田大成笑逐颜开，忙不迭点头，"水缸的位置没变，水面高度，荷叶的形状全都没有变，但对着大门的水缸纹理变了，荷叶的位置也变了，有人原地挪动过水缸，刚才我怎么就没有想到呢！"

他的话音刚落，衙差从水缸底下拿出一件血迹斑斑的衣裳。长公主派来的管事脸色立马就变了。他认得这件衣裳，它是甄山文的。

一个多时辰后，宋青莯见过帝后，正琢磨皇后的话，在宫门口遇上了叶魁的手下。他得悉经过，骑马疾奔至刑狱司，正巧碰上赵维明的亲信。对方暗示他，只要他不插手今天的案子，京兆府，乃至长公主都会承他的情。

宋青莯没有答应，也没有拒绝。他匆匆回到书房，飞染正坐在春凳上守着大黑。大黑趴在毯子上昏昏欲睡，飞染心不在焉地抚摸它的头。

宋青莯深深看她一眼，说了句"等一下"，转身去找俞毅了。

飞染看着他的背影，鼻头酸涩。她惊魂未定，心心念念只想看到他，他却不给她说话的机会。他明明答应过她，无论发生什么事，他都会在她身边。

不知过了多久，飞染听到房门打开的声音，急巴巴跑过去。

宋青莯反手闩上房门，低头审视她。敌人的武器淬了毒，对方满怀杀意，招招致命，她不只不忍心重创他，中途居然跑去喂狗。

"大人，你怎么了？"飞染咽一口口水，悄悄后退一小步。他穿朝服的样子好可怕，她要不要夺窗而逃？

宋青莯上前一步逼近她。

飞染讨好地笑了笑，再后退一步。

"心虚了？"宋青莯抓住她的肩膀。

"没有，我没有心虚！"飞染抬起下巴。她的确心虚了，可她没有心虚的理由，不是吗？她硬着头皮说，"我没有做错事，用不着心虚的。"

"你没有做错事？！"宋青莯从牙缝中挤出这几个字。

飞染重重点头。突然，她的手腕被他抓住了，紧接着屁股一痛。

"大人，你干什么？！"飞染傻呆呆地眨眨眼睛。她家大人打她屁股？

宋青莯沉声质问："为什么偷偷跑去街上查案？我告诉过你很多次，不许一个人离开刑狱司。"

"我不是一个人，我有带芷兰。"飞染反驳。

宋青莯压根不理她，又问："你不知道敌人是谁，有什么目的，为什么贸然追缉？我有没有说过，凡事三思而行，否则很容易落入陷阱？"

飞染终于知道，他生气了，可她也很生气！

宋青莯又道："芷兰有没有劝你，穷寇莫追？她有没有说，让你先离开？"

"叛徒！"飞染控诉，"芷兰是叛徒，和大白一样，都是叛徒！"

宋青苿又生气又好笑。他很想拥抱她，在她耳边说一句：幸好你没事，幸好你毫发无损。可是即便他爱她入骨，他也会生她的气。不，正因为他爱她，他更加生气。

他高声说："你师父没有教你，对敌人仁慈，就是对自己残忍吗？对战不同于练武，那是性命攸关的事，你不明白吗？"

飞染扁扁嘴哭了起来。她很委屈，为什么就连她家大人都不明白她？

"不许哭！"宋青苿与她对视。

"我就哭！"飞染使劲抹眼泪。

宋青苿的嘴唇抿成一直线。他默默注视她，强迫自己不去替她擦眼泪。

飞染抽抽噎噎，又生气又委屈又难过。她扭动肩膀想要挣脱，可他的力气很大，她根本无法摆脱他。

"你欺负我！"飞染愈加委屈，"师父从来不会打我屁股，最多打手心。"

"飞染！"宋青苿一脸严肃。

飞染挥手一拳打在他的肩膀上，试图推开他。

宋青苿不闪也不避，只是抓住她的肩膀认真地注视她，仿佛雕像一般纹丝不动。

飞染满脸泪痕，牙齿死死咬住嘴唇，生气地瞪他。

两人就像相互角力一般，专注地凝视彼此，谁都没有说话，谁都没有动作。

第 14 章　无疾而终

时间在静默中流逝，眼泪在飞染的眼眶中打转，浓浓的不舍在宋青苿心口发酵。

宋青苿很生气。他只想听飞染说一句：以后我绝不会涉险。

飞染很委屈。她家大人永远都知道她在想什么，为什么这次竟然不明白她？

"呜呜呜。"大黑哀鸣几声。

飞染循声看去。宋青苿掰过她的头，不许她分神。飞染试图抓开他的手掌。

宋青苿一遍又一遍提醒自己，决不能心软，可是他的手指不受控制地替她擦拭泪痕。他尴尬地想要缩手，飞染已经握住他的手掌。

"为什么连你都不明白？"她一边控诉，一边抓着他的手背胡乱抹眼泪。

宋青苿立时觉得，他一定是上辈子欠了她，不然他为什么任由她把眼泪鼻涕全都抹在他手上？他的心又酸又软，再也装不出严厉的模样，好声好气地说："因为我不明白，你才要说给我听啊。"

飞染看到他态度软化，反而哭得更伤心了。许久，她一边啜泣，一边控诉："那人逃跑之后，芷兰说我不应该对敌人心软。那时候我一点都不难过，因为她不是你，可是为什么连你都这么说。"

"所以，你没有心软？"宋青茮侧目。

"我害怕。"飞染一下子抱住他，呜呜咽咽说，"我以为他会避开，可他没有。我害怕自己会像打死那只驴子那样，一掌打死他……驴子口吐白沫的时候，我很害怕……他是人，活生生的人……我终于明白，为什么你不让我杀死赵奎……原来我胆子很小……明知他是坏人，我还是害怕……"

飞染语无伦次。她知道，自己终于不用继续忍着，假装和别人一样，是很厉害的捕快。

宋青茮从她断断续续的话语领悟了她的意思。她不是对敌人心软，是她没有实战经验，她害怕了。她并不是害怕无法战胜对手，而是害怕杀人。

人心很复杂，恐惧是人类的本能。当时，如果飞染要救的不是一条狗，而是一个活生生的人，她会毫不犹豫打下那一掌。不是说她不在乎狗的性命，她只是在杀人与救狗之间迟疑了。

"害怕是正常的，每个人都会害怕。"宋青茮轻拍她的背，满心怜惜。

"可是因为我的胆小，差点害死大黑。"飞染呜咽，"师父教过我，对敌人决不能心慈手软。道理我都明白，可是事到临头根本来不及想到那些。"她把眼泪抹在宋青茮的衣服上。朝服硬邦邦的，没有温度，她嫌弃地抬起头，抓起他的手继续抹眼泪。

宋青茮任由她动作，低声安抚她："没事了，别怕。"

飞染嘟囔："我今天才和大黑认识，它奋不顾身救我。"

认识！宋青茮的脑海中不断回旋这个词。他不想与她较真，他的手上已经沾满她的眼泪："你的手绢呢？"

飞染从身上摸出手绢，塞到他手里。

宋青茮心中五味杂陈。他知道，她要他替她擦眼泪，他堂堂正四品提点刑狱使……算了！他认命地替她擦拭泪痕，好声好气地问："现在还害怕吗？"

飞染摇摇头，又点点头。她不满地控诉："你刚才的样子好可怕。还有，你打我！"她摸了摸屁股，虽然他才打了一下，而且一点也不疼。

"飞染，你仔细想想我刚才的话。这一次如果你们遇上的人武功比你高出很多，你能够全身而退吗？再有，你这样追上去，万一他早就布下陷阱了呢？"

飞染低下头，小声说："对不起，这次是我不对……可是你也不能打我屁股……"

宋青茮正色说："飞染，我很担心，才会那么生气。"

飞染软声音恳求："大人，你不要生气了。以后我尽量不让你担心。"

宋青茮伸手抱住她。他终于可以抱一抱她了。当他得知事情的始末，他真的吓坏了。

143

他在她耳边低语:"以后不要这样吓我,知道吗?"

"嗯。"飞染点头。

宋青苿顺势抓着她的手掌轻揉她的臀部,低声问:"疼吗?"

"不疼。"飞染老老实实摇头。

宋青苿轻声低语:"飞染,我知道你很想抓住杀死陶妈妈的凶手,你更想知道,是谁害死你的师父,但是有些事急不来的。以后绝对不可以一个人出去查案,有芷兰跟着也不可以,知道吗?"

飞染听他说得一本正经,郑重地点点头。

宋青苿叮嘱她:"另外,抓捕犯人与比武、练功不同,特别是对方想要置你于死地的时候,不需要讲究一对一,更没有先来后到……"

"这个我当然知道。"飞染吸了吸鼻子,扬起笑脸,"师父教过,只有和好人过招,我们才需要讲道义。"

"你知道?"宋青苿糊涂了。芷兰明明对他说,飞染很讲原则,不愿以二敌一。他陈述:"那人的武功,如果你和芷兰联手,他不是你们的对手。"

"大人,你怪我没有抓住他?"飞染皱起眉头。

"当然不是。"宋青苿有些急了,"我只是告诉你,面对敌人不需要讲原则。"

"我知道呀。"飞染想了想,认真地分析,"那个时候,敌人用软剑,芷兰是长鞭,我的手里只有一把小刀,我贸然上前只会妨碍芷兰的。师父说过,不管是两军对峙还是两个人打架,首先必须看清楚局势,摸清对方底细,所以我想看清楚他的武功路数……芷兰应该没有怪我啊,她还提醒我剑上有毒,让我喂大黑吃解毒丸……"

宋青苿纠正她:"她是让你小心剑上有毒,不是让你喂狗。"

"原来这样。"飞染恍然大悟,"那时候我也觉得挺奇怪的。"她看一眼裹着纱布的大狼狗,"大黑是条好狗,叶大人把它养得很好,又聪明又忠心。大人,你觉得叶大人愿意把它卖给我吗?"

宋青苿直到此刻才注意到春凳上的大黑狗。据他所知,这种狼形犬性格凶猛,成年后身高三尺,体重可达八九十斤,他可不想自找麻烦。

他婉转地拒绝:"叶大人养了它很久,夺人所好总是不妥。如果你喜欢小狗,等我们成亲以后,我们挑一只漂亮的狮子狗养在家里。"

飞染点点头,没有执着。

宋青苿只当养狗的话题结束了,却没料到几天后,叶魁主动上门告诉飞染,大黑与她投缘,他决定把它送给她。

飞染想着宋青苿说过,君子不夺人所好,她原本不想要的,奈何那只大黑狗居然背弃叶魁,伏在她脚边不愿离去。

自从那天之后,宋青苿不得不接受,继"大白"之后,飞染身边又多了一只"大黑"。

对他而言，它们简直是黑白双煞，专门和他争宠。

　　这些都是后话。当下，飞染双目红肿望着宋青莯，委屈地控诉："你都不听我解释，不由分说就打我！"

　　宋青莯呆了呆。回过头想想，她是他的未婚妻，就算他再担心，也不应该像教训孩子一样教训她。最重要的，他竟然在她心怀恐惧的时候，偏听外人的话，不给她解释的机会。

　　"飞染。"他势弱了三分，好声好气地解释，"我只是太担心……"

　　"我不管！"飞染断然摇头，"你打了我屁股，我要打回来！"

　　"打回来？！"宋青莯简直不敢相信自己的耳朵。

　　"大人，我来了哦！"飞染伸手去抓宋青莯的衣领。她出手又稳又快，宋青莯本能地向后仰头，却没料到她的另一只手已经抓住他的右手腕。他扭转手腕，欲反手擒拿她，结果飞染早有准备，一百八十度转身，手肘毫不客气地撞向他的小腹，脚跟同时踩向他的脚背。

　　飞染以为宋青莯必定会节节后退，躲避她下盘的攻势，她准备趁机一跃而起，赏他一个飞踢。可惜，她忘了"色"字头上一把刀，她家大人怎么会错过"美人抱满怀"的机会。

　　转眼间，飞染错愕地发现，她没能踩到他的脚背，却被他拽着转了一个圈。她的耳边掠过一阵风声，她头晕目眩，压根没看清他的动作，已经被他从身后环抱。

　　大人的武功真比我高出很多？飞染一心求证心中的疑问，猛地抓住他的手臂，打算来个过肩摔，结果他的身体竟然纹丝不动。

　　"飞染，你想怎么'打回来'？"宋青莯在她耳边暧昧低语，抱着她一步跨过春凳。

　　"汪汪，汪汪汪！"大黑被他们吵醒了。

　　飞染幡然醒悟。未待他们站稳，她握紧右手，一拳朝身后挥去。

　　宋青莯猝不及防，扭头闪避，双手却依旧紧紧抱着她。

　　飞染抓住他肩膀的衣服，借力旋转身体。终于，宋青莯因为官服的领子勒住了脖颈，不得不松手。

　　飞染一心试探他的武功，伸手就想锁他的脖子。

　　宋青莯一把扣住她的手腕，把她的双手扭在她身后，低头凝视她的眼睛。

　　"大人，你的武功果然比我高出许多。"飞染很失落，闷闷地说，"你压根不需要我保护。"

　　宋青莯低语："为了把你留在我身边，我可以一辈子假装不会武功。"

　　"好！"飞染笑眯眯地仰起头，"那大人现在就假装不会武功，让我打一下，这是原则问题。"

　　"哪有这样的原则！"宋青莯的眼睛染上了笑意。他看得出，她不再生气了，她的脾气果真来得快，去得更快。

"大人，你先放开我啦。"飞染轻轻扭动身体，打算再次偷袭他。

"别想偷袭我！"宋青苿的声音低沉了几分。

飞染埋怨："你又知道我在想什么！那你刚才为什么不知道，还不由分说打我。"

"刚才是我不对。"宋青苿暧昧轻笑，"现在我来检查一下，刚才是不是把你打疼了。"

"我刚才就说了，不疼。"飞染的声音渐渐弱了。她有预感，他又要亲她了。他们不是在吵架吗？不对，他们在打架！她一拳打在他的肚子上，右脚钩住他的左脚，试图把他绊倒。

宋青苿闷哼一声，马上察觉了她的意图。他没有反抗，顺势朝窗边的软榻倒去，在倒下的那一刹那，他抓住了她的手腕。

飞染惊呼一声摔在他的胸口。她来不及支起身体，他已经抱住她在榻上滚了两个圈。她头晕眼花，双颊绯红。

"你不要压着我。"她试图推开他，垂眸不敢看他，虚弱无力地控诉，"你无赖！你欺负人！"

"对，我无赖，我欺负人。这辈子我只欺负你一个人。"宋青苿左手撑着软榻，右手拨开散落在她脖颈的发丝，指尖划过她的脸颊，轻轻勾起她的下巴。

飞染以为她家大人又要亲她。她晕晕乎乎，已经习惯性闭上了眼睛，就听到他说："无论遇上什么事，都不需要害怕的。"

她恼羞成怒想要推开他，却看到一双漆黑如宝石的眼睛正凝视着自己。他是认真的，并不是戏弄她。她呆呆地看他，任由他的手掌紧贴她发烫的脸颊。

宋青苿一本正经地说："飞染，我只想让你快快乐乐，想做什么事，就做什么事。如果你会害怕，咱们不一定要当捕快的。"

飞染坚定地回答："不，我喜欢当捕快，我喜欢抓坏人，下次我不会害怕了。"

"害怕是很平常的事。"宋青苿满心怜惜。

"大人，是我做得不对。如果我没有迟疑，大黑就不会受伤。说不定我和芷兰还能抓住那人。"

"笨蛋。"宋青苿轻轻捏了捏她的鼻子，"我没有责怪你的意思。再说上一次，你为了救人才会打死自家的驴子，真正害死那只驴子的人是陈五他们。"

"那件事，我没有觉得自己做得不对，可是……"飞染瘪瘪嘴，小声说，"有时候我忍不住就会想起，我一掌就能打死一只驴子……会武功好像是一件很可怕的事。"

宋青苿突然想到，除了和俞毅陈琪等人比武的时候，飞染很少使出功夫，尤其是和他在一起的时候。原来，她害怕自己不小心伤到别人。

"怎么这么傻。"宋青苿叹息。

"大人，"飞染鼓起腮帮子，"我没有后悔跟师父学武功，我只是偶尔的时候才会担心一下……"

"我知道。"宋青莱转身侧卧，把她拥入怀中，低声解释，"世上的事都需要分成正反两面来看。如果你不会武功，固然不会轻易伤到别人，但是你要怎么救人，怎么抓坏人呢？就说上次，如果你不会武功，那个小孩说不定已经被驴车撞上了。"

"对哦！"飞染笑了起来，转眼间又失落地说，"可是，我看到了驴子的眼睛，那时候它一定很痛。"

"你怎么知道它很痛？"宋青莱失笑，"它是一只驴子，用来拉货的。它和我们圈养的猪啊牛啊是一样的。难道因为它们可能会疼，大家只吃蔬菜吗？"

"这个我知道。师父教过，大鱼吃小鱼，小鱼吃虾米，世上的事本来就是这样，并没有残忍不残忍的说法。打仗的时候也是一样，没有绝对的对错，只是立场不同而已。"飞染打了一个哈欠，嘀嘀咕咕说，"师父还说过，世上的事都逃不过因果，一旦种下了'因'，就要承担后果。"

两人依偎在榻上悄声说话。直至夕阳的余晖从窗口倾泻而下，飞染昏昏沉沉睡过去，宋青莱起身找了一条毯子替她盖上。

须臾，宋青莱换下官服，俞毅及山槐已经在案前等他。

俞毅向宋青莱回禀，赵维明和他们一样，正四处搜捕从胭脂巷逃跑的男人。刑狱司和京兆府都没有找到那个男人，只在附近发现几滴暗黑色的血迹，证实飞染确实在最后一刻打中了那个男人。

宋青莱听完俞毅的汇报，目光落在田大成绘制的地图上。根据芷兰的描述，那个男人一心想杀死飞染。飞染本身并无仇人，想置她于死地逃不过两个原因，受息嗔师太牵连或者她的身世隐藏了一个大秘密。

如果是前者，师太遇害那天，她应该一同遇袭才是；如果是后者，恐怕陶氏的死也是因为飞染的身世之谜。

宋青莱一边思量，一边对山槐打一个手势。

山槐恭声回答："大人，今天袭击陶捕快这人，就是当日在八角镇夜探大牢，最后纵身跃入长公主府的那个人。"

宋青莱沉吟片刻，又问俞毅："长公主有什么动静？"

俞毅摇头回答："长公主除了命人去书院及兰台令送信，对外声称甄公子生病了，并没有其他的举动。"说到这，他又补充："对了，长公主两次派人前往兰台令，驸马才回到公主府。"

宋青莱推测，甄彦行一开始一定以为，长公主谎称儿子生病，试图骗他回府。冰冻三尺非一日之寒，他们夫妻之间的事，外人难断对错，只可怜甄山文，成了父母感情不和的牺牲品。

宋青荍暗暗叹息，转而问起翠烟的背景。

俞毅与山槐对视一眼。俞毅上前一步，压低声音说："大人，叶大人一早对我说，翠烟很不简单，甄公子和魏六少一定是入了美人局。刚才山槐查知，翠烟是自幼学艺的伶人，上个月刚到京城谋生，出生纸及身份名牒俱齐。她租下那间宅子的时候，特意请了保人，正正经经去衙门立下了文书。"

俞毅顿了顿，意味深长地说："大人，她的出身来历如此周详，依卑职愚见，如果长公主把她——"他比了一个抹脖子的动作，"只怕立马会有人替她出头。"

宋青荍没有表态，只说自己需要仔细想一想。

第二天一早，晨光初露，更夫惨叫一声，惊恐地看着四个大男人横七竖八倒在血泊中。卯时三刻，宋青荍、赵维明及大理寺卿被皇上急召入宫。

宫门口，赵维明走向宋青荍，想要说什么，领路的内侍提醒他，皇上正等着他们。

宋青荍可以想象皇上的震怒，毕竟前一日他才自得，在他的治理之下，京城的百姓夜不闭户路不拾遗，今天竟然出现了这样的案子。

果不其然，皇上把他们骂了一通，目光落在宋青荍身上。

宋青荍知道，皇帝要他接下这桩案子。他低头不语，赵维明突然上前一步，向皇上主动请缨。

皇帝没有说话，端起茶杯抿一口茶水。

宋青荍微微皱了皱眉头。他怀疑赵维明迫不及待揽下这桩案子，可能因为命案与甄山文有关，又或者赵维明误会甄山文是凶手。无论哪一种原因，都说明幕后之人意图将陶氏的死与长公主一家扯上关系。

炙人的静默中，皇上轻轻吐出一句："宋爱卿，你对此案有什么看法？"

宋青荍看得分明，皇上话音未落，赵维明右脚脚尖向前，官袍的下摆微微晃动，证明他十分焦灼。

宋青荍决定成全赵维明。不是他凉薄，不理会陶氏的死，而是有的时候，唯有旁观者才能更清晰地看到事情的全貌。

他上前一步，说道："皇上，赵大人体谅微臣撰写《验骨实录》时间紧迫，早两日已经在调查这桩案件。此前，因为受害人之一是微臣未婚妻的乳娘，赵大人特意告诉微臣，凶手专挑黑夜偷袭独行的路人。"

听到这话，赵维明眼前一亮。甄山文不过十四岁的少年，他或许可以趁着夜色偷袭独行的路人，但他绝对不可能同时袭击四名受害人。

皇上同时想起，昨日宋青荍才向他汇报，《验骨实录》一书因为缺乏资料与前人的经验，他必须整合仵作与大夫们的意见，进展十分缓慢。相比街市死了几个百姓，此书一旦完成并向地方推行，对断案大有助益。宋青荍这样的人才怎可大材小用！

皇帝审视赵维明，沉声说："先前的案子，你可有眉目？"

赵维明赶忙回答："微臣正在派人缉拿疑凶……"

"既然如此，今日这桩案子也一并交给京兆府，朕给你三天时间。"他瞥一眼赵维明花白胡子，又命大理寺卿从旁协助。

等到赵维明和大理寺卿领命而去，皇帝独留宋青冞，正色问他："宋爱卿为何不愿接手昨晚的命案？"

"皇上恕罪！"宋青冞拱手赔罪。

皇帝"哈哈"一笑，半真半假地嗔斥："算你老实，没想着忽悠朕。"

宋青冞再次请罪，一本正经地解释："诚如皇上所言，微臣确实不想经手这次的案子。皇上应该知道，微臣的未婚妻曾拜息嗔师太为师，她的乳娘曾伺候师太。如今师太和乳娘都不在了，微臣只想娶她为妻，其他的事，越简单越好。甚至于——"他略一停顿，无比认真地说，"微臣希望，她仅仅是微臣青梅竹马的表妹。"

皇帝低头饮茶，表情严肃了几分。他留下宋青冞，全因有人向他暗示，宋青冞的未婚妻来历不明，又是息嗔师太养大的。他很信任宋家，宋青冞更是他一手提拔的人才，但他坐在龙椅上，有些事容不得他不多想。

转念间，内侍在门外回禀："皇上，国舅爷求见。"

皇帝笑道："瑾明来了，让他稍等片刻。"

等到内侍的脚步声远去，皇帝对着宋青冞说："朕听皇后提及，瑾明有意认你做干女婿？"

宋青冞心中一惊，点头回答："林侯爷只是随口一说。飞染孩子心性，一心想着抓坏人，只怕早就忘了。她曾经一本正经地拒绝林侯爷，丝毫不知道那只是林侯爷的玩笑话。"

皇帝放下手中的杯盏，安抚宋青冞："宋爱卿不必这么认真，朕只是与你唠家常。"

"皇上。"宋青冞认真地说，"微臣素来懒散，用飞染的话，刑狱司就是专门抓坏人的。我是大人，她是捕快，能永远这样就够了。"

皇帝笑问："听宋爱卿的意思，莫非你们成亲后，她依旧想要留在衙门当捕快？"

宋青冞迟疑了，不知道如何回答。

皇宫外，飞染得知街上又发生命案，立马随俞毅等人赶到现场。此时，叶魁已经命人将半条街道都围了起来。

俞毅看到尸体旁边并没有硬物，遂询问叶魁，是否派人去附近寻找沾有血迹的凶器。

飞染蹲在尸体旁边，慢慢揭开白布，又猛地盖上。

"好奇怪！"她问俞毅，"他们四个人一起走路，一个人被砸到了，其他人为什么不逃跑？"

俞毅低头看去，四具尸体呈不同的方向倒下，但他们离得很近。他弯腰查看死者的指甲，指甲全都完好无损，干干净净。

"你们在看什么？"叶魁凑近飞染，故意压低声音说，"这会儿你家大人一定被皇上骂惨了。"

"大人又没有做错事，为什么挨骂？"飞染压根不信他。

"反正我就是知道。"叶魁装出胸有成竹的模样，又坏心地说，"昨天你擅自行动，差点受伤，你家大人一定责罚你了吧？"

"要你管！"飞染有些恼怒。

"啊，我知道了。"叶魁幸灾乐祸，"他一定狠狠骂了你，对不对？"

"叶大人！"俞毅看不过去了。平日里威风凛凛的五城兵马司指挥使竟然像猥琐小人一样欺负一个小姑娘。他一板一眼说，"皇上圣明，怎么会不知道，京城的治安乃五城兵马司的责任。"

"呵呵。"叶魁讪笑一声。飞染单纯可爱，他不过是和她开个玩笑。

远远地，王千源看到叶魁陪着刑狱司的人查验尸体，又见他满脸堆笑，脚步更急了几分。

赵维明进宫之前千叮咛万嘱咐，务必第一时间把尸体搬去京兆府，不许任何人查验，特别是刑狱司和大理寺的人。他跑得气喘吁吁，大声疾呼："叶大人，俞捕头，这桩案子是京兆府的。"说罢，他急命捕快把尸体围起来。

叶魁一听就火了，吩咐手下挡住京兆府的捕快，朗声说："王大人，皇上未有指示之前，我有责任保护现场，谁都不许靠近！"

王千源干巴巴地解释："叶大人，这案子与昨日一样，都是硬物砸了头，所以……"

"昨天是一个人，今天是四个人，哪里一样？"叶魁反驳。

王千源急得额头冒汗，结结巴巴说："这个……总之是赵大人吩咐……"

俞毅接口："既然案子由京兆府查办，那我们走了！"他示意飞染跟上他，嘴里嚷嚷，"都已经入秋了，天气竟然这么热。我们上楼喝杯茶再回去！"他率领刑狱司一众捕快大喇喇地走入边上的酒楼。

一旁的小巷内，季世兴头戴笠帽混迹在百姓中间，目光紧紧追随飞染。昨日，飞染的匕首刺中了他的后背。饶是他立马服下解药，也流了不少血，这会儿他就连嘴唇都是白的。

经昨日一役，季世兴不得不承认，单论武功，他赢不了飞染。他唯一的优势，实战经验比她丰富。如今他受了伤，短时间内想要杀她，唯有像逼死息嗔师太那样，先用迷药迷晕她，然后……

想到这，季世兴微微眯眼。飞染虽然身形高挑，但远远看上去，她们颇为相似。他注视她的背影，直至她的身影消失在他的视线，他才压低帽檐，悄然退出人群。

小半个时辰后，季世兴推开一扇陈旧的木门。

甄山文迫不及待迎上前，急问："季大哥，打听到什么消息了吗？"

"四个人，全都死了。"季世兴一字一顿，表情凝重。

甄山文呆住了，失神地后退几步，"扑通"一声摔坐在地上。他喃喃低语："我不知道会弄成这样，昨晚我就像着魔了一般……为什么会这样？"他的眼泪模糊了视线。

季世兴深深叹一口气，压低声音说："昨日那人死有余辜，可今天……"他摇头，诚恳地劝说，"不如，你……去自首吧……"

"不，我不去自首。"甄山文陷入了深深的恐惧，激动地叫嚷，"我们不知道街上有人，真的不知道……我们不是有心的……"

"杀人偿命欠债还钱。"季世兴拍了拍甄山文的肩膀，"死有轻于鸿毛有重于泰山，你去自首，总好过被宋青荣五花大绑抓回衙门。你不是说，你想当顶天立地的男子汉，而不是像你的父亲那样……"

"别说了！"甄山文呜呜咽咽哭了起来。

长公主那厢，昨日甄山文被五城兵马司送回家的时候，她只是很惊讶，儿子不过十四岁，竟然逃学去了胭脂巷。在她看来，这种风流艳事，把女人打发了就是，结果居然牵扯上了命案，气得她打了儿子一个耳光。

她把甄彦行叫回来，就是想让他看清楚，他们的儿子才是失败婚姻的牺牲品。他们父子不知道说了什么，儿子夺门而出，甄彦行竟然没能把他追回来。

十多年前，她曾经被甄彦行的文采折服。如今，她已经懒得骂他。

长公主看也不看一旁的甄彦行，颓然地坐在椅子上。直到打探消息的人回府，她走出屋子，迎上前急问："案子给谁了？"

来人恭恭敬敬地回答："回殿下，宫里还没有消息。据说林侯爷也进宫了……"

"我去宫门口等着瑾明。"甄彦行慌慌张张往外走。

"站住！"长公主呵斥，冷声说，"你不想害死山文，就不要轻举妄动！"

甄彦行停下脚步，回头看她。

长公主追问下人："王千源把街上的尸首运回京兆府了吗？"

"没有。"下人摇头，"叶大人扣着尸体，似乎在等宫里的消息，不过刑狱司的人已经离开了现场。"

长公主点点头，挥手命那人退下。

甄彦行上前急道："山文不会杀人的。"

"我也希望。"长公主从牙缝中挤出这几个字。她亲耳听到儿子绘声绘色描述，他如何用石块砸死胭脂巷的醉汉。

"我去把他找回来。"甄彦行焦急万分。

"你去哪里找他？"长公主反诘。

甄彦行呆住了。他已经找了一晚上，还能去哪里找他？之前他们为了不影响儿子，一致决定把他送去书院。难道他又做错了？

他失神地靠着廊柱，嘴里喃喃："山文绝不会杀人的！现如今，我们得赶快找到他。"

长公主转身折回屋内。

甄彦行追上她的脚步，艰难地说："山文说，他不是……不是我的……"

"你想说，他不是你的儿子？"长公主心口一阵冰凉。她的确放浪形骸，但她也曾真心对他。

甄彦行呆呆地看着长公主眼中的冰冷。他从来没有怀疑儿子不是他的，但儿子说得那么真切。他赶忙解释："我不是这个意思……是山文言之凿凿……"

长公主打断了他，冷声说："对，他和你没有任何关系，你不是他父亲，你可以走了。"

"顺昌，你不要意气用事。"

长公主轻蔑地冷哼一声，说道："我现在很冷静地告诉你，山文不是你的儿子。你可以回兰台令继续修你的书，缅怀你的情人……"

"顺昌！"

"从今往后，我们母子与你没有半点关系！"

甄彦行解释："我只是想问你，山文为什么会误会……"

"我只有一个要求，不要多管闲事，更不要去找林瑾明。"长公主清冷的嗓音硬生生压住了甄彦行的急切。

甄彦行微微一愣。或许因为他和林瑾明一样，这辈子都不可能和心爱的女人在一起，这十多年来，我们一直把对方视做唯一的知己。

长公主抬头挺胸，用意志力强撑着身体，不允许自己露出半分软弱。

甄彦行干巴巴地解释："瑾明或许知道……"

"正因为林瑾明知道太多的事，所以你不能去找他。"长公主讥诮地注视甄彦行，"你说，山文为什么怀疑，他不是你的儿子？"

"就算我与瑾明无话不谈，也不可能告诉他，我们之间的事。"说完这短短的一句话，甄彦行仿佛一下子老了十岁。他到底也是男人，怎么会告诉自己的朋友，妻子在家里圈养男宠。

他肯定地陈述："总之，不可能是瑾明让山文误会……"

"甄彦行，今日我们就把话说清楚。"长公主心力憔悴，依然挺着脊背说，"我做得出，就不怕有一天被发现。此外，从这一刻开始，儿子是我一个人的，你就当是帮我，请你什么都不要做。"

甄彦行突然很想笑。原来在她眼中，他一无是处，只会帮倒忙。是啊，他手无缚鸡之力，先皇封他为兰台令，只是看在女儿的面子。

他走近长公主,再一次重申:"山文没有杀人,我相信他。如果你真的不在乎旁人知道我们之间的事,不如让刑狱司查清楚真相。"

长公主冷哼:"如果宋青沐说,山文的确是凶手呢?你赌得起吗?"

甄彦行脱口而出:"养不教父之过,我会求皇上代他受刑。"

长公主很惊讶。他终于像一个男人,堂堂正正与她说话。可世上的事,岂是他说的这么简单。她不在乎别人议论她,可她的儿子只有十四岁,以后让他怎么做人?

第一次,她后悔了。她不该因为一个不爱她的男人赔上自己,赔上无辜的儿子。当年,在他为情人种下合欢树的那天,她就应该当机立断把他休了。

第15章 羡慕嫉妒

距离案发现场不远的酒楼内,刑狱司一众人等在雅间坐下。

飞染扒在窗边朝楼下张望。正下方恰巧是盖着白布的尸体,叶魁和王千源站在尸体旁边说话。她小声询问俞毅:"俞捕头,你怀疑凶手是从这里扔东西下去,砸死了那些人?"

俞毅点头回答:"是有这种可能。不过也有可能是凶手躲在暗处偷袭他们。如果是那样,凶手要么武功极高,要么不只一个人。"

飞染突然抓起桌上的茶杯,猛地朝叶魁扔去,大叫一声:"叶大人,接好了!"

叶魁猝不及防,本能地伸手抵挡,身体情不自禁后退一步。他眼见自己快要摔倒,勉强转一个身,狼狈地站稳身体,茶杯"哐"的一声摔在地上,裂成了碎片。

俞毅看得分明,其他人纷纷闪躲茶杯的碎片。他记得宋青沐说过,逃避危险是人和动物的本能,楼下的尸体却是紧挨着的,没有四散逃窜的迹象。

当然,这并不能排除,这里不曾发生高空掷物事件。他率众上楼,就是因为尸体旁边的地砖上有新鲜的砸损痕迹。

"陶捕快,我明白你的意思了。"俞毅赞许地点点头。

飞染不好意思地笑笑,低声解释:"叶大人老是想挑拨我和大人的关系,还在一旁自鸣得意,以为我听不懂。"她孩子气地冲楼下冷哼一声。

叶魁与王千源抬头仰望高楼上的俞毅等人,又看了看身边的尸体,以及远远散开的百姓。两人对视一眼,一齐冲入酒楼。

此时掌柜的已经被捕快叫到了雅间。俞毅冷着脸问他:"昨晚是谁在这间屋子里饮酒？"

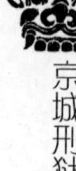

这不过是一句极普通的问话，掌柜的却吓得脸色发白，结结巴巴回答："官爷，小的不知道他们的姓名，也不知道他们的来历。"

俞毅把身上的佩刀往桌上一拍，掌柜的吓得"扑通"一声跪下了，哀声说："是秋试落榜的举子包了雅间……说是践行……他们天没亮就各自回乡了……昨夜不过是喝喝酒，发发牢骚……"

飞染脆生生地威胁："掌柜的，你再不说实话，我就把你抓回刑狱司关起来！"

"女官爷饶命！"掌柜的连连磕头，"我真的什么都不知道，只是在半夜的时候听到'乒乒乓乓'的声响……"

"丫呸的！"叶魁正巧听到这句话。他大步闯入屋子，一把抓住掌柜的衣领，"早上我问你的时候，你为什么不说？"

掌柜的解释："大人，自从放榜以后，那些举子喝醉酒发几句牢骚是常有的事……"

"你丫的！"叶魁恶声恶气地催促，"你还不老老实实交代他们的姓名籍贯！"

掌柜的不敢不从。不多会儿，叶魁和王千源问清楚举子们的基本情况，派人分头追缉他们。

飞染担忧地询问俞毅："俞捕头，大人还不回来，难道皇上真的在责怪大人？"

她的话音未落，宋青沫在皇宫内打了一个喷嚏。

"宋大人，可是受凉了？"内侍满脸堆笑。

宋青沫谢过内侍的关心，悄悄塞了一锭银子给他，笑问："昨日我出宫之后，皇上或者皇后可有说过什么？"

内侍仔细想了想，回道："昨日宋大人出宫后，皇上一直在御书房批阅奏章，谁也没见。差不多晚膳的时候，林侯爷递信，好像是为了今日求见皇上的事。后来皇上去皇后那儿用了晚膳，晚上才离开……"

宋青沫听内侍说完，道一声谢，心中愈加奇怪。他出了皇宫，正要坐车前往刑狱司，被一辆马车拦住了去路。

半盏茶之后，赵维明与宋青沫对坐茶楼。赵维明艰涩地说："宋大人，昨晚的命案，你有什么看法？"

宋青沫轻笑，回道："赵大人不会忘了，我和你一样，也是在宫门口才得知案情的吧？"

赵维明被宋青沫漫不经心的态度激怒了，转念间又像泄了气的皮球。世上最令人难堪的事莫过于有求于自己的仇人。甚至于，他口中的"仇人"从来不屑把他视作仇敌。

他喟叹："或许在宋大人眼中，老夫不过是逢迎拍马之辈，靠着奉承长公主殿下……"

"赵大人，有话不妨直说。"宋青苿有些不耐烦。

赵维明意味深长地说："殿下只有山文一个孩子。"

"所以呢？"宋青苿反问。

"宋大人！"赵维明加重语气，"老夫今日舍了老脸恳求宋大人……如果你能证明命案与山文无关，老夫年纪大了，差不多是时候辞官归故里。"

宋青苿不疾不徐地回答："赵大人回乡与否，似乎不该与我商议。"

"宋大人！"赵维明深吸一口气缓和情绪。他行至窗口，背对宋青苿感慨，"我不比宋大人，年纪轻轻就是正四品刑狱使。我在官场打滚一辈子，不过是京兆府尹，家中后辈更没有像宋大人这般杰出的人才。"

说到这，赵维明的神色中难掩羡慕与嫉妒。他叹一口气，沉声说："老夫读书不及宋大人多，也不像宋大人这么会断案，但是我懂得一个道理，即便是条狗，也知道报效主人。我只求宋大人保山文平安，你要什么条件，只要我能做到的事，哪怕赴汤蹈火，我眼睛都不会眨一下。"

宋青苿平淡地陈述："赵大人关心则乱。即便甄公子昨晚并不在府上养病，也不能证明什么。"

赵维明急道："不只是昨晚。前一天，胭脂巷那边……"

"谁都有年少轻狂的时候。"宋青苿轻描淡写。

"怕只怕——"赵维明上前一步，"山文此刻并不在公主府，如果……"

"我不明白。"宋青苿注视赵维明，"赵大人到底想要真相，还是仅仅希望甄公子平安？"

"宋大人，我刚才就说了，殿下于我全家有恩，我更是看着山文长大的，才会厚着脸皮恳求宋大人。"

宋青苿明白了，赵维明和长公主都确信，甄山文杀了人。赵维明希望他把甄山文从整件事中摘除。这是他辞官的条件。突然间，宋青苿觉得整件事挺可笑的。

"宋大人？"赵维明催促。

宋青苿来不及开口，屋外传来一阵急促的脚步声。赵维明的心腹向他禀告，甄彦行找来了。

甄彦行客气地求见宋青苿。宋青苿不得不应酬他。

半个时辰后，宋青苿返回刑狱司，又从刑狱司赶到陈尸现场。

飞染远远看到国公府的马车，迫不及待迎上他，开口便问："大人，你吃过午饭了吗？"

"你吃过了吗？"宋青苿反问。如果她吃过午饭了，他便吃过了；如果她还没吃午饭，他当然也没吃过。

飞染点头回答："我吃过点心了。"她拿出两个包子，献宝似的递给宋青苿，"这

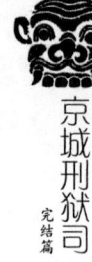

是我偷偷给大人留的。"

宋青沫笑眯眯地接过包子，指尖不经意划过她的手背。

飞染双颊飞红，慌忙低下头。宋青沫看到她一脸娇羞，恨不得把她搂在怀里亲一口。

王千源刚刚收到赵维明的通知，一切听从宋青沫的吩咐。他向宋青沫禀告："宋大人，下官已经按照赵大人的吩咐清场了。赵大人嘱咐下官听从您的安排。"

宋青沫抬头看去，尸体已经被白布撑起的围幕围住，围观的百姓也被捕快驱散了。他告诉王千源："皇上已经下旨，案子由京兆府查办，我只是顺道经过。"说话间，他示意王千源领路。

叶魁抢先一步朝尸体走去，对着宋青沫说："发现尸体之后，我马上派人守着，除了俞捕头和陶捕快，没有其他人靠近尸体。"

宋青沫故意放慢脚步，与飞染落在最后。他借着衣袖的遮掩，轻轻握住她的手。

飞染吓了一跳，慌忙想抽手，却被他紧紧握住四指。她瞪他一眼，示意他赶快松手。

宋青沫就像耍赖的小孩，轻轻摇头。

飞染双颊发烫，恨不得大力甩开他，又怕自己动作太大，惹别人注目。她气恼地瞪他，却见他专注地看着自己，她的心中涌动莫名的甜蜜。

宋青沫见状，悄悄挨近她，脱口而出："上午有没有想我？"

"想了。"飞染老老实实点头。

宋青沫脸上的笑意更浓，倾身在她耳边低语："上午我在皇上面前提起你了呢！"

"我？"飞染诧异，"大人说了什么？"

宋青沫故意逗她："我告诉皇上，我今天没能穿官服进宫，因为昨天有人把眼泪鼻涕全都抹我身上了……"

"大人，你太过分了！"飞染鼓起腮帮子，"明明是你招惹我，我才哭的！"

宋青沫追问："你不想知道皇上说了什么吗？"

"我才不想知道呢！"飞染扭头不理他。

宋青沫宠溺地笑了笑。他猜测，皇帝对飞染的态度变化，源自她父母不详，又是息嗔师太养大的。他借用官服的事告诉皇上，她只是爱哭的小女孩。他不只喜欢她，更会疼宠她。他愿意为了她，放弃身上的官服。

当他说起，她从小就喜欢扯他的衣服抹眼泪，皇上终于放下怀疑，笑了起来。笑过之后，皇上感慨，他才是最像他父亲的人。

当下，宋青沫看到飞染气鼓鼓的，低声说："原来你不想知道，皇上已经答应，只要你不用我的官服抹眼泪，等我们成亲后，你可以继续留在衙门当捕快。"

"真的？"飞染一脸惊喜。

宋青沫点头。

飞染简直不敢相信自己的耳朵。虽然她家大人早就答应她，成亲以后她可以继续抓坏人，可是偷偷摸摸抓坏人哪有继续当捕快来得痛快。

她高兴地大叫："大人，这辈子我都是你的捕快，你说抓谁，我就去抓谁！"

宋青苡笑问："能当捕快就这么高兴吗？"

"能当大人的捕快，当然高兴啊！"飞染仰头看他，着重强调，"不是普通的捕快，是当大人的捕快！"

宋青苡忘了他们正在大庭广众之下，很自然地轻点她的鼻尖，故作严肃地问她："当我的新娘，比起当我的捕快，哪个更让你高兴？"

飞染呆住了，不知道如何回答？

宋青苡瞬间黑了脸，不可置信地说："这个还要想？"他的心里颇不是滋味。

一旁，叶魁斜睨两人。不食人间烟火的宋大人竟然在众目睽睽之下调戏女捕快，太不成体统了，可是好羡慕啊！他大声嚷嚷："宋大人，你到底看不看尸体啊？"

"看！"宋青苡气呼呼地回应一声，压低声音威胁飞染："待会儿回去衙门，咱们再好好讨论！"

飞染眨眨眼睛，一脸莫名其妙。她家大人又生气了吗？怎么这么爱生气！她赶忙跟上他的脚步。反正她又不怕他，讨论就讨论。

白布围成的围幕内，尸体或卧趴或仰倒在地。叶魁和王千源不知道看了多少遍，唯一的结论，他们都是被凶手砸破脑袋以后死亡的。除了这点，宋青苡难道还能看出一朵花？

"大人。"田大成递上一张纸。

叶魁凑过头细看。纸上画了四具尸体的位置，边上是大大小小的十字标记，大约有数十个。

宋青苡抬头朝酒楼的二楼及三楼望去。

叶魁照着图案在地上辨认，发现十字标记有的代表地砖上的微小细纹，有的是地砖表面崩了口，也有的是地砖上染了奇怪的颜色。

"你做得很好。"宋青苡夸奖田大成。

田大成不好意思地挠挠头。

宋青苡把纸张还给田大成，又吩咐他："待会儿尸体挪去京兆府以后，你再把地上仔细检查一遍。"

"是！"田大成点点头，又悄悄告诉宋青苡，俞毅已经带人回去试验高空掷物了。

宋青苡不置可否，目光一一掠过地上的尸体。这些日子，他被飞染督促着接案子，越来越觉得破案是一门很高深的学问，除了"人心"，还有很多值得研究的方向。

比如说，人在不同情况下受伤，会在骨头上留下不同的痕迹，而愈合又是另一个过程，会形成不同的伤疤。甚至于，某些病症也会在骨头上体现。

再比如说，高空掷物在地上留下的痕迹。不同的物体，不同的高度，不同的角度会形成不同的痕迹。如果能把这些不同之处归纳总结，或许可以找到破案的关键线索。

飞染或许孩子气，但她总能看到事物积极的一面，努力做好自己力所能及的那部分。这正是他缺少的精神。

"飞染。"宋青苶冲她招手。

"大人，你不生气了？"飞染走到他身边，"其实，你到底在气什么？"

宋青苶低声说："先查验尸体，其他的，回去再说。"

"哦，怎么查验，咱们不等仵作吗？"飞染跃跃欲试。

叶魁凑上前插嘴："就算仵作来了，也验不出什么吧？"

宋青苶瞥他一眼，询问王千源："弄清楚死者身份了吗？"

王千源回答："我们还在等死者家属去衙门报案。如果晚上再没有人报案，只能在附近张贴死者画像。"

宋青苶蹙眉追问："胭脂巷的那名死者，有人报案了吗？"

王千源摇头回答："没有人报案。赵大人已经吩咐捕快去胭脂巷挨家挨户盘问，没有人识得死者。"

宋青苶点点头，打量四名死者的衣着，命令捕快们一一检查死者的随身物品。

不多会儿，捕快回禀，死者身上除了银票、碎银子及不值钱的饰物，其中一人携带了一盒未开封的胭脂。

飞染打开胭脂盒，脂香味扑面而来，异常刺鼻。

叶魁凑在飞染身边观察那盒胭脂。

宋青苶从飞染手中拿过胭脂盒，询问叶魁："叶大人从这盒胭脂看出了什么？"

叶魁掂了掂胭脂盒子，胸有成竹地回答："不过是一盒普通的胭脂，盒子上没有店家的字号，包装也不讲究，应该是在小摊贩那里买了，准备回家送给妻子。如果是送给情人的，应该会选贵一些的，至少会包装一下。"

宋青苶反问："如果这盒胭脂是他准备送给妻子的，此刻已经是下午了，为什么他的妻子至今没有报案？"

叶魁不甚确定地回答："可能是她还没发现丈夫不见了吧？"

宋青苶解释："五城兵马司把整条街都封住了，早上应该有不少百姓围观，附近恐怕无人不知无人不晓，这里死了人。"

叶魁将信将疑地反问："听宋大人的意思，难道是他们的妻子杀人，所以至今不敢报案？"

宋青苶摇头。

叶魁追问："宋大人觉得，他们的家人为什么至今没有报案？"

宋青苶指着尸体解释："他们的衣服七八成新，双手没有写字留下的老茧，体型也不像卖体力为生的人。他们的皮肤呈小麦色，应该是经常在外行走的人。这条街道人来人往，尸体直到早上才被发现，显然死亡时间在半夜以后。四个大男人，大半夜走在街上，叶大人觉得，他们从哪里出来？"

叶魁知道，宋青荍指的是"妓院"。碍于飞染在场，他避重就轻地回答："不一定就是宋大人说的地方，或许他们是做脂粉生意的，刚刚谈完生意，在回家的路上被人袭击。"

宋青荍摇摇头，答道："那盒胭脂的香味过于浓烈，不是平常女子喜欢的香气。如果他们是脂粉商人，不可能拿这样一盒胭脂给客户过目。"

他顿了顿，又道："胭脂依旧在他们身上，大概因为他们想要送给什么人，对方没有收下。所以，这四人可能只是合伙做小买卖的生意人，刚到京城没多久，不知道京城的消费水平。"

说到这，他吩咐捕快嗅闻尸体，确认他们身上是否有特殊的气味。

不多会儿，捕快回禀，四人身上混杂了酒味以及各种胭脂的香味。

宋青荍闻言，随即告诉王千源，去附近"饮酒作乐谈生意"的地方询问一番，应该就能确认被害人的身份，知道他们住在哪间客栈。

叶魁听到宋青荍故意把"妓院"说成"饮酒作乐谈生意的地方"，低头闷笑。

飞染满眼崇拜看着宋青荍，却听得云里雾里。她主动请缨："大人，不如让我去'饮酒作乐谈生意的地方'查一查吧？你告诉我在哪里，我可以的，俞捕头教过我怎么盘问证人。"

宋青荍嘴角微僵，不知道如何解释。

"大人！"飞染讨好地恳求："你就让我去吧，我是捕快呢！如果你担心，我可以和其他捕快一起去。"

宋青荍坚定地拒绝："这是京兆府的案子，只能由京兆府的捕快盘问证人，是不是王大人？"

"是！"王千源赶忙点头。

飞染一脸失落，奇怪地问："大人，什么样才是'平常女子'？你怎么知道，她们不会喜欢这盒胭脂，你认识很多女人吗？"

叶魁差点闷笑出声。

宋青荍瞪他一眼，不慌不忙地回答："因为你闻到胭脂的香味，马上就皱眉了，所以我知道你不喜欢。"

说罢，他叮嘱田大成务必好好勘察现场，正要带着飞染离开，就看到自己的母亲呵斥衙差。他赶忙走过去，奇怪地问："母亲，你找我？"

"我不找你。"白珺若自动忽略宋青荍，冲飞染招招手，笑眯眯地说，"飞染，过来，白姨带你去吃点心。听说那个点心师父是从西洋来的，头发是金色的，眼睛是蓝色的，可有趣了。"

说话间，她径直上前拉住飞染的手。

飞染不敢甩开未来婆婆，求救似的朝宋青苿看去。

"母亲！"宋青苿低声劝阻，"晚些时候，我带飞染去找你们。"

"飞染一天多少工钱？我替她赔十倍给你！"白珺若似赶苍蝇一般挥开宋青苿，又道，"对了，你父亲让你早些回家。"她不由分说拉走了飞染。

宋青苿眼睁睁看着国公府的马车缓缓远去，飞染正透过窗户，依依不舍望着他。

半个时辰后，宋青苿讪讪地回到成国公府，得知父亲正在待客，来人是永安侯林瑾明。一盏茶之后，他被宋航叫入会客室。

宋青苿与林瑾明见过礼，宋航笑着说："林侯爷刚从宫里出来，我正要派人去叫你。"

"林侯爷找我，是否有事吩咐？"宋青苿面上客客气气的，心里直想骂脏话。为什么林瑾明总是阴魂不散缠着他？

相较之下，林瑾明显得有些局促。他冒昧找上宋航，希望他能用父亲的身份劝一劝宋青苿，宋航没有拒绝，也没有答应。

林瑾明心中踌躇，端起茶杯饮一口茶水，又轻轻放下杯盏。

宋青苿主动询问："林侯爷昨日还在城外的庄子上，是昨天晚上回城的吗？"

"是。"林瑾明点头。

宋航假装低头喝茶，房间内顿时陷入静默。

宋青苿偷偷看一眼父亲，不明白这是什么意思。

林瑾明硬着头皮说："先前在庄子上，我已经告诉宋大人，我们并不认识飞染的乳娘。"

"侯爷是说那件案子啊！"宋青苿笑了笑，"那件案子已经交由京兆府审理，内情我也不清楚。"

林瑾明表情一窒。他不明白，飞染的乳娘死了，宋青苿为什么把案子交给京兆府调查。他按捺不悦，又道："我刚刚得知，昨晚又有人死了，死者与飞染的奶娘一样，被人砸破了头。"

"是。"宋青苿点头，"皇上已经把案子交给京兆府。如果林侯爷想知道案件的进展，得去找赵维明大人，我无能为力。"

"青苿！"宋航低斥一声，转而对着林瑾明解释，"林侯爷莫见怪，三郎年纪轻，说话太直接了。"

"宋大人只是陈述事实。"林瑾明勉强笑了笑。他很后悔，宋航出了名护短，他没有直接说，我儿子并没有说错，已经很给他面子了。

他咽下原本想说的话，与他们寒暄几句便起身告辞了。

宋青苿把他送至二门，折返客厅询问宋航："父亲，你故意让母亲叫我回来？"

宋航语重心长地教训儿子："三郎，我从小就教育你们，自己的事情自己处理。林侯爷为了你突然上门找我，难道我不应该叫你回来？"

"应该！"宋青沫懒得与父亲争辩，转而请求，"父亲，林侯爷已经走了，不如派人把母亲找回来……"

"怎么，一日不见如隔三秋？"宋航无情地嘲笑儿子，幸灾乐祸地说，"人生的玄妙之处，没人知道明天会发生什么事。今日你与林侯爷不对付，你有没有想过，有朝一日你可能有求于他？甚至，你不得不尊他为长辈，逢年过节都得给他送礼。"

宋青沫狐疑地审视宋航，一字一顿说："飞染绝不会过继给他。"

"如果不是过继呢？"宋航似笑非笑，半真半假。

宋青沫心中一惊，脑海中冒出一个荒谬的念头。不过，他查得清清楚楚，陆敏产下男婴后，母子先后过世，这事包括林瑾明在内，很多人亲眼所见，也有尸体为证。林瑾明那么爱陆敏，不可能养外室。可是，如果飞染真的是林瑾明的女儿……

宋青沫不敢想象这样的事实。"父亲，您在暗示什么？"他直接询问宋航。

"没什么。"宋航耸耸肩，"我只是好心劝你一句，凡事留一线，日后好相见，毕竟谁也不知道，飞染的亲生父母到底是谁。"

宋青沫被宋航的话撩拨得心烦意乱。他烦透了那些乱七八糟的事，很想带着飞染远走高飞，携手畅游山水间。

同一时刻，飞染也很想与自家大人私奔。

她与白珺若离开命案现场后，她没能吃上西洋糕点，却被迫换下了捕快的制服。这会儿她身穿齐胸襦裙，腰缠几尺长的缎带，裙子是层层叠叠的轻纱，身上缀着各式饰物。不可否认，这样的打扮很华丽，很新奇，也很漂亮，可是她穿成这样，要怎么抓坏人？

"白姨，我还要继续试吗？能不能不要了？"飞染苦恼地看着堆积如山的衣衫。这么多衣裳，她试穿到明天也穿不完吧？

白珺若替飞染捋了捋长发，又整了整衣领，眉眼间满是笑意。她儿子眼光就是好，瞧瞧飞染这身打扮，恍若天上的仙子。

飞染被白珺若看得心里发毛，扯着她的衣袖撒娇："白姨，咱们不要试了，好不好嘛？"

"你不想试这些？没关系。"白珺若回头吩咐掌柜的："把喜服拿来，我上次挑中的那几套全都拿过来。"

今天还要试喜服？飞染来不及震惊，小二已经把衣服鞋子等等一并送来。

飞染一心记挂着案子，原本不太乐意。不过当她看到身穿喜服的自己，她莫名红了脸。

"怎么？不喜欢？"白珺若暗暗咂舌。她已经找不到合适的词语形容飞染的美貌。以她过来人的专业眼光，飞染的身体还未完全长开，过两年只怕更令人惊艳。

她拍了拍飞染的手背，笑道："不喜欢没关系，咱们再挑，总能找到合心意的。再不然你告诉白姨，你喜欢什么样的，白姨马上找人现做……"

161

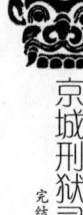

"白姨，不是的，我很喜欢呢。"飞染低头绞缠手指。她只是遗憾，她家大人不在这里。

白珺若看到她一副小女儿的娇态，顿生怜惜，柔声说："是不是害怕成亲？没事的，别怕。那个臭小子敢欺负你，白姨替你揍他。"

"我没有害怕。"飞染的脸颊快滴出血了，低着头嘟囔，"而且，大人的武功很高……"

白珺若义愤填膺地追问："难道他仗着武功好欺负你了？"

算欺负吗？那时候她以为他不会武功，一直让着他，可他总是得寸进尺，经常把她逼到角落动弹不得，害得她的小心肝"怦怦"乱跳。她小声回答："也没有怎么欺负，大多数时候，大人都对我很好。"

白珺若回过味来，抿嘴笑了起来。

飞染不明白她在笑什么，却感受到了暧昧的气氛，她恨不得挖个地洞钻下去。

试衣间的外面，小二告诉白珺若的两个媳妇，陆萱刚巧来了店里，得知她们也在，想过来打个招呼。

白珺若虽然与陆萱没什么交情，对她的印象不错。她吩咐飞染换另一身衣裳给她瞧瞧，自己出了试衣间，让小二把陆萱请过来。

须臾，陆萱进屋。白珺若招呼她坐下，几个人坐在桌边闲聊。

飞染从试衣间走出来，拽着衣摆的绳结嘟囔："白姨，这个我解不开……林夫人。"她赶忙向陆萱行礼。

"这孩子，总是莽莽撞撞的。"白珺若笑着轻斥一句，又忍不住补充，"飞染年纪小，正是率真活泼的时候，我就喜欢她这样。"

话音未落，她的大儿媳妇已经上前替飞染解开绳结，又仔仔细细帮她绑上。

陆萱明显感觉到宋家人对飞染的维护，她笑着说："是我冒昧打扰宋夫人了。不过，如果不是我不请自来，就见不到这么漂亮的准新娘了。"

白珺若有心炫耀，又挑了一套衣裳让飞染换上。

几个女人相谈甚欢。陆萱的身体尚未完全康复，很快露出倦容，起身告辞，临走不忘叮嘱飞染，有空一定要去林家找她，她和林瑾明一直把她当晚辈。

白珺若亲自送她到门口，望着她的背影摇头叹息："听说陆家有意把她的侄女嫁给林侯爷的独子。如今的林家是皇后娘娘的娘家，那个又不是她的亲生儿子，有些事，她哪里做得了主。"

飞染奇怪地问："我远远见过，林侯爷的儿子很小呢，怎么能定亲？而且陆家不是在琼州吗？大人说过，琼州在最南面，很远的。"

白珺若不甚确定地回答："我记得他是十岁，还是十一岁了，差不多是时候定亲了。"

飞染脱口而出："可是大人说，要相互喜欢才能定亲，就像我和大人，还有白姨和宋伯伯……还有两位姐姐……应该很喜欢宋大哥和宋二哥吧？"

白珺若的两个媳妇是世家千金，被飞染说得双颊绯红，反倒是白珺若，想起自己与宋航初识那会儿，愈加觉得飞染和宋青沫就是他们当年的翻版，对她更加亲近了几分。

她们在雅间说话的当口，楼下突然传来一阵喧哗声。

飞染一个箭步冲出房间，才走到楼梯口就看到陆萱的两个丫鬟瘫坐在地上，店里的女客四下逃窜。

一楼的大堂内，一个身材魁梧的妇人挟持陆萱，白森森的刀刃抵着她的脖颈，眼见着就要割破她的喉咙。

第16章　痴缠

"放开林夫人！"飞染大叫一声，飞身跃下楼梯。她试图营救陆萱，但碍于妇人手中的匕首，不敢贸然上前。

妇人高声控诉："你们害得我家破人亡，我要你们偿命！"她死死勒住陆萱的脖子，双目血红，表情狂乱。

林家的下人围在四周七嘴八舌地劝说。飞染从他们的对话中得知，女人原本是侯府的家生子，在陆昌建杀人事件中，他们全家被发卖了。

飞染看到众人拿不出施救之策，用力一拍桌子，高声说："我是刑狱司的捕快，你有什么冤情，不妨告诉我……"

妇人大叫："告诉你有什么用，人都已经死了，我也不想活了……"

"就算你不想活了，也应该告诉大家，林家如何害得你家破人亡，不然就算你死了，又有什么意义？"白珺若站到了飞染身旁。

飞染忙不迭点头附和："对啊。再说又不是林夫人将你们一家发卖。俗话说，冤有头债有主，你应该找林侯爷才是。"

"对，就是这个道理。"白珺若悄悄上前一步，"不如你放了林夫人，我带你去找林侯爷。"

妇人神情怔忪，嘴里喃喃飞染那句"冤有头债有主"，卡着陆萱脖子的匕首不知不觉加重了力量。陆萱的脖子被刀刃割破了，鲜血顺着刀锋滑向女人的手背，又从她的手背滴落，在陆萱的衣裳上划出一道长长的血痕。

陆萱几乎昏厥，眼泪一滴又一滴滑落，颤声说："麻烦宋夫人告诉我家侯爷……"

"闭嘴！"妇人大喝一声，对着飞染和白珺若说，"你们告诉林侯爷，他怪错了好人，我们一家历代忠心！"

陆萱抓住女人的手腕，试图挣脱。可惜，她身体纤弱，妇人又是干惯了粗活的仆妇，她的挣扎反而激怒了对方。

白珺若见状，指着妇人的鼻子大骂："你口口声声'忠心'，却用刀子抵着主人的脖子，这就是你所谓的'忠心'？"

"你知道什么！"妇人叫嚣。

飞染接口："我们的确不知道。不如这样，白姨，你派人把林侯爷请来，让他们当面说清楚……"

"这样甚好。"白珺若点头附和，"我这就派人去请林侯爷。"

飞染对着妇人说："白姨，她还没有答应放了林夫人。"

"她一定愿意的。"白珺若同样朝妇人看去。

妇人看着飞染与白珺若一唱一和。她刚想呵斥她们，飞染一个箭步上前，她吓了一跳，下意识往后退。

眨眼间，飞染已经从妇人手中拽回陆萱。

白珺若立马把她们护在身后，大声命令："来人，把她绑起来，交给林家处置！"

国公府的侍卫抓着妇人的手腕一个反手擒拿，妇人"扑通"一声跪倒在地。

白珺若回头，冲飞染比了一个大拇指。

飞染微微一笑，忽然觉得不对劲。她本能地回头看去，就见一支羽箭飞快地朝自己射过来。

"白姨小心！"飞染一边示警，一边拽着陆萱转身。

慌乱中，陆萱尖叫一声，奋力想要推开飞染，用身体护着她，绝望地闭上了眼睛。

白珺若看得分明，陆萱虽然只是好心，想要保护飞染，但是如果她没有轻举妄动，她和飞染都不会有危险。

电光石火间，白珺若抓起茶壶抵挡羽箭。

众人只听到"咚"的一声巨响，茶壶裂成了碎片，羽箭也随之掉落在地上。

"白姨，你没事吧？"飞染急问。

"没事。"白珺若的整条手臂都麻了。她朝羽箭射过来的方向看去，隐约看到一个人影。

飞染顺着她的目光看去，大叫："就是那人，他手上有弓箭！"

陆萱一直强撑着身体，此时再也坚持不住，双腿一软昏了过去。

飞染只能伸手抱住她，不过她认出了远处的人影，就是那人害得芷兰和大黑受伤。他化成灰，她都认得！

她把陆萱交给林家的下人，飞身跃了出去。

"飞染！"白珺若第一时间追了出来，她眼见飞染距离自己越来越远，她大叫，"飞染，穷寇莫追！"

飞染愣了一下，不情不愿地停下脚步，气呼呼瞪着男人离开的方向。她答应过她家大人，不能让自己陷入危险。

她冲男人离开的方向比了比拳头，孩子气地嚷嚷："哼，总有一天我会抓住你的！"她转身折返，关切地询问白珺若，"白姨，你没有受伤吧？"

"没有。"白珺若跑得气喘吁吁。两人同时望着街道的尽头心有不忿。

突然，成衣铺子内传来一连串尖叫。

飞染与白珺若快步折返，就见早前挟持陆萱的妇人挣脱了绳索，捡起匕首割喉自尽了，而陆萱依旧昏迷不醒。

小半个时辰后，林瑾明匆匆赶来成衣铺子。他问清楚经过，带着陆萱返回永安侯府。

此番变故让白珺若再也没有心情逛街，命人把飞染送回了刑狱司。

入夜，飞染躺在床上辗转反侧，怎么都睡不着。她问："芷兰，你说大人这会儿在干什么？"

芷兰就睡在隔壁。她思考许久，闷闷地憋出一句："奴婢不知道。"

飞染嘀咕："大人应该还没有睡，可能正在灯下看案卷吧？"她回想宋青荠手持书卷坐在灯下的专注模样，轻轻笑了起来，拽起被子蒙住微微发热的脸颊。

成国公府内，宋青荠确实坐在灯下，手中拿着案卷，可纸上那些字就像与他捉迷藏一般，平日里一目十行的他，这会儿就连一行都看不下去。

他猜想，飞染一定已经睡下了。以她的没心没肺，说不定这会儿正呼呼大睡。不过也有可能，她正在想着他。他知道，她同样很喜欢他。

她到底是睡着了，还是像他一样，正在思念他？

这个问题悬在宋青荠心头，就像世上最难解的谜题，令他坐立难安。终于，宋青荠忍无可忍，翻墙离开国公府，一路疾奔来到刑狱司。他深吸一口气，整了整衣裳，举步上前敲门。

门子看到自家大人吓了一跳，又见他的额头汗津津的，头发也乱了，心中更觉得奇怪。

宋青荠沉声说："我自己进去，你不用理会，也不需要惊动其他人。"

门子赶忙应下，探头朝外张望。没有马匹，也没有马车，他家大人是怎么回来的？刑狱司距离国公府说远不远，说近也不近。

宋青荠无暇理会门子的疑惑，径直朝飞染居住的小院走去。他走了几步，突然又停了下来，转身去了自己平日办公的书房点亮烛台，装模作样摆上书册，这才走去飞染居住的小院，独自站在紧闭的院门前。

他想要敲门，又觉得不适合，讪讪地绕至围墙的隐蔽处，一气呵成跃上墙头。当他看到院子内黑漆漆一片，他郁闷地咕哝："果然已经睡着了！"

165

房间内，飞染躺在床上，有一搭没一搭地与芷兰说话。突然，她一跃而起，压低声音急问："芷兰，你有没有听到奇怪的声响？"

"小姐，您别出声！"芷兰紧张地跨入飞染的卧室，手握匕首做护卫之姿，低声交代飞染，"小姐，等那人进来，我缠住他，你去衙门搬救兵。"

飞染侧耳聆听，小声说："来人单枪匹马，不如我们合力抓住他。"她一脸跃跃欲试。

芷兰断然摇头，全身戒备紧盯房门。她们的住处与刑狱司一墙之隔，来人要么脑子太笨，要么武功极高。

房门外，宋青莯信步走在廊下，心中莫名紧张。他告诉自己，他就是偷偷看她一眼，以慰相思之苦。他绝不会做越轨的事。他站在门口，迟疑地伸手，手掌紧贴门板轻轻一推。

门内，飞染站在芷兰身后双目圆睁，一颗心快跳到嗓子口了。

"吱——呀——"短促的开门声传来。

芷兰大叫一声："小姐，就是现在！"她右手握住匕首，狠狠朝宋青莯的胸口扎去。

宋青莯微微一愣，只觉一道疾风朝自己扑来。他本能地向后仰倒，匕首的寒光在他眼前掠过。

飞染本想冲出院子搬救兵，可是闯入她闺房的小贼真的是单枪匹马呢！如果她和芷兰合力抓住他，明天还可以向她家大人炫耀一番。

"芷兰，我来帮你。"飞染话音未落，整个人已经飞身跃起，拳头照着黑暗中的人影抡去。

宋青莯终于意识到，他被飞染当成贼人了。黑暗中，他凭气流判断，芷兰的匕首在他右手边，这一招的目标又是他的心口；他的左手边，飞染整个人扑向他。按他估计，就算飞染这一拳抡空了，以她的轻功，恐怕转身就是一脚踹向他的心窝。

宋青莯深深后悔了。他可以趁机强攻飞染，同时避开芷兰的袭击，可飞染是他的未婚妻，这黑灯瞎火的，万一不小心把她打伤了怎么办？

当然，他也可以避开飞染，转而攻击芷兰，可是屋子内黑漆漆一片，他就这样避开，万一飞染不小心撞上门板，他会心疼的。

转念间，他侧身避开芷兰的匕首，大叫："飞染，是我。"

飞染收势不住，一拳打在宋青莯的肩膀上。

宋青莯扣住飞染的手腕，忍痛拉着她齐齐后退。

芷兰一时没有反应过来，反手一刀挥向宋青莯的后背。

"大人？"飞染试探着问一句。

宋青莯无法回答，抱着飞染一连后退三步，总算避过了芷兰的刀锋。

芷兰停下攻势，怔怔地看着暗黑中的人影。

宋青莯尴尬到极点，咬着牙重复："是我。"他说不出解释的话。

芷兰惊讶万分，赶忙吹亮了火折子。

忽明忽暗的烛火中，宋青苒看到飞染仰头盯着自己，她的长发散开了，身上穿着雪白的中衣，脸上满是茫然。

"咳咳！"他轻咳一声放开她，难堪地转过头去。

芷兰站在桌边，远远看着宋青苒。她一定是在做梦吧？不然堂堂提点刑狱使怎么当起了采花小贼，半夜闯入未婚妻的香闺。

"大人，我打疼你了吗？我打在哪里了？"飞染打破了沉默。

"没有……"宋青苒脸上浮现可疑的红晕。

飞染急切地追问："我不知道是大人来了……不过大人，你为什么不走正门，要偷偷摸摸的？"

"那个……"宋青苒也很想问一问自己，他为什么偷偷摸摸？"我……"他的脑袋好像打结了一般，找不到合理的解释。

"大人，你怎么了？我下手很重吗？"飞染愈加焦急。

宋青苒的肩膀很痛，但更痛的是他的自尊心。他握住飞染的右手，心里终于有了一丝安慰。他避重就轻回答："你下手不重，我也不疼，我就是来看看你。"

看看？芷兰的嘴角抽了抽，低头陈述："小姐，天凉了。"

"我不冷呢！"飞染摇头。

宋青苒这才注意到，飞染的领口松开了，露出白皙的脖颈，中衣的绳边下，漂亮的锁骨若隐若现。他赶忙替她扣上领子，一本正经地说："你先穿上衣裳，我在外面等你，我有话对你说。"

"噢！"飞染不疑有他，转身拿起自己的衣服。

芷兰越想越觉得不对劲。如果不是她们警醒，这会儿宋青苒已经偷偷摸进自家小姐闺房了。三更半夜，孤男寡女，想也知道他意欲何为。亏得大家这么崇敬他，特别是田大成，简直把他当天神崇拜，结果他竟然是这样的人。

"小姐。"芷兰把飞染的腰带多绕了一圈，用力打上一个死结，低声提醒她，"奴婢说句僭越的话，宋大人，也是男人。"

"我知道大人不是女人啊！"飞染奇怪地看一眼芷兰，笑眯眯地说，"芷兰，我和大人是不是很默契，我正在想他的时候，他就来找我了。"

"……"芷兰默默把她的腰带再打上一个结。转念想想，陶妈妈不在了，雪雁又是从国公府来的，她硬着头皮提醒，"小姐，有些事只可以成亲以后做。"

"比如说什么事？"飞染一脸天真无邪。

芷兰的脑子嗡嗡直响，僵着脸恳求："小姐，奴婢是大人买回来的，您能不能替我告诉大人，从今往后，奴婢再也不敢离开您十步远。今晚，奴婢就在门口守着小姐。"

飞染赶忙安慰她："芷兰，我早就说过，上次的事你不需要自责，我没有受伤。"

芷兰坚持："反正请小姐务必转告大人，奴婢就守在门口，一直守着。"

屋子外面，宋青荗坐在摇椅上，仰头遥望黑漆漆的夜空。

飞染的武功底子不错，刚才他真的太糗了。

他深深叹一口气，抬手揉了揉肩膀，飞染下手真重。

"大人。"飞染快步走到宋青荗身边，在摇椅上坐下，"我真的没有打疼你吗？"

"没有。"宋青荗摇头。院子里很暗，他看不清她，展开手臂低声命令，"过来。"

飞染有些迟疑，犹犹豫豫靠近他。

宋青荗收紧手臂拥抱她，下巴抵着她的额头。他终于如愿以偿了，不枉他赶了那么远的路，又是翻墙，又是挨揍。他低头亲吻她的发丝，呼吸属于她的馨香。

飞染涨红了脸，悄悄伸手环抱他，小声咕哝："芷兰正看着呢！"

宋青荗转头看去，芷兰像石雕一般站在门口。透过屋内的灯火，他隐约可以看到，她正面无表情地瞪他。

飞染转述芷兰的话："大人，芷兰让我告诉您，不管发生什么事，她都不会离开我十步远，今晚她会一直守在门口。"

宋青荗立马明白过来，芷兰把他当成采花小贼了。天地良心，他就是太想念她，单纯想要看她一眼。他赌气一般宣誓，"你是属于我的，不管别人怎么阻拦，你都是我的！"

"什么阻拦？"飞染莫名其妙。

"没什么。"宋青荗的声音闷闷的。

飞染愈加不解："大人，你到底怎么了？是不是发生了什么事？"

"没有。"宋青荗摇头。

飞染追问："那你想对我说什么？"

"其实我就是想你了。"宋青荗稍稍放开她，低声解释，"刚才我以为你睡着了，就想进屋悄悄看你一眼，没有别的意思。"

飞染笑眯眯地说："其实……我也想大人了，所以睡不着。"

"真的？"宋青荗一脸惊喜，轻轻抬起她的下巴。

飞染用力点头，双眸亮晶晶的，就像天边最明亮的星星。

宋青荗的指腹轻轻划过她的脸颊，低声感慨："真想明天就娶你回家。"

"我也想嫁给大人。"飞染再次点头。她双颊嫣红，但这只是女人天性的羞涩，息嗔师太从没有教过她男女相处，她压根不懂得掩饰情绪。她只知道，她家大人怎么做，她也怎么做。

她惋惜地说："大人，今天白姨带我去试喜服了。我看到铜镜中的自己就在想，如果大人也能看到就好了。"

"我当然会看到。"宋青荗失笑。她真的太傻，太纯真，不过也正因为这样，才愈加显得她的爱情弥足珍贵。

他把她的小脑袋压在自己胸口，再一次亲吻她的发丝。这一刻，他的心都被她填满了。他对她，不再仅仅是男人对女人的渴望，而是由心而发的幸福。

这辈子，他会守护她的纯真，让她永远保有无瑕的笑容。

"飞染，今天成衣铺子发生的事，你是不是又难过了？"他轻拍她的背，试图安慰她。

飞染不答反问："为什么我会难过？"她眨巴大眼睛，不解地看着宋青莯。

宋青莯这番折腾，一定要在今晚见到飞染，一部分原因是他想要安慰她，可她竟然像没事人一般。他颇为奇怪，试探着问："永安侯夫人差点受伤，不是吗？"

"哦，大人说这件事啊。"飞染侧头想了想，"可她没有受伤啊，反倒是白姨，她的手一定很疼。"她皱了皱眉头，"大人，你会不会觉得我很坏？"

"为什么这么说？"宋青莯急忙揽住她的肩膀。

飞染低下头，用额头抵着他的肩膀，闷声说："虽然师父总是提醒我，陶妈妈是下人，我不应该太过亲近她，可是从小到大都是陶妈妈照顾我。如今她死了，我没有亲自把她送回师父身边，现在又只顾着喜欢大人。"

她吸了吸鼻子："其实我也伤心的，一个人的时候也会难过，可是刚才看到大人，我一下子又很高兴了。"说着说着，她愈加自责，双手抱着宋青莯寻求安慰。

宋青莯顺势搂住她。陶氏过世数日，飞染的悲伤渐渐淡了，这是很正常的事。他想安慰她几句，忽然又觉得她的话似乎有些奇怪。

他隐约记得，小时候去净心庵，息嗔师太好像很不喜欢陶氏和飞染亲近，不是一般的主仆之别，反而更像是提防陶氏。

他问飞染："你的师父不喜欢你和陶妈妈亲近？"

"也不算是。"飞染侧头想了想，"就是小的时候，师父说，我有什么事，直接吩咐陶妈妈，不需要明白她在说什么。"

宋青莯追问："那陶妈妈有没有对你说过什么？"

"说什么？"飞染反问。

"就是一些比较特别的事。"

飞染轻轻摇头。片刻，她又补充："师父刚过世的时候，陶妈妈总是劝我不要待在京城，这算不算特别的事？"

宋青莯微微蹙眉。仔细回想，陶氏的态度一直很矛盾。她一方面想让他的母亲庇护飞染，另一方面又十分抵触京城。

自从陶氏来到刑狱司，她真正称得上大门不出二门不迈，而她突然被杀，是在林家派人去净心庵辨认小青的尸体之后……

宋青莯一下子挺直脊背。

"大人，你怎么了？"飞染错愕地抬头看他。她家大人为什么一副见了鬼的模样？

宋青莯不知道如何回答。他一早推测，息嗔师太不可能收养来历不明的女婴。她蓄意阻拦陶氏与飞染亲近，甚至极有可能是她令陶氏无法说话，应该是她不希望飞染知道

169

自己的身世。这大概就是她试图把飞染嫁去南方的真正原因。

至于陶氏,她对京城的抵触,不喜欢出门等,可能是她害怕被人认出来。她突然被杀,应该是她被人认出来了。

一时间,宋青荪思绪纷乱。

"大人!"飞染有些不高兴了,"你干吗这样看着我?"

宋青荪说不出话,只是愣愣地拥她入怀。

他的父亲看似不着调,可他从来不说无谓的话,更不会做无谓的事。今天,父亲几乎明摆着告诉她,永安侯林瑾明即将成为他的岳父。

林瑾明怎么可能是飞染的亲生父亲!

宋青荪告诉自己,这种推测太荒谬了,简直是无稽之谈!人人都知道,陆敏难产,一尸两命,尸体就埋在林家的墓园。

他的飞染这般甜蜜美好,林瑾明那么讨厌,他们怎么可能会是父女!

"飞染,你的生日是什么时候?"宋青荪明知故问。

飞染脆生生回答:"是三月二十六,大人知道的呀!"

"对,三月二十六。"宋青荪用力点头。他的飞染出生在春暖花开的日子,那是一年中最美的时光,她不可能是林瑾明和陆敏的女儿,一定是这样!

他几乎说服了自己,却又不期然想起那碗素面。

那时候他们正在净心庵办案,在那么乱糟糟的环境,陶氏为了自己的生日,费心费力做了一碗寿面,而且她是特意做给飞染吃的!

飞染曾无意间提起,每年陶氏过生日,都会亲手做一碗寿面给她吃。

如果飞染真是陆敏的女儿,那么九月十二才是她真正的生日!他们在净心庵那天,正是她十五岁的生辰,是她及笄的大日子,所以陶氏怎么都要煮一碗寿面替她庆祝!

想到这,宋青荪脱口而出:"飞染,我们今晚就离开京城吧!"

飞染只觉得宋青荪的态度怪怪的,哪里知道他的心思已经转了十七八个弯。她抬头问他:"大人,我们不是早就说好,成亲之后再私奔吗?"

飞染的话瞬间安慰了宋青荪。如今人人皆知,他即将娶她进门,就算林瑾明真是飞染的亲爹,飞染也不可能说不嫁就不嫁。将来等他们成亲以后,他带着飞染周游全国,林瑾明难道还能跟着?再说飞染认不认这个爹,还是未知之数呢!

想到这,宋青荪的脸上终于有了笑意。他点头附和:"对,到时再私奔也是一样。"

"嗯。"飞染跟着点头,脑袋靠着他的肩膀。

宋青荪背靠椅背,与她十指紧扣。这一刻,他不愿意去想,林瑾明到底是不是她的父亲,他只知道,他们两情相悦,任谁都不能阻止他们成亲。

直至飞染睡着了,宋青荪恋恋不舍地抱她回房,独自回到书房,一一回忆每一件事,越想越觉得不对劲。

飞染是女子，不可能继承家业。如果陶氏被杀是为了隐瞒飞染的身世，那么隐瞒飞染身世的原因绝不是为了家财，这其中很可能涉及另一个秘密。

息嗔师太被杀的时候，陶氏也在客栈，而且陶氏手无缚鸡之力，比起师太，她更容易被灭口。息嗔师太与陶氏没有同时被杀，只能说明她们的死源自不同的动机。

另一方面，如果飞染真的是林瑾明的女儿，林瑾明深爱陆敏，怎么会让他们的女儿流落在外？

宋青茉越想越糊涂，心事重重地回到国公府。

宋航和白珺若一早就在等他。宋航看到儿子表情凝重，似笑非笑地说："去我的书房吧。"

宋青茉突然意识到，自己又被父亲耍了。他询问宋航："父亲，不用去书房，我只想问您一句话，您为何怀疑飞染与永安侯府有渊源，又是从何时开始怀疑的？"

"什么？"白珺若立马跳了起来，高声质问，"什么叫有渊源？你们父子又在打什么哑谜？"

宋航一个眼刀刺向宋青茉，眼神仿佛在说：兔崽子，竟敢算计你老子！他提议去书房，就是不希望妻子听到他们的对话。

宋青茉只当没有看到宋航眼中的警告意味。他转头对白珺若说："母亲，昨日父亲提醒我，林侯爷可能是我的未来岳父。我想了一整夜都没有想明白……"

"你给我说清楚！"白珺若质问宋航。如果不是碍于儿子在场，她已经伸手去掐丈夫的脖子了。

宋航赶忙对着白珺若赔笑脸。

白珺若狠命一拍桌子，震得碗碟"乒乓"直响。她咬牙切齿地质问："宋航，你给我说清楚，到底怎么回事！"

宋航瞪一眼儿子，又赶忙换上笑颜向妻子解释："我也是昨天才想起来，净心庵与林家的庄子只隔了一个山头……"

"那又怎么样？"白珺若追问。

不需要宋航解释，宋青茉已然明白过来。

十五年前，如果陆敏难产的地点不是永安侯府，而是郊外的庄子呢？她既然怀疑林瑾明，一定会想办法逃离林家。作为一个母亲，当她怀疑自己的丈夫，又发现自己快不行了，那么她保护女儿的唯一办法，命令忠仆带她离开。当时距离庄子最近的落脚点就是净心庵。

不对！宋青茉摇头。

林瑾明浑然不知女儿的存在，或许太医没有诊断出陆敏怀的是双生子，但生产的时候呢？难道没有人发现，陆敏怀的是龙凤胎？

这样也不对！宋青茉的眉头皱得更紧了。

按照陆萱所言，她随父亲上京述职，恰巧遇上陆敏难产，成了姐夫的填房。

陆敏难产是在九月十二，陆萱的父亲理应在年关前后向先皇述职，这其中差不多有三个月的时间差。

"三郎？"白珺若一连唤了三声，拉回宋青茮的思绪。她意味深长地说："你父亲的意思，阿瑶不可能随随便便收养来历不明的婴儿。"

"父亲、母亲，我想说明两点。"宋青茮一脸严肃，"第一，飞染是我的未婚妻，这一点不会因为任何事情改变；第二，师太和陶氏都死了。"

宋航心中诧异。他知道儿子心高气傲，根本不在乎未来岳家能不能在事业上助他一臂之力，但永安侯府是皇后的娘家。如果宋、林两家联姻，这门亲事对大家都属于锦上添花。他问宋青茮："你希望她永远都只是陶飞染？"

宋青茮毫不犹豫地回答："飞染姓什么，这事儿不是我希望如何便如何的，我会尊重她的意愿。另外，父亲误会了，我说的第二点是想表达，师太和陶氏，特别是陶氏，她的死极有可能与飞染的身世有关，我怕飞染会有危险……"

"对对对！"白珺若忙不迭点头，"昨天在铺子里，那支箭分明是冲飞染去的。"

宋青茮看着宋航说："父亲，不管林侯爷是否与飞染有渊源，为了飞染的安全，我不得不查明真相。"他顿了顿，郑重地恳求，"父亲，您还知道什么，或者怀疑什么，请您一并告诉我。"

"你倒是快说啊！"白珺若比宋青茮更着急。

"好吧。"宋航摸了摸鼻子，"一开始我并没有怀疑什么，直到我无意间听你的母亲提起，飞染的生日在三月二十六。"

他冲白珺若讪笑一声，讨好地解释，"我知道你和师太的感情极好，所以我们去外地之前，我命人照看师太……据那人说，师太在九月中旬收养了一个刚出世的婴儿，那时正值林夫人难产……"

不待他说完，白珺若"噌"地站起身，怒道："所以你在十五年前就怀疑……"

"夫人，冤枉啊！"宋航惨叫一声，哀怨地说，"当时林夫人一尸两命，世人皆知，又有尸体为证，我哪会往那个方面联想……"

白珺若逼问宋航："那你说，你到底知道多久了？"

宋航含糊其辞地回答："也就几天……"

白珺若怒目圆睁，追问："到底多久？"

宋航小声地回答："可能……一年吧……"

白珺若双手叉腰，生气地瞪他。

宋航赶忙解释："夫人啊，三年多前，三郎每隔三个月就往八角镇跑，我总要弄清楚缘由。"

白珺若愈加生气，不可置信地诘问："你说什么？你在那时候就知道，三郎喜欢飞染？"

宋航心知覆水难收，只能低头认错："夫人，我错了，错了还不行吗？"

宋青茉见惯了父母时不时耍花腔，悄然退出了房间。事到如今，他几乎可以肯定，林瑾明就是飞染的亲生父亲。

第 17 章　抓捕

同样的清晨，京兆府内外一片喧哗之声，百姓们饶有兴趣地围观赵维明审案，赵维明则被士子们吵得一个头两个大。

按照赵维明的脾气，他早就把这帮伶牙俐齿的落榜举子全数投入大牢了，宋青茉却要他公开审讯他们。

宋青茉不会是想看他出丑吧？赵维明暗自腹诽，重重拍了一下惊堂木，沉声喝问："如果你们不愿交待谁是主谋，本官只能把你们全数按主谋论办！"

举子们顿时就像打了鸡血一般，七嘴八舌地控诉赵维明。他们时而慷慨陈词，时而针砭时弊，列举官场腐败，科考不公，时而批判世族贵大夫奢靡荒诞，百姓生活在水深火热之中。

大理寺卿眼见他们闹得不像话，悄声询问赵维明："赵大人，他们秋试落地，心中不满，又因为饮了酒，一时失控砸死了人。你何以觉得他们之中会有主谋？"

赵维明不知道如何回答。他压根不觉得举子之中有什么主谋，他们不过是一群自诩为才子的失败者，借着砸东西发泄情绪罢了。

"赵大人？"大理寺卿催促。

赵维明低声敷衍一句，朝围观的百姓看去。他期盼百姓们赶快闹事，他可以按照宋青茉说的，命令衙差镇压他们，也省得听这些举子废话连篇。

人群中，甄山文穿着脏兮兮的粗布衣裳，脸色苍白如纸。他的身旁，季世兴头戴笠帽，下巴粘着假胡子，心事重重。

他们的完美计划从一开始就意外频发。他们意图教唆甄山文杀人未遂，紧接着飞染和叶魁第一时间找到胭脂巷，令他和翠烟当场暴露。就是昨日，京兆府竟然在第一时间确认了那几名外来商旅的身份，令他们的后续计划胎死腹中。

这会儿，长公主没有贿赂受害者的家人，意图替儿子脱罪，也没有迫害翠烟。

这一切完全脱离了他们的掌控。唯一值得庆幸的事，审案的人不是宋青茉，而是赵

维明。

季世兴心绪翻腾之际，甄山文同样不好受。他没有勇气自首，又不忍别人代他受过，低声询问季世兴："季大哥，赵维明问不出什么，会不会把他们放了？"

季世兴压着声音回答："毕竟是四条人命，就算官府决定大事化小小事化无，死者的家属也不会就这么算了。"

甄山文全然不知，正是他身边这位"季大哥"一步步把他推入深渊。他自责令季世兴成为逃犯，又担心被京兆府收押的翠烟，还有眼前这些举子也是受他连累。

就在京兆府人声鼎沸之际，魏铭被父亲领着，一瘸一拐走入长公主府的偏厅。

大人们相互见礼，魏铭站在边上恨得牙痒痒。

过完年，他就要去蕲州书院了。据说，在蕲州书院读书比坐牢还惨，早上天没亮就要起床打拳，晚上还要挑灯夜读。更可怕的事，他不能带小厮丫鬟上山，平日里必须自己洗衣服生火，吃的是粗茶淡饭，穿的是粗衣麻布。这哪是人过的日子！

他就知道，遇上那个小女捕准没有好事！

魏铭恨到了极点，可他打不过飞染，飞染的身后又有宋青沫撑腰，他只能苦水往肚子里咽，打落牙齿和血吞。

"逆子，还不向驸马、殿下说清楚事情的来龙去脉！"魏铭的父亲高声呵斥，拉回了他的思绪。

魏铭打了一个冷战，结结巴巴解释："殿下，驸马爷，那日我和山文无意间看到翠烟被地痞调戏……其实我有劝过山文，不要多管闲事……后来她和山文不知道怎么就好上了……"

他顿了顿，又道："总之，山文深信翠烟是良家妇女……我怕他不高兴，想着将来可以用银子打发翠烟，就没有告诉他，翠烟很可能是瘦马。今日父亲带我过来，原因之一就是想让我亲口对山文解释清楚……"

"那原因之二呢？"长公主打断了魏铭。

魏铭的父亲诚恳地表示，魏家已经找到醉汉的家人，鉴于整件事魏铭也有一定的责任，他会想办法让醉汉的家人连夜离开京城。

长公主听到这话有些犹豫，甄彦行却坚决反对他的提议。

等到魏铭父子离开，长公主气恼地说："我知道，你认定山文不是你的儿子，巴不得他有事！"

"现在不是说气话的时候，"甄彦行确认窗外没有下人，再一次重申，"我相信山文没有杀人。刚刚你也听到了，那个翠烟本来就是一个局……"

"你相信有什么用？山文亲口说……"

甄彦行郑重地承诺："我一早就说了，如果山文真的杀了人，我会代他领罪。现在，我只希望我们能够齐心协力查清楚真相，把儿子安然无恙找回来，而不是坐在这里互相埋怨指责。"

长公主沉默了。这次的事，她也有责任，就算儿子真的杀了人，她也会不惜一切保护他。

许久，她低声说："你就这么相信宋青荇？你要知道，他出了名六亲不认。"她害怕宋青荇坐实儿子的杀人罪名，这样一来，就算神仙也救不了她的儿子。

甄彦行第一次看到，高傲的长公主竟然慌了神。这一刻，她不再是高高在上的皇室公主，她只是牵挂儿子的母亲。

他的表情一下子渐渐缓和了，低声喟叹："对宋青荇，我们唯有孤注一掷。"

同一时刻，甄山文看到举子们被赵维明斥责，眼见着就要动刑了，他再也受不了良心的谴责，摘下帽子朝大门走去。

京兆府的衙差全都认得甄山文，立马有人赶去长公主府报信。

甄山文抬头挺胸，大步踏上台阶，高声说："我是主谋，我是来自首的。"他大义凛然，一脸决绝。

人群中，季世兴压低帽檐掩饰脸上的笑意。甄山文即将把整个长公主府拖入泥潭。长公主就算要怪罪，也只能怪自己养的儿子太蠢。

台阶上，甄山文俯视围观的百姓，斜睨衙门的差役。杀人偿命的道理他懂，他不要像父亲那样做一只缩头乌龟，更不能辜负翠烟。他嘴角含笑，用力一甩衣袖，大步跨入院门。

公堂上，赵维明被举子们吵得头皮发麻，太阳穴突突直跳。他看到甄山文，立马大声吩咐："来人，请甄公子去后堂！"

"我是来自首的。"甄山文说得铿锵有力，又对大理寺卿弯腰施礼，"大人，我就是赵大人口中的主谋。"

不要说赵维明，就是大理寺卿也愣住了。

甄山文朗声说："赵大人，我就是你要找的主谋。杀人偿命欠债还钱天经地义，请你判我死罪。"

赵维明"噌"地站起身，脑子嗡嗡直响。大理寺卿也急忙坐直身体，不可思议地瞪着甄山文。衙差、举子们同样惊愕不已，心中只有一个疑问：他是疯了，还是傻了？

这一刻，甄山文一点都不觉得害怕，他上前一步，高声说："请赵大人判我死罪！"

他说不清涌动在心田的情绪是怨，是恨，是怒，还是报复的快感，抑或是即将解脱的愉悦。在他眼中，赵维明就是跳梁小丑，一众举子也不过是会说话的傀儡娃娃，衙差们更是渺小的芸芸众人。他甚至有一种众人皆醉我独醒的优越感。

这个世上，唯季世兴是他的知己，翠烟是他的红颜，其他人都是卑劣不堪面目可憎的小人。

"赵大人，你没听到我的话吗？"甄山文冷哼。

"断案不是你说什么，就是什么的！"赵维明终于找回自己的声音。他决定先行退堂，拿起惊堂木就欲拍下。

"且慢！"甄山文大喝一声。赵维明的右手僵在了半空中。

"大人。"甄山文再次对大理寺卿行礼，"赵大人是我的表舅公，此案不应该由他审理。"

大理寺卿干笑一声。他为官一辈子，还是第一次见到死命想把自己判死刑的人。虽说长公主与皇上的感情并不好，但甄山文怎么说都是皇亲国戚。这浑水蹚不得啊！

他不敢接甄山文的话，转而提醒赵维明，时辰不早了，案子留待下午继续审理。

赵维明赶忙附和大理寺卿，命令衙差驱赶围观的百姓，又吩咐捕快把举子们押去大牢。

甄山文冷眼看着这一切，毫不掩饰脸上的讥讽之色。季世兴劝他自首的时候，他很害怕，如今他却觉得，他看不起这班道貌岸然的伪君子，他们与自己的父母都是一丘之貉。

等到人群散去，赵维明好声好气地劝说甄山文："山文，殿下和驸马爷担心了一天一夜……"

甄山文嗤笑，扬声说："昨晚那四个人是我带头砸死的，前天在胭脂巷的醉汉也是我用石块砸死的。"

"山文，话不可以乱说。"赵维明脸色微变。

甄山文抬起下巴，不容置疑地说："我想见翠烟。"

赵维明心中愈加没底，试探着说："翠烟此刻正在长公主府，不如我派人送你回去见她？"

"赵大人，你以为送我回去就能粉饰太平？"甄山文冷笑，"刚才，那么多人听到我亲口认罪，难道赵大人能将他们全都杀了不成？"

赵维明噎住了。他看到甄山文高抬下巴，活脱脱一头犯倔的驴子，急得额头冒汗。

就在两人僵持不下之际，俞毅带着飞染等一众捕快鱼贯而入。

赵维明尚未反应过来，俞毅已经抓着宋青沫签署的公文，伸直手臂展示在他面前，沉声说："大人有令，命我等将甄山文押回刑狱司受审。"

所有人都蒙了。

俞毅压根不理会他们，大声命令飞染："陶捕快，将嫌犯捆起来，押回刑狱司！"

"你敢！"甄山文慌了神，"你们谁敢绑我！"

俞毅冷笑着说："为何不能绑你？你有功名在身，还是有皇上亲赐的免死金牌？"

甄山文说不出反驳的话，梗着脖子斜睨俞毅等人。

俞毅大喝一声："陶捕快，还不动手！"

"是！"飞染大声应答，拿着绳索上前，麻利地捆住甄山文的手腕。

甄山文嫩白的脸颊涨成了猪肝色，瞪着飞染试图阻挠她。

飞染一把抓住甄山文的手腕，把他的双手反绑在背后。她生怕自己绑得不结实，专心致志地把绳子绕了一圈又一圈，最后打了一个漂亮的蝴蝶结。

"你们太过分了！"甄山文怒叫。

俞毅瞥他一眼，冷淡地回答："虽说王子犯法与庶民同罪，但是大人看在长公主殿下及甄大人的面子，特意免了镣铐。"他顿了顿，讥诮地说："甄公子不会不知道，杀人是重罪，必须上手铐脚镣吧？大人已经网开一面了。"

赵维明不知道宋青洙意欲何为，压低声音恳求俞毅："俞捕头，借一步说话。"

"不必了！"俞毅断然拒绝。

赵维明愠怒，说道："俞捕头，宋大人早就说过，案子交由京兆府调查。"

"赵大人，我家大人确实把陶妈妈之死交给你寻找疑凶，至于甄公子，这是另外一桩案子。"俞毅展开公文，"赵大人请看，我家大人写得很清楚。"

飞染在一旁附和："赵大人，这回我们有公文，而且大人已经签名盖章。"

一听这话，甄山文慌了神。他早就听说宋青洙六亲不认，心狠手辣，不会真把他砍头吧？这个念头一闪而过，他立马抬头挺胸，高声说："我是来自首……"

"好了，好了，我们知道你是自首的。"飞染拍了拍他的肩膀，"快走，大人正等着呢。"

甄山文恶狠狠地瞪她。

飞染毫不示弱，冲他比了比拳头。

甄山文恼羞成怒，冷声讥讽："你在我面前狐假虎威，不过是仗着宋青洙……"

"对呀，我就是仗着我家大人狐假虎威。你不也是一样，仗着自己是长公主的儿子，在这里欺负赵大人。"

"谁说的！"甄山文怒视飞染，"男人大丈夫敢作敢当，我可不是缩头乌龟！"

"好一句男人大丈夫。"俞毅示意捕快把甄山文押上车。他走了两步，回头对赵维明说："赵大人，大人吩咐，请赵大人务必保证大牢中一干举子的安全。"

说罢这话，他确认甄山文已经被飞染押上车子，用更低的声音嘱咐赵维明："大人命卑职转告赵大人，大人记性一向很好，记得自己答应过驸马什么。"说罢，他转身而去。

赵维明这才稍稍安心，匆匆去了长公主府。

马车上，飞染目不转睛盯着甄山文，心里可高兴了。虽然大人说，甄山文只是蠢，不是坏，但她亲手绑了他，把他押回衙门受审，她已经是真正的捕快了。

"看什么看！"甄山文冷着脸呵斥飞染，扭了扭被绑在身后的双手。

飞染对他的态度不以为意，高声说："你不能这样对捕快说话，因为我可以把你的嘴巴堵起来！"

甄山文冷哼："你不过是仗势欺人的恶狗！"

飞染笑眯眯地揭开车帘询问俞毅："俞捕头，他骂我是恶狗，算不算对捕快不敬？"

177

"算！"俞毅点头，好心地补充，"真正的恶狗会狗急跳墙，小心他踹人。"

"噢！"飞染脆生生地应一声，一把抓起甄山文。

"你，你干什么！"甄山文满眼震惊。他清楚地听到了俞毅的话，他可是长公主的独子，皇帝的外甥，他们怎么能这样对他！

他顾不得贵公子仪态，双脚蹬踹飞染，嘴里叫嚷："你们不能这样对我，我可是……可是……"他是什么？他一时语塞。除了被他唾弃的父母，他什么都没有，什么都不是。

飞染高声对俞毅说："俞捕头，他果真想踹我！"她索性用绳子绑住甄山文的双脚。

"你们，你们太过分了！"甄山文叫嚣，"宋青莯竟然纵容手下……"

他的声音卡住了。飞染一手捏住他的下颌，一手抓着白布，一股脑儿塞入他嘴里。

甄山文的嘴巴又酸又疼，眼睛血红。如果说早前的他还有些许翩翩佳公子的风度、大义凛然的风韵，这会儿他已经是不折不扣的阶下囚。

小半个时辰后，马车回到刑狱司。飞染提溜着甄山文跨入刑狱司的大门。

田大成招呼飞染："陶捕快，你不去吃饭吗？我看到山柏把饭菜端去大人那边了。"

飞染立马急了。大人早上才说过，不许她吃太多，他不会趁机抢她的饭菜吧？她焦急地询问田大成："田捕快，我们要不要把他暂时收监？"

"收什么监啊，大人下午就审他了。"田大成满不在乎，指着甄山文说，"他都绑成这样了，逃不了的，让他在院子里等着，没事的。"

飞染点点头，放开了甄山文。

甄山文娇生惯养，这一通折腾让他头晕眼花。飞染刚放开他，他的身体摇晃了两下，"扑通"一声摔倒在地上。

他本能地想要坐起身，右手肘撑在坚硬的地砖上，骨头仿佛快要裂开了一般，疼得他眼泪汪汪。眨眼间，他的手肘无法支撑身体的重量，脸朝下扑倒在地砖上。

他像毛毛虫一般在地上蠕动，嘴里"呜呜呜"叫唤，试图呼救却没有人搭理他。

正午的阳光明晃晃，一刻不停地炙烤大地。

甄山文孤零零地侧卧在院子中央，身下是发烫的青石砖，眼前是刺目的阳光。他全身汗津津的，脸上沾满了尘土，就像不小心跃上河岸的池鱼，正苟延残喘。

他强忍住眼泪，试着坐起身，可他压根做不到。他一点都不喜欢阶下囚的滋味。

"那人就是甄驸马的儿子？"

"是啊是啊！"

甄山文循声看去，两名粗鄙的妇人正在廊下打扫。

"就是他，为了一个不三不四的妓女，对生养他的父母出言不逊？"

"对，就是他。大概是那个女人床上功夫了得吧！"

两名妇人肆无忌惮地调笑。

"呜呜呜呜！"甄山文怒目圆睁瞪着她们。

"哎哟，他瞪我们呢！"其中一名妇人讥笑。

"可不是！"另一名妇人跟着笑了起来。

"瞧他这岁数，也就十四五岁，竟然那么好色。"

"要是我有这样的儿子，早早关起门打死了，省得他出门丢人现眼！"

"谁说不是呢！"妇人冲甄山文啐一口，"丢人现眼事小，给全家招来祸事，那才不值得！"

甄山文怒不可遏，恨不得跳起来与她们理论，可是他只能"呜呜呜"地叫唤，惹得两名妇人又是一阵大笑。

他咬牙切齿，只恨不能将宋青荙千刀万剐。

两名妇人一边肆无忌惮地讥讽甄山文，一边拿着扫帚扫地，扬起一地的灰尘。

甄山文灰头土脸，无力地倒在地上，眼泪终于忍不住了。

不知过了多久，妇人走了，捕快们成群结队回到院中，纷纷赞赏中午的红烧肉，又七嘴八舌讨论，晚上是不是有红烧狮子头。

甄山文越听越饿。如果在平日，他压根不屑吃捕快们口中的红烧肉，可这会儿他真想吃一口肉汁拌饭。想着想着，他的肚子"咕咕"直叫。

不知过了多久，一名老捕快拿了一只破了口的大碗放在甄山文面前，拔出他嘴里的白布。

甄山文不可置信地看着碗里黄不拉几的菜叶，一小块老豆腐。菜叶的下面是粗糙的米粒，一粒一粒硬邦邦的，颜色看起来就像发霉了一般。

"你让我吃这个？"甄山文怒不可遏。

"不吃这个吃什么？"老捕快反问，"你出去打听打听，刑狱司的大牢一日两餐都有米饭，菜色保证不是馊的。整个京城就数我们家大人宅心仁厚，大牢里从来没有饿死的囚犯。"

"我不吃！"甄山文撇过头。

"丫呸的！"老捕快骂了一句脏话，捏住甄山文的脸颊，把白布塞回他嘴里，嘟嘟囔囔说，"好心当成驴肝肺……不过是投胎的时候选对了父母，还真把自己当成一盘菜！"

甄山文很想跳起来大叫，他宁愿没有那样的父母，却只能"呜呜呜"地叫唤。

大半个时辰后，捕快们手持水火棍，快步走入公堂。

在水火棍有节奏的敲击声中，两名捕快一左一右拽起甄山文的手臂，把他连拖带拉挟上公堂，扯走了他嘴里的布条。

"你们这是屈打成招！"甄山文怒喝一声，挣扎着想要站起身却徒劳无功。

"有人打过他吗？"宋青荙询问俞毅，头都没有抬，只是随手翻阅案卷。

俞毅上前一步答道："回大人，没有人对他用刑。在回程的时候，他指责陶捕快狐假虎威，陶捕快不得已才用布条堵住他的嘴巴。"

"出言侮辱捕快，掌他两个嘴巴，小惩大诫。"宋青荼依旧面无表情，声音清冷无波。

俞毅不屑对甄山文动手，又怕其他人下手不知轻重，指着田大成说："你，掌他两个嘴巴。"

甄山文尚未回过神，就看到一个娃娃脸的捕快笑嘻嘻地走向自己，一手抓住他的衣领，扬手就是一巴掌。他一下被打蒙了，就见那个捕快反手又是一巴掌。他的双颊火辣辣的疼。

甄山文不可置信地叫嚣："宋青荼，你竟敢……"

"直呼大人名讳，再掌两个嘴巴！"俞毅大声下令，大嗓门震得甄山文的耳朵嗡嗡直响。

田大成高高扬起右手，又一巴掌落在甄山文脸上。

甄山文又羞又怒，义正词严地质问宋青荼："敢问宋大人，这就是你们刑狱司审案的方式？"

"你是说审案的程序吗？"宋青荼似笑非笑打量甄山文，说道，"俞捕头，杀威棍打了吗？"

"没有。"俞毅不疾不徐地解释，"按照历来的审案程序，凡疑犯被押上公堂，皆要打二十棍子，俗称杀威棍。大人为了节省时间，又怕不小心把疑犯打死，所以一向都是能免则免。"

宋青荼叹一口气，低声感慨："打死疑犯事小，我一向见不得血腥。甄山文，如果你执意希望本官秉公审理，本官看在长公主殿下和驸马的面子，勉强可以忍一忍的。你——"他顿了顿，似笑非笑地问他，"你希望本官命人打你二十棍子吗？"

甄山文简直不敢相信自己的耳朵。他梗着脖子叫嚣："我不是疑犯！"

"不是疑犯？"宋青荼轻笑，"你不是疑犯，那你是原告，还是被害人？"

"我……我是去京兆府自首的！"甄山文每说一个字，脸颊就是一阵火辣辣的疼。

他本来以为自己不怕死，他一直觉得自己即便算不上少年英雄，也是敢作敢当的真男儿。这会儿他害怕了，他怕宋青荼当堂打他二十棍子。他脱口而出："刑狱司不能这样审问我，我是……"他想说自己是皇亲国戚，是长公主的儿子，到底还是咽下了这话。

宋青荼冷声说："其实你早就笃定，赵维明不会，更不敢治你的罪，你才去京兆府自首，是不是这样？"

"不是的……"甄山文的声音渐渐弱了。

在赵维明面前，他的大义凛然不是作假，但是扪心自问，他不敢说，他有勇气踏入刑狱司自首。至于这其中的原因，或许真像宋青荼说的，他心知肚明，赵维明是他母亲养的一条狗，所以他有恃无恐。

转念间，甄山文惊愕地控诉："你早就打算等我去京兆府自首，就把我押来刑狱司受审！"

宋青荇没有承认，也没有否认，意味深长地说："有些事，大家心照不宣。现在我们还是审案吧。"他笑了笑，"放心，我知道你很想当英雄，正巧，我喜欢成人之美。"

甄山文睁大眼睛瞪他。宋青荇没穿官服，长得唇红齿白，看起来与他一般大，凭什么自己就成了他的阶下囚？

突然，宋青荇冷哼一声："跪下！"

甄山文的大脑还没有反应过来就觉得膝盖一痛，整个人已经跪倒在地。

"是谁——"他转头瞪着身边的捕快。这些捕快竟然用水火棍打他的膝盖，强迫他下跪。

捕快们没人搭理他，他挣扎着想要站起身。

"跪下！"宋青荇呵斥。他的声音不高，却吓得甄山文不由自主跪下了。

宋青荇放下案卷，正色说："你在京兆府的公堂上亲口承认，是你在酒楼带头往楼下扔东西，砸死过路的四个男人，是这样吗？"

"是！"甄山文点头，"是我往街上扔东西，是我喝醉了，是我带头的！"他说得又急又快。

宋青荇追问："那胭脂巷……"

"翠烟不是风尘女子！"甄山文脸红脖子粗，"我不管胭脂巷是什么地方，总之翠烟是良家女子……"

"翠烟是什么人，与我何干？"宋青荇的声音平淡无波，"我只是问你，胭脂巷的醉汉是不是你杀死的。"他顿了顿，抬高音量提醒甄山文，"你想清楚再回答，你说的每句话，都会被如实记录。"

"是！"甄山文高高扬起下巴，"是我杀死他，你再问一百遍，人也是我杀的。"

宋青荇叹息："你不用激动，我又没说人不是你杀的。"

"宋青荇，你到底什么意思？"甄山文怒不可遏。宋青荇不是应该反驳他吗？他不是应该苦口婆心地规劝他吗？再不然也应该把他的父母叫来，不是吗？

他敢肯定，赵维明一定已经通知他父母了。为什么他们还没有赶来刑狱司？

他恨他们！即便他被世人批为不孝，他也要与他们对簿公堂！他占着大义，他才是对的！他要让所有人亲眼看看，他如何敢作敢当，不畏生死。一定是宋青荇拦住了他的父母。

想到这，甄山文叫嚣："宋青荇，你不能只手遮天！"

宋青荇沉下了脸。

俞毅立马给田大成使了一个眼色。

田大成上前一步，挥手一个耳光，嘴里说道："公堂之上，不可直呼大人名讳。"

甄山文下意识想要推搡田大成，早有捕快眼明手快，用水火棍把他压制在地上。他狼狈地大叫："你们刑狱司就是这样审案的吗？你们欺人太甚！"

"行了。"宋青苿冲捕快挥挥手，"甄山文，你说本官只手遮天是什么意思？"

甄山文愣了一下。

宋青苿高声询问："长公主或者驸马派人来过吗？"

"没有！"俞毅和师爷异口同声。师爷补充："中午的时候，只有赵维明大人派衙差送来卷宗，就是大人桌上这一份。"

宋青苿陈述："甄山文，你都听到了？并非本官只手遮天，不让你和家人见面。"

甄山文的脸庞一阵白一阵青。他的父母虽然可憎，但是每当他有事，他们至少会派管事替他解决。他在公堂上承认杀人，这么大的罪行，他们为什么对他不闻不问？

第 18 章　暴露

甄山文被捕快的水火棍压制在地上，使劲扭动身躯依旧动弹不得。从他记事开始，他就是"甄公子""甄大少爷"，何时受过这等屈辱？他羞愤交加却又无可奈何。

宋青苿瞥他一眼，扬声说："甄山文，我再问你一次，你想清楚了再回答，胭脂巷的醉汉是不是你杀死的？"

"是！"甄山文想也不想就点头，"是我用石块把他砸死，不管谁问我，我都是这么回答！"

"好。"宋青苿点头，"我相信你。"

甄山文微微一愣，忘记了挣扎，仰头朝宋青苿看去。

宋青苿再次点头，说道："我想，再笨的人也不至于把杀人的罪名揽在自己身上，所以你一定确认过事实，经过深思熟虑才去京兆府自首。"

甄山文语塞。他准备了满肚子的话证明自己是杀人凶手，如今宋青苿一句"相信"，令他说不出半个字来。

"好了，你们放开他吧。"宋青苿示意捕快扶起甄山文，"甄公子，其实我很佩服你，要知道杀人偿命欠债还钱，不是每个人都有勇气被官差押去菜市口，一刀砍断脖子的。"

宋青苿比了一个砍脑袋的手势，甄山文红肿的脸颊立马苍白了几分。他听说，刽子手一刀砍下去，犯人的脑袋会像球一样在地上滚。

宋青苿接着又道："放心，你父母虽然白发人送黑发人，但伤心只是一时的，将来他们会以你为荣。说不定几十年后还会有人提及，当年顺昌长公主的独子在菜市口被斩首，场面蔚为壮观。"

甄山文情不自禁地想象那个画面，脸色愈加苍白。

宋青笑着说："放心，你想当英雄，我喜欢成人之美，结果一定不会让你失望。不知道殿下和驸马会不会送你最后一程。如果他们想见你最后一面，衙门恐怕得在菜市口加派人手。"

甄山文用颤抖的声音辩解："我……失手杀了他……只是喝醉了……"

"我知道。"宋青沫点头，反问他，"醉汉的死，你把整个过程描叙得如此清楚明白，应该没有喝太多吧？"

甄山文皱起眉头。宋青沫这么一说，他恍然想起，自己对那天晚上的记忆模模糊糊，就连自己喝了多少杯都酒，他都记不清了。

他抬头回答："总之，那天我喝多了，捡起地上的石头砸破了他的脑袋。就是这样！"

宋青沫点点头，好奇地追问："那人流血了吗？"

甄山文呆住了。他完全不记得，手中的石头砸到那人头上，那人有没有流血。为什么会这样？

"放心，我不是怀疑你的话。如今案情已经很清楚了，其他的细节你不愿意说，我不会勉强你的。"宋青沫一副很好说话的样子。

甄山文没有回应这话，努力回忆那天晚上的情形。他并不是怀疑什么，他只是本能地觉得，越是宋青沫不让他做的事，他越是想做。

一时间，公堂上安静了下来，只闻屋外的鸟儿叽喳乱叫，无比欢愉。

不多会儿，捕快进门回禀："大人，准备好了。"话音未落，门外传来几声浑厚的猪叫声，惊起了唱歌的小鸟。

宋青沫低头对甄山文说："无关紧要的事，想不起来就算了，咱们先把正事办了吧。"

甄山文疑惑地抬起头。

宋青沫示意俞毅向甄山文解释。

俞毅上前一步，朗声说："大人相信甄公子所言属实，不过未免旁人怀疑大人误判，现在想请甄公子帮个忙，证实自己的说辞。"

"你们想干什么？"甄山文浑身戒备。

"很简单。"俞毅笑了笑，"甄公子只需要证明，你有能力杀人，这就够了。"

"什么？！"甄山文震惊了，不可置信地尖叫，"这要怎么证明，难道你们要我再次杀人不成？！"他简直不敢相信自己的耳朵。

"当然不是。"宋青沫摇摇头，"不是每个人都像甄公子这样，有勇气把生死置之度外，所以我只能命人抓了一只猪回来试验。"

"你要我当众杀猪？"甄山文怪叫。

宋青沫忍着笑，一本正经地点头。

"我为什么要答应你？"甄山文觉得，宋青茱不是疯子就是傻子。

宋青茱反问甄山文："你不是想让别人相信，你杀了胭脂巷的醉汉吗？这可是好机会，让长公主、驸马，以及赵大人等等都看看，你有能力杀人……不是。"他装模作样地摇头，"确切地说，让大家都见识一下，你有能力杀猪，自然也有能力杀人。"

宋青茱说话间，甄山文已经被捕快拉到了院中。原本开阔的院子内不知道什么时候竖起铁栅栏，围成一个圆形的猪圈。一只硕大的肥猪在猪圈内哼哼唧唧，用鼻子在地砖上拱啊拱啊。

甄山文双颊红肿，嘴巴微张，脑海中只有一个念头：宋青茱竟然要他杀猪！这是在羞辱他。

宋青茱带领捕快们站在一旁，高声说："甄公子，你放心，我做事很公道的，那名醉汉160斤左右，这只猪正好160斤……"

"太荒唐了！"甄山文怒斥。

宋青茱微微眯眼，冷声说："甄山文，你指责本官荒唐，因为本官没有命人把你和猪一起灌醉吗？你说，没关系的，我可以成全你。"

秋日的阳光洒在宋青茱脸上，令他更添几分俊美。甄山文看着他完美的容颜，只觉得浑身发冷。

他下意识摸了摸红肿的脸颊，一阵火辣辣地疼。宋青茱胆敢命人打他耳光，强迫他下跪，灌他喝酒又算得了什么。

他希望自己拿出世家公子的霸气，拿出皇威的风范，可形势比人强，就算他搬出母亲的名号，宋青茱也不会搭理他。

"甄山文，你还在等什么？"宋青茱催促。

甄山文硬着头皮说："世上没有像你这般审案的……"

"本官不用你教我怎么审案！"宋青茱回头看一眼，立马有衙差抱着酒坛子，拿着漏斗站在边上，仿佛只要他一声令下，他们就会捏着甄山文的脖子，用漏斗灌他喝酒。

甄山文犹豫之际，刑狱司的大门缓缓打开，嬉闹喧哗之声迎面扑来。

百姓们听闻长公主的独子将在刑狱司当众表演杀猪，蜂拥而至，刑狱司门前早就人山人海。

当季世兴听到这个消息的时候，他刚刚得知甄山文被捕快押去刑狱司了。他思量许久，索性摘去伪装，堂而皇之赶来。

刑狱司的院子内，甄山文面对硕大的酒坛，气势汹汹的捕快，默默拿起石块，任由捕快把他推入临时搭建的猪圈内。

"呼噜呼噜。"大肥猪抖着肚皮上的肥肉，在栅栏内跺着蹄子转悠，时不时从鼻孔哼出浊气，鼻子在地砖上拱来拱去。

甄山文双手捧着石块，恍惚中有一种莫名的真实感。他鼓励自己，砸死一只猪并不可怕。可是不知道为什么，每当他下决心把石块砸过去，就会想起宋青荙说的，刽子手一刀砍下去，鲜血即刻就会飚出来的画面。

为什么他完全不记得醉汉流血的画面？他心生疑窦。

宋青荙催促："甄山文，你还在等什么？"

甄山文大喝一声，把石块高举过头。突然，他隐约记起，自己做过相同的动作。那个时候，有人在他耳边喋喋不休，不断劝他把醉汉砸死。

他越想越不对劲，双手抓着石块站在院中动也不动。

宋青荙和季世兴同时看到这一幕。季世兴的目光直直射向宋青荙，眼中更添几分决绝之色。

如果宋青荙要求甄山文翻供，否认杀人之事，甄山文一定言之灼灼，是他砸死醉汉。此刻的甄山文正在思考，那天晚上到底发生了什么事。

那晚，季世兴命翠烟给魏铭下了迷药，给甄山文下的却是五石散。五石散会让人产生幻觉，也会让人失忆，但它对每个人的药力不一，他不确定甄山文忘记多少，又记得多少。

甄山文信任他和翠烟，才会一口咬定自己杀了人。可是再多的信任也架不住他冷静地思考，努力寻回自己的记忆。

宋青荙竟然能让一个愤世嫉俗的二傻子冷静地思考。

季世兴回头朝长公主府方向望去。此时此刻，一旦长公主或者驸马，哪怕是赵维明出现，都能让甄山文像点着的炮仗。他们对甄山文不闻不问，只有一个解释：一切都是宋青荙授意的！

季世兴想明白的事，甄山文半点都没有想到。他终于如愿以偿，摆脱了荒唐的母亲，懦弱的父亲。可是当他摆脱了他们，他什么都不是，只能任人宰割。

残酷的现实让他悲愤交加，他大叫一声，用力把石块扔了出去，落在大肥猪脚边。他半跪在地上大口喘气，不经意间看到，大肥猪正戒备地盯着他。

突然，大肥猪从鼻孔中喷出一口浊气，撒开蹄子朝甄山文撞过来。

甄山文傻眼了，"咚"的一声摔坐在地上。电光石火间，记忆犹如捉摸不定的飞鸟，在他眼前一闪而过。

宋青荙等得不耐烦，扬声说："是我疏忽了。醉汉趴在地上烂醉如泥，又怎么会逃跑呢？来了，进去把猪按住。"

俞毅点了两名武功较好的捕快。两人飞身跃入铁栏杆，一左一右抓住猪耳朵，把它按在地上。顷刻间，大肥猪"嗷嗷"叫唤，使劲挣扎。

甄山文被猪叫声吵得心烦意乱。他颤声询问："宋大人，你到底想证明什么？"

宋青荙一字一顿说："杀人并不容易，如果你连杀猪都不敢，又怎么能说服别人，你残忍地杀害了五个男人？"

甄山文大叫:"我说的都是实话!"

"我知道,我都说了,我相信你。"宋青荍叹一口气。

甄山文突然觉得,自己就是跳梁小丑,正被宋青荍耍着玩。

"算了,日头这么晒,大家节约些时间吧!"宋青荍掏出一把匕首扔在甄山文脚边,"如果你能在猪身上捅一刀,我一定帮你说服其他人,你就是杀人凶手。"

阳光照在刀刃上,晃得甄山文眼花。他的耳中充斥着大肥猪惨烈的叫声,他的眼前是居高临下俯视他的宋青荍,还有笑嘻嘻围观他的捕快,议论纷纷的百姓。他眼下的处境,与那只歇斯底里的猪又有什么分别?

他一把抓起地上的匕首,刀尖对准大肥猪,又慢慢扭转手腕,转而对准自己的心口。

人群中,季世兴笑了,目光落在宋青荍绝美的五官。

宋青荍微微皱眉。他并不认为甄山文有勇气自杀,但他害怕长公主府的人沉不住气。

果不其然,一名管事模样的男人从人群中站了出来。

宋青荍沉声喝令:"此人擅闯府衙,把他押下去重打十个大板,扔出衙门!"

长公主府的管事没来得及开口,已经被捕快擒住,不由分说拖了出去。

甄山文呆住了。

公堂外,另一名管事模样的男人匆匆避出人群,走向街边一辆不起眼的小马车。

林瑾明听到脚步声,急问:"口信送到了吗?"

"是。"管事点头,"在下亲眼看着衙差进去传话。"

"那她……"林瑾明急不可耐,又硬生生转移话题,"刑狱司发生了什么事,这么多人围着?"

管事回答:"宋大人正在审问甄公子。"

"山文?"林瑾明吓了一跳,"怎么回事,你说得仔细些。"

"具体的,在下也不清楚。在下只听到宋大人命人把长公主府的大管事打了十个板子,还说要把他扔出衙门。"

"什么!"林瑾明震惊了。打狗还要看主人呢!皇上与长公主的感情虽然不怎么样,但是皇上绝对不会允许外人欺负自己的外甥。宋青荍就连这么浅显的道理都不懂?

他急忙吩咐管事:"你赶快通知彦行,让他赶来刑狱司。"

"侯爷,传说宋大人办案的时候,历来都是六亲不认的。"

"那也不能由着他肆意妄为!万一皇上怪罪,他有国公府撑腰,飞染——"林瑾明戛然而止。宋青荍即将迎娶飞染,严格说来,飞染也是国公府的一员。

他讪讪地坐回座位。

林瑾明这厢正担心着飞染,飞染正在屋子里愉快地吃着葡萄。此时葡萄已经下市,她不知道宋青荍是从哪里买来的,反正很好吃就是。

雪雁剥了一颗葡萄放在小盏中,笑盈盈地劝说:"小姐,杀猪没什么好看的,你就别怪大人了。"

"我自己剥。"飞染抗议，"我自己动手比较好吃！"

"是。"雪雁急忙缩手。

芷兰在一旁撇嘴，心中暗暗吐槽。她亲眼看到，大人给自家小姐剥葡萄，剥虾，剔鱼骨，那时候怎么不见自家小姐说，自己动手比较好吃？

飞染嘴里含着葡萄，远远看到一名衙差跑过来。她"咕咚"一声咽下葡萄，迫不及待跑出屋子，大声询问："大人是不是有差事吩咐我去办？"

衙差吓了一跳，顺了一口气才回答："陶捕头，刚才林侯爷家的管事让我给你传一句话，他说，陆夫人已经无恙，谢谢你送去的药材。"

"哦。"飞染失望地应一声。

衙差补充："听那位管事的意思，林侯爷这会儿就在衙门外面。"

"哦。"飞染坐下来继续吃葡萄。

雪雁在一旁提醒："小姐，林侯爷大概有话对您说。"

飞染疑惑地抬起头，问道："他不是已经传话给我了吗？"

雪雁摇头回答："这个奴婢就不知道了。"

飞染烦恼地皱起眉头。以前她觉得林瑾明很亲切，可是自从他说了她家大人的坏话，她就不喜欢他了。更何况这位林侯爷和他的夫人有时候挺莫名其妙的。

"我去和他说清楚！"飞染转身往外跑，走了两步又招呼芷兰跟上她。虽然只是去刑狱司外面，她还是小心为好。

两人走到前院，就看到捕快们围在一处，大门口挤满了人。

"原来大家都喜欢看杀猪啊！"飞染低声感慨，突然看到一个熟悉的身影。她眯起眼睛审视那人，就是他打伤芷兰和大黑！

"芷兰，就是那个人。"飞染大喝一声，"我们去抓住他。"话音未落，她飞身跃起三丈远，手中的水火棍直指季世兴的面门。

季世兴的目光刚刚从宋青沫身上移开，回头就看到一个水蓝色的影子朝自己扑过来。围观的百姓们全都吓呆了，没人动弹。

眨眼间，飞染看到季世兴抓起身旁的百姓当挡箭牌，她后悔了。她不应该鲁莽行事。她急忙扭转手腕，水火棍顺势劈开季世兴周围的百姓。

人群惊叫着四散逃开。

芷兰的动作比飞染慢了半拍。她看准机会，一棍子劈向季世兴的额头。

季世兴本能地闪躲，芷兰的水火棍突然转了方向。他只觉得肩膀一麻，不得不松开身前早已吓傻的中年妇人，捂着肩膀后退三步。

一旁，宋青沫听到飞染的第一声惊呼就赶了过来。他陪着甄山文在大太阳底下晒了这么久，就是为了逮住季世兴，结果竟然是飞染把他认了出来。他对着俞毅耳语几句。

俞毅点点头，走到衙门的匾额下朗声说："乡亲们不要慌，此人是刑狱司的逃犯，杀人下毒无恶不作。陶捕快，把他拿下！"

"是！"飞染大声回应。

季世兴看到捕快们并没有围过来，他对着飞染呈防卫之姿，高声说："我不是逃犯，我是长公主府的管事，这是公主府的对牌。"这是他早就准备好的说辞，他等着飞染反驳。

飞染把他的话信以为真。她奇怪地问他："上次你用有毒的暗器偷袭我，打伤芷兰和大黑的时候，为什么不说你是长公主府的管事？"

人群一阵唏嘘，林瑾明更是倒吸一口凉气。这人竟敢用有毒的暗器偷袭飞染，就算他不是逃犯，这会儿也罪不可恕了！

衙门口的台阶上，宋青沫听到季世兴的话，推测他打算用自己的性命，谎称是长公主命令他谋害息嗔师太等人。他对着俞毅耳语一句。

俞毅扬声说："陶捕快，他的对牌是假的。"

"看清楚，这是真的！"季世兴高举对牌，"我就算不要命了，也不敢冒充公主府的管事！"

"陶捕快，你还在等什么！"俞毅喝命。

"是！"飞染高声回应，飞身上前擒拿季世兴。

几乎在同一时刻，季世兴大声说："我是来自首的。"话音未落，他"扑通"一声跪下了。

就在他的膝盖触及地面的那一瞬间，飞染已然擒住他的手腕，把他的右手反剪在背后。

在场的所有人都说不清，到底是季世兴主动下跪，还是被飞染擒拿，不得不下跪。不过大家都看到，他并没有反抗。

季世兴高呼："我选择自首，不为其他，只为公理正义，只为事实。"

刑狱司的大门后面，甄山文满脸惊愕。他不敢相信，他最尊崇的季大侠竟然是母亲的手下。他既然是他母亲的手下，不可能不认识他，不是吗？

一门之隔，季世兴大义凛然地叫嚷："我奉命做了很多违背良心的事，我不想这些事的恶报全数落在甄公子身上，所以我选择束手就擒，说出所有的真相。"他扭头看向飞染，一字一顿问她，"你不想知道，害死你师父的真凶是谁吗？"

飞染看看季世兴，再瞧瞧宋青沫。

季世兴锲而不舍，压着声音说："半年多前，你们在八角镇采买，本该直接回净心庵。你就没有问过你的师父，你们为什么要在八角镇住一晚？"

宋青沫没有反驳，也没有解释。他朝飞染走去。

季世兴又道："你就不想知道，你的师父和驸马爷之间发生过什么？宋大人可是一清二楚呢！"

"我只相信大人说的。"飞染用力摁住季世兴的手腕。

季世兴冷笑一声，训斥飞染："你师父才过世几个月，你的眼中就只剩下宋大人了吗？"

飞染抬头看去。宋青莯就在距离她三步远的地方。她知道自己不够聪明，经常会做一些傻事，但她听懂了季世兴的话。难道大人还有其他的事瞒着她？

飞染怔怔地看着宋青莯。现场人山人海，人声鼎沸，可是四目相接的瞬间，四周仿佛一下子安静了，静得就连绣花针掉在地上的声音都能听到。

他是她的大人，是她从小认识的三哥哥，他的确骗过她，他还喜欢抢她的东西吃，可他对她很好，他喜欢她就和她喜欢他一样多。

想到这，飞染驳斥季世兴："你用有毒的匕首偷袭我和芷兰，我干吗要相信你的话？"她顿了顿，"虽然你不需要知道，但我还是要告诉你，师父永远都在我心里，和大人一样重要。"

宋青莯轻轻勾起嘴角。他的飞染果然没让他失望。他弯腰捡起掉在地上的腰牌，在手中掂量几下，转而询问季世兴："这就是你说的，长公主府的令牌？"

"是！"季世兴点头。腰牌的确是真的。

"是吗？"宋青莯双手捏住腰牌，作势掰了两下，一副手无缚鸡之力的模样。突然，他暗暗运力，腰牌"嘭"的一声一掰为二。

"竟然断了！"宋青莯嫌弃地笑了笑，"既然你坚持，这等粗劣玩意来自长公主府，我这就命人去查证一番。"他随手把腰牌扔给手下，吩咐他拿去长公主府辨认。

"宋大人！"季世兴以内力发声，声音力透耳膜，"您何必舍近求远呢！甄公子就在刑狱司，宋大人可以亲口问一问他，对牌是不是真的。"

"我还有更简单的方法。"宋青莯轻笑一声，"陶捕快，让大伙儿看清楚，他是不是逃犯。"

"是！"飞染抓住季世兴的后襟，拽着他原地旋转一圈，好让围观的百姓看清楚他的容貌。

季世兴被飞染抓着，又羞又恼。早在十六七年前，他就是江湖成名的少侠，这会儿被一个小姑娘提溜在手上，简直是一种耻辱。可他不能反抗，不然就是他拒捕。以宋青莯的黑心黑肺，一定会立马命人将他斩杀。说不定他这样侮辱他，就是为了找机会杀他，他必须忍辱负重！

季世兴才想到这，就看到围观的百姓对他指指点点。他这才想起，自己真的是逃犯，宋青莯早就命人四处张贴他的画像通缉他。

回过头想想，这几天捕快们到处张贴他的画像，但鲜少有人四处搜捕他。难道当下的一切都在宋青莯的计划之中？

季世兴慌了神："林侯爷。"他在人群中寻找林瑾明的身影。

宋青莯之前还在疑惑，飞染为什么突然出现在大门口，这会儿终于明白过来。

转眼间，季世兴奋力推开飞染，高声说："我愿意自断一臂，只求林侯爷听我说句话。"未待众人反应过来，他的左手握住自己的右臂，硬生生卸下了一条胳膊。

这番变故来得太过突然，所有人都呆住了。飞染转头朝宋青莯看去。

季世兴又道："不错，几天前我确实袭击了陶捕快。林侯爷，你就不想知道，长公主为什么命令我杀死陶捕快？"

人群中，林瑾明对着随从耳语几句，随即不紧不慢地走向飞染。他低头对季世兴说："我恰巧经过，没想到被你看到了，如果你有什么冤情，理应找宋大人申诉才是。"

季世兴抬头看他。

林瑾明又道："如果你不相信宋大人，去京兆府或者大理寺也是一样。"

季世兴大声说："不错，是我袭击陶捕快，在布庄差点误伤林夫人，但是这一切都是长公主下的命令。"他抬头注视飞染："你师父也是我杀的。长公主为什么时隔多年依旧命令我下此毒手，我想宋大人和林侯爷都很清楚。"

宋青莯对着飞染轻轻摇头，示意她不要说话。

林瑾明的脸上看不出喜怒，回头对宋青莯说："原来我也算当事人。"他笑得温和，客客气气说："关于内子差点受伤一事，还请宋大人谨慎审理，务必查明真相。"

宋青莯回道："既然林侯爷这么说，我想多嘴问一句，您认识此人吗？或者说，以您和驸马爷的交情，您在长公主府见过他吗？"

"这个……"林瑾明皱眉，"不瞒宋大人，我对此人并没有印象。"他歉意地笑了笑，"关于此人的身份，我恐怕帮不上忙。"

两人旁若无人地交谈，声音又恰巧能让周围的人听清楚。不多会儿，林瑾明的随从走出人群，目光落在季世兴身上。

林瑾明询问："你见过他？"

随从朗声说："回侯爷，他原本是驸马身边的护卫，大约一个多月前，此人偷了驸马的一幅字画贱卖。驸马仁厚，只是将他驱逐，他却说了好些难听的话，所以在下记得他……"

"你胡说。"季世兴不可置信地盯着林瑾明。林瑾明和宋青莯素来不和，怎么会帮着他？

林瑾明淡淡地瞥他一眼，对宋青莯说："此事宋大人找驸马一问便知。"他的言下之意，他堂堂侯爷，皇上的大舅子，犯不着为一个没什么印象的下人说谎。

"是。"宋青莯点头附和，"刚才我还觉得奇怪，他怎么能伪造长公主府的腰牌，原来是这样。"

两人不过寥寥数语，围观的百姓全都露出恍然大悟的表情，唯独季世兴的脸色阴沉得可怕。他怀着必死的决心来到刑狱司，事到如今整件事已经不可能善了！

季世兴想要反驳，俞毅一把捏住他的脖颈，令他发不出声音。他怒视众人，困兽一般挣扎，可他的武功不及俞毅，这会儿又拖着受伤的胳膊，哪里挣得开。

刑狱司大门口的这场闹剧随着季世兴被俞毅押入衙门画上了句号，围观的百姓也渐渐散去。

大门后面，甄山文把整个经过听得清清楚楚，他已经彻底糊涂了，怔怔地看着季世兴。

"的确是他杀死你的师父，至少参与了那件事。"宋青荙对着飞染低语，"你想怎么报仇，我听你的。"

"我……"飞染怔忪。她曾经信誓旦旦，一定要手刃凶手。此刻，凶手就在她眼前，她却犹豫了。她抬头对宋青荙说："大人，我想问他，为什么害死师父……"

宋青荙回答："他会告诉你，是长公主一直介怀你师父和驸马曾经定过亲，这才命令他杀人之后嫁祸赵奎。"

飞染皱起眉头，反问："可是大人不是说，不是长公主下令的吗？"

宋青荙转头看一眼甄山文，旁若无人地解释："人都会说谎。季世兴为了包庇真凶，必然一口咬定，是长公主下令。横竖都是死，他绝不会说出，是谁指使他。"话音未落，他示意俞毅放开季世兴。

季世兴呆呆地站在原地。宋青荙把他的话全都说了，他应该说什么？他本该大义凛然地保护甄山文。他必须在万般纠结、懊恼、痛苦中道出，他专门替长公主处置见不得光的肮脏事。他的死必须悲怆正义，务必让甄山文恨透了自己的父母。可此刻他站在众目睽睽之下，犹如戏台上的丑角。

一旁，宋青荙对着飞染说："他的手上有不少人命。就像甄公子说的，杀人偿命，天子犯法与庶民同罪。如果你不想脏了自己的手，我就判他在菜市口斩首吧。"

飞染忍不住询问："大人，你不审问他吗？"

"别让他咬舌自尽！"宋青荙突然大叫一声。

这句话一下惊醒了季世兴，更是一种心理暗示。纷乱的思绪，焦灼的气氛根本容不得他深思。这一刻，他只记得一件事，既然他必死无疑，那么他必须死在甄山文面前才有意义。他想也没想，一口咬断了舌头。

宋青荙转身挡住飞染的视线。

生命的最后一刻，季世兴只看到宋青荙嘴角的笑意。他幡然醒悟，宋青荙是故意的，息嗔师太咬舌自尽，所以他逼他用相同的方法结束自己的生命。

季世兴不甘心，甄山文已经不相信他，即便他死在他面前，又有什么意义？季世兴后悔了，可是他的身体就像垃圾一样倒在地上。

他终究还是败了，一如十五年前，同样的无可奈何。

第19章　翁婿

甄山文被突来的变故吓到，一屁股跌坐在地上。他已经不会思考，只看到季世兴怒目圆睁，鲜血不断从他的嘴角渗出。

不知过了多久，他感觉到一团黑影笼罩了自己。他茫然地抬起头，就看到宋青荶居高临下俯视自己。他张了张嘴，喉咙里仿佛塞满了沙子，说不出一个字。

半晌，宋青荶面无表情地吩咐捕快：“把尸体抬去义庄，地上打扫干净。”

“他死了，这是一条人命，你怎么能如此无情？！”甄山文哑声控诉。

“你不也杀了人吗？难道那些不是人命？”宋青荶冷哼。

甄山文被他噎得说不出话。

宋青荶手指大肥猪，一本正经地说：“好了，言归正传，如果你能把那头猪杀了……”

“宋青荶，你到底想怎么样？！”甄山文怒了。

宋青荶笑道：“甄公子，我只是为了让你得偿所愿，难道这样也不对？”

“是我杀了人，翠烟亲眼看到的，她还想替我顶罪呢！”甄山文用尽全身的力气喊出这句话。

终于轮到翠烟了！宋青荶暗暗叹一声。没了季世兴这个动力，他愈加意兴阑珊，只求赶快打发甄山文这个二傻子。

大概长公主心里明白，随便处置了翠烟，翠烟会成为儿子的心头痣，所以翠烟被送来刑狱司之前并没有受什么苦。当她身穿囚衣，娉娉婷婷走上公堂，反倒是甄山文显得更狼狈。

“翠烟，他们没有为难你吧？”甄山文一脸关切。

“公子！”翠烟眼眶含泪，“您这是怎么了？”她用眼角的余光偷瞄宋青荶。可惜，宋青荶一味低着头。

“我没事。”甄山文赶忙掩饰狼狈，上前一步大声说，“宋大人，翠烟可以证明，是我砸死了那名醉汉。她与这件事没有关系，你不要为难她。”

宋青荶径直吩咐：“把他拉去一旁。如果没有我的允许，他随意开口说话，直接掌嘴！”说罢，他“啪”的一声合上卷宗，抬头对翠烟说：“吴氏，你听清楚了，如果你有半句假话，哪怕仅仅是我认为，你在说谎……”

甄山文叫嚣:"你不能严刑逼供……"

"啪!"田大成挥手就是一个耳光。甄山文一下子蒙了。

翠烟吓了一跳。她刚刚看到季世杰的尸体被拖走,这会儿宋青莼竟然对长公主的独子说打就打。她心中骇然,慌忙低下头。

宋青莼很满意这样的效果。他询问翠烟:"吴氏,听甄山文说,你愿意为他顶罪,承认是你杀了醉汉,是这样吗?"

甄山文和翠烟都呆住了。有这样问案的吗?这让人怎么回答?

不待翠烟回答,宋青莼又道:"我一早就告诉甄山文,我喜欢成人之美。他的愿望是在菜市场被砍头,你的愿望是什么?"

"妾身,妾身……"翠烟说不下去了。

"其实我都替你们想好了。"宋青莼笑了笑,"既然你们一见钟情,没了对方就活不下去,何不承认是你们合谋杀害醉汉……"他叹一口气,"其实吧,你们不求同年同月生,但求同年同月死,也算一段佳话,说不定可以流芳百世。"

甄山文转头朝翠烟看去。

宋青莼突然收敛笑意,沉着脸喝问:"吴氏,我最后再问你一次,你愿意为甄山文顶罪,承认是你杀了醉汉吗?"

"大人饶命!"翠烟"扑通"一声跪下了,"大人明鉴,妾身只是收了季世兴的银子,故意引诱甄公子……"

"你胡说!"甄山文顿时疯魔了,"你说过,你喜欢我,我是你的一切,你愿意为我去死。"如果不是捕快奋力拉住他,他已经冲向翠烟,恨不得死命掐住她的脖子。

宋青莼一字一顿喝问:"甄山文,你心底就没有怀疑?你真的相信,你的母亲命人杀害了息嗔师太?"

甄山文停止了挣扎,呆呆地看着宋青莼。

翠烟匍匐在地上,高声说:"大人,妾身本是风尘女子,有人花银子买我,命我与甄公子欢好……"

"是谁?告诉我是谁?"甄山疯狂地大叫。

"你们自己把话说清楚吧。"宋青莼转身去了后衙,只留捕快架着甄山文,与翠烟对质。

宋青莼办公的小院,飞染呆呆地坐在书桌后面。她不断地问自己,为什么有人杀了她的师父,又想杀她?为什么就连陶妈妈都被杀死了?

"飞染。"宋青莼跨入屋子。

"大人,你告诉我好不好?"飞染迎上他。

宋青莼搂住她的肩膀,笑问:"想让我告诉你什么?"

"所有的一切!"

宋青洙拉着她坐下，正色说："飞染，不管发生什么事，你都要记住，我喜欢的人是你，和其他人，其他事完全没有关系……"

"大人，这个我们上次就说过了，不是吗？虽然我不是很明白，不过我知道，意思差不多就是，我喜欢的人是大人，不是宋伯伯和白姨的儿子，是这样吧？"飞染拍了拍宋青洙的肩膀，"大人你放心，我不会嫌弃你的！"

"你想嫌弃我什么？"宋青洙没好气地问她。

飞染想了想，回道："除了大人整整比我老了六岁，其他的暂时还没有想到……"

"飞染！"宋青洙轻唤一声。

"大人。"飞染垂下小脑袋，"我刚才在想，师父的死会不会是因为我……"

"当然不是。"宋青洙断然否认。

飞染低着头说："大人，我以为是赵奎害死师父的时候，真的很想亲手杀死他。可是今天，就在刚才，我已经没有那么生气了。我是不是太坏了？师父会不会怪我？"

宋青洙本想找飞染谈一谈林瑾明的问题，可是话题被她七绕八拐，他一直找不到开口的机会，只能与她东拉西扯，说着不着边际的话。

刑狱司外面，林瑾明坐车离开之后并没有返回永安侯府。他派人给甄彦行送了一封信，转脚又折返刑狱司，邀宋青洙相见，地点就在距离刑狱司不远的酒楼。

当宋青洙抵达酒楼，林瑾明颇为惊讶。宋青洙为免来得太快，几乎是得到口信马上赶过来。

两人见过礼，宋青洙率先开口："林侯爷，刚才多谢您的配合。其实就算您不来找我，我也想找机会拜会您。"

林瑾明诧异地看他一眼。朝堂上，宋青洙年纪最小，不过他都是以同僚的态度对待旁人。这会儿他为什么觉得，宋青洙正以晚辈自居？

如果不是因为飞染，林瑾明很欣赏宋青洙的能力。他再看他一眼。不同于早前的青衫道袍，这会儿他换上了月华色直裰，头发用发带束起，更显得唇红齿白，看起来也就十七八岁的模样。

他一定是仗着自己的"美貌"诱惑了飞染！

想到这，林瑾明心中刚刚生起的那点好感瞬间消失殆尽。他沉着脸说："宋大人，我请你过来，有一事想提醒你，希望你不要嫌我多事。"

宋青洙客气地回道："林侯爷请说。"

林瑾明再看他一眼，语重心长地劝诫："宋大人，我知道飞染是你的手下，我不该多管闲事，但她毕竟是女子，就算不是你的未来妻子，你也应该顾着她的安危。"

"林侯爷特意找我过来，是为了下午的事？"宋青洙不得不承认，血缘真的很奇妙。客观地说，哪怕林瑾明不知道飞染是他的女儿，他一直很关心她。

林瑾明反问："难道我说得不对？"

"我不是这个意思。"宋青荇笑了笑，"林侯爷顾虑捕快们的安全是对的，至于下午的时候，我确信飞染不会有危险……"

林瑾明反诘："刀剑无眼，宋大人你就这么确信，不会有意外发生？"

宋青荇回答："意外的事，谁都说不准，就算好端端走在路上，说不定也会被马车撞上……"

"我们现在说的是你的未婚妻！"林瑾明自认要求不高，只要宋青荇承诺，以后都把飞染的安全放在第一位就够了。

宋青荇被他的怒意弄得莫名其妙。他耐着性子解释："飞染与季世兴一早交过手，我知道他们的武功深浅……"

林瑾明生气地打断了他，说道："你既然一早知道那人会使出下毒之类的下作手段，更不应该放任飞染与他交手。"

"林侯爷。"宋青荇坐直身体，"我知道你很关心飞染，但是——"他顿了顿，"即便你是飞染的亲生父亲，她在刑狱司当差，就是衙门的捕快。"他暗暗观察林瑾明的表情，"再说，历来的规矩都是在家从父，出嫁从夫……"

"你想告诉我，她的安全不需要我这个外人多管闲事？"

"那倒不是。"宋青荇讪讪地笑了笑。此刻他很确信，林瑾明压根没想过，飞染可能是他的亲生女儿。换一个角度，他不知道飞染是他女儿，就已经这般了，将来若是知道了……

他不敢往下想，好声好气地解释："飞染喜欢当捕快。林侯爷应该看到了，飞染擒住季世兴的时候，笑得多高兴。我会在保证她安全的前提下，尽量让她做她喜欢做的事情。"

"你的意思，以后遇到类似的事情，你还是会由着她胡闹？"林瑾明愈加生气了。

宋青荇想了想，轻轻点头。

林瑾明不可置信地瞪他，许久憋出一句："幸亏我不是你的岳父！"说罢，他转身往外走。

宋青荇有苦难言，急道："林侯爷请留步！"他再次试着解释，"就像我刚才说的，意外总是难免。我不能因为害怕意外，就把飞染关起来。当然，我会把她的安全放在第一位。"

林瑾明回头看他，冷冷地吐出一句："你不是一向不屑向旁人解释吗？"

宋青荇表情一窒，回道："其实是我有求于侯爷。"

"是吗？"林瑾明狐疑地打量他。

宋青荇轻咳一声，正色说："是这样的，虽然季世兴已经死了，但指使他的人依旧躲在幕后。依我推测，季世兴既然早就有赴死的决心，必然做了后续安排……"

"我以为你已经得到季世兴的口供。"林瑾明讥讽。

宋青荙反问："侯爷的言下之意，只要他一日没交待，我就应该继续留着他的性命？"

"那倒不是。"林瑾明脸不红气不喘，理所当然地说，"他使出那样下三滥的手段，的确死有余辜，没理由留他活到第二天。不过我以为宋大人堂堂提点刑狱使，定然有办法撬开他的嘴。"

宋青荙嘴角抽了抽，腹诽一句：你当我神仙吗？他轻咳一声，正色说："总之，指使季世兴的人一定会有后续动作，我希望能够先一步占据主动。"

"你想让我做什么？"林瑾明打量他。

宋青荙吩咐山柏在屋外候着，这才开口询问："林侯爷，我冒昧问一句，十五年前，林夫人并非随陆老爷上京述职，我猜得没错吧？"

林瑾明满眼诧异。迟疑许久，他默默点头。

两人从傍晚谈至深夜。当宋青荙回到刑狱司，甄山文一个人呆呆地坐在公堂的地上。

"是不是你们给了翠烟银子，故意离间我们？"甄山文失神地喃喃。

宋青荙居高临下俯视他，说道："不管你怎么逃避，事实永远不可能改变。我现在只问你，当日你和甄大人起了冲突，一怒之下离开驸马府，之后发生了什么？"

甄山文像泄了气的皮球瘫软在地上，眼神呆滞。半晌，他的眼泪一颗颗滚落。他用衣袖擦去泪水，突然间号啕大哭起来。

宋青荙没再说话，只是不耐烦地皱起眉头。

不多会儿，捕快回禀，甄彦行来了。宋青荙命人把甄山文拉走，请甄彦行进屋。

甄彦行匆匆而来，急促地说："宋大人，是不是给我们传话的人说错了……"

"没有。"宋青荙摇头。甄彦行满头是汗，风尘仆仆，显然他刚得到消息，就一路骑马过来了。

宋青荙不疾不徐地解释："甄大人，我很想遵守承诺，还令郎一个清白，奈何他在所有人面前信誓旦旦，他杀了人。王子犯法与庶民同罪。就算我有心包庇他，也很难堵住悠悠众口。"

甄彦行后退一步，仿佛受了很大的打击。

宋青荙疑惑地说："甄大人，令郎把杀人细节描述得细致精确，本官问什么，他都能流利地回答。你真的确信，令郎没有杀人？"

"不会是山文……就算真的是他，也一定有内情。"甄彦行的脸色难看到极点。他问："宋大人，我能不能见一见山文？"

"他现在是重犯，恐怕不行。"宋青荙歉意地摇头，"其实见到他又怎样？"他叹息一声，"甄大人，我说句不好听的，你还年轻，与殿下和离之后，大可以再娶……"

"敢问宋大人，山文现在刑狱司，还是在别处？"甄彦行的语气强硬了几分。

"甄大人难道想要硬闯刑狱司不成？"宋青荙沉下了脸。

甄彦行后退一步，呼出一口浊气，郑重地说："我不知道山文为何执意把罪名揽在自己身上，我一早就对顺昌说过，此番只有宋大人才能还山文清白，所以你怎么说，我们就怎么做，就算全城皆知，宋大人要让山文当众杀猪，我们也没有现身。如今，宋大人判定山文有罪，那……就像我对顺昌说的，养不教父之过，明日我会向皇上请罪……"

"的确，养不教父之过。"宋青苹的声音清冷无波，"甄大人早知今日，又何必当初呢。"

这话一下戳中了甄彦行的痛处。事到如今，他真的后悔了。不管他和蒋瑶、长公主之间发生过什么，他都不应该对儿子疏于管教。即便长公主欺骗了他，他们的婚事是他首肯的。他们一家落得今日的下场，大半的责任都在他。

甄彦行嘴唇煞白，哀声恳求："宋大人，我只想在早朝之前见一见山文。"说罢，他拉起长袍的下摆就要跪下。

"不许跪！"顺昌长公主高声呵斥。

宋青苹之前还在奇怪，为什么只有甄彦行一人前来。此刻看到长公主一身戎装，他总算明白，为什么长公主和自己的母亲这么多年都能坚持不懈地针锋相对，原来她们的脾气很像。

眨眼间，长公主大步跨入屋子，高声说："我们还没有和离，你现在仍旧是我的驸马，除了祖宗和皇上，不许跪任何人！"

甄彦行的目光触及长公主的装扮，脸色更难看了。他压低声音说："顺昌，你想干什么？！"

长公主并不理会他，抬起下巴命令宋青苹："把我儿子交出来！"

"顺昌！"甄彦行更急了，"山文不会有事的，你不要为难宋大人。"

长公主不留情面地呵斥他："你想用自己的性命换山文的，也得皇上愿意。还不如由我带着山文离开京城。"

"普天之下莫非王土，我们能去哪里？"甄彦行真的急了。

长公主倨傲地说："我带着山文去给父皇守陵。我早就说过，我要把你休了，你大可以继续当你的兰台令史。"

宋青苹感慨："殿下，你既然不忍甄大人送命，又何必说出这样的话伤他的心。"

"宋青苹，我再说一次，把我的儿子交出来！"顺昌长公主"噌"的一声拔出佩剑，眼神仿佛在说，你若是不答应，我立马命人铲平提点刑狱司！

面对顺昌长公主的威胁，飞染站在边上看得津津有味。这么久以来，除了白珺若，第一次看到有人胆敢这样对她家大人说话。她脱口而出："殿下，你的武功很高吗？我家大人武功很厉害！"

长公主压根不理会飞染。

甄彦行低声劝说长公主："顺昌，你先把人带回去，否则待会儿惊动了五城兵马司……"

"大人，叶大人来了！"捕快的回禀好似呼应甄彦行的劝说。

门外，叶魁的脚步声由远及近；门内，空气仿佛已经凝固。

"宋大人，你这儿发生了什么事？外面……"叶魁看到顺昌长公主，愣住了。

宋青茉好整以暇地对长公主说："殿下，您觉得我们应该怎么向叶大人解释？"

所谓关心则乱，顺昌长公主面上强硬，脑子里却是乱哄哄的。她带人把刑狱司团团围住，皇帝能给她扣一个谋反的罪名。

甄彦行抢先开口："叶大人，顺昌是过来接我回家的……"

"本宫不需要你打圆场！"长公主语气强硬，"本宫是皇上钦封的长公主，本宫的儿子杀几个贱民算得了什么？就算见了皇上，本宫同样这么说！"

屋子外面，甄山文早已泪流满面。捕快们刚刚放开他的手臂，他就跌跌撞撞扑了进来，抽抽搭搭说不出完整的话。

宋青茉退开几步，对着叶魁说："叶大人，今晚月色不错，你和殿下一样，也是带手下出来赏月的吧？"他比了一个"请"的手势，邀叶魁去院中说话。

叶魁忙不迭点头，笑道："是啊，月色真美。"他回头看一眼，甄山文正号啕大哭，嘟嘟囔囔说他没有杀人，是别人陷害他。长公主搂着他，好像也哭了。甄彦行呆呆地站在一旁，满脸不知所措。

"叶大人？"宋青茉轻唤一声。

"哦！"叶魁回过神，"我什么都没有看到，我就是来找宋大人赏月的，现在月亮赏过了，我也该走了。"话音未落，他逃难似的大步往外走。

"叶大人，请留步。"飞染从宋青茉身后蹿了出来，却被宋青茉拉住了。她回头解释："大人，我有重要的事找叶大人商量。"

"你有什么事找他？"宋青茉的语气听不出喜怒。

叶魁吓了一跳，忙不迭摆手，大声说："没事，没事，我和陶捕快能有什么事？"说罢，他大声吆喝手下，眨眼间就消失在了夜色中。

飞染有些不高兴，嘟着嘴说："大人，我找叶大人真的有事！"

"为了大黑？"宋青茉没好气地问她。

飞染点头，脸上明明白白写着：大人，你怎么又知道了？

宋青茉嘴角微微抽搐。那只爱争宠的大黑狗，简直成精了，总有一天把它炖成狗肉锅！

"大人？"飞染谄笑，意味深长地说，"我喜欢大黑，大黑也喜欢我。"

宋青茉轻咳一声，一本正经地说："既然它不愿意回去，你继续养着它就是了。"

"我就知道，大人最好了！"飞染高兴地抱住宋青茉，反而惹得他不好意思，回头

198

朝屋内看去。

飞染顺着他的目光看去，顺昌长公主站在甄山文身旁，低声与他说着什么。甄彦行轻拍儿子的肩膀，又替他整了整衣领。

飞染低声问："大人，长公主和驸马还会和离吗？"

"应该不会了。"宋青沫回答。

"那就好。"飞染深吸一口气。

宋青沫看得分明，飞染的眼中蒙上了一层雾气。他暗暗叹一口气，就算她已经释怀被遗弃的事，就算他对她再好，她还是渴望父母的爱。这种"爱"是天性，是任何其他感情取代不了的。

"飞染，我给你讲一个故事吧。"宋青沫很忧伤。看来他不得不认下林瑾明那个岳父。他一手揽着飞染的肩膀，一手握着她的手，平静地给她"讲故事"。

飞染安静地听着，眉头越皱越紧。等到他说完了，她问："大人，你说的是林侯爷和他夫人吗？"

宋青沫表情一室。他说得那么明显吗？他没有回答，总结道："总之就是一对夫妻，他们受外人挑拨，虽然很喜欢对方，却一直误会对方。最后那位夫人在临死之前，把他们的孩子交给仆人送走。很多年之后，被送走的孩子偶然间遇到父亲，你觉得她应该认回父亲吗？"

"我不知道呢！"飞染烦恼地皱起眉头，连珠炮式地发问，"大人，林侯爷的儿子不是死了吗？难道尸体是假的，你找到他的亲生儿子，但是他的儿子不想认他？刚才你去找林侯爷，就是为了这件事吗？"

"飞染，是我先问你的，你觉得那个孩子应该认回父亲吗？"

"大人，我又不是那个人，我怎么会知道呢？"飞染低头把玩宋青沫的手指，好奇地问，"大人，林侯爷的儿子是谁？我认识吗？"

宋青沫无奈地岔开了话题。

第二天，满朝文武皆知，皇上斥责了长公主。守城门的官兵亲眼看到，长公主一怒之下带着丈夫、儿子离京而去。

据说，皇上因为这件事摔了一只白玉杯盏，声称要把甄彦行罢官。

小半个月之后，闲言碎语渐渐散去，天气一天凉过一天。当北风刮落一地的枯叶，京城因为陆陆续续回京述职的官员变得更热闹了。百姓们纷纷开始准备过年的事儿，街市一片繁荣。

自从京兆府尹赵维明告老还乡之后，京城官员暗潮涌动，纷纷盯着这个大肥缺。

虽说最后由谁补缺还得皇上定夺，但凡有眼睛的都能看得出，皇上身边最说得上话的，除了皇后娘娘的胞兄永安侯，就剩下提点刑狱使宋青沫了。可惜，前者待人疏离，后者为人冷傲，实难攀附。

幸好，宋青洙快成亲了，于是大家削尖了脑袋给他送结婚贺礼，可宋家世袭一等国公，繁盛了几代，什么好东西没见过，更不缺银子，不管送什么都难以脱颖而出。众人的目光纷纷转向他的未婚妻。

这下子飞染犯难了，走到哪都有人夸她，奉承她。

就这样过了小半个月，飞染越来越不爱出门，就连她最喜欢的巡街都变得索然无味。

这一日，飞染刚刚和白珺若试过成亲用的首饰，就躲在卷宗室看案卷。宋青洙下朝回来，牵着她的手说："飞染，下午我们出门喝茶……"

"不去。"飞染坚定地摇头，"上午我和白姨去金铺，小二还没来得及上茶，又有人给我送东西。"

"放心，从今往后不会了。"宋青洙神秘地笑了笑，轻咳一声。山柏适时送上一顶帷帽。

大帷帽不同于普通的白纱帽，做工极为讲究，就连帽檐都用金丝线细细绣了一圈绲边。

飞染看了一眼，摇着头说："大人，我戴着它出门，岂不是更招摇？"

"当然不会！"宋青洙胸有成竹，"我保证，只要你戴着它出门，再不会有人打扰你。"

飞染嘟着嘴说："大人，你不会忘了，我是京城唯一的女捕快，大家看不到我的脸，也认得出我的衣裳。"

宋青洙笑而不语。

事实证明，只要飞染戴着帷帽出门，再没人找她套近乎。

飞染没几天就恢复了活力，又像往常一样巡街抓坏人，牵着大白和大黑在刑狱司附近遛弯。

北方的冬天来得特别快，北风才刮了几天就下起了第一场雪。初雪过后，捕快们照例全体出动，巡视街上有无冻死的流民，压垮的屋舍。

飞染牵着大黑随俞毅走了两条街，就有林家的管事找上她，说是林瑾明夫妇请她喝茶。

酒楼的雅间内，林瑾明不顾呼呼的北风，迫不及待打开窗户朝下张望，目不转睛注视飞染牵着大黑狗，头戴大帷帽朝这边走来。

飞染身形高挑纤细，这些日子眼见着又长高了一些。帷帽硕大无比，在北风中摇摇曳曳，大黑狗吃得圆滚滚，在白雪的映衬下，更显得它的毛色乌黑油亮。整个画面很不和谐。

林瑾明勾起嘴角，眼中满是笑意。

"侯爷，您看到什么好笑的事儿？"陆萱走到窗边，情不自禁打一个冷颤。她忍着寒风，顺着林瑾明的目光看去，半真半假地说，"原来侯爷特意找我饮茶，是一早知道飞染就在附近。"

"巧合罢了。"林瑾明的语气淡淡的，关上窗户坐回桌前。最近他一直在想宋青沬的那番话。

的确，十五年前，陆萱并非随父亲上京述职，而是她私自上京，她的父亲不得不追来。

事实正如宋青沬所言，如果不是陆敏恰巧过世，而他愿意迎娶陆萱为继室，陆萱能不能活到今日，还真不好说。当年，她不服嫡母管教在先，为了逃避婚约私自离家在后。

"侯爷？"陆萱为林瑾明换上热茶。

林瑾明抿一口茶水，说道："算时间，岳父这两日该到了吧？"

"是。"陆萱点头，心头浮起疑虑。她的父亲本不该在今年上京，他为何匆匆而来？

两人又闲话了几句，飞染已经上楼来了。她摘下帷帽跨入屋子，满脸笑意。

林瑾明跟着笑了起来。这些日子，他总是忍不住幻想，如果飞染真的是他的女儿，那该多好啊！

飞染向林瑾明夫妻行过礼，迫不及待地询问："侯爷，你找我来，是不是你的岳父到了？"

"你不要心急。"林瑾明按照宋青沬所言，对着飞染说，"岳父过几日才到，我既然答应了你，一定会带你去见他。"

"侯爷要带飞染去见父亲？"陆萱不赞同地说，"父亲岁数大了，会闷坏飞染的。"

飞染摇着头说："不会的，侯爷说，陆大人知道很多海上的趣闻，我一定爱听。"

"是啊。"林瑾明附和，"过完年你们一道去琼州，不只路上有个照应，到了那边，有岳父照看着你们，总好过人生地不熟。"

"飞染，你要去琼州？"陆萱手中的茶壶在半空中顿了顿。

飞染点头回答："是啊，等我和大人成了亲，我们一起去琼州。"

"怎么突然想到去琼州？"陆萱低头放下茶壶。

"查案啊。"飞染理所当然地回答。

林瑾明顺着她的话解释："听宋大人的意思，他打算一路从京城往南，追查什么迷香。他说，季世兴的武功路数，也像是南边的门派，正好可以一并调查，说不定可以发现他的真实身份。"

"咦，侯爷连迷香的事都知道吗？"飞染放下茶杯，低声嘀咕，"我还以为这事只有衙门的人知道。"

林瑾明笑道："有关案子的内情当然不能随便对外人说。宋大人想和岳父一同南下，这才对我略微提了提。"

"原来这样。"飞染点头。

林瑾明劝慰飞染："飞染，你不要难过。宋大人说了，是谁指使季世兴害死你的师父，迟早会水落石出……"

"侯爷，指使季世兴的人不是长公主吗？"陆萱说得又急又快。

"当然不是。"飞染摇头，"甄公子已经想起所有的事情，翠烟也交待了，不只是甄公子，还有酒楼那一班落榜举子，都被下了五石散。这些日子，衙门一直在追查五石散的来源！"

陆萱试探着问："那长公主……不是说，长公主找人杀了师太，皇上很生气，摔了白玉茶壶，长公主这才负气离京……"

"不是呢！"飞染摇头，"大人对我说，皇上生气是因为殿下让人把刑狱司围起来。那天晚上都惊动了五城兵马司的叶大人。至于殿下他们一家离京，是去驸马爷的家乡过年，是殿下主动说起，她和甄公子都没有去驸马的家乡祭过祖哩。"

陆萱不着痕迹地打量飞染。飞染太过单纯，她相信她说的每一个字。她的心犹如坠入十二月的冰窖。

一旁，当林瑾明听到陆萱说出"茶壶"二字，瞳孔微缩，急忙低头掩饰情绪。皇帝摔了茶壶还是杯盏并不重要，重要的是，唯皇后的心腹与他说话，提及"茶壶"二字，其他人众口一词，说的都是"杯盏"，陆萱却十分肯定，皇上摔了"茶壶"。

眼下，不管宋青苿在怀疑什么，也不管真相到底如何，单凭这两个字就可以确信，陆萱一直在暗中监视他，控制着他身边的人。

第 20 章　事起

飞染在茶楼喝了一杯热茶就迫不及待走了。当她完成俞毅分配给她的任务回到刑狱司，天都快黑了。她得知宋青苿还没有回衙门，顿时有些讪讪的。

朦胧的夜色中，马车驶近刑狱司。宋青苿揭开车帘，远远看到一个红色的人影在门廊的灯笼下来回走动，时而蹦跳。他莞尔，转念间又觉得心疼，催促车夫快走。

飞染看到马车，迫不及待跑过去。

宋青苿跳下马车，尚不及站稳，飞染已经撞了过去。宋青苿赶忙抱住她，用自己的大氅包裹她。"冷吗？"他握住她的手，紧紧攥在掌心。

"不冷。"飞染笑眯眯地摇头，脸颊蹭了蹭衣领的毛皮，抬头看他。

"不是让你在屋里等我吗？"宋青苿生怕她着凉。

"我想第一时间看到大人。"飞染冲他撒娇。

宋青苿轻笑，又假装板起脸，低声斥责："怎么不穿大衣？"

飞染干笑一声，挣脱他的手，双手环抱他的腰。如果她穿了大衣，就不能像现在这样躲在他的大衣下面了。

宋青莯何尝看不出她的小心思。他喜欢她等着他。每当他想到，她正在等他，他就恨不得把天上的星星都摘给她。

他殷殷叮嘱："飞染，我说过，就算时间再晚，我也会回来的，你不必在外面等我。就算你等不及想出来看看，也得把大衣穿上，知道吗？"

"知道，知道了！"飞染敷衍。

"飞染！"

"大人，其实我都知道的。"飞染眨巴着眼睛。

"你知道什么？"宋青莯满心无奈。

"我全都知道。"飞染挽起宋青莯的胳膊，仰着头说，"我知道，我懂得保护自己，大人就会同意我跟着俞捕头出门巡街。我的武功打得过坏人，大人才会同意我去抓坏人。大人只让我做我可以做到的事，这些我都知道。"

她侧头靠着宋青莯的肩膀说："现在，我穿不穿大衣，等不等大人，让我自己决定好不好？我会小心不让自己受凉，因为我知道，万一我生病了，大人再也不会让我在大门口等你了。为了以后，我不会逞强的。"

宋青莯惊讶地注视她。

飞染得意地说："我还知道，林侯爷觉得大人做得不对，他不想让我继续当捕快。我知道林侯爷也是一片好心，可是我更喜欢大人这样，让我做我喜欢做的事。同样的，我会小心，不让自己生病，更不会让自己受伤。"

"我……"宋青莯越来越觉得，面对飞染的时候自己经常会词穷。

飞染信誓旦旦地说："还有，虽然大人的武功比我好，遇上危险的时候，我还是会努力保护大人。咱们是好兄弟，讲义气！"

宋青莯被她的话呛到，无奈地问："你从哪里学来这句话？"

飞染笑眯眯地回答："我在街上听来的。大人放心，我只对你一个人说，不会告诉白姨或者宋伯伯，更不会吓到两位嫂嫂。"

说话间，两人并肩往里走。进了屋子，飞染迫不及待拉着宋青莯坐下，认真地问他："大人，我在门口等你，其实有一件很紧要的事，我想问你很久了。你上次给我讲的故事，讲的是不是林侯爷和他先头的夫人？我知道，上次你故意不回答我。"

"你今天见到林侯爷，他对你说了什么吗？"宋青莯反问。他这么晚回来，就是去见林瑾明了。他小心地布局，耐着性子等待，因为单单揭穿陆萱是不够的，他得把她在这十几年间安下的棋子连根拔起，才能根除后患。

飞染点点头，又摇摇头。

"飞染？"宋青莯忽然发现，她的情绪有些不对劲。

飞染踌躇片刻，问道：“大人，你上次说的故事，不只和林侯爷有关，是这样吗？”不待宋青荇回答，她接着说：“以前大人一点都不喜欢和林侯爷见面，最近我们经常会遇到他。”

"飞染，有些事，我现在也吃不准。"宋青荇不敢告诉她全部的真相。

飞染提醒他："可是你答应过我，不会隐瞒我任何事，更不会说谎骗我。"

宋青荇伸手环抱她。她的飞染太过美好，可某些人的心太过肮脏。这段日子，他已经查知太多的事实。飞染即将面对的不仅仅是"林瑾明是她的生父"这一个事实。一旦这件事捅破，会像马铃薯的根茎，串出一连串不堪的真相。

飞染小声说："大人，这些日子我经常遇到林侯爷，又觉得他不那么讨厌了，至少他不会再说你的坏话，所以如果你告诉我，其实你是林侯爷的儿子，想要认回他……"

"咳咳咳！"宋青荇剧烈地咳嗽起来。许久，他好不容易止住咳嗽，摇头叹息："你想到哪里去了！"

"不是这样吗？"飞染一脸迷茫，"我认真想过，不管大人是谁的儿子，大人就是大人，对我来说没有差别，只不过白姨和宋伯伯大概会很伤心……"

"不是！"宋青荇快无语了，"你不是经常嫌我老吗？你也不想想，我过年都二十二了，林侯爷过年才三十六岁，他十三四岁的时候是生不出儿子的！"

"十三四岁生不出孩子吗？"飞染只抓住了这句重点，"幸好我过年就十六岁了。"

"飞染！"

"好啦，好啦，大人不是林侯爷的儿子我就放心了。不过大人，你上次说的故事，到底谁是林侯爷的儿子啊？如果说年纪适合的话，难不成是田大成？再不然是山柏？"

"都不是！"宋青荇真听不下去了。为什么她的飞染有时候很聪明，有时候又傻得厉害。枉他自认洞悉人性，偏偏永远猜不透自己的未婚妻下一句会蹦出什么话。

飞染烦恼地皱起眉头，嘀嘀咕咕说："都不是的话，那就没有别人了！大人，你上次到底为什么给我讲那个故事啊？"

宋青荇不知道如何作答，只能勾起她的下巴，低头堵住她的嘴。

直到第二天早上，飞染才意识到，她家大人又没有告诉她，故事的主角到底是谁。不过不要紧，她会锲而不舍地追问，反正这样也挺好玩的。

早饭过后，飞染本想和其他捕快一起上街清扫积雪，国公府的马车早早等着她。

马车才驶入闹市，不远处传来一阵喧哗。

"白姨，我是捕快，我去看看。"话音未落，飞染已经跃出马车，呼唤芷兰跟她一起过去查看。

"让一让，我是捕快。"飞染没有穿捕快的制服，只能亮出自己的腰牌。她挤入人群，看到一名年轻女子捂着手臂倒在地上，手上都是血，裙子也被划破了。女子满脸惊恐，拼命想要遮住屁股上的破口。

"啊！"不远处又传来一声女子的尖叫。

飞染确认地上的女人并无大碍，回头吩咐芷兰："我们快追！"

两人跑十几丈，看到另一名女子倒在地上。她的裙子被割破了，屁股上都是血。

"有一个男人，拿着刀，往那边去了！"女人大声指控，手指小巷的尽头。

飞染与芷兰追出几条街都没有看到疑犯。她们折返现场，两名受伤的女子已经被路人送去看大夫了。

鉴于京兆府尹一职空缺，京兆府虽然也有理事的官员，但当街伤人这类要案，京兆府的判官立马把卷宗转去了刑狱司。

宋青沫傍晚才从宫里回来，他大致听过案情，吩咐捕快通知两名当事人，第二天到衙门说明情况。

飞染本来以为，只要等画师画出凶手的画像，他们拿去附近问一问，就能查知凶手是谁。谁知两名受害人当晚就羞愤自杀了。两人皆留有遗书，系自杀无疑。

飞染得悉，奇怪地问："大人，我看过她们的伤势，都不严重，她们为什么寻死？"

"大概觉得受了侮辱吧。"宋青沫轻描淡写。

飞染义愤填膺，鼓着腮帮子说："大人，你说，凶手是怎么样的人，我和大伙儿一块去抓人！"

宋青沫摇着头道："暂时我也说不清楚，山槐他们已经去现场了……"

"那我也去……"

"回来！"宋青沫叫住她。

飞染以为宋青沫想要阻止自己，结果他只是替她戴上帷帽。她不喜欢戴上又大又招摇的帽子，可她家大人每每亲手替她系上带子，她实在说不出拒绝的话。

整整一个下午，飞染和捕快们都在城南访查，结果竟然没有一个人看清楚凶手的相貌，就连他穿着什么颜色的衣裳，现场的百姓们都有不同的说法。

现实好似为了嘲笑捕快的无能，当天傍晚，城西又有一名女子被陌生男子划破裙子。

宋青沫决定连夜审案。受伤女人被带上公堂的时候已经哭肿了眼睛，说不出一句完整的话。

飞染急得双颊通红却也莫可奈何。宋青沫生怕受害人再次自杀，命人找来她的母亲，又吩咐在衙门当差的婆子守着她们，预备第二天再问话。

深夜，飞染坐在宋青沫的书房喝银耳甜汤。她才吃了几口就放下了勺子。

"怎么了？"宋青沫挨着飞染坐下，顺势揽住她的肩膀。屋里的火盆烧得热气腾腾，把她的脸颊熏得通红，他恨不得咬上一口。

飞染摇摇头，小声说："师父说过，没什么比活着更重要。她们只是被凶手割破了衣裳，竟然选择自杀，太不可思议了。"

宋青沫表情一窒，避重就轻地回答："你不要想太多，事情很快就会过去的。"

飞染自顾自低语:"师父虽然嘴上那么说……"

"笨蛋,我不是说过吗?你师父自杀,未必是因为被侮辱了,总之真相一定会水落石出的。"

飞染闷声不响,转过身用额头抵着宋青苿的肩窝,双手轻轻环住他的腰。

宋青苿心中一阵酸软,脱口而出:"飞染,我答应过你,永远只对你说实话……"

"所以呢?"飞染抬头看他。

宋青苿久久凝视她清澈的眼眸,轻轻摇了摇头。

第二天,第三名受害人的情绪终于稳定了,但她的供词前言不搭后语,一会儿说行凶者穿着蓝色的棉袄,一会儿又说黑色大衣。至于凶手的容貌,她连男人是否长了胡子都说不清楚。

刑狱司众人一筹莫展之际,叶魁送来了第四名受害人。大概是因为冬天,棉裙太厚,她的衣裳只破了一个口子。再加上五城兵马司的人立马赶到,受害人虽然惊魂未定,但很快回过神,大致描述了男人的相貌。

不过她仅仅只是惊鸿一瞥,画师根据她的描述勉强画出了凶手的画像。宋青苿吩咐捕快把画像张贴在京城的大街小巷。可惜,画像上的男人并无明显的特征,很难辨认。

接下去的三天,飞染和捕快们分班在街市巡逻,百姓们经常看到耀眼的大帷帽穿梭在大街小巷。可饶是如此,城北又出现了第五名受害人。

飞染看到受害人哭得眼睛都肿了,恨不得立马抓住凶手。可她缠着宋青苿一晚上,他却只是笼统地告诉她,嫌疑犯必定遭受了生活上的不如意,所以用卑劣的手段偷袭手无缚鸡之力的女子,宣泄内心的不满。

翌日,天蒙蒙亮,飞染随第一批捕快上街巡逻。中午,她正要回刑狱司吃午饭,林家的下人把她请去了酒楼。

飞染以为又是林瑾明找她,没有多想就去了。直到她看到雅间内只有陆萱和她的丫鬟,这才想起今天又是大朝的日子,林瑾明应该和她家大人一样上朝去了。

"林夫人。"飞染向陆萱行礼,神色中多了几分拘谨。

"来,过来坐。"陆萱亲热地拉起飞染的手,让她坐在自己右手边的软榻上。她亲手倒了一杯温热的米酒递给飞染,笑盈盈地说,"先暖暖身子。"

飞染礼貌的拒绝:"林夫人,俞捕头说,当差的时候不能饮酒。"

"这样啊。"陆萱放下酒杯,命丫鬟递上暖炉。

飞染接过暖炉,小二们陆续上菜。飞染不想和陆萱单独吃饭,此刻却不好推辞,索性大大方方拿起筷子。

陆萱给飞染夹了热气腾腾的牛肉丸子,自己也尝了一颗,笑道:"这丸子果真劲道,怪不得侯爷那么喜欢。"说罢,她叮嘱下人,务必记得多买一份带回侯府。

飞染默默咬着丸子,心想:原来林夫人在这么冷的天出门,是专门给侯爷买丸子的。

我好像没有替大人做过什么事呢！

"飞染，飞染？"

"哦！"飞染回过神，"林夫人，你叫我吗？"

陆萱与之闲聊："听侯爷说，你每天都在街上巡逻，这么冷的天，太辛苦了。"

"不辛苦呢！"飞染摇头，"有大人替我准备的大帷帽，北风刮在脸上，一点都不疼。"

"等抓到了凶手，就不用这么辛苦了。"陆萱殷勤地替飞染舀了一碗热汤，状似漫不经心地问，"凶手跑去城东，又去了城西，一会儿又到了城北，会不会不只一名凶手？"

飞染诧异地反问："咦，林夫人你也懂得破案？大人也是这么说呢！他还说什么，凶手作案都有一定的范围，不应该满城伤人，除非是不同的凶手什么的。"

陆萱摇着头说："我当然不懂破案，是我和侯爷担心你日日在街上，年纪又和那几个受伤的小姑娘差不多……呸呸呸！"她一连啐了三口："瞧我胡说些什么！"

飞染回答："大人说了，凶手只会欺负比他弱小的人，每次都是暗箭伤人，料想没什么本事。"

陆萱殷殷叮嘱："不管怎么样，犯人都很可怕，如果你发现凶手，千万别去追他，反正还有其他捕快……"

"那怎么能行，"飞染大声反驳，"我是捕快，当然要尽忠职守，怎么能做贪生怕死之辈。"

陆萱替飞染夹了两块火腿，担忧地说："你这样每天在街上，宋大人不担心吗？"她皱起眉头："要我说，当捕快太危险了……"

"不危险！"飞染忙不迭摇头，"再说我还有芷兰呢，只要我走出刑狱司的大门，她都会寸步不离跟着我。"

"一个丫鬟能顶什么事。"陆萱依旧一脸不赞同。

飞染急了，对着门外大叫："芷兰，你进来。"

芷兰面无表情地走进屋子，对着陆萱行过礼，默默退到一旁。

飞染大声说："芷兰，你快告诉林夫人，你武功很高的。就算我不会武功，你也能保护我。"

芷兰嘴角抽了抽，转身对陆萱说："奴婢会尽力保护小姐……"

"芷兰，看杯子！"飞染突然将茶杯扔向芷兰。

芷兰愣了一下，勉强接住杯子，放回桌子上。

飞染觉得芷兰的表现有失水准，不过她总算接住了杯子。她转头对陆萱说："林夫人，你都看到了，有芷兰在，我不怕暗器，而且我的武功很厉害，只比师父差一点点。"

陆萱将信将疑地点点头。

傍晚时分，捕快们收队返回刑狱司。飞染与田大成愉快地边走边说，抬头就见刑狱

207

司门口站着一个熟悉的身影,她立马撇下田大成飞奔而去。

"大人,你在等我吗?"飞染笑得眉眼都弯了。这是她家大人第一次在大门口等她。

宋青沫很自然地搂住飞染的肩膀,旁若无人地说:"是啊,我在等你。"他牵着她的手往里走。

飞染如往常一般向宋青沫描述一天的经历:"大人,中午的时候我见到林夫人了,就她一个人,她请我吃饭了。她好像很关心这次的案子,问了我很多问题。"

"这样啊。"宋青沫紧紧牵住她的手。

飞染自顾自陈述:"我一直觉得林夫人很奇怪,又说不上来哪里不对劲。大人,不如你帮我想想吧!"

宋青沫笑道:"我和她总共没见过几次……"

飞染惊叹:"啊,我知道了。以前林侯爷在的时候,她都不怎么说话的,今天她说了好多话呢!"

宋青沫故意岔开话题:"飞染,待会儿我们去看烟火吧。"

"真的?今天晚上有烟火,在哪里?"飞染的注意力立马被转移了,"今天是特别的日子吗?离小年还要很多天呢!"

"不是什么特别的日子,或许是哪个人想要哄谁开心吧。"宋青沫拉着飞染进屋,替她解下披风,吩咐山柏可以上菜了,又命丫鬟拿来热水让她洗手擦脸。

一个时辰后,飞染坐上马车,头枕着宋青沫的肩膀,悠悠感慨:"果然大人总是对的,饭菜好不好吃,还要看和谁一起吃。以后我再也不勉强自己,单独和林夫人一起吃饭了。"

宋青沫哀怨地说:"你都不问我,带你去哪里吗?"

"反正待会儿就知道了,问不问都一样。"飞染说得理所当然,又奇怪地问,"大人,为什么每当我提起林夫人,你马上就会转移话题?"

"因为……"宋青沫迟疑了一下,"因为他们是长辈,晚辈不能议论长辈。"

"是这样吗?"飞染昏昏欲睡,眨眼间就把这话题忘了。

在马蹄有节奏的"嗒嗒"声中,车子在城门口停下。飞染小声提醒宋青沫:"大人,叶大人说,城墙重地,不可以随便乱走。"

"放心,就算被抓起来,我们也会关在一起的。"

宋青沫不过一句话玩笑话,飞染却一本正经地附和:"好,果然好兄弟,讲义气。"

"……"宋青沫无语,牵着她的手登上城楼。

两人才踏上城楼,飞染忽然听到"嘭"的一声巨响。她循声看去,一团火球急速蹿上半空,"乓"的一声散开,火花四射,就像夜空中绽放的火红色牡丹。

"好大,好漂亮!"她看呆了,由衷地赞叹。

不待第一支烟花坠落,城墙外又是"嘭"的一声巨响,又一团火球跃上天空,这一次是萤绿色的，那四散的火花恍若从天空坠落的繁星。

飞染来不及惊叹，第三支烟火已经飞上天空，这一次是银红色的，仿佛满天的桃花纷纷扬扬散落。

飞染不知道一共有多少支烟花，她只知道，每一支都是不同的颜色，却同样的美丽，她的眼睛简直应接不暇。

直至天空重归平静，空气中只余淡淡的火药味，飞染才发现，不知不觉中，她家大人正紧紧搂着她，他们相依相偎站在城楼上，天地间仿佛只剩下他们两个人。

她低下头小声问："是大人特意命人放烟火给我看吗？"

宋青冼反问："喜欢吗？"

飞染用力点头。她的心跳得好快，她太喜欢了。她伸手环抱他的腰，突然间又想哭了，索性用力抱住他，额头抵着他的肩膀，哽咽低语："大人，你干吗对我这么好！"

"好好的，怎么又哭了！"宋青冼抬起她的下巴，无奈地摇头。

飞染的眼泪在眼眶中打转，嘟嘟囔囔说："今天林夫人是去酒楼给林侯爷买牛肉丸子的，那时候我就在想，我也想为大人做一件事。可是我想了一下午都想不出来，应该为大人做什么，你才会像我现在这么高兴。"

"你真的想为我做一件事？"宋青冼侧目。

"嗯！"飞染再次点头。

宋青冼的眼中闪过一抹笑意，低头在她耳边低语。他以为她会重重捶他一下，娇嗔羞涩地推开他。他已经想好了，一定要把她拽回自己怀中，然后告诉她，能够拥有她，已经是上天给他的最好礼物。

可惜，他来不及付诸行动，飞染已经踮起脚尖，闭着眼睛贴上他的唇。

此时正值寒冬，她的唇依旧温暖。他能够清楚地感觉到，她正努力仿效他，或许是他把她教得太好，她青涩的热情仿佛燃烧的火折子，一下点燃了他的渴望。

半响，宋青冼不得不放开她，毕竟他们此行虽然得到了皇上的特许，但城墙总归是禁地。他满心不甘地捧起她的脸颊，轻轻一吻落在她的嘴角，紧接着又是一吻落在她的脸颊。

"大人，我最喜欢你了！"飞染高兴地大叫。

"不是喜欢，是爱，是心悦，懂吗？"宋青冼笑着纠正她。

"懂。"飞染点头，"我心悦大人，我想和大人成亲。"

"这话应该是我对你说。"

"都一样啊！"飞染"呵呵"傻笑。

宋青冼点头附和："对，都一样。"他抱起她，原地转了一个圈："等到积雪消融，你就是我的新娘了。"

这一刻，他觉得自己已经被幸福填满。直至他把飞染送回刑狱司，他独自躺在床上，

这才蓦然想起，他大费周章安排这场烟火表演，是为了"拐"飞染一个承诺，为即将发生的事攒一点人品，以防飞染一怒之下不要他了。

同一时间，林瑾明也看到了城外的烟火。确切地说，他比飞染更早知道宋青苿的安排，他甚至一度腹诽，宋青苿当着他的面向皇上求助，分明就是向他炫耀，他可以光明正大宠着飞染。

"侯爷，夫人正往这边过来。"下人低声回禀。

林瑾明表情微凛。自从他对陆萱起了疑心，不过几天的时间，他便发现一直温婉小意的妻子处事周全且心思缜密。

如果一切皆如宋青苿的推测，那么他就是不折不扣的傻子，这么多年来一直被她玩弄在股掌间。

"侯爷。"陆萱对着林瑾明行礼，"天冷，披上袍子吧。"她把手上的黑色裘袍披在林瑾明的肩头。

林瑾明想要推开她，终究还是忍住了。他温言劝说："你身子弱，不用特意给我送衣裳。"

陆萱解释："不是特意。这件袍子是新做的，我想看看是否合身。"

"很合适。"林瑾明笑了笑。他不得不承认，陆萱极会说话，也十分了解他。如果在往日，她说了这话，他必定觉得袍子是她亲手做的，对她的愧疚之情又会加深一分。他随口说："天气太冷，有什么活交给针线房就是，不要累着。"

陆萱微微一愣，不着痕迹地解释："不碍事，我就是绣个绲边，其他都是针线房做的。"

两人说话间，半空中又升起一朵烟花，陆萱奇怪地问："过年还早，这是谁家在放烟火？看这手艺，不像是一般的工匠。"她相信林瑾明不会无缘无故站在院子里看烟火，这才拿了袍子过来。

林瑾明仰头遥望绚烂的烟花，一颗心重重往下沉。他不过在院子里站了一刻钟，是谁告诉陆萱，他在这里赏烟花？

难道真像宋青苿说的，陶氏很少离开净心庵，在刑狱司也是深居简出，她突然被灭口，是在辨认小青尸首那天，被陆萱派去的下人发现？甚至于，就连小青的死也与整件事有着千丝万缕的关系？

"侯爷？"陆萱注视林瑾明的侧脸。

"没事。"林瑾明回神，"是宋大人好不容易找到的老工匠，几个月才做了这么几个烟花。"

陆萱笑道："说起来，今天我去买牛肉丸子的时候，正巧遇上了飞染。"

又一次被宋青苿猜中了！

林瑾明暗暗诧异，淡然询问："飞染又在办差吗？"他面上风轻云淡，心中却已掀

210

起惊涛巨浪。

陆萱想买任何东西,大可以派下人前往,甚至于她只要传一句话,掌柜的一定愿意亲自送货上门。如此一来,她到底是为何出门,答案呼之欲出。

一旁,陆萱微笑着回答:"是,她正和捕快们巡街。我们一起用午膳的时候,她对我说,宋大人对案子茫无头绪,听得我胆战心惊。侯爷,飞染到底是要嫁入国公府的人,不如下次我们再劝劝她……侯爷,我是不是太多事了?"

林瑾明回答:"我们毕竟名不正言不顺,不宜多说什么。这次的案子皇上已经耳闻,眼下又是大过年的,希望宋青莯能够尽快破案,不要连累飞染。"

"应该不会连累飞染吧?"陆萱一脸关切。

林瑾明摇头不语,一味遥望半空。烟火已经结束,冬日的夜静悄悄,只闻呼呼的北风。

陆萱站在林瑾明身侧,突然打了一个喷嚏。

林瑾明解下裘袍披在陆萱肩上,说道:"时辰晚了,我命人送你回去,你早些歇息。"

"不用了。"陆萱笑着摇头,解下袍子替林瑾明披上,嘴里说道,"我的丫鬟就在院子外面,我转脚就回屋了,还是侯爷披着吧。"说罢,她屈膝向他行礼,转身离去。

就在她转身的瞬间,她脸上的笑容慢慢隐去。林瑾明对她比往日更为疏离。她只想要自己的丈夫心悦自己,为什么这么艰难?

她走出院子,凛冽的寒风打在脸上,仿佛刀割似的。丫鬟赶忙替她披上大衣。她双手握住领子,蔻红的指甲深深陷入白色皮毛,手指几乎揪下皮毛。

"夫人。"丫鬟怯怯地唤一声,"侯爷是做大事的人……"

"我知道。"陆萱打断了她,径直往前走,心中又羞又怒。林瑾明是做大事的人,难道宋青莯不是吗?如果没穿大衣的人是陆敏,林瑾明一定早就注意到了吧?

是,林瑾明是想把裘袍替她披上,是她拒绝了,那是因为他在赶她走。

深夜,陆萱独自躺在床上辗转反侧。世人都羡慕她,丈夫不只人品、相貌无双,与她更是鹣鲽情深,可是谁又知道,她夜夜孤枕难眠。他们就算偶尔同床,也是因为她想要一个孩子。如今大夫说了,她不可能再孕,这是不是表示,他再也不会踏入她的房间?

她坐起身,银丝炭把房间烘得暖融融,可她觉得冷,这种孤冷陪伴了她十五年。更让她不平的事,十五年前,她亲眼看到林瑾明如何对待陆敏。他不是不懂得温柔体贴,只是对象不是她。

她走下床,从暖瓶倒了一杯热水。水已经变得温凉,顺着她的嘴巴滑下喉咙。她抿下第二口,仔仔细细回忆林瑾明的一举一动,心情愈加冰冷。

"嘭!"她把杯子狠狠砸向墙壁。

"夫人?"值夜的丫鬟点亮了外间的灯火。

陆萱回答:"没事,我不小心打翻了杯子,明早再清扫吧。"

第二天一早,陆萱尚未起床,丫鬟已经把杯子的碎片清扫干净,仿佛什么事都没有发生过。陆萱也好似忘了昨晚的一切，若无其事地挑选衣服首饰，又张罗早饭，只等林瑾明来了，与她一起用早膳。

与往日一样，林瑾明准时抵达东梢间。吃过早饭，他问了儿子的功课，却并没有随儿子一起离开。

"侯爷，您有事与妾身说？"陆萱端了热茶放在林瑾明手边。

"是这样的。"林瑾明吞吞吐吐，半晌儿才说，"昨日我无意间听到宋青茯说，他与飞染年后去琼州，似乎与飞染的身世有关。"

一听这话，陆萱整个人就像被雷劈中了一般。

林瑾明自顾自陈述："他好像怀疑，飞染的父母是琼州或者南方上京的商旅，途经净心庵附近被卫大志等人谋害。"

"宋大人何以有这样的怀疑？他是不是发现了什么线索？"陆萱不断安慰自己，陶氏已经死了，就连最后一个知情者季世兴也咽气了，当年的事已经彻底画上句号。可是无论她怎么安慰自己，她的手脚依旧冰冷。

林瑾明回头看她一眼，不答反问："夫人，你怎么了，是不是不舒服？"

"没有。"陆萱勉强笑了笑，"可能是昨晚着凉了。侯爷想对我说什么？"

"算了。"林瑾明自顾自摇头，"就算飞染真是我们的女儿，俗话说嫁出去的女儿泼出去的水，也轮不到我们操心。"他没有继续往下说。

第 21 章　往事如烟

林瑾明走后，陆萱无心打理家务，一个人枯坐书房。

十五年了，陆敏为什么总是阴魂不散缠着她？自小她就生活在陆敏的阴影下。陆敏总是以大姐自居，人人都道她的好，可谁又能看到，所有的好处都让她一个人占了！

她拼死一搏才有今日的一切，她以为杀了蒋瑶就是一切的终点，却怎么都没料到，陆敏竟然留了一个女儿在人世！

如果不是她怕小青在临死前说出不该说的话，派心腹前往净心庵打探消息，恰巧看到陶氏，她至今都没能发现，飞染是林瑾明和陆敏的女儿。

"果然血缘是骗不了人的！"陆萱愤恨地呢喃。

在她眼中，林瑾明半点都不曾怀疑，飞染是自己的女儿，已经对她掏心掏肺，如果他们父女相认……她不敢往下想。

十五年前，她利用陆敏对她的姐妹之情，离间他们夫妻，之后又嫁祸林家三房。即便她相信自己做得天衣无缝，林瑾明不会怀疑上她，她也无法面对林瑾明对飞染的百般疼宠，就如同当初，她无法面对父亲与嫡母对陆敏的偏心。

或许，当初她得知父亲为了家族利益，将她许配给一个年近四十的男人当继室，她就已经决定接收陆敏的一切，取而代之。

"夫人。"丫鬟在门外轻唤。

"我不是说，让她们都等着吗？"陆萱不悦地呵斥。

丫鬟小心翼翼地回禀："夫人，二门的婆子收到一封信，是……是……"

"是什么？"陆萱隔着门板询问。

丫鬟吞吞吐吐说："是郊外的庄子上送来的，说是季庄头的亲笔信，有急事。"

陆萱倒抽一口凉气。这是她和季世兴的紧急联络方式，现在他人都已经死了，怎么可能给她写信！她沉着脸说："拿进来。"

丫鬟战战兢兢送上书信。陆萱打开信封才看了一眼，立马把信纸揪成一团，狠狠攥在掌心。她咬牙，一字一顿说："你，不要怪我狠心！"

陆萱再次展开信纸。皱巴巴的信纸上，短短几行文字大致描述了她指使季世兴杀害息嗔师太的经过，信末只有一句话，如果她不能活着离开大牢，她会把自己知道的一切一五一十告诉宋青莯，书信的落款是翠烟。

翠烟被宋青莯判了流放，陆萱是知道的。早前她命人悄悄打探过，林瑾明也证实，翠烟在公堂上只是一味喊冤，声称所有的事都是季世兴指使，她什么都不知道。

当下，陆萱的目光死死盯着"翠烟"二字。她以为季世兴对自己言听计从，翠烟断不可能知道她的存在。

她喃喃低语："就连你都背叛了我？"她冷笑一声，转念间又想起林瑾明思念陆敏的模样。是她不及陆敏可人，还是季世兴比不上林瑾明深情？

恍惚间，陆萱的思绪回到了十五年前，那时她刚刚十五岁，无意间偷听到父亲与嫡母的对话。嫡母偏心，她一早知道，可她没有料到，父亲竟然同意那样一桩婚事，还说什么，男方虽然年纪大了些，但胜在家风严谨，为人周正。

她不甘心！她和陆敏年纪差不多，明明她在各方面都胜过陆敏，可平日里都是陆敏一个人出风头就算了，成亲这种大事，凭什么陆敏嫁的是永安侯世子，而她却要嫁给老头子做继室？

她筹谋一个多月，终于等到嫡母带她去进香的日子。她假装被绑架，带着奶娘一家一路往北。只要她到了京城，陆敏最是心软，又顾念姐妹之情，她最差也能在京中谋个贵妾之位，总好过嫁给老头子。

所谓富贵险中求，大抵如是吧？

陆萱记得很清楚，自己第一次与季世兴相见是在运河的滔滔江水之上。那一天傍晚，夕阳似火，她独自站在船尾。

她从第一天就知道，每当她站在甲板上，所有人都会向她行注目礼。如果陆敏在，定然会拉着她走开，还会喋喋不休地告诫她，她们是陆家的女儿，凡事不可以招摇。可她喜欢这种万众瞩目的感觉。

当夕阳收回最后一抹余晖，她一转头就看到季世兴呆呆地望着自己，眼睛都直了。

她本想转身离开，可他挡住了她的去路。恍恍惚惚的烛光中，她看到他脸红了。

她一看季世兴的打扮就知道，他是江湖人士。陆家乃百年世族，季世兴这样的人，给她家当护院都没有资格。她本不想搭理他，可她在江上闷了几日，季世兴长得也算干净俊俏。鬼使神差的，她后退一步，红着脸低下头。

她知道，季世兴就是在那一刻开始迷恋自己。他骄傲地对她说，他是某某门派，某位大侠的入室弟子，说罢还拿了一块玉牌给她看，说什么他们门派在各地都有镖局云云。

一开始她只是站在一旁微笑，压根没有注意他在说什么，直至他听到"镖局"二字，她突然想到，她可以利用他护送自己上京。

她对他露出崇拜的表情，又疏离地后退两步，借口时辰不早了，匆匆躲回自己的船舱。

不出她所料，她的欲拒还迎在第二天早上就收到了效果。她看到他站在离她船舱不远的地方。她义正词严地指责他，不该跟踪她，有技巧地透露，她乃带着家仆孤身上路的千金小姐。

毫无意外，季世兴自告奋勇护送她上京，日夜在船舱外守护，就怕有人骚扰他。

他们就这样渐渐熟识。她任由他鞍前马后讨好自己，为她排解了旅途的寂寞与枯燥。

等到大船靠岸，她才发现，季世兴所言虽有夸张，但大部分都是事实，而他也在这时问起她的家庭情况，想要打探她有没有定亲。

她没有告诉他，他们身份悬殊，她绝不可能嫁给他，只是幽幽叹一口气，转身走了。

两天后，她装醉向他吐露，她的嫡母把她许给七老八十的老头做继室，她走投无路，上京投奔姐姐。她也不知道自己算不算有婚约，只恨造化弄人，没有早一日遇到他。

第二天，她只当什么都没发生，但她知道，季世兴已经是她的囊中物。只要她开口，他随时可以为她抛弃一切。

其实，当他用迷恋的眼神看着她，她也曾想过，如果不是他出身太低，她可以考虑嫁给他。

又过了几日，马车来到净心庵的山脚，她得知距离京城只剩半天的车程，借口姐姐一定不愿意看到她和年轻男子同行，向他提出分手。

她本打算与他诀别，可转念一想，如果陆敏不同情她，或者陆家的人比她先一步赶到京城，季世兴是一条不错的退路。

这些年她无数次唏嘘，就是这一念之动，救了她一命，因为她与季世兴分手不过半个时辰，她就被卫大志抓去了山洞。

陆萱记起自己与季世兴凭栏远眺，闲坐马车的日子，竟然有些怀念。这辈子，季世兴是唯一一个真心爱过她的男人，也是唯一一个愿意为她而死的男人。

他死的那天，她一个人呆坐大半天，甚至忍不住假设，那一日，如果他们没有在船上相遇，或许他已经是江湖成名的大侠，娶了如花美眷，儿女成群。

可惜，她心中的那一点愧疚，因为翠烟的这封信消散于无形。她甚至怀疑，当初她授意季世兴强奸蒋瑶，伪装成采花贼作案，他表面很不高兴，心底高兴极了。

陆萱沉着脸点燃烛台，亲眼看着书信燃成灰烬。

她深吸一口气平复情绪，若无其事地唤仆妇们进屋，有条不紊地处理家务。

直至琐事处理得差不多，她好似突然想到了什么，抬头询问："那个在街上被歹人伤了的丫鬟，叫什么名字？"

立刻有伶俐的妇人上前回禀："夫人，那丫头名叫木枝，她老子、她娘，还有她哥哥、姐姐都在府上当差。先前您已经赏了她家二两银子。"

陆萱想了想，吩咐贴身丫鬟："下午让她们在门前候着。"

午间，林瑾明派人传话，他在外面用午饭。

申时三刻，陆萱午睡刚醒，得知林瑾明从外面回来了，赶忙前往他的书房。

阴沉沉的午后，就连空气都夹杂着阴郁气息。陆萱行至廊下，不经意间抬起头，看到林瑾明就站在屋子门口等她。她脚步略顿。

十五年前，她在客栈被卫大志掳走，她的奶娘一家，也就是小青和她的父母追至山洞。她的生母对奶娘一家有恩，所以当卫大志用匕首抵着她脖颈的时候，他们用小青交换了她。

他们都以为卫大志是傻子，又疯疯癫癫的，他得了小青之后，一定会放松警惕，没想到他竟然转而挟持小青威胁她的父母。

就在她的奶娘一家与卫大志纠缠的时候，她不顾一切逃出山洞，往山下狂奔。

那一夜是她人生最黑暗的一晚上。阴森恐怖的林子时不时传来野兽的叫声。她不顾一切地奔跑，哪怕她觉得自己快断气了，也不敢停下来。

她不知道自己跑了多久，正当她确信卫大志没有追来，想停下来歇一歇，一把大刀卡住了她的脖子，几个孔武有力的男人团团围住她。

那时候她真的吓傻了，竟然疾声大叫，她是琼州陆家的三小姐，是永安侯世子夫人的亲妹妹。

这些年她一直在想，她怎么会那么蠢，她这样自报家门，就算歹人不杀她，一旦事情传扬出去，陆家为了家族声誉，不是送她出家，就是令她"病故"。

那天晚上她做的更蠢的一件事，当蒋瑶走出净心庵，喝退那些男人，询问她何以深夜出现在山中，她居然告诉她，她被歹人掳劫至山洞，好不容易才逃出来。

蒋瑶的确是好人。她不但亲自护送她至山脚，又告诉她，虽然她没有能力把她送往永安侯府，但她可以保证，当晚发生的事绝不会传扬出去。她很感动，强行塞了两张琼州地界的银票给她。

这些年，这句话犹如一根刺，深深扎在她心中，那两张银票更像是她的命门。尤其当她得悉，蒋瑶曾经救过林瑾明的胞妹林琪瑶。林琪瑶一心报答蒋瑶，更令她惶惶不安。在她眼中，蒋瑶不是她的恩人，而是拿住她把柄的仇人。

这些都是后话。

当日，蒋瑶送她下山之后，她孤身一人不知道怎么办。就在这时，她遇上了中途折返的季世兴。

在她乍见季世兴那一刻，她很感动，那种感觉就好像濒临溺毙的人抓住了救生浮木，不过这种感动在她看到林瑾明那一刻消失殆尽。

季世兴是江湖少侠，也算一表人才，但他和林瑾明相比，一个似云端的旭日，另一个就像脚下的尘埃。

她永远记得那一个清晨，她在永安侯府的别院惴惴不安地等待陆敏。当马车驶入大门，一个身穿玄青色道服的男人跃下马车。他的穿着打扮很普通，可他的举手投足又是那么不凡，特别是他小心翼翼扶着陆敏下车的神态，还有他嘴角的温柔笑意，令四周的一切全都黯然失色。

那一刻她真的嫉妒疯了。凭什么陆敏得到的都是最好的，而她的亲生父亲竟然扬言溺毙她。

当年，她坚信自己步步为营算计陆敏是出于对林瑾明的爱，但十五年后的今天，她又觉得，或许她对林瑾明的爱，一部分源于对陆敏的嫉妒。

十五年了，不管是爱是恨，她都不得不承认，林瑾明风采如昔，只不过他眼中再没有望着陆敏时的温柔笑意。

当下，陆萱站在走廊下，远远看着书房门口的丈夫。

季世兴死了，她以为一切都结束了，她可以放下过去重新开始。可是宋青荇决意前往琼州调查飞染的身世，而翠烟又威胁她，她再也不能坐以待毙。这一切都是他们逼她的！

陆萱勾起嘴角，一步一步走向林瑾明，低声说："侯爷，天气太冷，您不用在门口等我。"

"没事。"林瑾明侧身让她进屋，顺手关上房门，"夫人这个时间找我，是不是有紧要的事？"

"也说不上紧要。"陆萱笑了笑，"我知道侯爷比我更担心飞染的安危。上午的时候，我无意中想起，受害人之一恰巧是家里的小丫鬟。侯爷，我已经命她在门前候着，不如我们一起问问她，当时到底是怎样的情形，或许可以知道飞染有没有危险。"

"也好。"林瑾明点头，悄然握紧拳头。此时此刻，他不知道应该心惊宋青荇的未卜先知，还是恼恨自己竟然被陆萱欺骗了十五年。他很想问一问她，当初如果不是敏敏在岳父面前说情，她不是急病而亡，就是落发为尼。她何以恩将仇报，残害自己的亲姐姐。

林瑾明的心情如油浇一般，但他对宋青荗的叮嘱半点不敢怠慢。他隐约觉得，宋青荗的目的不仅仅是为了取得陆萱害人的证据。

不多会儿，丫鬟木枝和她的母亲陈大嫂被下人领进了林瑾明的书房。

林瑾明细细问了她遇袭当日的细节，她一一作答。待母女俩退下，陆萱试探着问："侯爷，听起来凶手意不在杀人，飞染应该不会有危险吧？"

"怕就怕，飞染太过尽责。"林瑾明眉头紧皱，低声埋怨宋青荗，"真不知道他是怎么想的，竟然事事依着飞染，他又不是十四五岁的小姑娘！"

陆萱审视林瑾明，他的神色不见伪饰。两人又说了几句话，陆萱借口料理晚膳，回了自己的住处。

她刚刚回屋坐下，大丫鬟向她回禀："夫人，陈大嫂非要给您磕头，说是感激您又是赏银子，又是赏药材……"

"让她进来吧。"陆萱挥手遣退了屋内的丫鬟。

不多会儿，陈大嫂独自跪在陆萱面前，急促地解释："夫人，木枝的确是被歹人割伤的，她说的话并无半点虚言。"

"你不用紧张，起来说话。"陆萱指了指一旁的小杌子。

陈大嫂哪里敢坐，却又不敢谢座。她战战兢兢，只坐了小杌子的四分之一，眼观鼻，鼻观心，半点不敢放松。

她原本是陆敏陪嫁来的粗使仆妇。她不知道陆敏的死是不是有猫腻，她只知道，自打陆萱成为世子夫人，她就是陆萱放在粗使仆妇中的眼线。

这十五年来，陆萱看似对她淡淡的，甚至不记得她的名字，可她每隔一段日子总会有机会单独见她，向她汇报下人们的动向。

严格说来，陆萱对她不错，不只没有打骂她，每次见面都会赏她几两银子，可是不知道为什么，每当她看到陆萱，总觉得心惊胆战。

陆萱扫一眼陈大嫂，不紧不慢地放下杯子，心中暗忖：即便木枝遇袭是真事，凶手怎么会正巧选上她眼线的女儿？

简而言之，她因为木枝的身份，相信她没有说谎；同样又因为木枝的身份，怀疑整件事的真实度。

她问陈大嫂："那天木枝被叫去刑狱司回话，你为什么也会跟去？"

"回夫人，是木枝在刑狱司哭闹不休，压根没办法回话，捕快们才让奴婢去安抚她。除此之外，带路的捕快提醒我，就算宋大人问完话，我也要守着木枝，以防她自杀。"

陆萱点点头，转而又问："你在刑狱司都看到些什么，听到些什么，一一说给我听。"

"是。"陈大嫂点点头。这十五年来她已经习惯陆萱的行事方法，一板一眼回答，

"捕快领着奴婢前往刑狱司,是从东面的角门进去的。守门的是一个瘸腿的男人,大约四十多岁……"

陈大嫂努力回想,把每一个细节都描述得清清楚楚,没有半点夸张,更没有一丝杜撰。

陆萱听完,命人赏了她二两银子。

世上最能让人深信不疑的谎言,是八分真相夹杂二分谎言。陆萱深谙此道,所以她还需仔细权衡。

又过了几天,天愈发冷了,宋青沬也越来越忙。可这样的忙碌无法阻碍他日日催着家人分发喜帖,就连白珺若都有些恼他,嫌他烦人。

当飞染看到喜帖,她震惊了。喜帖上只说他家大人要成亲了,日子定在哪一天,却丝毫没有提起她,半个字都没有。如果不是他们日日在一起,她都忍不住怀疑,他是不是准备迎娶别人。

刚收到喜帖的永安侯夫妻同样惊讶。以林瑾明与宋航的交情,并不需要给林家派发喜帖,宋青沬甚至早就告诉林瑾明,不会宴请他们。不过京中的权贵几乎都收到了喜帖,宋家临时又给林家送了帖子,也算说得过去。

酒楼的雅间,林瑾明还在为喜帖的事生气。他忍不住揣测,宋家不提飞染,是不是嫌弃她的出身。

"侯爷,兴许国公府只是忙中生乱,又或者,他们给亲戚家的帖子是不同的。"陆萱在一旁笑盈盈劝说,心里却无比清明。

她怀疑宋青沬已然知道,飞染是林瑾明的女儿,想让她认回生父,所以宋家故意不再提及,飞染是白珺若的远房外甥女。如此看来,就算冒些风险,她也必须尽快除去飞染。

此时,林瑾明听到门外的脚步声,迫不及待打开房门。

飞染看到他,微微一愣,随即笑着说:"侯爷,今天有什么好吃的?"

"吃饭是其次,主要想让你陪我去城外接人。"说话间,林瑾明已经让了飞染进屋。

飞染兴奋地询问,是不是陆大人抵达京城了,又黯然地说:"侯爷,下午我还要巡街呢。虽说这两日凶手没有继续作案,可是大人说了,我们决不能放松警惕。"

"这个你不用担心。"林瑾明把飞染安置在自己下首,"虽然我们只是去接我的岳父,但他是朝廷官员,保护朝廷命官是捕快的职责,所以宋大人已经同意了。"

陆萱在一旁听着他们的对话,心中又是一恨。自从陆敏死后,父亲对她的父女之情更淡了。如果不是她嫁了林瑾明,父亲只怕不会认她。有时候她忍不住暗恨,如果不是娘家对她太差,林瑾明又怎么会与她分房睡?

午后,马车驶出酒楼,不多会儿突然放缓了车速。

飞染撩开车帘看去,宋青沬骑着踏烟停在路口。"大人!"她想也没想就跳下马车。

宋青沬跃下马背,迎着飞染走了几步,问道:"怎么不戴帷帽?"

"大人,我坐马车呢,怎么能戴帽子?"飞染的目光越过宋青沬,看到山柏正牵着大白。"大白！"她走过去拍了拍马鼻子。大马儿嘶叫一声，亲昵地蹭了蹭她的手掌。

宋青莯瞥见林瑾明也下车了，上前与他打招呼。

林瑾明斜睨他一眼，皮笑肉不笑地说："宋大人这是去哪里？"

宋青莯答道："案子没什么进展，所以我骑马出来随便走走。"

"大人，不如我们一起去城外保护林夫人的父亲吧？"飞染嘴角掠过一丝浅笑，似偷腥的小猫。

宋青莯询问林瑾明："林侯爷，我们一同前往，会不会打扰你们叙旧？"

旁人或许没有注意到，但林瑾明听得分明，宋青莯说的是"我们"，言下之意大概是暗示他，他不能去，飞染也别想去！

林瑾明来不及开口，飞染抢先恳求他："林侯爷，你就答应吧！我和大人一块骑马保护你们。"

林瑾明不忍心飞染失望，只能忍气吞声邀请宋青莯与他们同行。

大半个时辰后，永安侯府的车队与陆家的车队在城门外相遇。

"岳父。"

"父亲。"

林瑾明携陆萱在车前行礼。陆启新下车与他们打招呼，又命同车的长孙陆天成见过姑姑、姑丈。

飞染与宋青莯站在一旁。飞染睁大眼睛望着他们一家人，眼中露出几分羡慕。

宋青莯悄然握住她的手，用衣袖挡着别人的视线。

飞染抬头看他。转念间，她笑了。

"什么事这么高兴？"宋青莯冲她微笑。

"没有呢！"飞染悄悄靠近他，低声说，"我不需要羡慕他们，我有大人一个人就够了。"她悄悄握住他的手指。

宋青莯无言以对。他看到陆启新朝他们看过来，马上颔首示意。

陆启新的目光触及宋青莯的笑容，深深看他一眼，又朝飞染看去。几年前他见过宋青莯，彼时他还是大理寺判官，林瑾明赞其才，他对宋青莯多了一分留意。

时隔三年有余，宋青莯比当日更添几分卓然风采，但陆启新的注意力全在他身边的女孩身上。他看得出，女孩的五官、气质皆与他的女儿不同，但他看到她的第一眼竟然觉得她和敏敏很像，特别是她笑起来的神采，会让身边的人感染她的快乐。

客观地说，她虽然没有完全脱去稚气，但她站在宋青莯身旁并不会显得黯淡无光。再过几年，她定然是风华绝代的美人。

转念间，陆启新惊愕地看向林瑾明。那个女孩不完全像他的敏敏，竟然因为她与林瑾明也有几分神似。

到底怎么回事？

陆启新心中诧异，面上并未显露分毫，转而审视陆萱，只看到她眼观鼻鼻观心站在林瑾明身后，看不出半分情绪波动。

陆启新不自然地移开视线。时隔十五年，可每当夜深人静的时候，他总是一遍一遍思量，为什么敏敏死得那么蹊跷，那么突然。有些时候，他忍不住怀疑，又不愿意深思。

林瑾明回头冲飞染招手，嘴里解释："岳父，这位是刑狱司的捕……是提点刑狱司宋大人和他手下的捕快飞染。我和夫人都与飞染十分投缘，如果不是她与宋大人快成亲了，我们本打算收她为义女。"

"陆大人。"宋青洙恭恭敬敬行礼，"晚辈久仰陆大人。"

飞染跟着宋青洙唤了一声"陆大人"，站在他身后打量陆天成腰间的九连环。

提点刑狱使乃堂堂正四品京官，宋青洙的态度未免太恭敬了。陆启新彻底糊涂了。

宋青洙看到陆启新眼中的疑惑，笑着说："晚辈不请自来，是想改日上门请教陆大人，如果我们开春后启程前往琼州，事前需要准备些什么。"

"宋大人太客气了。"陆启新没有答应，也没有拒绝。

陆萱急忙打圆场："父亲，荷花里的宅子我已经吩咐下人打扫干净，不如回城后再细聊。"

"嗯。"陆启新淡淡地应一声。

众人正要各自折返马车，陆天成突然高声对飞染说："我不会叫你姐姐的，不过等我长大以后，我可以娶你！"他仰头瞪着飞染，双颊通红，似乎颇为恼怒。

陆启新赶忙呵斥长孙，却看到飞染伸手弹了一下陆天成的脑门。他震惊万分。当年，陆敏也是这般与胞弟开玩笑，飞染的神情、动作简直与他的女儿一模一样。

飞染浑然未觉自己已经成为焦点。她笑眯眯地说："我已经定亲了，不过如果你叫我一声姐姐，我就教你怎么解开这个九连环。"

陆天成捂着脑门瞪她，他快气炸了。他玩了一个月都解不开的九连环，竟然转眼间就被她解开了，他甚至没有看明白，她是怎么解开的。这可不是普通的九连环，是他的祖父专门找人定做的，一般人根本解不开！

"天成！"陆启新对着长孙摇摇头。

"飞染。"宋青洙满心无奈。他刚才就在担心，飞染会觊觎那套漂亮的九连环，果然不出他所料。

飞染不好意思地笑笑，三下五除二把九连环重新扣上。"喏，还给你。"她不由分说塞给陆天成，走回宋青洙身边。

直至回到荷花里，陆启新一直在想飞染的笑容。他在屋子内来回踱步，突然间高声吩咐："去把林夫人请来！"他一向称呼陆萱"林夫人"。

须臾，陆萱匆匆而来，屈膝行礼："父亲，我们三年未见，您身体可好……"

陆启新不耐烦地打断她，问道："那个飞染，是什么来历？"

陆萱低头答道:"回父亲,她是息嗔师太收养的孤女,因为师太与成国公夫人素来交好,所以宋夫人声称她是白家的远房亲戚,与宋大人定下了亲事,婚期就在年后。"

"孤女?"陆启新显然并不相信这话。

陆萱点头,心中愈加恼恨。她的亲生父亲没有关心她流产的事,甚至不耐烦敷衍她。难道他不知道,唯有她生下儿女,才是林陆两家的纽带?

飞染是林陆两家的女儿,以后她嫁给宋青荙,又替陆家搭上成国公,到时她一个生不出儿子的女人,对陆家而言根本没有利用价值!

陆萱恨不得立刻掐死飞染,甚至后悔没有一把火烧了净心庵。她低头回答:"据女儿所知,的确如此,不过侯爷与飞染甚是投缘,就是皇后娘娘也十分喜欢她,因此女儿与她也算熟悉。"她的言下之意,她时时刻刻没有忘自己是陆家的女儿,一直在为陆家服务。

陆启新压根没心情思量她的话外音。他只知道,宋青荙十八九岁就官至正四品,压根不是普通人,他怎么会去城外迎接他,而且他的态度十分奇怪。

入夜,陆启新得知宋青荙求见,赶忙把他请入书房。

两人寒暄几句,宋青荙以"讲故事"为名,简单地讲述了一对年轻夫妻受他人挑拨,起了嫌隙。夫人临死前将幼女交由忠仆抱离夫家,自小养在庵堂。

陆启新听到这些话,只觉得一颗心快要跳到嗓子口了。当初大夫也曾暗示,敏敏怀的可能是双生子,陆家祖上出过不少龙凤胎,但当时那样的环境,压根没有人怀疑,还有另一个孩子。

宋青荙暗暗观察陆启新的神色,总结道:"如今,收养女婴的老尼被逼自杀,一直照顾弃婴的老仆也被灭口,就是伺候女婴生母的下人,也全都不在了……"

"即便她对丈夫起了疑心,她还有父母。"陆启新迫不及待地插嘴。

宋青荙微微一怔。他一直在想,陆敏在生命的最后一刻有没有发现陆萱的真面目。听到陆启新这句话,他相信陆敏是明白的。

他答道:"一个女人想要离家出走,不是一两个忠仆可以做到的,而谋害一个婴儿,只需要一个人就够了。我想,真的到了危急时刻,为人父母最想做的是保护子女的安全。"

陆启新一下子跌坐在椅子上。宋青荙在告诉他,协助陆萱逃婚的人并不只她的奶娘一家。陆敏生怕女儿不安全,这才没有把她送回琼州。

静默片刻,宋青荙沉声说:"陆大人,如今女婴已经长大,她虽然心有遗憾,但她这辈子会过得很好,她的未婚夫家从来不在乎她的父母是谁,所以那些人证物证皆不重要,不过既然真凶已经将目光转向她,作为她的未婚夫,绝不会留一个后患在世上……"

"你说什么?"陆启新愕然。

宋青荙上前一步,一字一顿说:"陆大人,我的意思,当年的婴儿什么都不知道,

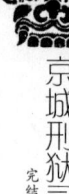

她可以一辈子只是一个弃婴，但谋害她生母的人，意图杀她灭口的人必须死，这是她未婚夫的底线。"

"她的父亲知道吗？"陆启新脱口而出。

宋青莯无奈地感慨："或许是当局者迷吧，他只当自己与她投缘，一心认她为义女，却从来没有想过，她可能是自己的亲生女儿。"

陆启新一时间无法消化宋青莯的话，只恨自己没有在城门口看清楚飞染。他哑声说："你刚才所述，一桩桩，一件件，都不容易做到。"

"的确。"宋青莯点头，"陆大人可以信我，也可以不信我。我刚才就说了，当年的女婴可以一辈子什么都不知道。她的未婚夫只求意图谋害她的人偿命。"今日他特意安排自己与陆启新的会面，一来是怕林瑾明认回了女儿，就想拖延婚期；二来是刺激陆萱；三来是怕陆家会保陆萱性命。

不是他心狠手辣，非要陆萱人头落地，而是她这样的人，一旦有机会就会不择手段。只要陆萱活着，必定后患无穷。

陆启新沉默许久，低声说："你只是在告诉我，那个女人非死不可？"

"是。"宋青莯点头，稍稍缓和语气，说道："陆大人，她的未婚夫六七岁便认识她，那时候她还不会说话，她的未婚夫已经决定，任何人想要害她，哪怕只是惹她不高兴，他都不会轻易原谅那个人。"

陆启新再次沉默了。

第 22 章　认女

第二天深夜，随着一声惨叫，整条花街乱成一团。一个时辰后，山槐悄然回到国公府。

宋青莯披上外衣，匆匆招他入内，急问："她动手了？"

"是。"山槐点头，"受伤的是花街的红牌姑娘，在巷子口被人割破了裙子。动手的人武功不弱，正如大人所料，除了季世兴留下的那些人，她果然收买了会武功的杀手。俞捕头已经去跟踪那人了。"

"嗯。"宋青莯点头盼咐："一切按计划行事。"

山槐匆匆告退，宋青莯独自呆坐在桌前。

今天，他终于逼得陆萱行动了。他为了占据主动，一手制造了连环伤人案。陆萱在京城经营了十五年，他必须斩草除根，他并没有做错什么，为什么他会觉得那么难受呢？

宋青荗穿戴整齐，连夜赶往刑狱司。为了不惊动国公府的人，他没有骑马，踏雪徒步而行。他在门子诧异的目光中步入刑狱司的大门，径直走向飞染暂居的小院。他提气轻轻一跃，跳过了围墙。

"汪，汪，汪。"

大黑高亢的叫声令宋青荗呆立原地。他一心见到飞染，竟然忘了院子中多了一条大黑狗。

"什么人！"芷兰从屋内一跃而出。

"是我。"宋青荗尴尬万分。

"汪，汪，汪。"大黑坐在他面前，伸出大舌头求表扬。

"大人！"飞染只在中衣外面披了一件棉袄就跑了出来，"是不是有大案子发生？"她一脸急切。

宋青荗看到飞染竟然光着脚，生气地质问："你不冷吗？"他半拉半抱把她安置在屋内的软榻上："鞋子呢？"

"哦，忘了穿，我太着急了。"飞染不好意思地笑笑，脚趾头不安地动了动。

宋青荗盯着她光洁的脚丫子。她的双脚纤长圆润，皮肤白皙。

他半跪在地上，手掌捂住她的脚掌。

"大人……你别这样……"飞染涨红了脸，弯腰想要拉他起身。

"别动！"宋青荗的手指慢慢抚摸她的脚背，掌温源源不断正传入她的脚心。

"汪汪！"大黑叼着两只棉鞋走到他们身旁，邀功似的使劲摇晃大尾巴。

"大人，我自己穿鞋。"飞染的双颊已经像霜打的柿子。

"都说了，别动。"宋青荗义正词严，顺手拿起鞋子，不甚熟练地套在她的脚上，指尖若有似无地滑过她的脚踝。她的肌肤滑若凝脂，脚趾头圆嘟嘟，带着些许粉嫩，甚是可爱。

"大人……"

"不要告诉我，除了你的师父，我是第二个替你穿鞋的。"宋青荗依旧半跪在地上。

"可是……"飞染有些为难。她想了想，如实陈述，"小时候都是陶妈妈替我穿鞋，师父只是偶尔……"

"你在故意气我吗？"宋青荗抬头瞪她。

飞染眨眨眼睛。她没有吧？她这样居高临下看着她家大人，好像很奇怪的样子："大人，你要不要先站起来？"

宋青荗站起身，惩罚似的用力拥抱她。她怎么就这么不解风情呢！

飞染在他耳边低语："大人，刚才我正在想你，你就来了。"

"我也想你了。"宋青荗的表情瞬间柔和了，"下午和晚上，我都在家里和父亲母亲商量，我们成亲的时候宾客们应该怎么就座……你不用知道这些琐碎，我会处理好的。"

"哦。"飞染蒙蒙懂懂地点头，转而又道，"对了，今天我在街上又遇到陆大人了，他问我喜欢吃什么，喜欢玩什么，谁教我武功，大人对我好不好……大人，他这样问东问西，不会是坏人吧？"

宋青苿早就知道这些事。他再次叮嘱她："我一早说过，不管是谁，你喜欢他就和他多说几句，不喜欢就拒绝，不需要勉强自己，知道吗？"

"我没有不喜欢他，不过他问得太多了，我就对他说，他问一个问题，我也要问一个，那样才公平，然后他就问我，我最喜欢什么，还说一定会找来送我。我就告诉他，我最喜欢大人，他要怎么送给我，然后他就走了。"飞染抿嘴轻笑。

宋青苿跟着笑了起来，故作一本正经地说："你回答得很好。"片刻，他又问她，"你见到陆天成了吗？"情敌什么的，哪怕对方只有九岁，也得扼杀于萌芽中。

飞染得意地说："我昨天看到他们的时候，陆大人让他叫我姐姐，他很不情愿地叫了一声，我就把师父教我的九连环口诀教给他了。今天他应该在家里苦练吧？"

两人不着边际地聊天，从相拥而立，到并肩而坐，直至飞染打了一个哈欠，宋青苿才想起来，他为何事找她。

他战战兢兢地问："飞染，如果我为了做一件好的事情，必须先做一件坏的事情，你会原谅我吗？"

"不知道呢！"飞染摇头，"大人，你做了什么坏事？"

宋青苿反问："你不是应该说，无论我做了什么都不会是坏事吗？"

"这话也太假了。"飞染嗤笑，"师父教过我，世上的事没有绝对的好坏对错。"

"怎么说？"宋青苿侧目。

"譬如说，杀人是不对的，可是为了保家卫国，在战场上杀人又是对的。大人，你说杀人到底是对的，还是错的呢？"

宋青苿沉默了。许久，他感慨："有时候我真的不明白，你到底是太单纯，还是太聪明。"他转头看她，她已然闭上了眼睛，呼吸也变得轻浅。

她竟然又睡着了。

宋青苿低头亲吻她的额头，低声说："在重遇你之前，我不在乎多一两个人受伤，现在我每做一件事都会想一想，会不会让你反感。"他自嘲地笑笑，靠着她的头闭上了眼睛。

第二天，当飞染睁开眼睛，已经不见宋青苿的身影。她环顾四周，自己正躺在床上。她拉起被子蒙住脸，抿嘴轻笑，又飞快地坐起身，忙不迭去找宋青苿了。

她才走到书房门口，就看到俞毅和一个狱卒模样的婆子站在书桌前，屋子内气氛凝重。

"进来吧。"宋青苿招呼飞染进屋。

婆子战战兢兢重申："大人，老奴真的不知道翠烟是怎么中毒的……"

"翠烟死了？"飞染惊愕。

"是。"宋青茱沉重地点点头，"中毒死的。"

飞染呆在了原地。

婆子"扑通"一声就跪下了，颤声说："大人恕罪，老奴按您的吩咐，凡是往牢里送的东西，都会仔仔细细检查，不敢有丝毫怠慢。昨晚，那名老妇送来的饭菜全都没有毒，老妇走的时候，翠烟还好端端的，结果今天早上她就死了……"

"大人，送饭的老妇抓回来了。"捕快回禀。

妇人五十多岁的模样，早就被吓得魂飞魄散，一口咬定自己伺候翠烟多时，想在她被流放前给她送一顿丰盛的饭菜，且饭菜都是她亲手做的，绝不会有毒。

鉴于饭菜没有被下毒，宋青茱只能吩咐捕快去老妇家里搜查，看她是否收藏毒药，又找仵作鉴定，翠烟死于何毒。

这番忙碌下来，飞染虽然饿极了却没什么胃口。她迫不及待地询问宋青茱："大人，翠烟不是什么都不知道吗？她为什么会被毒死？"

宋青茱答道："或许她知道什么，只是假装不知道。"

"为什么？"飞染侧目。

"因为她不想被流放。"宋青茱叹一口气，"她希望用自己所知，换取自由，不料因此丢了性命。"

"大人，已经死了那么多人，你真的不知道真凶是谁吗？"飞染问得急切。

宋青茱怔怔地看着她，缓缓摇头。

飞染讪讪地走了，随俞毅等人上街巡逻。她出了门才知道，昨晚凶手又犯案了，划开了一个女人的裙子。

酒楼上，陆萱独坐桌边，打开窗户向下张望，就看到大帷帽在风中晃晃悠悠。她已经悄悄打探过，这顶帽子是宋青茱在最好的绣楼定做的，光是用掉的丝线，足够普通人家吃用一年。

陆萱低头抿一口热茶，难掩嘴角的笑意。翠烟死了，宋青茱毫无头绪；花街的红牌受伤了，宋青茱没有半点线索。什么提点刑狱司，不过尔尔。

思量间，门外传来脚步声。陆萱赶忙换上温婉的笑容，起身打开房门。

"林夫人。"飞染看到屋内并无旁人，顿时有些后悔。早知道是陆萱找她，她就不来了。

陆萱看出她的心思，说道："快进来坐，父亲待会儿就到。天成从昨晚就一直在念叨你。"

飞染听她这么说，不好推辞，只能随她进屋。

陆萱阖上房门，亲手替飞染倒一杯热茶，又把手炉递给她，笑着说："快暖暖身子。等父亲他们来了，就可以上菜了。"

"其实我不怕冷。"飞染把手炉还给陆萱,"待会儿林侯爷不来吗?"

这话听在陆萱耳中,她顿时觉得飞染这般迫不及待,全因她和林瑾明是亲生父女。她心中暗恨,面上笑盈盈地回答:"侯爷今日有事,不来了。"

"噢。"飞染点头,坐在椅子上默默饮茶。屋子内一下子就安静了。

片刻,陆萱紧张地询问:"对了,听说昨晚又发生了案子?"

"嗯!"飞染点点头,"我们也是早上才知道的,现在全城的捕快都在街上巡逻。俞捕头说,凶手就像老鼠一般,划别人一刀就躲起来,太难抓住他了。"

陆萱感慨:"如果能尽快抓住他就好了。"

飞染义愤填膺,高声说:"一旦让我发现他,我绝不会放过他的!"

陆萱点头,羡慕地说:"亏得你师父教了你武功。我听说,她未出家前称得上当世女英雄。"

飞染自豪地回:"那是当然。白姨也说了,她和师父在戈壁策马驰骋的时候,立志要当女英雄。因为这样,我才喜欢当捕快,抓坏人。"

"果然有志气。"陆萱赞一句,转而又问,"听说,昨晚牢里死了人?"

"林夫人,你怎么知道的?"飞染狐疑地打量她。

陆萱不慌不忙地回答:"刚才我听到店里的小二议论。有人说她是被毒死的,也有人说她畏罪自杀。到底怎么回事?"

"不知道呢!"飞染摇头。

陆萱试探:"不能说给我听吗?"

"也不是。"飞染侧头想了想,又摇摇头,"大人也说不清楚,我就更不明白了。"

两人一问一答间,陆萱终于确信,宋青萍对这件案子毫无头绪。更重要的事,宋青萍并未阻止飞染与她单独见面,这就证明宋青萍并没有怀疑她。

她半真半假地问:"会不会宋大人已经查知真相,只是没有告诉你?"

"不会的,"飞染断然摇头,"我早上才问过大人,大人绝不会骗我的。"

陆启新行至门口就听到这句话。他看一眼时间,自己并没有迟到。陆天成听到飞染的声音,迫不及待想要推开房门。

"这么沉不住气!"陆启新呵斥孙子,嘴角微微上翘。他当然看得出,长孙嘴上别扭,心里很喜欢飞染。当年,他们的父母感情极好。确切地说,敏敏对每一个弟妹都十分照顾,兄弟姐妹也很尊敬这位长姐,唯有陆萱是一头白眼狼。

想到这,陆启新的眼神黯淡了。说到底还是他的错。

陆萱听到屋外的动静,打开房门向陆启新行礼。

陆天成对着陆萱唤了一声"姑姑",跳入屋子对飞染说:"这个你一定解不开。"他自认挑了一个最难的九连环。

"怎么不叫姐姐?"陆启新跟着进屋。

"陶姐姐。"陆天成如小大人一般行礼。

飞染拿过陆启新的九连环，三两下便解开了，又笑盈盈扣上，说道："现在轮到你了。"

陆天成看得目瞪口呆，眼中既有崇拜，又有恼恨。他扬起下巴说："既然你已经定亲了，那我可以请你当老师，你随我一起去琼州吧！"

飞染故意逗他："那你要连同大人一起请，你有多少私房银子？大人可贵了，一般人请不起的。"

陆天成恼怒地呛她："你羞不羞，总是把宋大人挂在嘴上，你就不能自己做主吗？"

飞染理直气壮地回答："我不羞啊，我也可以自己做主，不过我喜欢和大人在一块儿。"

陆启新听着两人无伤大雅的拌嘴，终于有了决定。

两天后，陆萱提出，陆敏的生祭快到了，她想趁着年前的空当，带陆天成去寺庙吃斋念佛。

林瑾明心知肚明，陆萱正在为自己制造不在场证明。他按捺愤怒，亲自护送陆萱出城。

第二天，林瑾明用过晚膳来到自己的书房，竟然看到宋青沫坐在窗边。他吓了一大跳，愤怒地质问："你怎么进来的？"

宋青沫拱手行礼："林侯爷息怒。"他站在实墙后面，以免有人透过窗户看到他的身影。他解释："我是傍晚时分从侯府南边的侧门进来的。"

林瑾明生气地瞪他。宋青沫正在告诉他，他进出他家如入无人之境吗？

宋青沫笑了笑，转而又道："侯爷，难道您没有想过，您和陆大人为什么那么喜欢飞染？"

"你什么意思？"林瑾明听到了自己的心跳。他上前一步，追问，"你在暗示什么？"

宋青沫叹一口气，意味深长地说："人的第一感觉往往是最准确的。林侯爷第一次见到飞染，你想到的人是谁？"

林瑾明呆住了。

宋青沫又道："城门外，陆大人第一眼见到飞染的反应，相信林侯爷也看到了。"

"飞染是我和敏敏的女儿？"林瑾明不断地摇头，"不可能！飞染和敏敏不同，她们是不同的……"

"既是如此，那飞染永远只是陶飞染，是我的妻子。告辞！"宋青沫假装转身。

"等一下！"林瑾明一下就急了，"你把话说清楚！"

宋青沫敛去脸上最后一丝笑意，正色道："飞染是谁的女儿，你的夫人会亲口告诉你……"

林瑾明焦急地说："你之前对我说，只要我配合你，你会找到她害死敏敏的证据……"

"要什么证据！难不成我还能把永安侯夫人，皇后娘娘的大嫂押上公堂受审？"宋青莯冷笑，"如果仅仅是为了替飞染的母亲报仇，林夫人在几个月前就是一具尸体。"

宋青莯语气森然，林瑾明情不自禁地打了一个冷颤说："你到底想怎么样！"

宋青莯想着他到底是自己的未来岳父，缓和了语气说道："如果你相信飞染是你的亲生女儿，有能力让她成为侯府的嫡长女，以后都不让她受半点委屈，那么她会得悉所有的真相。否则，从这一刻开始，你这辈子再也见不到她。"

林瑾明的脑子嗡嗡直响，压根无法思考。飞染是他和敏敏的女儿？他嘴上说她和敏敏不像，心里却是相信的。除了敏敏，他再没有这样喜欢过一个人，这种喜欢和男女之情不同，他只想宠着她，给她一切想要的。

他跌坐在椅子上，说不出一个字。

他知道，宋青莯想得很通透，也说得很明白。他只给了他两条路，飞染要么是侯府的嫡长女，要么就是陶飞染。

突然间，林瑾明笑了。他哑声说："你做那么多事，无非就是想让她与你门当户对。"

"不是。"宋青莯摇头，"你忘了陆昌建一案的前车之鉴吗？我做那么多事，是为了斩草除根，与她认不认你没有半点关系。"

林瑾明知道，宋青莯不屑说谎，更不需要他这个岳父。他沉默不语。林瑾明认女不难，但永安侯认回嫡长女却很难。他犹犹豫豫说："上族谱……至少得有人证……"

"人证，重要吗？"宋青莯似笑非笑看着林瑾明。

林瑾明又是一愣。或许他缺少的就是宋青莯的魄力。他是永安侯，是国舅爷，想要认回自己与发妻的女儿，还要什么人证！十五年了，是他欠了飞染，总不能连名分都给不了她。

他郑重地点头承诺："飞染是我和敏敏的长女……"

"这话留待你和飞染听过林夫人的'自白'以后再说。希望你能让飞染觉得，她的父母从来没有遗弃她。这是她最在乎的一件事。"

"遗弃？"林瑾明一阵痛心。

宋青莯深深看他一眼，残忍地陈述："在飞染眼中，她的父母把她遗弃在净心庵门前，十五年来都没有回去找过她。她一直说，她有师父就够了，事实上，她羡慕每一个有父母陪伴的人。"

话音未落，他轻弹指尖，屋内的烛火灭了。他走出书房，独留林瑾明一个人呆立在黑暗中。林瑾明会不会自责懊恼，他不在乎，或者说，他活该！

之后的几天，飞染愈加糊涂，大家都怎么了。俞毅紧张她，恨不得时时刻刻盯着她；芷兰担心她，总是亦步亦趋跟着她。

她坐在刑狱司大门口，对着蹲坐在一旁的大黑狗说："大黑，你说他们到底有什么事瞒着我？"

"汪，汪，汪！"大黑狗一脸谄媚。

飞染揉了揉它的脑袋，远远听到马蹄声，她迫不及待跑过去。

宋青荥飞身下马，嘴里责备："天这么冷，怎么又在外面等我？"不待飞染反应过来，他已经展开双臂抱住她。

"汪，汪，汪！"大黑狗绕着他们打转。

宋青荥深吸一口气，直至她的气息萦绕他，他才意犹未尽地抬起头，歉意地说："飞染，这几天事儿多，我不能陪你，过两天就好了。整个新年，你想做什么，我都陪你。"

"真的吗？"飞染双目放光，"做什么都可以吗？"

"真的，都可以！"宋青荥点头。

飞染马上追问："那大人先告诉我，你和俞捕头他们到底在忙什么？"

宋青荥表情一室，笑道："大概因为案情一直没有进展，大家都很烦躁吧。"

"噢。"飞染点点头。她知道大人又在敷衍她，但是师父教过她，凡事不可以强求。

第二天一早，她照例与其他捕快一起出门巡逻。走着走着，她放慢脚步，侧头询问田大成："你有没有觉得，有人在跟踪我们？"

"有吗？"田大成回头看了看，"没有吧。"他呵呵一笑，拍着胸脯说，"放心，虽然我不会武功，但是我决不会拖累你，你不要疑神疑鬼……"

"我才没有疑神疑鬼！"飞染往后走了几步，询问芷兰，"芷兰，你有没有觉得不对劲？"

芷兰环顾四周，摇摇头。

不远处的巷子口，一个戴着笠帽的男人压低帽檐离开了。

宋青荥站在酒楼上远远看着，轻轻叹一口气。

又过了一日，离年关又近了一天，街上愈发热闹，天气却阴沉沉的，眼见着又要下雪。

飞染戴着大帷帽，与田大成并肩而行。

突然间，街边一阵喧哗。田大成探头看一眼，说道："你的大帷帽太碍事了，我过去瞧一眼，有事再叫你。"

"那我就在这里等你。"飞染环顾四周。她总觉得街上的人有些奇怪，却又说不上哪里不对劲。

突然间，人群中爆发一声怒斥，田大成被两个大汉围住。飞染待要赶过去，一声女人的尖叫从不远处的巷子内传来。

飞染来不及细思，回头冲芷兰大叫："你去帮田大成！"说罢，她朝小巷内飞奔。

芷兰瞄一眼田大成，忽然觉得腰间一痛，利刃已经戳破她的棉衣。一个头戴蓑笠的男人站在她身后，压着声音威胁她："不想血溅当场就别出声，乖乖跟我走。"

芷兰不屑地撇撇嘴，没有出声。

另一边，飞染朝声音的源头疾奔几步，不知道从哪里涌出几名醉汉横冲直撞。她左

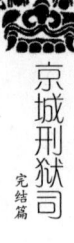

闪右避不及，正想使出轻功突破重围，突然被人抓住了手腕。她本能地一拳挥过去，听到一个熟悉的声音："飞染，是我！"

"大人？"飞染吓了一跳。她家大人不是进宫去了吗？他为什么穿得就像贩夫走卒？

飞染更糊涂了，可宋青荍好似嫌她的震惊还不够。他飞快地摘下她的帷帽，递给旁边的人。飞染顺着他的手臂看去，再次呆住了。

她认得这个女人！她就是街上遇到的第二受害人。她不是自杀了吗？更重要的一件事，她为什么穿着和她一模一样的衣服，就连发饰和头发的长度都一样。

飞染追问："大人，怎么回事？"

"嘘！"宋青荍对她比一个噤声的手势。

眨眼间，旁边的女人已经戴上她的帷帽，娇斥一声："我是刑狱司的捕快，你们全都给我让开！"她三两下推开醉汉们，朝不远处的小巷飞奔而去。

飞染目瞪口呆，呆呆地说："大人，那个人就连声音都和我一模一样。"

"别说话，不要动！"宋青荍双手环抱她，用身体挡住她身上的红色捕快制服。他的容貌太过招摇，他不该出现，但他必须待在飞染身边。唯有这样，他才能安心。

街市依旧热闹喧哗，没有人在意消失的醉汉，也没有人注意刚才的变故。

田大成好不容易摆脱纠缠他的大汉，却不见了飞染和芷兰。他茫然地环顾四周，嘴里大叫："陶捕快，你在哪里？"

飞染小声说："大人，田捕快在找我……"

"别出声。"宋青荍摇头。

"他会着急的。"飞染隐约明白，她家大人这是偷梁换柱，可是为什么？

宋青荍简短地解释："他也是计划的一环。"未待他说完，他已经捂住飞染的嘴，又意味深长地感慨，"只有真实，才是最真实的，才能骗过最狡猾的敌人。"

马路中央，田大成只知道，如果飞染不见了，他家大人非扒了他的皮不可。还有芷兰也不见了，虽然她总是凶巴巴的，可他知道，她是好人，他喜欢她！

他焦急地大叫："飞染，芷兰，你们在哪里？"他反复叫了几声，急得眼泪都涌上了眼眶。

忽然间，他想到街边闹事的大汉。"是调虎离山！"他冲去街边，歇斯底里大叫，"刚才那些人呢？他们去了哪里？"他像疯了似的在街上找人，喊得嗓子都哑了。

直至宋青荍确认陆萱的眼线已经离开，他才拉着飞染拐入一旁的小胡同。

飞染一把甩开他的手，生气地说："大人，你再不告诉我实情，我要生气了！"

宋青荍握着她的肩膀低语："飞染，你冷静听我说，害死你的母亲，又逼死你师父的人，她一直想杀你。今天就是她动手的日子。"

飞染一时间无法消化他的话。

"飞染？"宋青荍忐忑不安，"我迫不得已才瞒你至今……"

"母亲死了？"飞染的声音缥缈虚无，"她是怎么样的人？"

宋青洙心疼得无以复加。幸好林瑾明选择认回女儿，否则他不知道自己会怎么做。他抱住她，在她耳边低语："我们出城去接陆大人那天，还记得我在城门口对你说的话吗？你不需要羡慕，因为林侯爷是你的父亲，陆大人是你的外祖父……"

飞染幡然醒悟："那个故事……所以你早就知道了？"

"飞染，你听我解释。"宋青洙说得又急又快，"林夫人步步为营，小心谨慎才能欺骗林侯爷十五年。她这样的人，不会轻易相信任何人……"

"是她害死母亲，逼死师父，还想杀死我？为什么？"飞染的眼泪已经模糊了视线，"她为什么要害人？"

宋青洙没有回答，伸手替她擦拭脸颊的泪水。

飞染一把推开他，深吸两口气，坚定地说："我不需要那顶帷帽，我不需要别人假冒我，我要自己去见她。你教我，我应该怎么问她，我要自己问清楚。"

宋青洙抓住她的手，任凭她想甩开他，他就是不松手。

许久，飞染不再挣扎。她的心很乱，她已经不会思考，更不知道自己该不该生气。

呼呼的北风下，陆萱身穿素衣白褂，双手合十跪在佛像前。案桌前的红烛在微风中摇曳，把佛像拉出长长的影子。

她的嘴里念念有词："我没有做错任何事，是他们逼我的。同是陆家的女儿，她得到的永远是最好的。如果我不争不抢，还有立足之地吗？她嫁入林家不过一年多，却霸占我的相公十五年，难道我不该恨她吗？我没有行差踏错半步，京城人人都夸我是贤妻孝女，她的女儿做过什么，凭什么所有人都围着她转？凭什么她的女儿能嫁入国公府，我却连一个孩子都保不住？"

陆萱猛地抬起头，对着佛像冷笑："我从来不信你们能够保佑我，我的一切都是我自己争来的，谁也别想夺走！"

"夫人。"四十多岁的妇人杨氏行至门口，畏畏缩缩看一眼佛像，不敢踏入半步。

陆萱回头看她一眼。

杨氏咽一口口水，低声说："夫人，城里的事已经办妥了。"

"把经过说给我听。"即便杨氏是她的心腹，陆萱也不完全信她，她只信自己。

妇人一五一十陈述："这几天，她都是和田大成一起巡逻，芷兰每天都跟在她身后。我们按照夫人的吩咐，雇地痞引开田大成，引她追入小巷，同时让齐少侠挟持芷兰。"

她顿了顿，安抚陆萱："夫人，我男人一直在边上监视田大成。别说他一向心无城府，就是戏台上的戏子，也不可能演得那么逼真。"

陆萱听到这话，并未展露笑颜。她追问："宋青洙呢？"

"回夫人，这几天他都一早进宫，晚上才回来，据说是为了什么番邦使节。"

番邦使节进贡一事，陆萱是知道的。她冷哼一句："皇上这般器重他，我替他除去飞染，将来他娶个公主、郡主，说不定会在心里感激我呢。"

杨氏不敢接这话，垂首站在一旁。忽然间，她看到幔帐后面好似有人影掠过。她轻呼一声，吓得后退半步。

"干什么一惊一乍的？"陆萱斜睨她一眼，"一切按计划行事，等你亲眼见到她的尸体，再来报我。"

"是。"杨氏恭敬地退下，心脏"怦怦"乱跳。有时候她很敬佩陆萱，她做了那么多阴损事，竟然还敢来庙里上香，她就不怕天打雷劈，不得好死吗？

第23章 善恶终有报

京城内，芷兰被头戴笠帽的男人挟持，两人走入一间破旧的寺庙。

不多会儿，另一个男人驱赶两名流浪汉朝他们走来。三人才进屋，两名流浪汉"扑通"一声就跪下了，哀声说："大爷，我们已经按您说的，把地方腾出来了，您为什么还要抓我们？"

芷兰心知，这两人就是陆萱准备的替罪羊。到时候整件事会变成，飞染被流浪汉迷晕后强奸，不堪受辱自尽身亡，而她呢，因为救主来迟，杀死凶手之后也自杀了。

芷兰眼见两名流浪汉即将成为刀下亡魂，心生犹豫。

她自小被训练成杀手，就连自己的性命都不在乎，又怎么会在乎两个陌生男人？这一刻，浮现在她脑海中的竟然是飞染。她总是把"杀人偿命欠债还钱"挂在嘴上，可她比谁都珍惜生命。她或许有些孩子气，有时候太过单纯，可她周围的人不知不觉就会喜欢她。

想到这，芷兰高声呵斥："你们是谁，想怎么样？"

"闭嘴！"芷兰身后的男人紧了紧匕首。

另一名男人拿着铁索一步步逼近流浪汉。流浪汉吓傻了，一边磕头，一边后退。芷兰身后的男人沉声说："平日你喜欢怎么杀人，我管不着，但她说过，这两人要做成这个丫鬟激愤之下杀人。"

另一名男人扔下铁索，嬉皮笑脸地说："好，我听你的，不过待会儿你得让我先上那个女捕快。以我的经验，她还是个雏儿……"

芷兰身后的男人咧开嘴，露出一口难看的黄牙，肆无忌惮地议论："她都说了，我们想怎么玩就怎么玩，还要故意把女捕快弄醒之后再干她，也不知道她们有什么深仇大恨。"

"你管那么多干什么。"另一个男人挥挥手，嘴里嘀咕，"真不懂，为什么不先杀了这丫鬟？"

"她说过，这丫鬟是宋大人派来保护那名女捕快的。待会儿得让她在边上看着，让那个女捕快知道，她的男人保护不了她。"

芷兰听着两人的对话，恨不得立马问一问陆萱，同样是女人，她怎么能这么狠毒。

她的目光在两人之间游离，又看了看畏缩在角落的流浪汉。电光石火间，她突然转身，一个虚招攻向男人的面门，又弯腰一个回旋踢。

男人啐一口，一拳攻向芷兰的心口，刀尖同时扎向她的脖子。

芷兰凌空飞跃，一脚踢在男人的后心窝。男人打一个趔趄，险些栽个狗吃屎。芷兰想也没想，狠狠一脚踹向他的裤裆。男人杀猪般号叫，扑倒在地上。芷兰想到刚才那些话，脚后跟重重踹在他的后背。男人立时昏了过去。

另一边的男人顾不得两名流浪汉，目瞪口呆看着芷兰。传话的人只告诉他们，芷兰学过拳脚功夫，可她刚才那几招出手狠辣，根本和他们一样，都是职业杀手。他颤声说："你故意被我们抓来？"

芷兰压根不理他，弯腰把昏迷的男人绑了起来。如果不是宋青沫吩咐，留他们性命，她现在就一刀结果了这两个肮脏货色！

突然，房门"嘭"的一声打开了。第三名男人目瞪口呆看着屋内的情景。他负责把飞染引来。

"站住！"大帷帽不紧不慢追来。

门口的男人心知事情起了变故，正进退不得，大帷帽纵身飞跃，一脚把他踹入屋子。

"宋大人吩咐，等我来了再动手的。"酷似飞染的声音陈述事实。

"别废话，一人一个，速战速决。"芷兰走向已经被吓傻的第二名男人。

"知道了。"大帷帽踢上房门。

一阵"乒乒乓乓"的杂乱声响过后，破庙恢复了平静。

天越来越暗，北风呼呼作响，整整刮了一夜。那一夜，陆续有人进入破庙，却没有一个人离开。

这些都是后话。当下，在城门关闭之前，两匹快马一前一后飞驰出城，往郊外的寺庙飞奔。

宋青沫的踏烟无论体力和耐力都优于飞染的大白，但他只敢紧紧跟随她。她生气，是他咎由自取，所以她让他这样跟着，已经不错了。

暮色中，马儿在山门前停下。宋青沫飞身下马，上前拉住飞染，低声说："你现在进去质问她，太便宜她了。"

飞染生气地说："佛门清净地，你放手！"

"不放，再说我们在院门外呢！"宋青荚耍赖。

飞染一脚踩在他脚背上，他却岿然不动。她已经知道全部的真相，就差亲口问一问她的好姨母，为什么如此狠毒。

她很生气，宋青荚又一次欺骗了她，可理智又告诉她，如果她知道了实情，定然骗不了陆萱。

飞染控诉："我不喜欢你骗我！"

"我知道。"宋青荚叹息。

"你答应过我，不再骗我的。"

宋青荚轻轻捧起她的脸颊，低声说："这些日子，我一直在担心，你会因为生气再也不理我……"

"我很生气！"飞染陈述。

"你没有你以为的那么生气。"宋青荚的指腹划过她的下巴。

"我真的很生气！"飞染鼓起腮帮子。

宋青荚轻笑。

"你笑什么！"

宋青荚赶忙收敛笑意，正色说："不会再有下次了。"

"你还想有下次？"飞染诘问。

"不是，不是！"宋青荚赶忙改口，"这样吧，我让你咬一口，消消气。"

"什么咬一口……"

她的声音被他的嘴唇堵住了。北风很冷，但他们的嘴唇是温热的。他吻得很轻，仅仅只是贴着她的唇；他却抱得很紧，仿佛一辈子都不会松手。

飞染一口咬住他的嘴唇。她讨厌他骗她，但她知道，他们有多喜欢彼此。喜欢不是欺骗的理由，可是他骗她偏偏又是为了她。

她重重咬下，几乎尝到血腥味，他却反而收紧手臂，仿佛在用行动告诉她，无论她怎么做，他都不会放开她。

夜色中，她的眼泪滑下脸颊。

"别哭！"宋青荚慌神了，"你要怎么惩罚我都行。"

飞染摇头，再摇头，哽咽低诉："大人，他们没有不要我，我不是被丢掉的。以前我告诉你，我不在意了，其实我还是在意的，我是不是很笨？都不知道自己的想法……"

宋青荚叹一口气，任由她的眼泪沾湿他的衣裳。

寺庙内，陆萱依旧毕恭毕敬地跪在佛像前。依她推测，这会儿飞染正被三名杀手轮奸。她的手上挂着佛珠，嘴角却掠过残忍的笑意。她低声呢喃："我的好姐姐，很快你的女儿就会去找你了。"

"什么人？"陆萱惊呼一声，猛地站起身。她恍惚看到飞染的大帷帽在眼前掠过。她对那顶帽子太熟悉，那么艳丽的颜色她绝不会看错。

她疾步走到佛像后面，里面空荡荡，什么都没有。

她狐疑地走回蒲团前，案桌上的蜡烛灭了，一方手帕掉落在桌角边。她弯腰捡起手帕，看到一朵盛开的合欢花。这是陶氏为飞染绣的手绢。

手帕悄无声息地从她的指尖飘落，她厉声喝问："是谁装神弄鬼？"回答她的仅仅是轻浅的回声。

血色从陆萱的脸颊褪去。她高声说："我不信鬼神，你吓唬不了我——"她戛然而止。飞染的大帷帽在门外掠过。她踉跄后退半步。

"你竟然在信纸上下毒。"翠烟披头散发站在门外，慢慢抬起头看她。她的嘴唇血红，脸颊煞白，眼眶却是漆黑的。

陆萱想要呼救却发不出声音。就连给翠烟送饭的婆子都不知道，她在给翠烟回信的墨水中下了剧毒。这个世上，只有翠烟和她知道这件事。翠烟死了，这是飞染告诉她的，飞染压根不会说谎。

陆萱拼命抓住手上的佛珠，佛珠线断了，珠子"叮叮咚咚"掉在地上，四散滚落。她低头看一眼，待她抬起头，翠烟的眼眶流出暗红色的液体。

陆萱"咚"的一声摔坐在地上，双手撑着地面，惊恐地后退。

"你别害怕，我不会杀你的。"翠烟的血泪好似流不尽似的。她"呵呵"痴笑，一遍一遍重复，"我会日日陪着你，夜夜守着你。"

"是……是你……威胁我在先！"陆萱辩驳。

"难道不是你让季世兴利用我？"翠烟的血盆大嘴咧得更大了，看起来像是一口就能把她吞入腹中。

陆萱咽一口唾沫，转眼间又看到飞染的大帷帽在外面掠过。"来人，快来人！"她惊恐至极，闭着眼睛尖叫，"这里是佛门净地，不可能有恶鬼！"

"夫人，您怎么了？"一个婆子匆忙跑过来搀扶陆萱，悄然捡起地上的手绢拢入衣袖。

陆萱睁开眼睛，门外空无一人。她惊恐地命令："去门外看看，我看到有人站在外面。"

婆子依言走到门口，左右看了看，摇头答道："夫人，门外没有人啊。庙里没有其他香客，师父们不会随便进来。"

陆萱伏着案桌左右寻找，急问："你有没有看到一块帕子，上面绣着合欢花。"

婆子抓紧衣袖，摇头回答："夫人，地上没有帕子，您掉了手帕吗？"

"蜡烛、蜡烛灭了！"陆萱惊魂未定。

"兴许是风大，不小心吹熄了。"婆子走上前，拿起火折子点亮蜡烛，再暗暗运一口气吹熄蜡烛，紧接着又用火折子去点。如此反复了几次，她低声咕哝，"真是邪门，

怎么会点不着!"

陆萱手脚冰凉,眼神呆滞。许久,她大声命令:"杨氏呢?叫她来见我。"

婆子打了一个冷颤。他们这些老人都知道,杨氏才是陆萱的心腹,不知道为她做了多少龌龊事。就在两个时辰前,她亲眼看到侯爷带人把杨氏绑走了。据说,她的家人也一并被拿住了。

他们这些做下人的,当然知道谁是侯府的主人。她放下火折子,依着林瑾明所言说道:"夫人,您忘记了吗?您命她回城去了。她临走前交代,明早才能赶回来。"

陆萱记起,她让杨氏回去确认飞染的尸体。她深吸两口气,沉声吩咐:"我有些累了,让绿意过来伺候我。"

入夜,陆萱躺在床上好不容易才睡着,忽然听到"咕咚咕咚"的声音自廊下传来。她坐起身,不悦地吩咐:"去看看,外面是什么声响。"

片刻,两个丫鬟相携入内,齐声回道:"夫人,外面什么都没有。"

"咕咚,咕咚"的声音再次传来。

陆萱抬头看去,两个丫鬟垂首而立。她喝问:"你们真的什么都没听到?"

丫鬟疑惑地摇摇头,其中一人答道:"夫人,外面只有风声。"

她的话音未落,陆萱就听到飞染清脆的声音在门外响起:"师父,我最喜欢玩弹珠了,你再陪我玩一会儿吧。"

"绿意呢,叫她来见我。"陆萱艳红的指甲深深陷入被子里。

丫鬟回道:"夫人,绿意伺候您歇下之后,在屋子外面不小心摔了一跤,磕到了头,这会儿正昏睡着。"

陆萱命两个丫鬟守在床边,一夜未眠。

第二天一早,陆萱亲自去探望绿意,隐约听到下人议论,绿意在平地上行走,忽然就摔了一跤,就像是撞着了脏东西。

陆萱坐立难安,左等右等都不见杨氏回来告诉她,飞染已经死了,反倒是林瑾明派人通知她,飞染出事了,城里很乱,让她在庙里多住几天。

当天下午,她终于收到杨氏的口信,除了告诉她计划很顺利,同时告知她,她的丈夫在街上走着走着,径直朝马车冲过去。如今他受了重伤,她得留在城里照顾他。

陆萱闻信,愈加惶恐不安。生母从小耳提面命,这个世上没有鬼神,只有她们自己;陆敏有的,她也必须有。母亲临死都不忘提醒她,不能认命,要相信自己。难道她真的做错了,所以遭厉鬼缠身?

不,我没有错!

陆萱坚信,只要飞染死了,她就能得到她想要的一切,她依旧是人人称颂的永安侯夫人。

入夜,当弹珠声再次响起,陆萱恨不得立马整理行李离开寺庙,却得知侯府的马车已经回城。她被困在了寺庙。

三天后,雪后初晴的艳阳日,陆萱终于等来了马车。这三天对她而言就像过了十年,人也瘦了一大圈。

马车上,她安稳地闭上眼睛,睡着了。待她睁开眼睛,她看到自己身处异地。

"这是什么地方?"她犹如惊弓之鸟般尖叫。

"夫人,这里是八角镇。侯爷在楼上等您。"丫鬟回答。

陆萱心中狐疑,随丫鬟上楼。其实,如果不是她被所谓的鬼魂吓破了胆,她应该早就发现,她的心腹接二连三不见了。

客栈的房间内,林瑾明坐在窗边的椅子上。他已经很多天没见到飞染,就连他派人送去刑狱司的东西也被退了回来。

初时他以为是宋青沫从中作梗,后来他看到飞染亲热地唤他的岳父"外祖父",他才从岳父口中得知,飞染说她已经长大了,她可以照顾外祖父,但不需要父亲照顾。

"侯爷。"陆萱对着林瑾明屈膝行礼,眼泪瞬时涌上了眼眶。

林瑾明看到她,微微一愣。他的目光掠过她,朝她身后看去。宋青沫约他来这里见面,他以为可以看到飞染。为什么来人是陆萱?

他已经从陆萱的心腹口中知道太多的事,他只能说,是自己有眼无珠。时至今日,爱恨嗔痴都不及女儿唤他一声"父亲"。

"侯爷,您在找什么?"陆萱顺着他的目光看去。

林瑾明回过神,冷声问:"你用什么谎言欺骗了敏敏?"

"侯爷,您说什么?"陆萱吓得浑身冰冷。

"在陆昌建杀人一案中我就应该想到,三房的确想挑唆我和敏敏的关系,他们的确那么做了,但敏敏不可能相信他们,只有你这个妹妹才有可能骗过她。"

"侯爷,我不明白……"

"飞染!"林瑾明疾步走出房间。

楼梯上,艳丽的大帷帽拾阶而上,她双手提裙,步伐轻快。

那顶红艳艳的帽子一下子崩断了陆萱脑海中那根弦。她的脸上再不复温婉的笑容,面容狰狞地扑向她,嘴里大叫:"你死有余辜,你不要再缠着我了,你们全都该死!"

楼梯上的女孩轻轻侧身,反手扣住陆萱的手腕,把她压制在楼梯的栏杆上。

陆萱疯了似的挣扎,歇斯底里地叫嚷:"你在十五年就应该死了,你根本不该活在这个世上,你应该和你的母亲一块去死!"

"直到此刻你仍旧执迷不悟。"宋青沫牵着飞染从走廊的尽头走来。

"大人。"楼梯上的"飞染"摘下了大帷帽。

"哈哈哈哈。"陆萱疯狂地大笑。

宋青沫居高临下审视她。她竟然找人轮奸飞染。他差一点想让她自食恶果,尝一尝被轮奸的滋味，如今他只是命翠烟等人吓一吓她，真是太便宜她了。

他沉声命令："把她带回房间吧。"

"翠烟根本没死，是你故弄玄虚！"陆萱一边叫嚷，一边扭动身体。奈何她再愤怒，力气也敌不过会武功的人。

飞染跟着入内，悄悄握紧宋青荍的手。

"飞染。"林瑾明声音干涩，眼巴巴望着飞染。

"林侯爷。"飞染垂眸。

"别怕。"宋青荍给了她一个安抚的微笑，"你想问什么，尽管问她。你想说什么，想做什么，尽管去做，我会一直陪着你。"

飞染放开他的手，一步一步走向陆萱。

陆萱不再叫嚷。慢慢地，她的嘴角浮起笑容，一字一顿说："你不是陆敏的女儿，你只是无父无母的孤儿，你永远别想认祖归宗！"

飞染仿佛没有听到她的话，指着一旁的床铺说："师父就死在那张床上。我进来的时候，她的眼睛睁得很大。从小师父就教我，无论遇到什么事，活着才是最重要的，所以我一直想不明白，师父为什么会自杀……"

陆萱叫嚣："你不用在这里惺惺作态，你说什么我都不会帮你证明，你的父母是谁。"

飞染一径盯着床铺，仿佛看到息嗔师太正坐在床沿，慈爱地看着她。

她擦去眼角的泪水，转头对陆萱说："我现在知道了，师父用她的自杀告诉你，我永远不会知道你曾被卫大志劫持，可你仍旧不放心，我前脚刚离开庵堂，你就派人去庵堂搜查，就怕师父留下只字片语，是不是？"

飞染深吸一口气，又道："你有没有觉得，这次的事与你利用赵奎害死师父的时候一模一样？大人说，像你这样的人，尤其喜欢食髓知味，不会眼睁睁看着机会溜走，所以你迫不及待想要害我。"

她回头朝宋青荍看去。师父死的时候，她觉得天都快塌下来了，结果他出现了；陆萱一心想害她，她懵懂不知，他就已经想办法逼她露出真面目。大概因为有了他，她心中的仇恨不再浓烈。此时此刻，他鼓励她说出心中的感受，也是为了让她彻底放下过去的种种吧？

飞染拔出匕首，低头对陆萱说："我答应过师父，亲手替她报仇；我也答应过大人，不会亲手杀人，所以师父的死，我只刺你一刀。"

她手起刀落，陆萱捂着肩膀跌坐在地上，鲜血顷刻间浸润了她的衣裳。她喘着粗气说："就算你再怎么折磨我，我也不会让你如愿的。"

"我不需要你的成全，你没有资格。"飞染再次手起刀落，在陆萱的另一只肩膀刺下一刀。"这一刀是为了母亲。虽然我从来没见过她，甚至一度以为，是她不要我了，但是我现在知道了，她临死那一刻只想拼命保护我。"

话毕，飞染抬手想要刺下第三刀，却被宋青荬拦住了。

"飞染，第三刀，我帮你。"宋青荬拿过她手中的匕首。

"好！"飞染点头，低头对陆萱说，"第三刀是为了陶妈妈。如果不是她偷偷把我抱去净心庵，求师父收养我，说不定我已经不在这世上。"

飞染话音未落，宋青荬的第三刀已经扎入陆萱的大腿。这一刀刺得并不深，甚至于宋青荬只是轻弹手指，指尖压根没有触及她的衣裳，匕首就那样扎了进去。

陆萱心生不好的预感，本能地抬起头，只看到一双漂亮的凤眼。她知道，自己必死无疑。或许就算没有宋青荬和飞染，林瑾明也不会放过她。甚至于，她的亲生父亲也不会容她活在世上。

后悔吗？她只恨自己投错了胎！

"这把匕首，不要也罢。"宋青荬说话间，拿出手绢替飞染擦拭手掌，"回去以后，给你做一把更小巧的。"

"嗯！"飞染点头，转头对林瑾明说，"林侯爷，我和大人先走了。"

"飞染……"

"林侯爷。"宋青荬拦住林瑾明，拿出一封书信递给他，"这是陆大人请我转交给你的。他说，女子出嫁从夫，他尊重你的决定，他就当只生了一个女儿。"

"你们站住！"陆萱不知道哪里来的力气，勉强站起身。她握住刀柄，狠命一拔，鲜血喷涌而出。宋青荬的最后一刀，割断了她的血管。她对林瑾明说："你心心念念的妻子，她怀疑你是卫大志，是强奸杀人犯！"

她扔下匕首，喘着粗气对飞染说："如果你不是陆敏的女儿，我本可以饶你不死；如果我没有被疯子绑架，没有被老尼姑救了，我不会杀了老尼姑；如果不是陆敏抢了我的一切，我不会抢她的相公；如果不是父亲偏心，替我定下那样一桩婚事，我不会逃婚。你们回去告诉他，归根究底都是他的错！"

"大人，你说的没错，她真的不可理喻。幸好你拦着外公，没让他一起来。"飞染拉着宋青荬走出房间。

陆萱对着他们的背影大叫："我的命是我自己的，我的一切都是我自己挣的！除了我，谁都不能决定我的生死！"她纵身跃下窗户，咽下了最后一口气。

小半月后，永安侯夫人急病而亡的消息湮灭在了新年的爆竹声中。年后虽然偶尔有人议论，她的死是否与永安侯认女有关，但刑狱司在菜市口处斩江洋大盗的事又吸引了大众的眼球。

那三名受雇于陆萱，意图染指飞染的杀手被芷兰踢断了子孙根之后，又被游街示众，最后人头落地。其他的人，无论是季世兴的手下，还是曾经替陆萱办过事的人，被宋青荬小惩大戒之后，远远看到飞染都会不约而同选择绕道而行。

飞染嘴上依旧称呼林瑾明"林侯爷",但她在年前就从刑狱司搬去了永安侯府。林氏宗族的老头子原本不愿意让她上族谱,可皇后娘娘召见她两次之后,他们又不知从哪里听说,皇上想让长公主认她当义女,他们又求着她上族谱。

飞染才不在乎自己到底是林小姐,还是陶小姐,她很不高兴只为一件,现在她想见她家大人一面。她家大人得先陪她的父亲喝茶,然后再由丫鬟层层通报,最后他们在院子里说不上两句话,他就被请走了。

更讨厌的一件事,只要她踏出二门,她的父亲一定跟着。凡大人送她什么东西,他一定会送一份一模一样的。更可怕的事,他连上朝都不去了,每天追着她问,想吃什么,想玩什么,想不想买衣服,买首饰,买胭脂。

她知道,她家大人也很郁闷。上一次他想偷偷探望她,翻墙进来的时候被护院逮住,差点当成小贼抓起来。据说,那个护院还是他让俞捕头介绍过来的。

飞染坐在屋子里,双手撑着下巴,可怜兮兮地望着廊下的灯笼。元宵节都已经过了好些天,她的屋檐下每天都会多几盏兔子灯。她只喜欢抓犯人,不喜欢兔子灯。

天越来越黑,她心中的念头越来越强烈。终于,她猛地跳起身,走到书桌前奋笔疾书,从柜子的角落拿出早就准备好的小包袱,偷偷摸摸避开巡逻的护院,翻墙往刑狱司去了。

书桌上,墨迹未干,纸上龙飞凤舞写着:

林侯爷,我仔细考虑了很多天,决定拐带大人私奔,勿念。另外,大人答应我和外公,成亲后带我去琼州点查刑狱,所以我们一定会赶回来成亲的。

番外：浮世清欢，情长情怅

第一章　昔日纨绔子，独酌怅思涣

魏铭端起酒杯，仰头一饮而尽。月下独酌，难解愁思。

此刻他身处蕲山脚下的农舍，桌上是乡野土菜，杯中是农家浊酒。

曾几何时，他喝的是金樽琼浆，吃的珍馐佳肴。京城繁华地，哪个不尊称他一声"魏六少"？

如今，他依旧是乌衣侯府六公子，却被家族放逐蕲州书院，再不复前呼后拥，美婢成群的时光。

短短两年，杯光斛影，轻歌曼舞的生活恍若隔世，唯一深深烙印在他脑海中的记忆，是她毫不留情的一个耳光。

魏铭伸手捂住脸颊，嘴角掠过一抹苦笑。

在她眼中，他是不学无术的纨绔子弟。

他曾经视她为扫把星，远远看到她恨不得绕道而行；时过境迁，千娇百媚的美人，容颜已经变得模糊，她的笑脸却愈加鲜活。

他喜欢上了她，却在两年前亲眼看着她的花轿抬入成国公府。

那一场婚宴，十里红妆，喜毯一路从永安侯府铺至成国公府。传说，就连皇上都微服到贺，百官更是差点踏破门槛。

她的相公与他年纪相当，同样是勋贵家族幼子。在他仗着父荫在大街上策马扬鞭的时候，她的相公已经是大周朝最年轻的进士；在他饮酒作乐，过着声色犬马的生活时，她的相公已经官拜正四品提点刑狱使。

曾经，他嘲笑他自讨苦吃，不懂享受生活，如今他们有着云泥之别。

魏铭再斟一杯米酒，一口接一口饮下，只觉得满嘴苦涩。

他喜欢上有夫之妇，而她压根没有正眼看过他，甚至她扇他一耳光，也仅仅只是奉命行事，履行捕快的职责。

他为什么喜欢上她？他一定病得不轻！

魏铭右手捂着脸颊，抬头仰望夜空。孤零零的月亮高悬天际，就像此刻的他，陪伴他的只有自己的影子。

"嘭嘭嘭",一连串急促的敲门声,紧接着是高亢的呼唤:"魏兄,快开门,我知道你在里面。"

魏铭尚不及回应,院门已经被两个彪形大汉撞开。

唇红齿白的少年推开大汉,大步朝他走来,嘴里不满地抱怨:"魏兄,你太不够意思了!上次我们不是说好了,你们山长再派你下山扛米,你一定找我喝酒吗?"

魏铭瞥一眼左右晃荡的木门,摇头叹息。这已经是今年的第三回了。

少年满不在乎地说:"别看了,不过一堆烂木头,回头我让他们换上新的。"

"沈柳成,你就不会等我开门吗?"魏铭的语气充满浓浓的无奈,并无责备之意。

沈柳成嘻嘻一笑,顺手拿起桌上的酒杯凑至唇边。

"别喝!"

"噗——"

幸亏魏铭早有经验,敏捷地跳开一大步,不然那一杯米酒恐怕已经经由沈柳成的嘴,全数喷在他脸上。

"这是第五回了!"魏铭陈述。

沈柳成嫌弃地撂下杯子,拿出汗巾擦拭嘴角,又擦了擦手,随手扔给随从,浑不在意地说:"我上次不是给你银子了吗?怎么又喝地沟水?"

魏铭有些恼了,眨眼间无力地耷拉下肩膀。沈柳成不讨人喜欢,因为他活脱脱就是两年前的他,他有什么资格恼他?那时候他大概是被鬼迷了心窍,才会觉得自己人见人爱,风流倜傥吧?

"算了。"魏铭坐回石凳上,"你这么晚找我,有事吗?"

"哦,差点忘了正事!"沈柳成一脚踩在石凳上,右手抓住魏铭的衣领,沉声喝问,"你说,你到底娶不娶我的妹妹!"

"放手!"魏铭本能地抓住他的手腕,用力一推。沈柳成身后的两名大汉齐步上前,眼见就要把魏铭提溜在手上胖揍一顿。

"等一下!"沈柳成大喝一声,"先让他回答!"他半眯着眼睛注视魏铭,眼神仿佛在说:你敢不答应,我马上让他们揍你。

魏铭突然想到,两年前她不只一次说过,世上的事逃不出"因果"二字。当初他在京城也似沈柳成这般横行霸道,如今算不算遭了报应?

"魏铭,我的妹妹你也是亲眼见过的,不是我自夸,像晨娘这般秀外慧中,嫁妆丰厚的女子世上少有,你可要想好了再回答。"沈柳成嘿嘿冷笑,右手握拳,左手揉压右手指关节,发出吱吱嘎嘎的声响,仿佛魏铭若是敢摇头,他一定揍得他满地找牙。

"沈兄——"

魏铭才吐出两个字,两名大汉已经一左一右按住他的肩膀,四只眼睛犹如铜铃一般瞪着他。

"沈兄，我早就说过，我已经定亲……"

"定亲算什么，退了就是！"

"婚姻大事，父母之命媒妁之言……"

"我就是奉了父母之命替妹妹择婿，堪堪我第一眼就看上了你，这就是缘分！"沈柳成高抬下巴斜睨魏铭。

此时此刻，魏铭有苦难言。他确实已经定亲，他的未婚妻是盐商家的大小姐。以前他不满未婚妻是商户女，现在他被家族放逐，很可能是对方不愿意嫁给他吧？

第二章 彼岸荆棘花，对影长镜幻

在魏铭眼中，沈柳成兄妹也是一对"妙人"。一年多前，沈柳成扛着几大箱子白银来到蕲州书院，哭着喊着想要入学，被山长一次次赶下山。

三个月前，他索性带着自己的妹妹一起来了蕲山镇，硬是安排他们隔着帘子见了面，非逼着他娶他妹妹。

按沈柳成自述，他和妹妹是双生子，他们的父亲是大商人，商号遍布各地，无论谁成了他妹夫，包管有花不完的银子。

沈柳成出手阔绰，生活奢靡，魏铭亲眼所见，所以他相信沈家十分富贵；至于他口中的妹妹，他透过轻纱看了一眼，身形高挑纤细，说话也比沈柳成中听。如果他们果真是双生子，依沈柳成的五官，他妹妹必定是大美人。

然而这些都与他无关。他轻咳一声，正色说："沈兄，就算你把我打死，我也不可能退婚。"话音未落，他闷哼一声，右肩一阵麻疼。

"我都说了，让你想好了再回答！"沈柳成揉了揉拳头，倨傲地抬起下巴，"我再给你一次机会。"

"你给我多少次机会也是一样……呼！"魏铭倒抽一口凉气。沈柳成竟然拔出匕首，抵住了他的脖子。

他沉下脸，冷声说："沈柳成，你做的事，全都是我以前玩剩下的。我陪着你胡闹，全因你年纪小，我只当你不懂事。不过凡事都有一个度。"他抬眼看他："你有这个心思利用胞妹的婚事攀附权贵，还不如回家好好读书，就算考不上功名，与你，与你家的生意也有益处。"

沈柳成微微一愣，不自然地别开视线，大声嚷嚷："别说得这么好听。我都打听清楚了，你的未婚妻也是商户女，你家与人家定亲，不过是为了她家的银子……"

"大爷，不好了！"一个管事模样的男子慌慌张张跑进院子，气喘吁吁地说，"小姐被贼人掳走了……"

"什么？"沈柳成匆忙转身，"你再说一次！"

"还说什么！"魏铭也急了，"赶快报官，说不定贼人还在城内……"

"不能报官！"沈柳成断然摇头，"一旦事情闹大，晨娘一辈子就毁了。"她示意随从放开魏铭，又问了管事几个问题。

魏铭冷眼看他，脱口而出："你不会是故意设计让我去救她，然后逼我娶她……"

沈柳成大叫："你什么意思！那可是我的亲妹妹！"

魏铭狐疑地审视他，一字一顿说："你应当知道，我早有婚约，如果我不得不迎娶令妹，她只能为妾……"

"啪！"沈柳成甩手就是一个耳光，"还没娶妻呢，你竟然就想着纳妾，果真是好色无厌的色坯！"

魏铭被他打蒙了。他这也是合理怀疑，他怎么就好色无厌了？他的脸颊一阵火辣辣的，忽然想到两年多前，她也是这样甩了他一个耳光。他失神地看他，却见他已经跑出院子。他赶忙追了上去。

几里外的客栈后院门口，管事告诉沈柳成，他看到小姐携丫鬟在院子内散步，就去喂马了。待他从马槽折返，不过一眨眼的工夫，就见两个丫鬟都被打晕了，小姐已经不见了。

沈柳成默默听着，有条不紊地吩咐家仆四处找人，又对魏铭说："待会儿若是要去缴赎金，你能不能陪我一起……算了，还是我一个人去吧……"

魏铭点头道："你我好歹兄弟一场，我自然会陪你一起去，不过你怎么知道，一定是绑架？"

"我就是知道！"沈柳成审视他，又道。"没错，我赖在这里不走，就是因为在蕲州书院读书的学子大半有权有势；我想让晨娘嫁你，也是因为你是乌衣侯府的六少爷。"

魏铭呆呆地看着他，一时间手足无措。沈柳成在他面前一向都是傲骄霸道，冲动又蛮横的。虽然这些都不是什么好词，可他抬着下巴说话的神情——

他不知道怎么形容，除了异样的熟悉，还有莫名的激动，甚至觉得他真性情。他不会是喜欢男人吧？

"那个……"他干咳一声。

"哼！"沈柳成冷哼，"你没有资格瞧不起我，因为我们不过是半斤八两！"

魏铭的声音噎住了。的确，他的亲事就是一场权钱交易。

炙人的沉默中，沈柳成低头看着自己的影子。他打了他，他的五指印就在他脸颊上。恍惚间，他突然觉得，他并不似传言那么差。

时间似指尖的流沙，在静默中悄然流逝。沈柳成时不时朝门外张望，神情越来越焦急。

"怎么了？"魏铭顺着他的目光看去，外面黑漆漆一片，下人们已经全数出去找人了。

"梆，梆，梆。"更鼓声清晰又灼人，似黑夜的闷雷，一下又一下敲击沈柳成的心脏。他猛地站起身，急道："不行，得去报官。"

"你刚才不是说……"

沈柳成蹿出屋子，对着夜空大叫："人呢？来人！"

话音未落，墙外跳出两名身穿劲装的男人。他问："入夜后，有没有可疑的人离开院子？"

两人异口同声："没有。"

魏铭插嘴："难道令妹就藏在客栈内？"

沈柳成并不理会他，追问两名大汉："客栈内还住着什么人？"

其中一人答道："客栈一共只有两进院子，另一进院子被一对年轻夫妇包下了。"

沈柳成转身朝抄手游廊跑去，走过两个转角，踹开一扇木门，推开阻拦他的婆子，动作一气呵成。

魏铭莫名其妙，正要上前阻止他，两柄冰凉的大刀分别架在了他们脖子上。他张口结舌。不远处的正屋内，他朝思暮想的人儿就坐在灯火阑珊处。

第三章　浮世连理枝，相期念清欢

飞染很生气。她手握筷子，狠狠戳在软乎乎的包子上，一口咬下去。

她都成亲两年了，雪雁和山柏的孩子都半岁了，芷兰和田大成也是成亲当月就有了孩子，可她一直没有怀孕。

她家大人就是大骗子。先是骗她，只有晚上很努力才能怀孕，害她每晚都累得半死。后来他又说什么，怀孕了就不能继续当捕快，可芷兰大着肚子照样飞檐走壁。

最可恨的事，他根本就是故意不让她怀孕。她气得把他踹下床，他就偷偷摸上床，还说什么，她还太小，他们有一辈子的时间。她都十八岁了，哪里小了！

她撂下筷子，大声说："小二，为什么酸菜一点都不酸，醋也淡巴巴的！你敢卖假货，小心我揍你哦！"

魏铭失神地看着这一幕。相比两年前，她脱去了稚气，容颜更添几分娇俏艳丽。

"魏六少？"飞染这才注意到院子门口的动静，大步走过去，示意手下放开他们。

"你们认识？"沈柳成打量飞染。

魏铭尴尬地别开视线，伸手摸了摸右脸颊。

"魏六少，你又被揍了？"飞染努力忍住笑，一本正经说，"你们有什么事？"

魏铭回过神，急道："宋大人来了镇上，是不是发生了大案子？沈兄就住在你们隔壁，他的妹妹失踪了……"

"飞染，什么事？"宋青莯走出书房。

"大人，是魏六少和他的朋友。"飞染走回宋青莯身边，向他回禀经过。在外人面前，她会牢记他是大人，而她是捕快。

245

一旁，魏铭默默看着飞染与宋青荠之间的互动。这两年他一直记挂她，时不时想起她，认定她是世上最特别的女人。他坚信自己喜欢上了她，可为什么亲眼见到她，他反而觉得他们之间的距离更远了？

或许他并没有喜欢上她，他只是羡慕她和宋青荠，门当户对又两情相悦，而他甚至不知道自己的未婚妻长什么模样。

"你喜欢她？"沈柳成不自觉地握紧拳头，心口又酸又涩。

"不是。"魏铭断然摇头，朝宋青荠走去。

四人相互见过礼，宋青荠说道："附近并没有发生案件，我和飞染只是路过，顺带替一位赣州的友人寻女。我想沈公子的妹妹只是出去走走，应该很快就会回来的。"

沈柳成瞬间白了脸。

魏铭皱着眉头说："就算出去走走，也不用打晕自己的丫鬟吧？"他的目光不由自主落在飞染身上。相比两年前，她好像长高了一些。

宋青荠站起身，挡住魏铭的视线，冷淡地回答："若是魏六少不放心，大可以去报官。"

"大人！"飞染轻轻扯了扯宋青荠的衣袖。

"好吧。"宋青荠无奈地摸摸鼻子，"如果天亮之后仍然不见沈小姐，我会协助你们寻人。"

魏铭急道："如果她确实被绑架了，等到天亮就迟了！"

"是吗？"宋青荠似笑非笑看一眼沈柳成。

沈柳成的额头渗出一层细密的汗珠。

魏铭偷偷瞥一眼沈柳成，以为他被宋青荠吓住了，拱手说道："宋大人，我和沈公子是莫逆之交……我……"他语无伦次，硬着头皮说，"总之宋大人一向精于断案，还请您移步去隔壁看一眼……说不定……"

"说不定怎样？"宋青荠询问沈柳成："沈公子，需要我帮你寻人吗？"

沈柳成猛地抬起头，目光越过宋青荠，朝飞染看去。半晌，他又转头看看魏铭，从牙缝中挤出三个字："不用了。"

魏铭劝说："沈兄，宋大人是提点刑狱使……"

"我都说了，不用了。"沈柳成转身往外走，行至门口又突然回过头，说道，"宋大人，希望舍妹能在天亮前回来。"

好似为了回应这话，沈家的仆人低声告诉沈柳成，他的妹妹已经回来了。

魏铭吁一口气，正要拱手告辞，宋青荠上前一步，说道："沈公子，有些事魏六少是做不了主的，不过我与乌衣侯尚算有几分交情，你有什么话，我可以帮你转达，包管你心想事成。"

魏铭急道："宋大人，你这话什么意思？"

宋青荍没有理他，只是一味看着沈柳成，说道："沈公子，你真的希望魏六少和未婚妻退婚吗？只要你清楚明白地说一句，我现在就修书乌衣侯。"

沈柳成怒目圆睁瞪他，又转头看一眼魏铭，再看看飞染，没头没尾憋出一句："我明天一早就回家，不会再来蕲州了。"说罢，他一把拽住魏铭的手腕，拉着他往外走，恶狠狠地说，"走了，回去了！"

魏铭莫名其妙，问道："沈兄，你为什么突然……"

沈柳成恶狠狠地威胁他："魏铭，我告诉你，我生平最恨好色之徒。将来你若是敢纳妾，我就阉了你！"

魏铭想到自己无端被他打了一个耳光，甩开他的手，正色说："沈兄，我念在你年纪小，处处让着你……"

"什么让着我！你老实说，你是不是喜欢刚才那女的？"沈柳成不客气地逼问他。

魏铭咕哝："胡说什么！我每次看到她，准没有好事！"

"怎么，你的意思，遇上我不算好事？"

两人渐行渐远，背影消失在了夜色中。

飞染奇怪地问："大人，你到底为什么派人抓了沈小姐，又放了她？"

宋青荍摇头回答："那人不是沈小姐，只是那位'沈公子'的丫鬟。"

"大人，你到底在说什么，为什么我听不懂？"飞染满脸疑惑。

"我仔细解释给你听吧。"宋青荍牵起她的手，与她相携坐在软榻上，娓娓道来。

须臾，飞染不可思议地说："我们在赣州遇上的老伯就是鼎鼎大名的大盐商，魏六少的未来岳父？刚才的沈柳成就是我们要找的沈大小姐，是魏六少的未婚妻？她想让魏六少主动退婚，所以男扮女装，又弄出一桩假的绑架案？"

飞染一边说，一边摇头："等他们成亲的时候，魏六少看到新娘是她，一定会很生气吧？"

"人心是很复杂的。"宋青荍喟叹一声，"如果她一心一意退婚，怎么会一次次跑去见魏六少，又怎么会这么容易屈服，答应明日就回家备嫁？"

"大人的意思……"飞染轻笑，"不过魏六少确实和以前不一样了，蕲州书院果然名不虚传。"

宋青荍偷瞄飞染，心中暗忖：她应该不生气了吧？

飞染突然横他一眼，双手叉腰，怒道："相公，为了不让我怀孕，真是辛苦你了！我体恤你，以后你都睡书房吧！"

"飞染……"

"对了，我会记得把门窗都锁死！"

"飞染，"宋青荍赶忙抱住她，"你还太小，怀孕会有危险……"

"呕！"飞染用力推开他，蹲在地上干呕。

"怎么了，怎么了？"宋青沫顿时急了，"刚才你是不是又胡乱吃东西了？我说过很多次，不能一生气就吃东西……"

飞染委屈地辩解："才没有！刚才我只是肚子饿，才吃了一个包子！一定是大厨不厚道，难怪这里的菜都没什么味道，就连醋都不酸。"

宋青沫呆了呆。最近这一个月，他一直在担心那天，他明知是她的危险期，明知她在蓄意勾引他，可是……他的自制力真是越来越差了。

他傻愣愣地看着她，续而用力抱住她，在她耳边低语："飞染，这辈子，下辈子，下下辈子，我们都要白头偕老。"